AF139036

novum pro

Magisches Vermächtnis

C. S. Rinke

novum ⬥ pro

Dieses Buch ist auch als
e-book
erhältlich.

w w w . n o v u m v e r l a g . c o m

Bibliografische Information
der Deutschen Nationalbibliothek:

Die Deutsche Nationalbibliothek
verzeichnet diese Publikation in
der Deutschen Nationalbibliografie.
Detaillierte bibliografische Daten
sind im Internet über
http://www.d-nb.de abrufbar.

© 2016 novum Verlag

ISBN 978-3-99048-606-1
Lektorat: Dr. Annette Debold
Umschlagfotos:
Giovanni Triggiani, Paulus Rusyanto,
Lunamarina | Dreamstime.com
Umschlaggestaltung, Layout & Satz:
novum Verlag

Gedruckt in der Europäischen Union
auf umweltfreundlichem, chlor- und
säurefrei gebleichtem Papier.

www.novumverlag.com

Prolog

Der unerwartet starke Novemberregen barg an diesem Abend eine weitere Überraschung, als er sich von einer Sekunde zur nächsten in einen orkanartigen Gewittersturm auswuchs. Donner grollte, Blitze illuminierten den pechschwarzen Himmel. Regen peitschte an die Fenster. Die Welt schien im Sturm zu versinken.

Ohne Vorwarnung schwang die massive Holztür der Wirtschaftskammer auf. Der Sturm fegte ins Innere des Raumes, ließ alles Lose in heillosem Chaos durch die Lüfte tanzen. Erschrocken klammerte sich die zierliche Gestalt an den Tisch, vor welchem sie saß. Vorsichtig wandte sie den Kopf in Richtung Eingang und wünschte sich augenblicklich es nicht getan zu haben.

Dort stand er. Eine schwarze Silhouette, unbeweglich verankert im Türrahmen. Hinter ihm tobte das schlimmste Gewitter des Jahrhunderts, und vor ihm … saß sie.

Mit einem Schlag schien die Zeit stillzustehen. Einzig die Tropfen seiner triefend nassen Kleidung hallten bedrohlich durch den Raum, als sie Kanonenkugeln gleich auf dem Boden aufknallten. Sonst herrschte Grabesstille. Selbst das Gewitter verstummte zu einer geräuschlosen Kulisse. Kein Laut war mehr zu hören. Kein Atemzug. Nichts. Es kam ihr vor wie eine Ewigkeit, ehe er sich schließlich rührte. Langsam, *unglaublich* langsam kam er nun auf sie zu.

„Wo sind sie?" Er sprach so leise, dass seine Worte trotz der plötzlichen Stille um sie herum kaum zu hören waren.

„Herr, selbst wenn ich wüsste, nach wem Ihr sucht, könnte ich Euch nicht sagen, wo Ihr beginnen solltet." Ihre Stimme klang auf seltsame Weise angsterfüllt und fest zugleich. Doch vor allem klangen die Worte aus ihrem Munde so unglaublich *fremd!*

„Wage es nicht, mich zum Narren zu halten, elende Hexe!" Die Ruhe, mit der er sprach, war weit bedrohlicher als die Tatsache, dass sie keine zwei Meter mehr voneinander trennten. „Und zwing mich lieber nicht, mich zu wiederholen."

„Aber Herr, Ihr müsst mir glauben ..." Blut spritzte aus ihrem Mund, als seine Hand einem Hammer gleich auf ihr zartes Gesicht traf.

„Antworte, wenn dir dein jämmerliches Leben lieb ist. Wo ist meine Frau?" Wie eiskalter Winterfrost trafen seine Worte an ihr Ohr. „Wo ist mein Kind?"

Eine Sekunde lang schien es, als bewegten sich ihre Lippen, doch kein Ton kam aus ihrem Mund. Er blickte ein letztes Mal in ihre vor Angst geweiteten Augen, als doch noch ein klägliches Flüstern über ihre Lippen huschte.

„Nein, nicht. Bitte."

Das waren nicht die Worte, die er hören wollte. So entschied er, die Sache hier und jetzt zu beenden. Mit nur einer einzigen Handbewegung trennte er scheinbar mühelos ihren Kopf von den Schultern. Mit einem dumpfen Knall traf dieser auf den Fußboden und rollte vor seine Beine. Doch waren es nicht länger die Augen dieser vermaledeiten *Magd*, die nun leblos zu ihm aufblickten.

Mit einem Mal geriet die Welt um ihn herum aus den Fugen, während der Tod die Oberhand über den Zauber gewann – und den fatalen Irrtum offenbarte. Also hatte sie ihn erneut getäuscht. Hatte ihn mit ihrer Magie hinterhältig ausgetrickst. Oh, er hätte es wissen müssen! Doch diesmal war sie endgültig zu weit gegangen. Mit diesem letzten, niederträchtigen Akt des Verrates hatte sie ihr Todesurteil unumgänglich besiegelt.

Zerrissenen Herzens sah er ein letztes Mal in die toten Augen seiner Liebsten. „Bei deinem Blut schwöre ich", murmelte er zu sich selbst, „diese verwunschene Hexe wird kein weiteres Leid mehr über uns bringen!"

Ihr Kopf wird der meine sein – selbst wenn es bis in alle Ewigkeit dauert!

Kapitel 1

*D*ie Gegenwart

Es ist eine tiefschwarze Nacht. Schwärzer noch, als man sich in seinen finstersten Träumen vorstellen kann. Der steinharte Boden fühlt sich kalt und nass an. Die Luft riecht nach Regen. Und nach morschem Holz. Nach feuchtem Laub. Und nach … Blut. Dann, plötzlich, taucht wie aus dem Nichts ein Gesicht auf. Nein, diesen entstellten Klumpen Fleisch als Gesicht zu bezeichnen wäre wirklich zu viel des Guten. Es ist eine Fratze. Die hässlichste, die er je gesehen hat. Und sie beugt sich über ihn. Sieht ihm in die Augen. Grinst ihn mit ihrem schiefen Mund an. Ihr Anblick allein ist schon Furcht einflößend, doch nun kann er auch noch ihren fauligen Atem riechen. Etwas tropft in sein Gesicht. Rinnt über seine Nase zu seinen Lippen, findet den Weg in seinen Mund. Der Reflex des Schluckens ist nicht zu unterdrücken. Und was er schmeckt ist … Blut!

Mit wild pochendem Herzen fuhr er in die Höhe. Er griff sich mit der Hand an die kalte Stirn, ließ die Finger durch seine schweißgetränkten Haare gleiten.

Verdammt noch eins!

Wie oft hatte er diesen Traum nun schon geträumt? Wie viele Jahrzehnte, *Jahrhunderte,* verfolgten ihn Episoden wie diese nun schon? Und noch immer versetzten ihn diese zugegebenermaßen extrem realen Traumbilder in Angst und Schrecken?

Frustriert setzte er sich auf. Herrgott nochmal! Er war doch wirklich kein kleiner Junge mehr, also was sollte das Ganze? Wie um alles in der Welt konnte sich ein erwachsener Mann, noch dazu von seiner Größe und Statur, durch einen lächerlichen Traum geradezu verängstigen lassen? Ja, auch diese Frage stellte er sich nicht zum ersten Mal – und wie immer blieb sie auch diesmal unbeantwortet.

Resigniert sank er zurück auf das Sofa. Was hatte er nicht schon alles versucht, um diesen Albtraum zu ergründen! Denn, und dessen war er sich sicher, diese grauenvollen Bilder suchten ihn nicht grundlos heim. Doch er konnte sich beim besten Willen keinen Reim darauf machen. Nichts aus seiner Vergangenheit enthielt Hinweise, die Rückschlüsse auf seinen Albtraum zuließen. Und diesen verdammten Traum hatte er, seit er denken konnte! Also musste es mit seiner frühesten Kindheit zu tun haben. Womöglich verdankte er diesen beständig wiederkehrenden Horror einem Trauma bei seiner Geburt? Zumindest kamen die über die Jahrzehnte hinweg konsultierten Psychiater, Psychologen und Traumdeuter allesamt zu diesem Schluss. Nicht dass er tatsächlich an deren Schabernack geglaubt hätte. Aber wie schon gesagt, er hatte wirklich nichts unversucht gelassen. Was konnte es auch schon schaden, sich die Sichtweise eines anderen, Fremden, völlig Unbeteiligten zunutze zu machen? Vielleicht hätte ihm eine dieser Personen ja tatsächlich etwas vor Augen führen können, dessen er selbst all die Jahre hindurch blind gegenüber war. Doch dem war natürlich nicht so. *Kindheitstrauma. Geburtsschock.* Tja, zu diesen Themen konnte er nur leider niemanden mehr befragen!

Erschöpft stemmte er sich aus dem Sofa, schleppte sich ins angrenzende Bad, drehte den Wasserhahn auf und spritzte sich eiskaltes Wasser ins Gesicht. Das eisige Nass und ein paar tiefe Atemzüge ließen ihn augenblicklich ruhiger werden. Nein, nicht ruhig. Klar. Fokussiert. Ja, das war der Mann, der er wirklich war. Er stützte sich mit den Händen auf den Waschtisch und richtete sich auf, gerade soweit, dass er sich im Spiegel betrachten konnte.

Ja, verdammt noch mal, das ist es, was du bist! Also reiß dich zusammen. Aug' in Aug' mit seinem Spiegelbild versuchte er das anzuwenden, was man ihm vor langer, langer Zeit eingebläut hatte: Ein klarer Verstand verliert nie den Fokus auf sein Ziel! Und was war sein Ziel? Die Ursache dieses Albtraums zu finden und ein für alle Mal zu eliminieren! Dann würde sein verkorkstes Leben zumindest um *einen* Fluch leichter sein!

Also Ruben, wer bist du?

Wie erwartet gab ihm sein Spiegelbild nicht die gewünschte Antwort. Demnach musste er es wohl oder übel alleine herausfinden. Er drehte den Wasserhahn zu, trocknete sich Gesicht und Hände und betrachtete sich von Neuem. Wer bin ich?

Nun, sein Name war Ruben Jakobsson, soviel stand fest. Doch wie war er zu diesem Namen gekommen? Es gab weder Vater noch Mutter, die zu diesem Umstand befragt werden konnten – hatte es auch nie gegeben.

Kindheitstrauma. Geburtsschock.

Immer wieder kehrten diese Worte in sein Bewusstsein zurück. Was war damals geschehen? Was versuchte sein Innerstes zu verbergen? Er betrachtete die Schweißperlen, die sich erneut auf seiner Haut bildeten. Ließ den Blick schweifen. Der Spiegel offenbarte ihm auch die Aussicht aus dem Fenster hinter ihm. Die Aussicht auf eine mondhelle Nacht. Sein Blick kehrte zu seinem Ebenbild zurück. Nun, was sein Innerstes *nicht* verbarg, war eindeutig. Doch es musste noch etwas *anderes* geben. Frustriert sah er sich an. Zum zweiten Mal innerhalb weniger Minuten war sein Haar klatschnass.

Nur dass diesmal alles Eiswasser der Welt nicht reichen würde, um dich abzukühlen!

Seine Haut begann bereits zu glühen. Bald würde er sich fühlen wie ein Luftballon kurz vor dem Platzen. Doch diese Zeit konnte durchaus sinnvoll genutzt werden.

„Also Ruben Jakobsson, woher kommst du *wirklich*?"

Die Frage laut auszusprechen änderte natürlich rein gar nichts. Doch es gab ihm das Gefühl von Gesellschaft – nicht dass es in seiner momentanen Situation ratsam gewesen wäre, jemanden in seiner Nähe zu haben. Nein, es gab ihm eher das Gefühl, sein Leid mit jemandem zu teilen – was tatsächlich sogar der Wahrheit am nächsten kam. Nur dass sein *Leidenspartner* die Situation wohl eher als *Befreiung* betrachtete. Aber selbst damit hatte er zu leben gelernt!

Also, zurück zum Anfang. Woran konnte er sich erinnern? Nun, genau genommen an gar nichts. Alles, was er über seine ersten Lebensjahre wusste, wusste er von den Mönchen. Und er musste darauf vertrauen, dass sie ihn nie angelogen hatten. Doch nach allem, was sie für ihn getan hatten, waren sie so gut wie über jeden Zweifel erhaben. Ja, diese treuen Seelen hatten sogar in seiner schwärzesten Stunde noch zu ihm gestanden. Hätten sie etwas über seine Herkunft gewusst, sie hätten es nicht verheimlicht!

Mittlerweile glühte seine Haut dermaßen, dass der Schweiß an Ort und Stelle verdampfte. Er zwang sich ein gequältes Lächeln von den Lippen.

Was, wenn Satan höchstpersönlich dein Vater war? Du willst die Wahrheit um jeden Preis – aber bist du ihr auch gewachsen?

„Halt's Maul!", knurrte er sein Spiegelbild an. Sein *Leidenspartner* konnte es kaum noch erwarten, die Oberhand zu gewinnen, doch noch musste er sich in Geduld üben. Noch hatte Ruben die Macht über diesen Körper, und er wollte noch einige Antworten, ehe er sich geschlagen gab. Also zwang er seine Gedanken in eine lang, lang vergangene Zeit. Versuchte sich zu erinnern, was ihm die Mönche erzählt hatten, über den Tag, an dem sie ihn einst fanden. Es war in der Tat eine halbe Ewigkeit her. Ruben hatte diese Geschichte so oft gehört, sich ausgemalt, wie es gewesen sein mochte, dass die farbenfrohen Bilder seiner kindlichen Fantasie prompt in sein Gedächtnis zurückkehrten. Die Sonne schien so unermüdlich und doch vermochte sie jenen Sommertag nicht so recht zu erwärmen. Nun, auf beinahe dreitausend Metern über dem Meeresspiegel, war dies freilich nicht ungewöhnlich.

Die Mönche weilten noch nicht lange in dieser Gegend. Sie zählten acht Brüder und betrachteten sich selbst als Wandermönche. In jener Zeit war es vonseiten der Kirche zwar verpönt, sich vom Kloster loszusagen, doch stellten sich diese acht Brüder ihr Leben in Glauben und Askese anders vor, als es hinter Klostermauern zelebriert wurde. Es lag ihnen fern, sich der Häresie schuldig zu machen, sie waren ergebene Diener Gottes. Doch ein Leben in Schlichtheit und Demut stellten sie sich eben nicht so vor, wie ihre Äbte es taten. Demnach verließen sie Kloster und Heimat, um ein Leben im Einklang mit Glaube und Natur zu führen, fernab altgediegener Zwänge. Für ihre Klöster waren sie von nun an Ausgestoßene. Doch solange sie keinen Schaden anrichteten, konnte auch die Kirche mit dieser Entscheidung leben.

Wohl auch von ein wenig Abenteuerlust gepackt, führte sie ihre Reise zunächst nach Spanien, wo sie einander auch das erste Mal begegneten. Von dort aus setzten sie ihre Reise gemeinsam fort, denn alle acht wollten über den großen Ozean. Während der Überfahrt lernten sie einander besser kennen, entdeckten grundlegende Gemeinsamkeiten. Noch ehe sie das südamerikanische Festland erreicht hatten, war beschlossen, dass sie zusammenbleiben würden.

Da waren sie also, eine bunt zusammengewürfelte Truppe aus aller Herren Länder, die ausgezogen war, um in der Neuen Welt ihren Frieden zu finden. Unerschrocken setzten sie ihre Reise fort. Blieben an einem Ort, wenn es etwas zu tun gab. Zogen weiter, sobald die Arbeit verrichtet war. Sie lernten fremde Kulturen kennen und fühlten sich Gott näher denn je, als sie die Anden erreichten. Welch imposantes Bergmassiv sich doch da vor ihren Augen auftat. Die Gegend hatte es ihnen angetan. So wanderten sie von Dorf zu Dorf, um die schlichte, raue Schönheit der Natur in sich aufzunehmen. Und in einem dieser Dörfer geschah es auch, dass sie noch etwas anderes aufnahmen.

Nun, jener Sommertag ließ die schroffen Felsformationen in den buntesten Farben erstrahlen. Es war das reinste Wunder der Natur, befanden die Mönche – und noch lange nicht das einzige Wunder, das ihnen an jenem Tage widerfahren sollte. Der Jahreswechsel stand beinah vor der Tür, und die Mönche hatten beschlossen sich mit einer Wanderung gen Gipfel für ihr Mühen zu belohnen. Der Tag war einfach zu schön gewesen, um ihn mit schweißtreibender Arbeit zu verbringen.

Nach drei Stunden des Wanderns konnten sie das Dorf kaum noch sehen. Doch auch der Gipfel rückte immer weiter in die Ferne. Ihr Vorhaben erschien bald aussichtslos. Aber ehe sie kehrtmachten, wollten sie ein wenig rasten, um dem Abstieg auch gewachsen zu sein. Und da plötzlich entdeckte Bruder Jakob etwas Seltsames hinter einem Felsen. Er ging los, um das Ding näher zu untersuchen, und traute seinen Augen nicht.

„Seht, ein Junge!", war alles, was er in seinem ungläubigen Erstaunen immer wieder von sich gab. Die Mitbrüder eilten herbei und sahen schließlich, was auch Bruder Jakob sah: Inmitten der kargen Wildnis lag ein friedlich schlafender Säugling.

Zuerst dachten die Mönche, angesichts des vollkommen nackten Körpers, der Junge sei tot. Doch zu deutlich hob und senkte sich die Brust des kleinen Wesens. Völlig still und zudem auch noch makellos sauber lag er da in seinem Bettchen aus Stein und Geröll. Ruben konnte sich noch gut an diesen Teil der Geschichte erinnern. Oft hatten die Mönche gerätselt, wie der kleine Kerl in dieser feindlichen Umgebung überleben hatte können. Nun, es gab natürlich Wildtiere in jener Gegend. Doch die Vorstellung, eines dieser Tiere hätte sich als Amme für den kleinen Menschen erboten, schien den Mönchen gar befremdlich. Aber die Tatsache, einen nicht nur lebenden, sondern noch dazu kerngesunden Säugling inmitten dieser menschenleeren Einöde zu finden, war noch weit seltsamer als die Vorstellung einer tierischen Amme.

Wie alt er damals war, konnten die Mönche nur vermuten. Schließlich verfügte keiner der Brüder über so etwas wie Erfahrung mit Säuglingen. Der Größe nach schien er nur wenige Tage alt zu sein, so unglaublich zart und zerbrechlich war er. Doch zog man in Betracht, dass hier schon seit Wochen kein Fremder mehr durchgekommen war, so musste der Knabe wohl schon ein paar Tage mehr auf dem Buckel haben. Die Mönche jedenfalls sahen sich einem Wunder gegenüber. Sie betrachteten es als den Willen des Herrn, den Weg dieses hilflosen Geschöpfs zu kreuzen. Gott hatte ihnen – im übertragenen Sinne – einen Sohn geschenkt. Ohne auch nur mit der Wimper zu zucken, nahmen sie den Jungen bei sich auf, um von nun an für ihn zu sorgen.

Als Erstes galt es nun, einen geeigneten Namen zu finden für dieses so achtlos weggeworfene Kind. Ja, Ruben hatte diese Bezeichnung seiner selbst mehr als nur einmal gehört. Die Mönche konnten sich einfach nicht vorstellen, dass ein Mensch, eine Mutter, tatsächlich solche Grausamkeit in sich tragen konnte. Und dennoch hatten sie den Beweis für solch schändliches Verhalten vor sich. Umso wichtiger erschien es den Brüdern, einen guten Namen auszuwählen.

Dieser war, dank einer sehr passenden Übereinstimmung aus dem Alten Testament, schneller gefunden als erwartet. Denn da stand geschrieben von einem hebräischen Patriarchen namens Jakob. Dessen erster Sohn wurde Ruben genannt, was in der hebräischen Sprache gleichzusetzen war mit ‚Seht, ein Sohn!‘ Nun, Bruder Jakob hatte das Findelkind entdeckt, und sein erstaunter Ausruf kam der Bedeutung des Namens erstaunlich nahe. Also wurde der Knabe von nun an Ruben genannt, der ‚Sohn‘ des Bruders Jakob – woraus Ruben selbst dann in späterer Folge die nordische Version Jakobsson machte und sich so einen Nachnamen kreierte.

Tja, soviel zum Thema Namensforschung! Doch was das alles mit seinem Traum zu tun hatte, war noch immer nicht zu erahnen. Nichts, rein gar nichts aus dem Traum stimmte überein mit seinem Fundort. Das Puzzle seiner Herkunft war noch lange nicht vollständig. Er betrachtete sein Spiegelbild.

Die Transformation auch noch nicht!

Aber noch blieb etwas Zeit übrig. Zeit, für eine weitere Reise in seine Vergangenheit.

Von jenem schicksalshaften Tage an gehörte Ruben nun also zu den Wandermönchen. Sie waren seine Familie geworden. Und sie taten ihr Bestes, den Jungen großzuziehen. Sie nährten ihn, lehrten ihn ihre – sehr unterschiedlichen – Sprachen, ihren Glauben. Und sie lehrten ihn zu überleben. Der Junge erwies sich nicht nur als gelehriger und ungewöhnlich intelligenter Schüler, er verfügte auch über handwerkliches Geschick. Kurzum, er wurde zu einer echten Bereicherung für die Mönche, und sie schlossen ihn von Tag zu Tag mehr in ihr Herz. Dennoch bereitete er ihnen auch von Jahr zu Jahr mehr Kummer. Doch es waren nicht die üblichen Probleme des Älterwerdens, die die Sorge der Brüder anfachte. Vielmehr war es sein körperlicher Zustand, der sie in Bangen versetzte.

Obwohl er ein guter Esser war, wollte der Junge nicht an Größe und Gewicht zulegen. Er war und blieb ein enorm schmächtiges Geschöpf. Selbst im Alter von zehn Jahren war er kaum größer als ein Fünfjähriger. Die Mönche standen vor einem schier unlösbaren Rätsel. Wenn auch sonst gesund und noch nie verletzt, so wollte und wollte das Kind nicht so recht gedeihen. Doch was man nicht ändern konnte, musste man annehmen. Und schließlich schien es dem Knaben ja nicht schlechter zu gehen. Doch auch das sollte sich ändern.

Ruben kam in die Pubertät. Und auf der Schwelle zum Erwachsenen suchte ihn das Fieber heim. Nicht einmal, nicht zweimal. Immer und immer wieder. Bald wurde es zu einem allmonatlichen Zyklus, der den Jungen drei Tage lang mit den schlimmsten Fieberschüben ans Bett fesselte. Er verlor regelmäßig das Bewusstsein, konnte sich auch nie an etwas erinnern. Es war ein Drama ohne Finale. Zwischen den Schüben erfreute sich der Knabe bester Gesundheit – abgesehen von seiner weiterhin besorgniserregend schmächtigen Statur. Erneut standen die Mönche vor einem Rätsel. Ganz gleich, welche Medizin sie auch versuchten, das Fieber kam und ging völlig unbeeindruckt. Mit ihrem Latein am Ende ließen sie die Medizin gänzlich weg. Das Fieber kehrte zurück. Das Fieber verging. Es machte rein gar keinen Unterschied. Doch es sollte *noch* schlimmer kommen.

Mit der Zeit gesellten sich Anfälle zum Fieber. Es war fast unerträglich mit anzusehen für die Mönche. Von einer Sekunde zur nächsten zuckte der Junge in den merkwürdigsten Verrenkungen. Es war, als ob der Leibhaftige selbst in den Körper des Kindes gefahren wäre. Genauso schnell wie die Anfälle kamen, waren sie auch wieder vorbei. Und drei Tage später war nichts mehr von alledem zu erahnen – bis zum nächsten Mal. Die Hilflosigkeit zermarterte die Mönche, allen voran Bruder Jakob. Er musste etwas tun. *Irgendetwas.* Also begann er die Fieberanfälle zu dokumentieren. Und tatsächlich, nach einiger Zeit kam er zu einem durchaus beeindruckenden Ergebnis. Er hatte festgestellt, dass sich die Anfälle des Jungen in regelmäßigen Abständen ereigneten, welche sich stets mit dem Mondzyklus überschnitten. Doch diese Erkenntnis war nicht im Geringsten hilfreich.

Vielmehr schürte sie die Angst der Mönche noch weiter. War der Junge tatsächlich ein Geschenk Gottes gewesen? War dies die Strafe des Herrn? Aber wofür? Der Knabe wäre gestorben, hätten sie sich seiner nicht angenommen – es sei denn, dies wäre seine Bestimmung gewesen. Doch welcher Gott konnte einen Säugling dem Tod überlassen wollen? Und wenn es nun gar nichts mit Gott zu tun hatte? Wenn dies ein Kind der Hölle war? Ja, die Mönche hatten eine Menge zu überdenken. Doch eines stand immer außer Frage: Ganz gleich, was mit dem Jungen auch passieren mochte, sie würden es gemeinsam durchstehen. Sie würden ihm zur Seite stehen, solange sie konnten. Würden ihr Leben für seines geben, wenn es denn so sein sollte. Und es sollte.

Viele Jahre hindurch wurde der Junge von diesen merkwürdigen Anfällen heimgesucht, ohne dass sie sichtbare Spuren hinterließen. Keinerlei Blessuren. Nicht die kleinste Schramme. Es grenzte fast an ein weiteres Wunder. Bis dann eines Tages, Ruben war schon längst ein junger Mann, ein Anfall kam, der alle vorhergehenden in den Schatten stellte. Sein Körper bog sich in alle Himmelsrichtungen. Schien sogar für Sekunden in der Luft zu schweben, dort zu erstarren. Dann kam das Knacken. Als hätte man eine Wagenladung voll Knochen auf dem Boden ausgestreut und ließe nun ein ganzes Regiment darüberlaufen.

Es war schrecklich. Ohrenbetäubend. Unheilvoll. Wieder und wieder schnellte der Körper in die Höhe, während das ganze Skelett zu bersten drohte. Dann stürzte er zurück aufs Bett, verharrte einige Sekunden leblos, um gleich wieder anzuheben. Es war ein schier widerwärtiges Schauspiel, das sich den Mönchen bot. Vom Grauen gebannt, mussten sie hilflos zusehen. Und dann geschah es. Dieses besagte Mal stürzte Rubens Körper nicht zurück aufs Bett. Die Wucht des Anfalls war so enorm, dass der noch immer schmächtige Körper neben dem Bett am Boden landete. Doch zuvor schlug sein Kopf auf den Bettpfosten.

Es gab wieder ein Knacken, aber diesmal klang es anders. Endgültig. Der zierliche Körper sackte leblos zusammen. Der Anfall kehrte nicht wieder. Mit Rubens Lebenszeichen verhielt es sich ebenso. Bei näherer Untersuchung wurde klar, warum: Der Aufprall hatte ihm das Genick gebrochen.

Es kam, was kommen musste. Die Mönche bahrten ihr Mündel auf seiner Liegestätte in Bruder Jakobs Unterkunft auf. Bruder

Jakob selbst hielt die Totenwache, am nächsten Morgen sollte der Leichnam der Erde übergeben werden. Ehe dies geschah, versammelten sich die Mönche noch einmal, um für die Seele ihres Mündels zu beten. Man kann sich den Schock vorstellen, als plötzlich eine nur allzu bekannte Stimme hinter ihnen nach dem Grund für das Gebet fragte. Die Brüder hätte beinahe der Schlag getroffen, als sie den völlig unversehrten und vor allem sehr lebendigen Ruben vor sich stehen sahen. Starr vor Schreck verstummte selbst ihr Gebet. Einzig Bruder Pablo setzte seines einem Mantra gleich fort – und keiner seiner Mitbrüder nahm es ihm krumm, dass er in der Stunde der Verzweiflung ausgerechnet zu ‚Santa Muerte', dem heiligen Tod betete.

Von diesem Tage an wurde jeder Schritt Rubens mit Argusaugen verfolgt. Die Mönche hatten sich zwar geschworen ihr Mündel stets zu unterstützen. Doch seine Auferstehung von den Toten hatte eine tiefe Kluft aus Furcht und Sorge zwischen sie getrieben. Sosehr sie sich auch anstrengten, diesen Vorfall als Gottes Werk zu betrachten, die Vorstellung, dass der Leibhaftige seine Finger im Spiel hatte, schien ihnen viel vernünftiger. Allerdings war die Zeit des Zweifelns nicht von langer Dauer. Pünktlich mit dem nächsten Mond kam der nächste Anfall – und diesmal war nicht zu übersehen, welche Macht hier die Fäden zog!

Ruben zählte gerade einundzwanzig Lenze, als das Schicksal seinen Tribut forderte. Es begann wie tausendmal zuvor. Fieber, dann die Anfälle, das Knacken. Doch diesmal schien sein Skelett tatsächlich zu bersten. Oder anders ausgedrückt, der so schmächtige Jüngling verdoppelte beinahe den Umfang seines Knochengerüstes. Die Haut begann sich ihm in Fetzen abzulösen, wurde aber fast zeitgleich durch Haare ersetzt. Immer mehr, immer dichter, bis sein ganzer Körper von pechschwarzem Fell überzogen war. Und ehe sich die Mönche versahen, stand eine über zwei Meter große Bestie mit Reißzähnen und rasiermesserscharfen Krallen vor ihnen. Das war mehr, als sie verkraften konnten. Diesmal traf tatsächlich einen von ihnen der Schlag – es war Bruder Jakob, dessen alterndes Herz diesen Schock nicht überwinden konnte.

Die Bestie stieß einen markerschütternden Schrei aus und preschte davon. Es war das letzte Mal, dass Ruben seine Mönche gesehen hatte. Er kehrte nie wieder zurück. Zu groß war die Angst, seiner einzigen Familie etwas anzutun. Doch noch größer war die Scham. Ja, so fand die fantastische Geschichte seiner Kindheit ein jähes Ende. Zu sehen wie Jakob, der Mann, der einem Vater am nächsten kam, wegen ihm den Tod fand, konnte Ruben auch heute noch nicht überwinden. Die Zeit heilte eben nicht alle Wunden. Selbst wenn die Mönche noch leben würden nach all den Jahrzehnten, *Jahrhunderten*, er hätte ihnen nicht unter die Augen treten können. Sie hatten so viel für ihn getan, waren bereit ihr Leben für ihn zu geben. Es war nur recht, dass er sie nicht der Gefahr ausgeliefert hatte. Unkontrolliert, wie er damals war, hätte es gewiss fatale Folgen für alle Beteiligten gehabt. Doch dank Jakob und den anderen hatte er rechtzeitig gelernt, wie man überlebt. Und dieses Wissen hatte ihm schlussendlich auch geholfen die Bestie, seinen *Leidenspartner*, zu kontrollieren. Freilich konnte er nicht verhindern, jeden Vollmond zu mutieren. Doch selbst wenn die Bestie den Körper beherrschte, so war es noch immer Ruben, der den *Geist* dominierte.

Er betrachtete seinen Körper im Spiegel. Halb Mensch, halb Bestie. „Ja, mein Freund, ich bestimme die Regeln, nicht du!", murmelte er zu sich selbst. Doch es war an der Zeit. Der Mond stand bereits in voller Pracht am Himmel. Ob Ruben nun wollte oder nicht, die Suche nach seiner Herkunft musste vorerst aufgeschoben werden.

Kapitel 2

„Madame?“

„Nicht jetzt!“

„Aber Madame …“

„Ich sagte *nicht jetzt!*“

„Aber …“

„Bist du taub?“

„Non, Madame.“

„Was stehst du dann noch hier herum!“ Das Mädchen wandte ihr den Rücken zu, um zu tun, wie ihr geheißen wurde. „Ach, eins noch, Estelle.“ Sie blieb stehen und drehte sich wortlos ihrer Herrin zu. „Wir haben das zwar schon neunhundertneunundneunzig Mal durchgekaut, aber ich sage es dir gerne auch noch ein tausendstes Mal: Es heißt nicht *Madame*, sondern *MYLADY!*“

„Oui, Madame.“ Und schneller als der Wind war sie aus dem Zimmer verschwunden.

Angewidert schlug die Herrin die Tür hinter ihrem Dienstmädchen zu. Den aufkommenden Zorn niederkämpfend begab sie sich zu ihrem Frisiertisch und nahm auf dem Stuhl davor Platz. Wütende Augen funkelnden ihr aus dem Spiegel entgegen.

Oui, Madame!, hallten die Worte in ihrem Kopf wieder. Wie oft hatte sie dieser französischen Ziege nun schon versucht Manieren beizubringen? Mit welchem Erfolg?

Oui, Madame!

Wo waren nur die Zeiten geblieben, in denen das Personal einfach *wusste*, was Respekt bedeutete? Ach ja, wo waren sie geblieben, die guten alten Zeiten? Wehmütig drifteten ihre Gedanken zurück in die Vergangenheit. In eine lange, sehr lange vergangene Zeit. In ein fernes Land. Ihre Heimat. Das gute alte Britannien.

Zugegeben, zu Zeiten ihrer Geburt gab es das *gute alte Britannien* längst nicht mehr. Doch es lebte weiter in den Erzählungen ihres Vaters. Zwar hatte auch er Britannien, wie es einst war, nicht mehr wirklich miterlebt. Doch Großvater hatte es. Er war mittendrin, war Teil einer jeden Geschichte, die es von damals zu erzählen gab. Ja, Großvater war ein berühmter Mann gewesen. Ein Mann, den sie selbst leider nicht mehr kennengelernt hatte. Umso mehr liebte sie die sagenumwobenen Erzählungen des Vaters. Wie oft hatte sie ihn als kleines Mädchen angefleht Großvater und die gute alte Zeit in einer Geschichte aufleben zu lassen. Sie hatte es geliebt, den Schilderungen seiner Taten zu lauschen. Hatte es geliebt, sich in bunten Bildern vorzustellen, wie es damals war. Ja, sie hatte jene Zeit weit mehr geliebt als die, in welche sie geboren wurde. Doch konnte man ihr dies verübeln? Immerhin hatten die Leute ihres Schlags mit zunehmenden Problemen zu kämpfen. Und doch musste man dem damaligen Volk nicht erst *erklären*, was Respekt bedeutete! Oder Ehrfurcht. Demut. Ja, damals *wussten* die Leute, wie man sich zu benehmen hatte.

Nun gut, in jener Zeit war es auch noch einfacher, die Menschen für ihre Fehler büßen zu lassen. Und wer einmal den Zorn des Meisters gespürt hatte, würde bestimmt kein zweites Mal respektlos erscheinen. Ja, ihr Vater war nicht nur ein guter Geschichtenerzähler, er wusste auch, wie man sich das Volk zu Diensten hielt. Selbst in den immer gefährlicher werdenden Zeiten ließ die Schar seiner Anhänger nicht nach. Doch im Grunde war er den Menschen gegenüber ohnehin gut gesinnt. Schließlich wusste er, dass sie ihn mehr brauchten als er sie. Und das wussten wohl auch die Menschen. So profitierten sie mehr von seiner Macht, als dass sie diese zu fürchten hatten. Doch galt es, einen Verstoß zu bestrafen, ließ er nicht ein einziges Mal Gnade walten – und auch *das* wussten die Menschen. Skeptiker würden freilich behaupten, dass sie ihn trotz seiner Menschenfreundlichkeit mehr gefürchtet denn verehrt hatten. Nun, *dass* sie Angst vor ihm hatten, war nur allzu verständlich, schließlich war er der Magier. Der mächtigste Zauberer *seiner* Zeit und direkter Nachkomme des mächtigsten *aller* Zeiten. Und die Menschen fürchteten nun einmal alles, was mit Magie zu tun hatte. Dennoch vertrauten sie sich ihr auch an. Ließen sich von ihr leiten und schützen. Ja, so verhielt es sich in der damaligen Zeit.

Doch die Zeiten hatten sich geändert. Und nicht gerade zum Besten, soweit es die Magie betraf. Was damals zum einfachen Leben dazugehörte, war heute verpönt. Die Magie wurde nicht länger als hilfreich angesehen, sondern schlichtweg als schlecht. Plötzlich versprach sie keinen Schutz mehr, sondern bedeutete Gefahr. Bald war es keine reale Macht mehr, sondern lediglich ein Ammenmärchen, das dazu diente, unartige Kinder einzuschüchtern. Die Menschen hatten aufgehört an die Kunst der Magie zu glauben. Nein, es kam noch schlimmer. Die klugen Köpfe der Neuzeit behaupteten sogar, dass jeder Mensch Magie in sich trage.

Welch abscheuliche Blasphemie!

Kein Mensch war zu Magie fähig! Täuschen. Tricksen. Dazu waren die Menschen fähig. Aber die *echte* Kunst der Zauberei oblag von jeher nur Magiern und Hexen. Und es war auch nicht möglich, das Zaubern einfach zu erlernen. Nie und nimmer! Nur ein Wesen, in dessen Adern reines, magisches Blut floss, konnte seine Gaben auch weitergeben. Der Zauberer stets an seinen erstgeborenen Sohn, eine Hexe nur an ihre weiblichen Nachkommen.

Nun, manchmal gab es auch Ausnahmen.

Ihr sich fortwährend veränderndes Spiegelbild formte ein satanisches Grinsen. Sie selbst zum Beispiel war eine dieser seltenen Verwirrungen der Gene. Der Vater ein Magier, die Mutter eine Hexe, trug sie zu hundert Prozent reines, magisches Blut in sich. Dank der Mutter hatte sie selbstverständlich auch die Magie geerbt. Doch, was niemand wusste, war, dass sie auch des Zauberers Gene geerbt hatte. Rein theoretisch betrachtet war *sie* also das mächtigste magische Wesen überhaupt. Die magische Allmacht schlechthin, hätte sie erst einmal ihr Erbe angetreten. Doch stattdessen musste sie nun seit endlosen Jahrhunderten schon dieses niederträchtige Dasein fristen! Und wem hatte sie diese Schmach zu verdanken? Oh, es war schon wirkliche Ironie, dass ausgerechnet dieses Miststück von Mutter das Verderben über sie gebracht hatte.

Ja, sie hatten alles gehabt. Macht. Ansehen. Selbst die Inquisition konnte ihnen nichts anhaben. Und noch schien es nicht genug für ihre Mutter. Denn sosehr sie sich ihrem Gemahl, dem Zauberer, auch verbunden fühlte, es war nicht das, was die Menschen gemeinhin als Liebe bezeichneten. Obwohl ihr Leben vollkommen war, vermisste sie etwas. Die jahrzehntelange Suche nach dem Unbekannten sollte schließlich belohnt werden, und sie fand tatsächlich die Liebe ihres Lebens – in einem einfachen Menschen. Als dann dieser Liebe auch noch ein Kind entsprang, war es mit der Geduld des gehörnten Gemahls zu Ende. Doch dummerweise liebte dieser seine Gemahlin wirklich. Also ließ er zum ersten und einzigen Mal in seinem Dasein Nachsicht walten. Er verbannte die Hexe und ihren Liebhaber für alle Zeit aus seinem Reich – und mit ihnen nicht nur den Bastard ihrer Liebe, sondern auch die Erstgeborene seiner selbst. Davon ausgehend, dass er keinen Erben *seiner* Magie hatte, wollte er die gesamte Sippe niemals wiedersehen.

Der größte Fehler seines Lebens!

Zornerfüllt starrten ihre Augen nun aus dem Spiegel auf ein ganz und gar nicht gleiches Gegenüber. Mit jeder neuen Erinnerung vertiefte sich die negative Energie in ihr, und so erging es auch ihrem Spiegelbild. Oh ja, die *gute alte Zeit* – mit einem Mal hatte sie alles verloren. Familie, Heimat, und dann wurde ihr auch noch die Magie selbst genommen. Denn ihre Mutter beschloss von jenem Tage an ein Leben ohne Zauberkraft zu führen. Zum Schutz ihres neuen Gatten sozusagen. So kam es, dass die letzte magische Handlung der Mutter jene war, die Magie ihrer beiden Töchter zu bannen.

Nicht nur musste sie nun also mit dem gehassten Stiefvater und einer noch weit mehr verhassten Halbschwester leben. Nein, sie musste ihr Dasein auch noch wie ein *Mensch* verbringen. Nun, zumindest soweit es die Vorstellung ihrer Mutter betraf. Bloß wusste dieses einfältige Luder nicht, dass ihre älteste Tochter noch ein Ass im Ärmel hatte. Zugegeben, sie selbst wusste es bis zu jenem Vorfall auch nicht. Doch der Ironie des Schicksals war es wohl abermals zuzuschreiben, dass der Zauber die eine

Macht unterband, während er eine viel mächtigere zum Vorschein brachte. Schließlich floss nicht *nur* das mütterliche Blut in ihren Adern. Also ja, ihre eigenen magischen Gene konnte die Hexe ruhig blockieren. Doch des Vaters Gene konnte sie nicht aus ihrer Tochter verbannen!

Die Mutter in ihrem Glauben lassend, begann sie fortan die Magie im Geheimen weiter zu üben. Und sie war gut, verdammt gut sogar. Doch musste sie auch vorsichtig sein. Denn nur weil die Hexe auf Magie verzichtete, war sie noch lange nicht dumm! Aber das war sie selbst auch nicht. Sie war nicht nur geschickt im Verfeinern der Zauberkunst, sie wusste auch, was es hieß, den richtigen Zeitpunkt abzuwarten. Noch ein Talent, das sie ihrer Mutter voraus hatte.

Die Jahre zogen also ins Land, die Zeit heilte alle Wunden. Das zumindest ließ sie ihre so hochgeschätzte Frau Mama glauben. Nach außen hin spielte sie das Glückliche-Familie-Spiel mit, erwies sich dem kleinen Bastard sogar als fürsorgende große Schwester. Aus Angst vor dem Zauberer hatten sie längst den Kontinent verlassen, waren geflohen in eine fremde, ferne Welt jenseits des großen Meeres. Der kleine Bastard wuchs heran und entwickelte sich nicht nur zum Liebling aller, sondern entpuppte sich auch noch als die gleiche Schönheit, wie die Mutter es war.

Das gespiegelte Ich ihrer selbst zeigte nun all die Abscheu und Verachtung, die sie bei diesen Gedanken empfand. Oh, was hatte sie nur schon leiden müssen! Welch bittere Schmach hatte sie erdulden müssen! Doch nichts war all dies gewesen gegen die Erniedrigung, solch eine Schönheit von Halbschwester an ihrer Seite ertragen zu müssen. Erneut keimte Wut in ihr auf. Nein, Hass. Blanker Hass.

Diese verdammten Gene hatten es nicht nur gut mit ihr gemeint. Zwar hatten sie ihr mehr Magie verschafft, als sie von Natur aus hätte besitzen dürfen. Aber rein optisch war sie leider dem Hexenfluch erlegen. Nur selten kam es vor, dass eine Hexe eine *echte* optische Augenweide war. Ihre Mutter war eine dieser Ausnahmen gewesen. Doch hatte sie diese äußere Schönheit leider nicht an ihre erste Tochter vererbt. Umso schlimmer, dass ausgerechnet dieser halbmagische Menschenbastard von diesen Vorteilen profitieren sollte.

Sie krallte ihre Finger in das Holz des Frisiertisches, sodass dieser kurz vor dem Bersten stand. Oh ja, es hatte sie unendlich viel Magie gekostet, dieses Glückliche-Familie-Theater über die Jahre aufrechtzuerhalten, anstatt sie alle auf der Stelle zu vernichten! Doch sie hatte gelernt zu warten. Ja, Vorfreude war nun einmal die schönste Freude!

Und es hatte sich ausgezahlt. War jede Minute des Wartens wert gewesen. Nie würde sie diesen Anblick vergessen! Der Mensch, der ihr Stiefvater sein wollte, war bereits steinalt. Auch die Mutter war dank des menschlichen Lebenswandels bereits im fortgeschrittenen Alter, doch hätte sie gut noch einige Jahrzehnte zu leben gehabt.

Hätte!

Langsam lockerte sie ihre Finger wieder, entspannte sich angesichts dieser wunderschönen Erinnerungen beinahe. Ja, es war wirklich einer der schönsten Tage gewesen, als sie ihrer Mutter vor den Augen des Stiefvaters den Kopf abgeschlagen hatte. Sein Tod erledigte sich dann – wie erwartet – von selbst. Für einen kurzen Moment schloss sie die Augen, um das Hochgefühl von damals noch einmal zu durchleben. Um sich noch einmal in diesem wonnigen Gefühl der Selbstzufriedenheit zu wiegen.

Die Hexe ist tot, es lebe die Hexe!

Und die war von jenem Tage an niemand geringerer als sie selbst!

Ihr ursprünglicher Plan hatte auch den Tod der Halbschwester vorgesehen. Doch versprach ihr die schlichte Tötung der Kleinen keine rechte Befriedigung. Die Rolle der in der schlimmsten Stunde zu Hilfe eilenden großen Schwester schien ihr da etwas vielversprechender. Und so war es dann auch.

Blind und naiv in jeder Beziehung vertiefte der lebensunerfahrene Bastard sein Vertrauen in die viel ältere und scheinbar so weise Schwester. Vollkommen freiwillig legte die kleine Göre ihr ganzes Leben in ihre Hand. Ließ sie schalten und walten nach Belieben. Und machte sich dadurch selbst zur Marionette der neuen Hexe. Nur dass sie weder wusste, dass es eine neue Hexe gab, noch dass sie deren williges Werkzeug geworden war.

Die einzig offene Frage, die es seitens der Hexe noch zu klären galt, war, ob sie der Göre ihre Magie zurückgeben sollte oder lieber nicht. Nach einem einzigen Versuch war klar, dass es für alle Beteiligten gesünder wäre, dies zu unterlassen. Nicht nur war die Göre absolut untalentiert, nein, sie fürchtete sich regelrecht davor, Magie anzuwenden. Und wenn es etwas gab, das schlecht fürs Geschäft war, dann eine Hexe, die vor ihrem eigenen Handwerk Angst hatte! Also bannte sie als große Schwester die Zauberkraft wieder, was ihr nur recht war. Denn dadurch hatte sie nicht nur ein willenloses, sondern vor allem auch *wehrloses* Püppchen aus der verhassten Halbschwester gemacht.

Viele Jahre hindurch kamen sie auf diese Art und Weise zunehmend gut über die Runden. Die junge Schönheit von Bastardschwester wurde in die feine Gesellschaft eingeführt. Wurde der Welt als Erbin eines fremden Reiches vorgestellt. Ein bisschen Magie da, ein kleiner Zauber dort, und schon lag der Göre der halbe Kontinent zu Füßen. Sie selbst, die Hexe, gab sich stets im Hintergrund. Stellte sich lediglich als Beraterin dar, als enge Vertraute. Doch mit jeder neuen Bekanntschaft der Kleinen wuchsen Macht und Ansehen der Hexe. Still und heimlich schlich sie sich in die obersten Etagen der hiesigen Gesellschaft, manipulierte bald nach Belieben. Und niemand schöpfte auch nur den geringsten Verdacht. Ja, die wunderhübsche Göre war eine leicht zu spielende Marionette, und sie, die Hexe, verstand es, die Fäden mit außerordentlichem Geschick zu führen. Doch nach ein, zwei Jahrhunderten war das kleine Püppchen leider viel zu erwachsen geworden – und entwickelte ein unvorhersehbares Eigenleben.

Bei dem Gedanken daran verkrampfte sich die Hexe erneut vor ihrem Spiegel. Allzu frisch waren diese Erinnerungen, selbst nach all den endlosen Jahren, die seitdem vergangen. Oh, so weit war sie schon gekommen in ihrem kleinen Spiel. Und dieses elende Gör hätte beinahe alles wieder zunichte gemacht. Wütend drückte sie die Handflächen auf den Tisch, begann mit ihren Fingernägeln über das Holz zu kratzen. *Welch Ironie des Schicksals*, dachte sie finster bei sich. Denn es war abermals die Liebe, die sich drauf und dran gemacht hatte ihr Leben ein zweites Mal zu zerstören. *Rafael de la Renta.*

Allein der Gedanke an seinen Namen ließ sie eine endlos tiefe Furche in den Frisiertisch ziehen.

Don Rafael, wie er von seinen Leuten genannt wurde, war ein Edelmann aus dem fernen Lande Spanien. So sagte er jedenfalls. Er war mit seinem Gefolge in die Fremde aufgebrochen, um … Nun, dieses Warum wusste er gut zu verschleiern. Lange Rede, kurzer Sinn, als der stattliche Don und die Schönheit von Bastardschwester einander begegneten, war es Liebe auf den ersten Blick. Sehr zum Ärgernis der Hexe. Denn der Edelmann erwies sich nicht nur als unglaublich hartnäckig im Werben um die holde Jungfer. Nein, es lag etwas in seinem Wesen, das die Hexe aufs Tiefste beunruhigte. Wenn er sie, die sie vorgab, lediglich die Gesellschafterin zu sein, ansah, hatte sie das Gefühl, er würde in ihr Innerstes blicken und alles über sie wissen.

Nun, das war natürlich lächerlich. Doch in seinen Augen schlummerte die Gefahr. Nicht dass sie deshalb Angst vor ihm gehabt hätte. Schließlich war sie als Hexe ja nicht gerade hilflos. Doch wollte sie diesen Mann nicht in ihrem Umfeld haben. Er schien ihr von Anfang an als Bedrohung für alles, wofür sie so hart gearbeitet hatte. Leider hatte die Göre es sich in den Kopf gesetzt, diesen Don-Juan-Verschnitt ehelichen zu wollen. Kein Zauber der Welt hätte sie davor zurückhalten können.

Um ihr Werkzeug der Macht nicht ganz zu verlieren, hatte sie nun selbst den größten Fehler ihres Lebens begangen. Sie hatte in die Ehe eingewilligt, mit der Bedingung, weiterhin an der Seite der vermeintlichen Herrin verweilen zu *dürfen*. Freilich wurde der spanische Gockel vor vollendete Tatsachen gestellt. Schließlich sollte er ja nicht wissen, dass die Vertraute seiner Gemahlin in Wahrheit seine Schwägerin war. Halbschwägerin, um genau zu sein. Der ach so edle Herr schien erwartungsgemäß ganz und gar nicht begeistert, doch wollte er die Liebe seines Lebens auf keinen Fall verlieren. Nicht wegen einer derartigen Lappalie. Doch traf auch er eine Entscheidung, die sich der Hexe gewaltig auf den Magen schlug. Denn er bestand darauf, mit seiner Gemahlin in den Süden des Kontinents zu ziehen, wo er ein Gut besaß. Was er jedoch unerwähnt gelassen hatte, war die Tatsache, dass dies der entlegenste Winkel der ganzen Welt überhaupt sein musste. Dort gab es schlichtweg nichts. Keine Menschen, keine Zivilisation. Einzig und allein Berge und ein paar Wildtiere.

Was daraus resultierte, war ein Albtraum für alle Beteiligten.

Als Gesellschafterin versuchte sie natürlich ihren Einfluss auf ihr Spielzeug weiterhin geltend zu machen. Mit allen Mitteln – und magischen Tricks – versuchte sie die Göre von ihrem Gemahl fernzuhalten. Doch waren die Hürden, die ihr in den Weg gestellt wurden, schier unüberwindbar. Denn Don Rafael hatte seinerseits ein wachsames Auge auf die Begleiterin seiner Gattin gerichtet. Allem Anschein nach hatten sie im gegenseitigen Misstrauen ihre einzige Gemeinsamkeit gefunden. Es entbrannte ein regelrechter Kampf um die *Gunst* der Göre. Und die Hexe verlor von Tag zu Tag ein wenig mehr an Einfluss. Schließlich konnte sie unter den Argusaugen des Gatten ihre Magie nur spärlich bis gar nicht einsetzen. Bis dann völlig unerwartet der Tag der Wahrheit kam.

Es war eine kühle Sommernacht, und Don Rafael bat die Gesellschafterin zu einem Gespräch unter vier Augen. Ein wahrlich seltsames Ansinnen des *Herrn*, doch die Hexe machte gute Miene zum bösen Spiel. De la Renta kam gleich, ohne um den heißen Brei herumzureden, auf den Punkt. Wie sich herausstellte, wollte er das lästige Anhängsel einer blutrünstigen Bestie zum Fraß vorwerfen. Und die Bestie war niemand geringerer als der gute Don Rafael selbst. Leider hatte er nicht damit gerechnet, auf eine Hexe zu treffen. Doch schlug der Überraschungseffekt gleichermaßen auf beiden Seiten ein. Somit war der Kampf entschieden, ehe er denn begonnen hatte. Es gab weder Sieger noch Verlierer. Nun, da beide Seiten um ihre wahre Identität wussten, konnte dieser Kampf nur noch mit unlauteren Mitteln gewonnen werden.

Und darin gab es einen klaren Favoriten.

Man musste Rafael zugutehalten, er wusste, dass er einen offenen Kampf gegen eine Hexe trotz seiner animalischen Kräfte nur verlieren konnte. Selbst Brachialgewalt konnte gegen Magie nicht viel ausrichten. Sein einfacher und absolut einfallsloser Plan war es, das Weite zu suchen. Er wollte mit seiner Gattin nach Europa zurückkehren – ohne die Hexe, versteht sich. Die Distanz sollte das enge Band des Vertrauens durchtrennen. Doch was der Spanier trotz allem nicht wusste, war der Fakt, dass noch ein ganz anderes Band zwischen seiner Liebsten und der – wie er sie stets zu nennen gedachte –*vermaledeiten Magd* bestand.

Tja, Blut war eben dicker als Wasser, dadurch erfuhr die Hexe zum einen von dem Plan, ehe er ausgeführt werden konnte. Zum anderen hatte sie durch die Blutsbande besondere Macht über die Halbschwester. Da die Karten nun offen auf dem Tisch lagen, brauchte sie mit ihrer Magie ja nicht mehr länger hinterm Berg zu halten. Der nächste Gedanke zauberte geradezu ein grimmig süßes Lächeln auf ihre Lippen. Es hatte noch einen weiteren Punkt gegeben, den weder Rafael noch die Göre in Betracht gezogen hatten. Denn wer der Hexe nicht länger von Nutzen sein konnte, musste von der Bildfläche verschwinden. Und die Göre hatte ihren Nutzen an dem Tage verloren, an dem sie der spanischen Bestie die Frucht ihrer Liebe geboren hatte! Was war das für ein Tag … doch ein zaghaftes Klopfen riss sie jäh aus ihren Gedanken.

„Madame?", flötete das Dienstmädchen kaum hörbar. Doch im Kopf seiner Herrin hallten die Worte wie Donnergrollen. Ihr Innerstes verkrampfte sich. Diese geradezu beleidigende Intoleranz der Dienerschaft war nicht länger zu ertragen. Wieder klopfte es, diesmal ein klein wenig fester.

„Madame Schinefee?"

Das war zu viel der verbalen Respektlosigkeiten. Scheinbar von selbst zerbarst der Spiegel vor Guinevere in Tausende von Scherben. Einzelne, auf befremdliche Art und Weise sehr unterschiedliche Fragmente ihres Ebenbildes wirbelten durch die Luft, schienen sie geradezu zu verhöhnen. Aber dann geschah etwas, das selbst die Hexe nicht erwartet hatte.

Die Spiegelscherben erstarrten mitten in der Luft. Einer schwebenden Bedrohung gleich, verharrten all die Glaselemente über Guineveres Kopf. Es war, als würden Tausende von winzigen

Schwertern auf den Befehl zum Angriff warten. Von einer Sekunde zur nächsten verschwand der Hexe Reflexion aus den unzähligen Einzelteilen. Stattdessen spiegelten die Scherben plötzlich das Abbild einer einzelnen roten Rose.

Der Anblick schnürte Guinevere beinahe die Luft zum Atmen ab. Nie im Traum hätte sie zu wagen geglaubt, ja zu hoffen gedacht, dass dieser Moment Wirklichkeit werden könnte. Und doch sah sie in genau diesem Augenblick Tausende von blutroten Rosenblüten auf sich herabblicken – ehe sie in der nächsten Sekunde klirrend zu Boden fielen und der ganze Spuk ein jähes Ende fand.

„Madame? Alles … ähm … va bien?"

Schlagartig wich die Verzückung über das eben Gesehene der abgrundtiefen Abscheu gegenüber der kontinuierlichen Missachtung ihrer ausdrücklichen Anweisungen. Erneut flammte der Hass in der Hexe auf.

Herr Gott noch mal, war es denn wirklich so schwer, ein schlichtes Mylady über die Lippen zu bringen?

Selbst ein toter Fisch hatte mehr Geistesblitze als diese französische Schnattergans! Nein, das alles musste ein Ende finden – und Guinevere wusste auch schon ganz genau welches! Oh ja, es reichte in der Tat. Viel zu lange hatte sie dieses Schauspiel bereits geduldet. Aber nun war es endlich an der Zeit, Veränderungen vorzunehmen.

„*ESTELLE!!*", brüllte die Herrin. *Estelle.* Was hatten sich die Eltern dieses Kindes bloß dabei gedacht, die Dummheit in Person nach einem Stern zu benennen. Die Tür öffnete sich einen Spalt, und ein verängstigtes Dienstmädchen streckte den Kopf hindurch. „Oui, Madame?"

Beinahe hätte sie diese impertinente Person genauso bersten lassen wie den Spiegel Sekunden zuvor. Stattdessen bemühte sie sich ihre geradezu unbändige Wut zu kontrollieren. Noch brauchte sie eine menschliche Dienerin. Eine *dumme*, menschliche Dienerin. Ja, sie war sich durchaus darüber bewusst, dass sie diese Estelle eben genau wegen ihrer offensichtlichen geistigen Resistenz gegenüber jeglichen Wissens eingestellt hatte. Doch ihre Geduld war nahezu ausgeschöpft. „Estelle", begann sie in gefährlich freundlichem Tonfall. „Ich möchte Vivienne in dreißig Minuten in der Bibliothek sprechen. Keine Minute später!"

„Oui, Madame."

„Und, Estelle …" Verunsichert begegnete das Mädchen dem Blick seiner Herrin. Oh ja, die kleine Gans war vielleicht dumm, doch sie besaß Instinkte. Instinktiv wusste sie, wann sie einen Fehler begangen hatte. Sie hatte nur nie die leiseste Ahnung, welchen! Ein wahrer Genuss für die unbarmherzige Herrin. *Aber deine Zeit ist noch nicht gekommen, Kindchen.* „Wenn du die Nachricht überbracht hast, pack unsere Koffer."

„Für wie lange gedenken wir wegzubleiben, Madame?" Die Erleichterung, diesmal keinerlei Züchtigung ertragen zu müssen, war unüberhörbar.

„Für immer." Eine angehobene Augenbraue genügte, und das Mädchen verstand, dass seine Anwesenheit nicht länger erwünscht war.

Beschwingt erhob sich die Hexe aus ihrem Stuhl und sah zum Fenster hinaus. Ja, es war an der Zeit! Sie hatte das Zeichen gesehen – nun musste sie nur noch seinem Ruf folgen. Mit einem Mal war sie erfüllt von Genugtuung. Vorfreude. Ein schaurig grimmiges Lächeln zauberte sich auf ihre Lippen. Oh, sie konnte es förmlich spüren. Die Stunde ihres Triumphs war zum Greifen nahe. In der Tat, sie würde diesen verhassten Ort verlassen und nie wieder zurückkehren. Nie mehr würden ihre Ohren unter *Madame Schinefee* zu leiden haben. Dort, wo sie hinging, würde ihr Name keinerlei Respektlosigkeit mehr zum Opfer fallen. Oh ja, es war an der Zeit, ihr Geburtsrecht einzufordern. Zeit, der Welt zu zeigen, wozu *Lady Guinevere* imstande war!

Es war endlich an der Zeit *heimzukehren*!

Kapitel 3

Es war ein Frühlingsmorgen, wie er im Buche stand. Die Sonne stupste mit ihren wärmenden Strahlen zaghaft das frisch sprießende Grün der Natur an. Die Luft war erfüllt von den ersten Düften dieser so lang ersehnten Jahreszeit. Nach einem endlos scheinenden Winterschlaf erwachte die Welt nun endlich wieder zu Leben. Für Vivienne Anlass genug, sich mit ihrem Lieblingsbuch in ihren Lieblingsstuhl an ihrem Lieblingsplatz zu bequemen. Die Veranda.

Von hier aus hatte sie uneingeschränkte Sicht auf den herrlichen Garten, der sich an die Rückseite der Villa anschloss. Ihr eigenes kleines Meisterwerk. In mühevoller Handarbeit hatte sie dieses Juwel von Gartenlandschaft selbst angelegt. Weniger aus Liebe zur Natur denn aus Mangel an Beschäftigung. Für sie war es schlicht eine Methode, die langen, einsamen Jahre ihres Daseins mit etwas Sinnvollem zu erfüllen.

Nicht ganz ohne Stolz betrachtete Vivienne nun, wie die Früchte ihres Schaffens zu gedeihen begannen. Der Duft von Hyazinthen umspielte ihre Nasenflügel. Sie schloss die Augen, atmete genussvoll ein. Versuchte die duftende Sensation bis in die Spitzen ihrer Lungenflügel einzusaugen. Es war schlicht und einfach herrlich hier draußen. Ein kurzer Blick auf die Uhr bestätigte ihr, dass sie beinahe schon eine Stunde in dem alten Korbstuhl verbracht hatte. Das Buch lag aufgeschlagen in ihrem Schoß, doch gelesen hatte sie noch kein einziges Wort. Verträumt wanderten ihre Augen wieder in den Garten hinaus.

Die Wiese war übersät mit in allen Farben blühendem Krokus. Dazwischen ragten Frühlingsknotenblumen aus dem vom letzten Regen in sattem Grün leuchtenden Gras. Wo noch ein Fleckchen frei war, wuchs ein Meer aus gelben und rosaroten Primeln. Einzelne Grüppchen von Narzissen standen kurz davor, ihre

Knospen zu öffnen. Umrandet wurde das Ganze von einem bunten Rahmen aus Stiefmütterchen. Es war, als ob die Natur selbst unter die Maler gegangen wäre, um ein Gemälde der ganz besonderen Art zu erschaffen. Für Vivienne eine schlichtweg atemberaubende Aussicht.

„Mademoiselle Vivienne?"

Erschrocken fuhr sie herum. Das Dienstmädchen stand mit schuldbewusster Miene an der Schwelle zum Wohnzimmer und versuchte gleichzeitig ein Grinsen zu unterdrücken. „Verzeihung, ich wollte Sie nicht stören, Mademoiselle. Aber die Herrin schickt mich." Mit ihren letzten Worten kehrte auch wieder der nötige Ernst in ihre Stimme zurück.

„Schon gut, Estelle, alles halb so wild!" Es verblüffte Vivienne immer wieder, wie das Dienstmädchen schon bei dem bloßen Gedanken an seine *Herrin* in Angst und Schrecken verfiel. Umso mehr versuchte sie selbst dem entgegenzuwirken. „Also, was will die alte Hexe denn diesmal von mir?" Die Gesichtszüge des Dienstmädchens entspannten sich augenblicklich, und Vivienne musste sich ihrerseits nun bemühen, nicht in schallendes Gelächter auszubrechen. Es war doch wirklich nicht zu glauben, wie leicht sich ein Geheimnis durch die Wahrheit verbergen ließ!

„Madame möchte Sie in dreißig Minuten in der Bibliothek sprechen", gackerte Estelle, sichtlich belustigt über die Worte ihrer jungen Herrin.

„Aha", erwiderte Vivienne gelangweilt. „Hat sie auch gesagt, worum es geht?" Sie zwinkerte dem Mädchen vertrauensvoll zu. „Muss ja enorm wichtig sein, wenn Ihre Majestät von Hexenhausen sich schon zu solch früher Stunde nach mir sehnt!", flüsterte sie verschwörerisch.

Estelle gluckste wie ein junges Küken, angesichts des bösen Scherzes. „Non, Mademoiselle, hat sie nicht. Sie hat mir nur aufgetragen anschließend die Koffer zu packen."

„Sieh an, sieh an." Nun, das war in der Tat eine interessante Neuigkeit. „Hat die *Madame* auch erwähnt, wohin die Reise uns führen wird?" Oh, wie die Hexe sie für diese Ausdrucksweise verfluchen würde. Vielleicht war es unfair, dem armen Mädchen all die *respektlosen* Flausen in den Kopf zu setzen. Doch Vivienne konnte dem kindischen Vergnügen einfach nicht widerstehen.

„Non, Mademoiselle. Sie sagte nur, dass wir *für immer* wegbleiben werden." Die besondere Betonung der beiden Worte ließ vermuten, dass das Mädchen nicht gerade glücklich war über die damit verbundene Arbeit.

„*Für immer?*" Verwundert setzte Vivienne sich auf. „*Das* hat sie gesagt?"

„Exactement", antwortete das Mädchen nun ein klein wenig unsicher. „So lauteten ihre Worte."

„Na dann, was immer die Alte auch vorhat, es soll uns nicht beunruhigen!", versuchte Vivienne das Dienstmädchen zu beschwichtigen. „Ich will dich auch gar nicht länger von deinen Pflichten fernhalten, liebe Estelle." Aufmunternd zwinkerte sie dem Mädchen zu. „Wenn Ihre Durchlaucht für *immer* verreisen möchte, hast du bestimmt unendlich viele Koffer zu packen, nicht wahr!" Vivienne war gerade dabei, so richtig in Fahrt zu kommen, doch sie musste sich einbremsen. Mit einer schlichten Handbewegung entließ sie Estelle schnurstracks in ihre trostlose Aufgabe, überlegte es sich dann aber doch anders. „Ach, noch etwas Estelle", rief sie dem Mädchen hinterher.

„Oui, Mademoiselle?", ertönte es unsicher aus dem Inneren der Villa.

„Um *meine* Koffer kümmere ich mich selbstverständlich selbst!"

„Merci, Mademoiselle Vivienne!", kam die erleichterte Antwort.

Unwillig erhob Vivienne sich sodann aus ihrem bequemen Korbsessel und machte sich auf den Weg in die Bibliothek. Sie bedauerte die arme Estelle. Warum musste diese Hexe nur alle um sie herum behandeln, als wären sie lästige Motten, die sie, das strahlende Licht, ungebetenerweise umschwirrten? Vivienne selbst hatte vor langer Zeit schon gelernt die Allüren der alten Krähe zu ignorieren. Aber die Mädchen, die im Laufe der Zeit in ihre Dienste getreten waren, mussten allesamt unter der unbarmherzigen Diktatur der Hexe leiden. Nun, vielleicht war andere zu quälen der Hexe Methode, sich die endlosen Jahre sinnvoll zu vertreiben?

Um Himmels willen, Vivienne, kommt da etwa Mitleid für die Alte durch?

Ganz gewiss nicht!

Aber musste sie nicht in der Tat schon unsägliches Leid ertragen?

Und wenn schon, das galt noch lange nicht als Entschuldigung für ihr Verhalten. Doch andererseits war die Hexe nicht immer so gewesen. In der Bibliothek angekommen sank Vivienne auf die Couch vor dem Fenster. Den Blick zur Decke gerichtet, drifteten ihre Gedanken in der Zeit zurück. In jene Zeit, als die alte Hexe weder alt war, noch sich tagaus, tagein wie ein feuerspeiender Drache aufführte.

Unendlich viele Jahre waren seitdem vergangen. Zweihundert an der Zahl, um genau zu sein. Die Geschichte, die sich in Viviennes Kopf nun zu formen begann, nahm ihren Lauf zu Anfang des neunzehnten Jahrhunderts. Man schrieb das Jahr 1813, als in einem fernen Land ein kleines Mädchen das Licht der Welt erblickte. Mit der Geburt des Kindes erfüllte sich den Eltern ein Herzenswunsch. Doch die Freude sollte nur von kurzer Dauer sein.

Von *sehr* kurzer Dauer.

Die Eltern waren ein sehr ungleiches Paar, wurde erzählt. Die Mutter, eine ausgesprochene Schönheit, war ein zartes, einfühlendes Wesen. Keiner Fliege hätte sie etwas zuleide tun können. Der Vater hingegen war von schwankendem Gemüt. Mal war er der fürsorgliche Ehemann und im nächsten Moment ein cholerischer Schläger. Nun, er liebte seine Frau von ganzem Herzen, doch seine zügellosen Wutausbrüche konnte er nicht unter Kontrolle bringen. Aber auch die Frau liebte ihren Mann abgöttisch. Also ertrug sie die Auswüchse der scheinbar zwiegespaltenen Seele ihres Mannes mit Würde und Anstand.

Als das Kind ihrer Liebe geboren wurde, war der Mann nicht zugegen. Ein wichtiges Geschäft hatte ihn für einige Tage von zu Hause weggeführt. Als er wiederkehrte, war er Vater geworden. Doch durfte er weder seine Frau noch sein kleines Mädchen sehen. Die Geburt hätte sowohl Mutter als auch Kind an die Grenzen ihrer Kräfte geführt, erklärte ihm die Hebamme. Es hätte Komplikationen gegeben, die der Mutter beinahe das Leben gekostet hätten. Und das Kind sei nach den Strapazen der Geburt ebenfalls noch viel zu geschwächt. Kurzum, beide müssten erst wieder zu Kräften kommen, ehe der Mann sie sehen durfte. Der frischgebackene Vater wollte sich von den Worten der Hebamme aber nicht abhalten lassen.

Er wollte nur eines: seine geliebte Frau und sein Kind sehen. Doch die Hebamme blieb standhaft. Vehement verwehrte sie ihm den Zutritt. Da sah der Mann rot. Ohne sich dagegen wehren zu können, wurde er von einem seiner Wutausbrüche übermannt. Von wildem Zorn geleitet, erschlug er erst die Hebamme, ehe ihn die blinde Wut dazu brachte, das Unfassbare zu tun. Er erschlug auch seine über alles geliebte Gattin. Die ebenfalls anwesende Schwester der Frau konnte sich mit dem neugeborenen Mädchen gerade noch in Sicherheit bringen, sonst hätte es wohl auch ihrer beider Leben gekostet. Der Vater, so erfuhr die Schwester nach einiger Zeit, konnte mit der Scham seiner grauenvollen Tat nicht länger leben und richtete sich selbst. Und das kleine Mädchen, ja, das lebte von nun an bei seiner Tante und wurde, nach der Mutter Willen, auf den Namen Vivienne getauft.

Ja, damals hatte Guinevere wohl noch so etwas wie ein Herz besessen.

Nach der Tragödie waren sie fortgezogen. Die Tante wollte der kleinen Nichte einen Neuanfang ermöglichen, möglichst ohne an jeder Ecke an die Dämonen der Vergangenheit erinnert zu werden. Das Vermögen der Eltern ging an deren Tochter über und wurde demnach von der Tante verwaltet. Es war genug, um sie für einige Jahre problemlos über die Runden zu bringen. Doch Guinevere bewies ein geschicktes Händchen im Umgang mit Geld. Ein Geschick, das ihnen bald schon beträchtlichen Reichtum bescherte.

Vivienne wuchs wohlbehütet heran, und es mangelte ihr an rein gar nichts. Einzig und allein Freundschaften konnte sie so gut wie nicht schließen, da Guinevere nie sonderlich lange an ein und demselben Ort bleiben wollte. Als Vivienne älter wurde, fand sie schließlich auch heraus, warum ihre Tante stets so ruhelos war. Sie hatte guten Grund dazu, ihren Wohnsitz in regelmäßigen Abständen zu wechseln, denn sie war ein magisches Wesen. Eine Hexe.

Natürlich war Vivienne erst mal fasziniert von der Vorstellung, eine waschechte Hexe als Vormund zu haben. Selbstverständlich stellte sich ihr sofort die Frage, ob sie vielleicht auch irgendwelche magischen Fähigkeiten besaß. Doch konnte sie nichts Übernatürliches an sich feststellen. Nun ja, bis auf die Tatsache, dass sie nach einem anderen Modus zu altern schien als die übrigen Kinder. Über kurz oder lang wäre es aufgefallen, dass mit Vivienne etwas nicht stimmte. Und da Guinevere stets dagegen war, ihre Magie für *Unnötiges* zu verschwenden, kamen die häufigen Umzüge als Tarnung gelegen.

Was die Frage nach ihren eigenen magischen Fähigkeiten nun betraf, so erlebte Vivienne eine herbe Enttäuschung. Zwar räumte die Tante ein, dass auch ihre leibliche Mutter Hexenblut in sich hatte, doch habe sich dieses nicht auf ihr Kind übertragen. Die Mutter konnte die Hexenkunst nie praktizieren. Ihre Magie war gebannt worden, bedingt durch einen uralten Familienzwist. Was dann wohl auch der Grund war, weshalb Vivienne keine Magie in sich trug. Doch eines hatten ihr die mütterlichen Gene dann doch vermacht, und das war eben die Langlebigkeit, über die jedes magische Individuum verfügte. Egal ob nun mit oder ohne Zauberkraft, Vivienne würde in jedem Fall steinalt werden!

Doch etwas anderes hatte Viviennes Interesse nun geweckt. Sie wollte mehr über diesen *Familienzwist* erfahren. Nur ungern gab die Tante Details zu diesem Thema von sich. Zu tief saß wohl der damit verbundene Schmerz. Aber Vivienne entlockte ihr Schritt für Schritt die wichtigsten Eckpunkte der Streitigkeiten. Und sie staunte nicht schlecht, als sie herausfand, wer zu ihren Ahnen gehörte. Von den Erzählungen der Tante inspiriert, begann sie alles über Hexen, Zauberer und natürlich ihre Vorfahren zu lesen. Bald war sie bestens informiert – doch wie so oft im Leben stand das überlieferte Wort nicht immer für die Wahrheit.

Tja, wenn man alle Zeit der Welt hatte, fiel es einem natürlich nicht schwer, die offensichtlichen Widersprüche diverser Berichte zu erkennen. Und nach fünfzig Jahren intensiver Studien über das Hexentum war Viviennes Begeisterung an diesem Thema schließlich auch ermüdet. Zumal sie ja auch keine eigene Magie besaß, die sie in diesem Zusammenhang hätte üben können.

Interessanterweise begann auch Guinevere sich zu jener Zeit von ihr abzuwenden.

Vivienne kam sich von Tag zu Tag unerwünschter vor. Es war, als ob die Tante der Bürde der Vormundschaft überdrüssig geworden wäre. Anfangs hatte Vivienne sich oft gefragt, ob die Tante vielleicht enttäuscht warüber ihre *unmagische* Nichte. Doch musste Vivienne bald erfahren, dass der Tante Verhalten rein gar nichts mit ihr zu tun hatte. Es lag schlichtweg in deren Natur, so zu sein, wie sie von nun an jeden Tag war. Tja, wie jedes kleine Kind wusste, gab es nun mal gute Hexen und eben auch böse.

Die gute Tante Guinevere war allem Anschein nach von der letzteren Sorte.

Wie böse die Tante nun tatsächlich war, konnte Vivienne sich nur ausmalen. Guinevere war viel zu geschickt im Tarnen und Täuschen, als dass sie sich hätte in die Karten blicken lassen. Oder sie war einfach nur verdammt gut in der Ausübung ihrer Magie. Vivienne konnte nie wirklich sagen, wann ihre Tante gerade Zauberkunst anwandte und wann nicht. Nur einmal überraschte sie Guinevere in einem denkbar ungünstigen Moment – aus deren Sicht, versteht sich.

Vivienne platzte in der Tante Ankleideraum, und beinahe wären ihr die schauerlichen Details entgangen. Guinevere saß vor ihrem Spiegel, mit ihren Gedanken scheinbar ganz woanders. Also trat Vivienne näher heran, um die Tante quasi wach zu rütteln. Doch der Anblick, der sich ihr dann bot, ließ ihr die Haare zu Berge stehen. Denn die Reflexion der Hexe hatte rein gar nichts mit der Person gemein, die vor dem Spiegel saß. Vielmehr glaubte Vivienne, in das Antlitz eines Monsters zu sehen. Sie erschrak dermaßen, dass sie einen Aufschrei nicht unterdrücken konnte. Die Hexe erwachte aus ihrer Trance, und Vivienne glaubte unter dem glühenden Blick sterben zu müssen.

Nun, die Hexe ließ Gnade walten. Doch seit Vivienne die Wahrheit um deren tatsächliches Aussehen kannte, war die Stimmung zwischen den beiden auf unter null gesunken. Guinevere machte keinen Hehl mehr aus der Verachtung, die sie für ihre Nichte empfand, und Vivienne ignorierte sie von nun an einfach.

Du hättest die alte Krähe damals verlassen sollen!

Klar, das wäre auch eine Möglichkeit gewesen. Doch hätte sie das getan, und dessen war Vivienne sich absolut sicher, hätte die Hexe sie dafür mit ihrem Leben bezahlen lassen.

Dann hör gefälligst auf zu jammern, du Feigling!

Ja, ja, Vivienne wusste nur zu gut, dass sie sich ihr Gefängnis durchaus selbst ausgesucht hatte. Bloß, um ihr Leben auf der Flucht zu lassen, hing sie einfach viel zu sehr daran. Auch wenn sie sich gewiss ein schöneres Leben herbeisehnte, es gab mit Sicherheit noch einen ärmeren Tropf als sie selbst … doch da durchbrach ein herablassendes Räuspern plötzlich die Stille ihrer Gedanken. Unwillig öffnete Vivienne die Augen und blickte zur Tür.

Ihre Majestät, die Hexe, war also eingetroffen.

Guinevere stand schon einige Minuten vor der zweiflügeligen Glasfront und beobachtete durch die geschlossenen Scheiben hindurch ihre Nichte. Da lag sie, das Pfand ihres Triumphs, und schlummerte sorglos vor sich hin. Doch der Anblick verschaffte ihr nicht nur Genugtuung. Zu frappierend war die Ähnlichkeit. Zu lebhaft keimten jedes Mal die verhassten Erinnerungen auf, wenn sie den Balg ansehen musste. Das Gefühl das Guinevere in erster Linie beim Anblick ihrer Nichte überkam, war schlichtweg Übelkeit. *Nicht mehr lange, Guinevere, nicht mehr lange!*

„Vivienne, ich möchte, dass du dich im Morgengrauen zur Abreise bereithältst", kam die Tante ohne Umschweife auf den Punkt.

Geht's vielleicht noch ein bisschen ungenauer? Aber Vivienne behielt ihre Gedanken für sich und verdrehte lediglich die Augen.

„Keine Widerrede, junge Dame!"

Touché! „Und wo geht's *diesmal* hin?" Vivienne brauchte sich nicht erst um einen gelangweilten Tonfall zu bemühen. Diese ewigen Umzüge gingen ihr langsam, aber sicher auf die Nerven. Doch Estelles Aussage hatte sie auch neugierig gemacht. Denn im Endeffekt waren sie immer wieder zu einem ihrer vorherigen Wohnsitze *zurückgekehrt*. *Für immer,* war demnach eine ganz neue Wendung.

„In deine Heimat!", verkündete Guinevere gereizt.

Vivienne runzelte verständnislos die Stirn. *Heimat?* „Und was bitteschön verstehst du darunter?"

Die Geduld der Tante schien ihre Grenzen bereits erreicht zu haben, als sie ihrer Nichte die Antwort hinschleuderte. „Britannien, meine Liebe. Wir kehren heim in das Land deiner Ahnen. Somit auch in *deine* Heimat!"

Ah, natürlich! „Tantchen, du solltest lernen mit der Zeit zu gehen." Vivienne konnte nicht anders. Sie musste noch eins obendrauf setzen. „Dein so viel gepriesenes *Britannien* gibt es schon längst nicht mehr. Vielleicht könntest du unser Ziel also doch ein klein wenig genauer definieren?" Zur Krönung klimperte sie unschuldig mit ihren Wimpern. „Mir zuliebe, Tantchen?"

Guinevere glaubte explodieren zu müssen. Oh ja, es war in der Tat an der Zeit für das große Finale. „England", presste sie unter zusammengekniffenen Kiefern hervor. „Wir reisen nach England, Großbritannien." Mit diesen Worten machte sie auf dem Absatz kehrt und stürmte aus dem Raum. Doch in der Tür blieb sie noch einmal stehen, drehte lediglich den Kopf zu Vivienne und schenkte ihrer Nichte ein zuckersüßes Lächeln.

„Keine Angst, mein Kind, ich verspreche dir, dies wird dein letzter Umzug sein!"

Kapitel 4

Ruben schlug vorsichtig die Augen auf. Sah sich unsicher um. Setzte sich langsam auf. Er war wieder in seinem Cottage. Alles schien soweit in Ordnung zu sein. Er tastete sich an den Kopf. Kein Schweiß. Ließ die Finger durch sein dichtes Haar gleiten. Kein Schweiß. Erleichtert sank er zurück auf das Sofa. Und vor allem kein Albtraum! Es war vorbei. Wieder mal waren drei Nächte voller Qualen durchgestanden.

Keine Angst, mein Freund, ich komme wieder!

Die unheilvollen Worte der Bestie hallten in seinem Kopf wider. Doch bis zum nächsten Zyklus oblag die alleinige Kontrolle wieder ihm. „Nimm dich nicht wichtiger, als du bist!", knurrte er sein Alter Ego an und machte sich daran aufzustehen. Frühstück. Ja, das war es, was er nun brauchte!

Eigentlich sollte man annehmen, dass er nach seinem drei Nächte währenden Raubzug vollends gesättigt war. Doch was der Bestie Hunger stillte, wirkte sich nun mal nicht auf seinen menschlichen Appetit aus. Angewidert dachte Ruben an all das Blut. Na, immerhin konnte er seinen *Freund* soweit kontrollieren, als dass sie sich ihre Opfer weitgehend in der Welt der Tiere suchten. *Weitgehend.* Das schmälerte das Leid eben nur geringfügig. Ekel kam in ihm auf. In Momenten wie diesen hasste er sich selbst. Doch half das natürlich nichts. ‚Was du nicht ändern kannst, musst du annehmen', hatten ihn die Mönche gelehrt. Ja, sich dagegen zu wehren machte keinen Sinn. Die Bestie war nun einmal ein Teil von ihm – und würde es auch auf ewig bleiben!

Ehe Ruben seinen Hunger stillte, musste er aber noch ein anderes, elementares Bedürfnis befriedigen: das nach Sauberkeit. Es war jedes Mal das gleiche Ritual. Sobald der Mond vorbei war, musste er als Erstes ausgiebigst duschen, um sich wieder wie ein Mensch zu fühlen. Um den Geruch der Bestie in den Abfluss zu spülen. Nicht einmal hatte er sich gefragt, ob nur er den animalischen Gestank in der Nase hatte oder ob auch andere es riechen konnten. Jedenfalls wollte er auf Nummer sicher gehen, ehe er in die Zivilisation zurückkehrte. Also ließ er das dampfend heiße Wasser auf seinen Rücken prasseln, als wäre es eine Methode der Selbstgeißelung.

Zivilisation. Was für ein heimeliges Wort. Welch bedrohlicher Nachklang. Während das Wasser seinen Körper peinigte, wanderten seine Gedanken wieder einmal in die Vergangenheit. Zurück in die Zeit, als er von den Mönchen geflohen war. Als er der Zivilisation das erste Mal den Rücken gekehrt hatte.

Was hätte er damals auch sonst tun sollen? Er musste mit einem Schicksal der besonderen Art zu leben lernen. Er war allein – abgesehen von der Bestie. Hatte niemanden, an den er sich Hilfe suchend wenden konnte. Natürlich hatte er dieses Los selbst gezogen, hatte es genauso gewollt. Dennoch war es eine unglaublich schwere Zeit für Ruben gewesen. Nicht wissend, was er mit seinem ungewollten Innenleben anfangen sollte, zog er sich einem Instinkt folgend in die Berge zurück. Immer weiter gen Süden zog es ihn, und immer weiter in die Gipfel hinauf. Dort in der Abgeschiedenheit hoffte er die Bestie sozusagen besser kennenzulernen, sich mit dem inneren Feind vielleicht doch anfreunden zu können. Und wäre dies schiefgegangen, dann hätte er in der menschenleeren Gegend wenigstens nicht allzu viel Schaden angerichtet.

Doch Ruben war stark. Stärker, als er es sich selbst zugetraut hatte. Und wohl auch stärker, als die Bestie erwartet hatte, denn Ruben hatte über die Jahre hinweg gelernt sie gedanklich zu kontrollieren. Wenn schon sein Körper allmonatlich der Bestie zum Opfer fiel, so gewann er immerhin die Schlacht um die geistige Dominanz. Ein durchaus harter Weg, doch die Mühe hatte sich in jeder Hinsicht gelohnt. Mit der Auferstehung der Bestie hatte aber auch Rubens Körper an Masse zugelegt. Aus dem ehemals so schmächtigen Jungen war ein großer, starker Mann geworden. Ein Mann, der sich auch ohne die *Hilfe* der Bestie im Leben behaupten konnte. Auch dies gefiel seinem Alter Ego nicht sonderlich. Ein zierlicher, hilfloser Bengel, der durch ihre monströse Gestalt an Mut und Selbstsicherheit gewann, wäre ihr wesentlich lieber gewesen. Doch war sie nun regelrecht gefangen in einem Körper, der alles andere als hilflos war – und sich noch dazu ihrem Willen ganz und gar nicht beugen wollte.

Ja, wenn Ruben sein Leben schon mit der Bestie teilen musste – und er war sich von Anfang an sicher, dass es keinen Weg gab, sie jemals wieder loszuwerden –, dann würde er ihr kein leichtes Spiel machen. Ein innerer Zweikampf, den die beiden bis zum heutigen Tagen weiterführten, und es wohl bis in alle Ewigkeit tun würden. Denn eine *völlige* Unterwerfung käme für keinen von beiden infrage!

Doch damit hatte Ruben längst zu leben gelernt. Damals jedoch hatte es ihn beinahe ein halbes Jahrhundert gekostet, bis er die Bestie endlich dort hatte, wo *er* wollte. Und nach diesen fünfzig Jahren hatte sich Ruben ein weiteres Phänomen seines Daseins offenbart, denn er war so gut wie nicht gealtert. Doch konnte einen wohl ein schlimmerer Fluch treffen als der der Langlebigkeit – dachte Ruben zumindest damals noch. Aber siebenundzwanzig Tage in der Wildnis versteckt auszuharren, um dann drei Tage lang eben selbe als Bestie zu erobern, klang nicht sonderlich vielversprechend. Nicht bis in alle Ewigkeit. Und so albern es war, es meldeten sich gewisse Existenzängste in Rubens geistigem Hinterstübchen.

Er musste sein Leben irgendwie umkrempeln. Musste einen Weg finden, ein *normales* Leben führen zu können. Ein Leben, das es ihm erlaubte, sich allmonatlich drei Tage in Luft aufzulösen. Also machte er sich zum ersten Mal seit sehr, sehr langer Zeit wieder auf, um in die Zivilisation zurückzukehren.

Nun, es hatte sich einiges geändert in der Welt, wie Ruben sie vorher kannte. Doch hatte er ohnehin nie vorgehabt sein Leben in der Abgeschiedenheit gänzlich aufzugeben. Mit seinem explosiven Innenleben wollte er gewiss nicht ins Zentrum menschlicher Aufmerksamkeit rücken. Sein Weg aus der Einsamkeit führte ihn von den südlichen Anden erst mal bis ins nördliche Südamerika. Doch zog es ihn weiter. Er durchquerte Mittelamerika, zog weiter in den nördlichen Teil des Kontinents. Aber er konnte auch dort nicht bleiben. Wieder war es ein Instinkt, dem er folgte, als er ein Schiff nach Europa bestieg. Zugegeben ein riskantes Unterfangen angesichts seines stillen Begleiters. Doch zum richtigen Zeitpunkt konnte es ein durchaus gewinnbringendes Manöver sein – und so war es dann auch. Zudem stellte sich ein gänzlich unerwartetes Gefühl ein, als Ruben nach der Überfahrt wieder Festland betrat. Es war ihm, als wäre er heimgekehrt. Tja, er war noch nie zuvor in England gewesen, geschweige denn wusste er besonders viel von diesem Land. Doch sein Innerstes – und damit war ausnahmsweise nicht die Bestie gemeint – sagte ihm, dass er am Ziel seiner Reise angekommen war.

In der menschlichen Welt Fuß zu fassen gestaltete sich jedoch schwieriger als angenommen. Ruben konnte nichts vorweisen, was ihm sein Unterfangen erleichtert hätte, er musste bei null anfangen. Doch eilte ihm in der Stunde seiner Not das Schicksal zu Hilfe, indem es ihm einen wahren Freund zur Seite stellte. Es war eine beinahe unheimliche Begegnung gewesen, denn der Helfer erwies seine Dienste nicht etwa Ruben, sondern vielmehr der Bestie. Sie war in eine Jagd geraten und schlimm verwundet worden, als der unerschrockene alte Mann nicht nur die Jagdgesellschaft verscheuchte, sondern auch noch der Bestie Unterschlupf gewährte, bis deren Selbstheilung abgeschlossen war. Dieser Fremde hatte die Transformation von der Bestie zu Ruben und umgekehrt aus erster Hand miterlebt, und nie auch nur ein einziges Mal nachgefragt. Er hatte es schlicht als gegeben genommen. Hatte da, wo jeder vernünftig denkende Mensch um sein Leben bangte, einfach seine uneingeschränkte Unterstützung geboten. Ein Zug, der Ruben größte Anerkennung abverlangte. Doch der alte Mann war mehr als nur ein Wegbegleiter geworden. Er half Ruben nicht nur ein zivilisiertes Leben aufzubauen, indem er ihn in seine eigene Maklerfirma aufnahm. Er stand auch mit Rat und Tat zur Seite, wenn es darum ging, die Bestie in dieses Leben zu integrieren. Er hatte Ruben zu dem gemacht, der er zum heutigen Tage war. Und dafür war er ihm für alle Zeit zu Dank verpflichtet.

Ruben stellte das Wasser ab und stieg aus der Dusche. *Zivilisation.* Da war es wieder, dieses verhexte Wort. Doch an diesem Ort musste Ruben sich nicht wirklich Gedanken darüber machen. Ja, damals wie heute lag das alte Steingemäuer im nördlichsten Zipfel Schottlands fernab jeglicher Zivilisation. ‚Wie geschaffen für einen Zufluchtsort‘, hatte sein alter Freund damals gemeint. Und zum ersten Mal seit über hundert Jahren stellte Ruben sich nun die Frage, was den alten Mann selbst damals wohl in diese Abgeschiedenheit getrieben hatte.

Fernab jeglichen menschlichen Lebens.

Nun ja, wie der Fremde ihn akzeptiert hatte, wie er war, so hatte auch Ruben nie das Leben des alten Mannes hinterfragt. Es war sozusagen eine stille Übereinkunft zwischen den beiden Männern. Und die Frage war ohnehin nie, *ob* ein, sondern lediglich *welches* Geheimnis den alten Mann umgab. Doch Ruben wusste es besser, als seinem Freund Löcher in den Bauch zu fragen. Denn wer selbst ein Geheimnis zu verbergen hatte, konnte durchaus verstehen, dass es gute Gründe dafür gab, dieses auch seinem engsten Vertrauten *nicht* anzuvertrauen. So war es damals gewesen, so war es auch heute noch. Vielleicht wunderte Ruben sich gerade deswegen auch über sein unerwartetes Interesse an der Vergangenheit seines alten Freundes.

Vergangenheit. Wieder so ein Wort, das nichts als Ärger mit sich zu bringen schien.

Na wenigstens war die Gegenwart ein klein wenig erbaulicher, dachte Ruben, als er sich nach dem erfrischenden Reinigungsritual daranmachte sein Frühstück zu kredenzen. Doch die Vergangenheit war wohl noch nicht fertig mit ihm. Denn während er Speck und Eier in der Pfanne brutzelte, drängte sich ein schwaches Fragment der Erinnerung in sein Bewusstsein. Es hatte mit einer der letzten Nächte zu tun, doch Ruben musste sich gewaltig anstrengen, die Details zu erkennen. Dadurch, dass er der Bestie sein eigenes, bewusstes Denken aufzwang, konnte er sich zwar an seine nächtlichen Eskapaden erinnern. Doch war es vielmehr ein schwammiges, unklares Bild, das sich aus tausend losen Einzelteilen zusammensetzte. Tja, die Bestie tat ihr Bestes, um sich nicht in die Karten blicken zu lassen. „Aber da hast du auf das falsche Pferd gesetzt, mein Lieber!", murmelte er vor sich hin. Es dauerte eben nur einiges länger, bis Ruben das Puzzle zusammensetzen konnte. Doch verbergen konnte die Bestie nichts mehr vor ihm. Das Brot sprang aus dem Toaster, und Ruben schaufelte sein Essen auf einen Teller. Mit einer Portion, die problemlos für zwei gereicht hätte, und einem Glas Orangensaft setzte er sich an den winzigen Tisch. Gedankenverloren stocherte er in seinem Frühstück herum, während das Puzzle in seinem Kopf klarere Formen annahm. Bis er es schließlich deutlich vor seinem geistigen Auge sehen konnte: einer, der war wie er selbst. Er war also einer anderen Bestie begegnet. Wieder einmal!

Natürlich war es ein Irrglaube anzunehmen, dass er der Einzige seiner Art war. Es gab weit mehr Zeitgenossen mit bestialischem Innenleben, als man weithin glauben mochte. Doch auch wieder nicht so viele, dass sie der Weltbevölkerung gefährlichen Schaden zufügen konnten. Ruben war schon einige Male einem *Kollegen* begegnet. Zumeist führte eine derartige Begegnung dorthin, wo sich auch die tierischen Kollegen des männlichen Geschlechts wiederfanden, wenn einer zu viel die Bühne betrat. Zu einem Revierkampf.

Bei Rubens Artgenossen war dies jedoch ausnahmslos immer ein Kampf auf Leben und Tod. Es konnte nur einen Sieger geben. Und Worte wie Flucht oder Gnade kamen im Wortschatz der Bestie nicht vor. Sie war nun mal ein dominanter Einzelgänger. Nachdem Ruben seine Begegnungen allesamt überlebt hatte, war wohl schwer zu erraten, dass er ein ganz schön zähes Kerlchen war. Ja, mittlerweile gab es sogar einige Jungspunde, die sich extra auf die Suche machten, um ihn, Ruben, herauszufordern. Welch traurige Berühmtheit er doch unter seinesgleichen erlangt hatte!

Bei dem Kerl von gestern Nacht hatte er zuerst ebenfalls gedacht, es wäre einer von diesen heißblütigen Jungen. Erwartungsgemäß bahnte sich ein Kampf an. Sie umgarnten sich eine Weile. Tasteten sich aneinander heran. Jeder willig dem anderen den ersten Schritt zu überlassen, doch ebenso bereit zurückzuschlagen.

Schließlich setzte der Fremde doch zum Angriff an, nur um mitten in der Bewegung plötzlich innezuhalten. Dem Anschein nach hatte Rubens Gegner eine andere, wohl interessantere Fährte aufgenommen. Denn ehe Ruben sich versah, war sein Kontrahent sang- und klanglos in der Nacht verschwunden.

Tja, so etwas war ihm bisher noch nicht untergekommen! So groß die Überraschung bei Ruben war, so groß war die Frustration bei der Bestie. Wie schon gesagt, sie war ein dominantes Wesen, und als solches wollte sie nicht kampflos gewinnen … doch das war nicht *seine* Erinnerung, sondern die von …! „Glaub ja nicht, dass du damit durchkommst, du hinterhältiges Monster." Ruben quittierte das innerliche Knurren mit einem schadenfrohen Grinsen und konzentrierte sich wieder auf das Wichtige. Da war noch mehr, er wusste es. Es war mehr ein Gefühl. Ein Instinkt. Doch waren seine Instinkte verdammt gut und zuverlässig.

Danke, ist mir immer eine Ehre, dir zu helfen!

„Halt endlich deine Klappe!", knurrte er seine innere Stimme an. Und plötzlich war das Bild vollständig. Das fehlende Detail hatte sich eingefügt und offenbarte ihm nun das Ganze. Er hatte diese fremde Bestie nicht zum ersten Mal getroffen!

Ein plötzlicher Schmerz riss Ruben jedoch aus seiner Gedankenwelt. Verdammt noch eins! Das schrille Klingeln in seinem Kopf wurde immer lauter, schwoll immer weiter an, bis er das Gefühl hatte, als Klöppel einer Glocke zu fungieren. „Warum kannst du deine verdammten Sinne nicht für dich behalten!", entfuhr ihm ein schmerzgeplagter Fluch, während er verzweifelt nach der Ursache des Schmerzes suchte. Ja, manchmal war es eine echte Plage, diese Bestie in sich zu tragen.

Was heißt hier manchmal?

Endlich hatte er den Übeltäter gefunden, doch hatte das Handy ohnehin schon von selbst aufgehört zu klingeln. Ruben brauchte nicht erst nachzusehen, wer der Anrufer war. Es gab nur eine einzige Person, die diese Nummer kannte.

Verdammt!

Verdammt und nochmal verdammt! Während sein Kopf sich langsam zu erholen begann, drückte er die Wahlwiederholung.

Bestie hin oder her, er hatte schließlich noch ein anderes Leben, um das er sich kümmern musste!

Bereits nach dem ersten Klingeln meldete sich am anderen Ende eine vertraute Stimme. „Na endlich! Ich dachte schon, ich müsste diesmal endgültig deine Überreste einsammeln!"

„Tristan, alter Freund, wie immer tut es gut, von dir zu hören." Und das war nicht nur so eine dahingesagte Floskel der Freundlichkeit. Schließlich war der alte Mann nicht bloß sein ältester, sondern auch einziger Freund auf dieser Welt.

„Warum hast du dich dann nicht wie vereinbart gemeldet?" Aus der Stimme des alten Mannes war ehrliche Besorgnis herauszuhören. Sorge, wie sie ein Vater für seinen Sohn empfand – was die Art und Weise, in der beide Männer zueinander standen, wohl auch am treffendsten definierte, wie Ruben selbst fand. Wenngleich, vom Alter stand Tristan eher die Rolle des Großvaters zu. Ruben schmunzelte still vor sich hin – zumindest rein optisch betrachtet war dem so. „Na, na, alter Mann, du hast doch nicht etwa dein Vertrauen in mich verloren?", neckte er seinen väterlichen Freund liebevoll. Aber mathematisch gesehen konnte er nicht genau sagen, wer von ihnen beiden nun *tatsächlich* der Ältere war. Doch lag die Vermutung nahe, dass es in der Tat Tristan war.

„Ganz und gar nicht, mein Junge! Aber für einen Mann in meinem Alter ist es nicht gesund, sich derartige Sorgen machen zu müssen!"

Rubens Grinsen wurde breiter. „Nun, mein Freund, bei deinem Alter kann ich mir ehrlich nicht vorstellen, dass es überhaupt etwas gibt, das deiner Gesundheit schadet. Aber ich werde mich dennoch bemühen meine Pflichten ernster zu nehmen." Ja, Tristan war ohne Zweifel alt. Aber das war er auch schon, als die beiden einander zum ersten Mal begegneten, vor über hundert Jahren!

„Ruben, darüber beliebe ich nicht zu scherzen", konterte der alte Mann nun todernst. „Ich kann dich vor vielem schützen, aber der Tod ist meiner nicht gehorsam. Also bitte, mein Junge, bleib einfach bei der Sache." Und etwas sanfter fügte er hinzu: „Bleib einfach am Leben!"

„Keine Angst, alter Freund. Ich bin nicht lebensmüde." Noch nicht – doch diesen Gedanken behielt er sicherheitshalber für sich. „Aber du liegst ziemlich nah dran." Ruben erzählte ihm von seiner nächtlichen Begegnung mit der fremden Bestie. Tristan fand die Begebenheit interessant, wenn auch nicht wirklich beunruhigend. Für Ruben unterm Strich die Bestätigung seiner eigenen Empfindungen. Doch auch Tristan hatte mit Neuigkeiten aufzuwarten. Nur wollte der alte Mann sich am Telefon nicht so genau darüber auslassen.

„Mein Junge, wir haben ein neues Geschäft an der Angel. Doch sehe ich bei diesem Projekt leider Schwierigkeiten vorprogrammiert. Also solltest du auf schnellstem Wege zurückkommen!", gab er eher förmlich von sich. „Oder noch besser, ich bereite hier alles vor, und wir treffen uns dann gleich vor Ort."

Soweit kein ungewöhnliches Vorgehen – bedachte man Tristans generell unkonventionelle Arbeitsweise. Dennoch konnte Ruben ganz deutlich eine seltsame Anspannung aus des anderen Stimme heraushören. Wenngleich er sich nicht vorstellen konnte, was diese Unruhe bei seinem Freund ausgelöst haben mochte. Denn die bloße Veräußerung eines Anwesens konnte es ja gewiss nicht sein. Und was die *vorprogrammierten Schwierigkeiten* betraf, so war für einen Mann von Tristans Alter doch eher bald etwas problematisch.

Aber der alte Mann wollte sich keine weiteren Details entlocken lassen. Im Gegenteil, er wurde immer schweigsamer, und Ruben kapitulierte schließlich. Er würde schon noch früh genug herausfinden, was da vor sich ging. In der plötzlichen Eile hatte Tristan jedoch aufgelegt, ohne Ruben das betreffende Objekt zu benennen. Seinem Gesprächspartner musste dies wohl auch aufgefallen sein, denn schon meldete das Handy mit einem Piepen das Eingehen einer Textnachricht.

Rosebound Heights, war alles, was in der Mitteilung stand. Doch diese zwei Worte genügten Ruben, um zumindest teilweise zu verstehen, weshalb sein Freund so seltsam reagierte.

Ohne zu zögern, machte Ruben sich zur Abreise bereit. Seine wenigen Habseligkeiten waren schnell gepackt, und die Harley-Davidson stand wie immer abfahrbereit vor dem Cottage. Besagtes Anwesen lag am entgegengesetzten Ende der Insel, was eine lange Fahrt bedeutete. Doch einige Hundert Kilometer auf seiner geliebten Harley waren nicht das Problem. Was Ruben jedoch Kopfzerbrechen bereitete, war das Ziel seiner Fahrt. Denn Rosebound Heights lag nicht nur im südwestlichsten Eck der Insel, es war vielmehr – wie Tristan es immer nannte – der Albtraum eines jeden Maklers.

Doch war dies bisher ohnehin eher nebensächlich, denn prinzipiell stand besagtes Anwesen ja gar nicht zum Verkauf frei. Es sollte lediglich durch sein markantes Aussehen neugierige Kunden anlocken. Von Verkauf an sich war im eigentlichen Sinne noch nie die Rede gewesen. Nun, wie auch immer, Ruben hatte die Neugier jedenfalls gepackt, und so trieb ihn ebendiese auch voran.

Denn abgesehen von seiner theoretischen Unverkäuflichkeit, gab es noch einen winzigen Makel an Rosebound Heights. Oder anders ausgedrückt, wer tatsächlich in Erwägung zog, dort zu wohnen, musste entweder völlig ahnungslos sein oder schlichtweg verrückt!

Ruben tippte eher auf Letzteres.

Kapitel 5

Was war das eben gewesen?

Schlaftrunken schlug Vivienne die Augen auf. Es war finster. Vorsichtig tastete sie um sich, nicht ganz sicher, was sie erwarten würde. Doch was ihre Finger nun berührten, fühlte sich weich und samtig an. Wie Kissen, Bettwäsche. Ihre Augen hatten sich ein wenig an die Dunkelheit gewöhnt, sodass sie jetzt einige Umrisse ihrer Umgebung erkennen konnte.

Sie lag tatsächlich in einem Bett, doch ... warum bewegte sich dieses Bett? Vivienne lag ganz still unter ihrer Decke und hatte dennoch das Gefühl, jeden Augenblick von der Matratze zu stürzen.

Was sollte das?

Verdammt, das ganze Zimmer schien sich zu bewegen. Ruckartig setzte sie sich auf und verlor beinahe das Gleichgewicht. Noch schlimmer aber war die plötzlich einsetzende Woge der Übelkeit. Alles drehte sich und schwankte, obwohl sich definitiv *nichts* bewegte. Vivienne wollte aufstehen, doch ihr Innerstes wehrte sich dagegen. Sie sank zurück in die Laken – und spürte, wie sich das flaue Gefühl in ihrem Magen langsam wieder legte.

Was ging hier vor sich?

Vivienne hatte noch nie so viel Alkohol zu sich genommen, um berauscht zu sein, doch musste es sich wohl genauso anfühlen. Aber sie hatte ganz gewiss nichts getrunken gestern Abend. Erst recht nicht soviel, dass ... und wenn Guinevere hinter alledem steckte? Ja, das würde ihrer Tante ähnlich sehen ... und als hätten ihre Gedanken das Unheil heraufbeschworen, schwang plötzlich die Tür zu ihrem Zimmer auf.

Wie ein Wirbelwind fegte die Hexe in den Raum. An ihrer Nichte vorbei stürmte sie geradewegs zum Fenster neben dem Bett, riss die Vorhänge auseinander und zog das Rollo hoch. Augenblicklich wurde Vivienne von gleißend hellem Licht geblendet. Nach und nach registrierte ihr gepeinigtes Gehirn den Raum, in dem sie sich befand. Es sah nach einem Hotelzimmer aus, aber irgendwie doch anders. Zudem bewegte sich noch immer alles um sie herum, und draußen … ja, draußen war nur blauer Himmel zu sehen. Wenngleich der Himmel einmal weiße Wölkchen hatte und dann wieder ganz und gar nicht. Viviennes verschwommener Blick glitt vom Fenster zurück zu ihrer Tante. Guinevere stand vor ihr, einen Arm in die Seite gestemmt, den anderen zu ihr ausgestreckt, und starrte sie mit grimmigen Augen an.

„Trink das!", fauchte sie Vivienne an. „Und dann sieh zu, dass du aus den Federn kommst."

Erst jetzt bemerkte Vivienne, dass die ausgestreckte Hand ihrer Tante ein Glas mit bräunlichem Inhalt hielt, welches sie nun auf der Konsole neben dem Bett abstellte.

„Mach schon, oder soll ich dir das Zeug einflößen?", knurrte die Hexe.

Vivienne war eindeutig zu mitgenommen, um mit Guinevere zu diskutieren, also tat sie ausnahmsweise einmal, wie ihr befohlen war. Kaum war das Glas geleert, fegte die Tante ohne ein weiteres Wort wieder aus dem Raum. Und Vivienne fühlte sich fast augenblicklich wieder *gesund*. Unwillkürlich rann ihr ein kalter Schauer über den Rücken – die Hexe und ihre ominösen Kräutermischungen.

Vivienne wollte gar nicht wissen, was sie da gerade zu sich genommen hatte. Was sie über die letzten beiden Jahrhunderte alles zu sich genommen hatte – wissentlich und erst recht nicht unwissentlich. Doch die *Medizin* schien ihre Wirkung zu tun. Vivienne konnte sich problemlos aufsetzen und auch ohne Weiteres aufstehen. Das schwankende Gefühl war weg … oder war es nun draußen vor dem Fenster? Vivienne trat näher an die Glasscheibe heran, und mit einem Schlag war die Erinnerung wieder da.

Oh, diese elende Hexe von Tante!

Wenn es eins gab, das Vivienne auf den Tod nicht leiden konnte, dann war das Wasser. Alles Wasser, das nicht aus einer Leitung floss und die Menge einer gefüllten Badewanne überschritt, war für sie ein Albtraum. Und noch weniger als das Wasser selbst konnte sie es leiden, auf diesem Wasser in einem schwimmenden Hotel gefangen zu sein. Und genau da schien sie sich nun zu befinden: irgendwo im Nirgendwo zwischen Amerika und Europa.

Verdammt und zugenäht!

Warum musste die Hexe auch nur solch eine Vorliebe für Luxusdampfer und altmodisches Reisen haben! Vivienne stand am Fenster und starrte auf das sich vermengende Blau von Himmel und Meer. Wölkchen da, Wölkchen weg, ja, nun ergab alles einen Sinn. Das Schwanken war doch echt – und die meterhohen Wellen ebenso! Doch Letzteres war keine Laune der Natur. Nein, da hatte jemand anderes schlechte Laune, und Vivienne wusste auch wer!

Guinevere knallte die Tür zu ihrer Suite zu, sodass diese beinahe aus den Angeln sprang. Zeitgleich prallte eine gewaltige Welle gegen den Bug des Ozeanriesen. Oh, sie konnte die ratlosen Gesichter der Offiziere regelrecht vor sich sehen. Woher der plötzliche Sturm? Warum zeigten die Geräte nichts an? Es war wie verhext … und wie es das war!

Guinevere kochte vor Zorn. Schäumte vor Wut – und die See tat es ihr gleich!

Oh, welch Qual, welch Leid sie doch immerzu erfahren musste! Nahm diese Erniedrigung denn nie ein Ende? Was glaubte diese Welt eigentlich, mit wem sie es zu tun hatte? War sie nun doch wieder in die Ferne gerückt, die so lang ersehnte Stunde des Triumphs? Dabei hatte ihr kleines Unterfangen doch so vielversprechend begonnen. Ja, vor einigen Tagen noch hatte sie es doch ganz eindeutig gespürt. Etwas in der magischen Atmosphäre hatte sich verändert. Musste sich wohl verändert haben, denn sonst hätte sie ihn nicht vernommen, den Ruf, den sie schon seit Jahrhunderten nicht mehr wahrgenommen hatte. Wahrnehmen *durfte*. Und plötzlich war er wieder da, der unverkennbare Ruf der *Heimat*! Ganz zart und leise, aber auch ganz und gar deutlich. War der Bann tatsächlich gebrochen? Aber das würde ja bedeuten, dass … und dabei hatte sie sich so darauf gefreut, selbst die Verantwortung für seinen Tod übernehmen zu dürfen.

Doch nein, der Bann war noch nicht gebrochen. Nicht *gänzlich*. Zu deutlich konnte sie noch die Fesseln der Blockade spüren. Doch sie waren dünn geworden. Die Knoten begannen sich aufzulösen. Langsam, ganz langsam. Ja, der Zauber begann an Macht zu verlieren. Macht, die Guinevere nun mit jedem Tag für sich gewann. Tja, des einen Leid, des andern Freud'.

Und bald schon wird sie zur Gänze mein sein!

Doch ein wenig Geduld musste sie noch aufbringen. Nur nicht in der Eile den Kopf verlieren! Dieser Gedanke zauberte den Anflug eines Lächelns auf ihre Lippen – welch herrliches Wortspiel. *Den Kopf verlieren*, genau das schwebte ihr vor. Nur dass es nicht Guineveres Kopf sein würde, der rollen sollte!

Beinahe verträumt blickte sie auf die schier endlose See hinaus. Ja, Vorfreude war in der Tat die schönste Freude! War es immer schon gewesen. Mit gewisser Wehmut im Herzen dachte sie an damals zurück, als sie dieses Gefühl das erste Mal für sich beanspruchte. Die Mutter war sozusagen ihre Premiere gewesen. Kaum zu glauben, wie unerfahren Guinevere selbst damals noch war in diesen Belangen. Aber beim zweiten Mal hatte sie es schon weit mehr genossen. Oh, was war das nur für ein unbeschreibliches Gefühl gewesen. Nie würde sie den Anblick vergessen, als dem spanischen Gockel das Licht aufging.

Und er hatte es wirklich nicht kommen sehen.

Selbstgefälliger Idiot! Dachte er wirklich, er könne eine Hexe besiegen *und* mit dem Leben davonkommen? Wie er sich wohl entschieden hätte, wenn er tatsächlich die *Wahl* gehabt hätte?

Hätte er *sein* Leben für das seiner Liebsten gegeben?

Für das seines *Kindes*?

Tja, für welches seiner *beiden* Kinder hätte er sich wohl entschieden?

Wie brillant du doch warst, Guinevere!

In der Tat war dies die beste Zurschaustellung ihrer Kunst gewesen, die sie jemals zutage gebracht hatte. Ja, sie konnte mit Recht stolz auf sich sein. Mit nur einem einzigen Streich hatte sie sich der lästigen Halbschwester entledigt, den bestialischen Schwager vom Hals geschafft und den unbrauchbaren Balg seinem wahren Herrn überlassen. Und das alles, ohne sich dabei die eigenen Finger schmutzig zu machen.

Nun, zugegeben, bei letzterem Unterfangen musste sie ihre Fingerchen sehr wohl mit Blut beflecken. Bei dem Gedanken daran überkam sie nun regelrechter Ekel. Das Mädchen, ja, das brachte so seine Vorteile mit sich. Immerhin trug die Bastardschwester trotz allem Hexenblut in sich – somit reine, echte Magie, die sie den uralten Prinzipien nach unweigerlich an ihre Tochter vererbte. Aber was bitte schön hatte sich die Natur dabei gedacht, der Bestie ebenfalls einen Nachkommen zu schenken? Wäre es wenigstens ein Mädchen geworden, dann hätte die Hexe ja noch Verwendung für sie gehabt. Aber einen Jungen! Wo der Fluch der Bestie sich doch, denselben uralten Prinzipien folgend, stets an die männlichen Nachkommen vererbte. Also was bitte sollte sie mit einem Bestien-Welpen anfangen?

Natürlich hätte sie den Jungen seinem Vater überlassen können. Aber dazu war sie eben nicht in der Stimmung gewesen. Wozu auch? Nur um ein Ungeheuer mehr auf die Welt loszulassen? Nein, es war wesentlich klüger, den Jungen gleich dem Tod zu überlassen. Guinevere schüttelte sich angewidert. Bei dem ekelerregenden Gestank, den der Welpe verströmt hatte, war er gewiss schnell Tierfutter geworden! Ein Gedanke, der sie wiederum amüsierte. Tja, so war es nun mal in der Welt der *Tiere* – der Schwächere fällt dem Stärkeren zum Opfer. Sie konnte ein zufriedenes Grinsen nicht länger vermeiden. Und wie dumm erst, dass die Papa-Bestie nichts dagegen tun konnte, weil sie ja gar nichts von der Existenz des kleinen Welpen wusste!

Oh, Guinevere, du warst einfach genial!

Ja, das Leben konnte so erfüllend sein, wenn man die besseren Karten in der Hand hielt! Und dass Guinevere mit ihrer Nichte den Joker gezogen hatte, wusste sie von Beginn an. Denn die kleine Göre hatte etwas, das die Hexe nicht hatte. Oder besser gesagt verhielt es sich genau *umgekehrt*. Denn Viviennes Blut war zwar magisch, doch war es dem Bann des alten Magiers nicht mehr unterlegen. Tja, der alte Tölpel hatte in seiner verblendeten Einfalt eben nicht daran gedacht, auch alle weiteren *Nachkommen* seiner untreuen Gemahlin zu verbannen. Und das, so wusste Guinevere, würde ihr eines Tages zu ihrem Triumph verhelfen. Sie musste nur warten, bis der Bann von sich aus an Macht verlor, und dann ihr *Werkzeug* geschickt zum Einsatz bringen!

Doch wäre es unklug gewesen, der Göre selbst zu viel Macht zukommen zu lassen. Und so entschied die Hexe ihrer Nichte gar keine Macht zuteilwerden zu lassen, indem sie deren Magie von Anfang an unter Verschluss hielt. Was ich nicht weiß, macht mich nicht heiß. Ein Motto, das sich bereits in der Vergangenheit mehrfach bewährt gemacht hatte! Und nun hatte sich die Jahrhunderte während Folter des Wartens endlich ausgezahlt. Bald, schon sehr bald würde Guinevere die Früchte ihres Planes ernten können. Vorausgesetzt, Vivienne würde sich dieses Planes als würdig erweisen.

Doch die Hexe hegte keinerlei Zweifel an ihrer eigenen Kunst. Schließlich hatte sie ihre Nichte lange genug auf diesen Moment hin gedrillt. Wieder konnte sie ein selbstgefälliges Grinsen nicht unterdrücken. Ob die Göre wohl ahnte, dass ihr allmorgendlicher Orangensaft noch nie eine Orange gesehen hatte? Nun, im Grunde war es ihr egal. Sie hatte Vivienne unter Kontrolle – ob mit oder ohne magische Säfte, das war mittlerweile nicht mehr wichtig! Doch noch hatte Guineveres Plan einige winzige Schönheitsfehler aufzuweisen. Lächerliche, *menschliche* Schwachstellen. Erneut wallte der Zorn in ihr auf.

Was bildete sich dieser Pöbel nur ein? Glaubten, sie könnten sie einfach so aufs Abstellgleis schieben? Eine Hexe wie Guinevere ließ man nicht in der Warteschleife hängen, das würden auch die Herrschaften von *Island Estate* noch früh genug merken.

Dabei war es gewiss Schicksal gewesen, als sie sich an den Laptop gesetzt und im World Wide Web auf die Suche nach einer passenden Bleibe gemacht hatte. Tja, moderne Zeiten erforderten eben auch moderne Maßnahmen. Doch nie hätte Guinevere damit gerechnet, das zu finden, was ihr Herz nun schon seit Tagen höherschlagen ließ. Es musste einfach ein Wink des Schicksals sein. Anders konnte auch sie selbst es sich nicht erklären, dass sie ausgerechnet auf *dieses* Bild gestoßen war.

Und ja, es war in der Tat ein *Bild*, das ihre Aufmerksamkeit erweckte. Denn ein banales Foto von dem Anwesen wäre seiner Würde und Eleganz niemals gerecht geworden. Augenblicklich begann der Hexe Herz wieder vor Aufregung zu hüpfen. Oh, welch wunderbare Erinnerungen doch mit diesem Anwesen verbunden waren −und erst die grausamen! Ja, es *musste* Schicksal sein, dass ausgerechnet das Zuhause ihrer Kindheit auf dieser Internetseite angepriesen wurde. Beinahe sofort hatte sie sich höchstpersönlich dazu herabgelassen, Kontakt mit der Maklerfirma aufzunehmen. Aber wie hätte sie dieser Versuchung auch widerstehen sollen? Und dann eine derart niederträchtige Abfuhr.

… tut uns sehr leid für das Missverständnis … besagtes Anwesen stand nie zum Verkauf … dient lediglich Werbezwecken … ist in Privatbesitz und daher auch in absehbarer Zukunft nicht verkäuflich …

Für Guinevere nichts als leeres Gerede. Denn wenn sie im Umgang mit den Menschen eines gelernt hatte, dann dass im Endeffekt ja alles nur eine Frage des Geldes war. Doch in diesem Fall schien sie auf Granit zu beißen. Sie hatte in den letzten Tagen beinahe so viele E-Mails versandt, wie das Jahr Tage hatte.

Ohne Erfolg. Sie wurde vertröstet, es wurden andere Objekte angepriesen, sie wurde abgewimmelt, und sie wurde beschwichtigt. Doch man wollte ihr das Anwesen partout nicht anbieten. Aber in der Hexe Wortschatz kamen Worte wie nein oder Absage einfach nicht vor. Und wo moderne Höflichkeit nicht zum gewünschten Ziel führte, musste eben wieder die altbewährte Magie aushelfen. Tja, so einfach war das, wenn man eine Hexe war!

Nun, ganz so einfach dann auch wieder nicht. Erneut begann es im Inneren der Hexe zu brodeln. Sie war ja *verbannt* worden. Und selbst wenn dieser Bann nun zu bröckeln begann, sie konnte nichts unternehmen, das sie selbst mit dem verfluchten Land in Verbindung brachte.

Ja, Viviennes dämlichen Laptop zu benutzen war eine Sache. Ein scheinbar schlichtes Telefonat nach England zu führen dagegen eine ganz andere. Und dadurch war sie nun auch noch gezwungen *Dornröschen* vorzeitig aus seinem Schlummer zu holen und um *Hilfe* zu ersuchen.

Wie viele Demütigungen musste sie denn noch erdulden!

Ruhig Blut, Guinevere, ruhig Blut – es wird sich alles wieder fügen.

Vivienne hatte indes einige Mühe, sich auf das Wesentliche zu konzentrieren. Zwar hatte die eigenartige Substanz, die Guinevere ihr verabreicht hatte, wahre Wunder bewirkt, was die offensichtliche Seekrankheit betraf. Aber sie war nichtsdestotrotz sauer auf die Tante. Warum nur mussten sie immer auf so altertümliche Art und Weise reisen? Und was um alles in der Welt verursachte Guinevere derart schlechte Laune, dass gleich das ganze Meer schaukelte? Angesichts der üblen Laune war es wiederum besser, jetzt nicht in einem Flugzeug zu sitzen – das hätte der Hexe launisches Gemüt wohl schon zum Absturz gebracht. Wobei … konnte sie überhaupt sterben? Interessanterweise war es Vivienne vorher nie in den Sinn gekommen, dass ihr Leben einmal enden könnte.

Konnte es denn?

Sie war eine von wenigen Langlebigen auf dieser Welt, doch hieß dies automatisch, dass sie unsterblich war? Im Augenblick zweifelte sie eher daran. Allem Anschein nach konnte sie ja auch von Seekrankheit heimgesucht werden – die übrigens trotz *Medizin* gerade dabei war, wieder von Vivienne Besitz zu ergreifen. Sie fühlte sich eindeutig nicht wohl in ihrer Haut. Und das lag nicht nur an ihrer Abscheu vor dem Wasser.

Denn einerseits funktionierte ihr Verstand klar genug, um ihr zu beteuern, dass das alles nur Blödsinn war. Schließlich hatte sie ja auch keine Angst davor, in der Dusche nass zu werden. Aber andererseits war da noch eine andere Vivienne irgendwo in ihr drinnen, die sich mit aller Vehemenz gegen die *drohende Gefahr* des Wassers wehrte. Sie war im Zwiespalt mit sich selbst.

Womöglich war sie ganz und gar nicht seekrank, und ihr Körper gaukelte ihr lediglich diese Symptome vor.

Oder war es umgekehrt? War ihr Geist die Schwachstelle? Aber wie konnte das überhaupt sein?

Vivienne musste an die frische Luft, ehe sie noch restlos den Verstand verlor – oder lieber doch in der Kabine bleiben?

Verdammt noch mal, nun sei nicht so eine Memme!

Ja, ihr Unterbewusstsein hatte leicht reden – dem war ja auch nicht speiübel!

Ist dir auch nicht, also reiß dich endlich zusammen!

Somit raffte Vivienne sich auf und gehorchte ihrer inneren Stimme. Doch verließ sie ihre Kabine nicht wirklich, sondern trat lediglich hinaus auf ihren Balkon. Nach ein paar tiefen Atemzügen fühlte sie sich dann aber auch tatsächlich besser. Was allerdings auch daran liegen konnte, dass sich das Meer auf wundersame Weise zu beruhigen schien.

Guinevere! Ja, vielleicht sollte sie die Gelegenheit nutzen und sich nach ihrer Tante umsehen. Schließlich tat diese nie etwas, ohne ein Motiv zu haben. Also was hatte die Hexe dazu veranlasst, Vivienne dieses Gebräu zu bringen?

Gerade als Vivienne die Tür öffnen wollte, klopfte es auf der anderen Seite. Sie zog die Tür einen Spalt auf und erblickte Estelle.

„Oh, Mademoiselle, schön, dass es Ihnen wieder gut geht!", flötete das Mädchen ehrlich erleichtert. „Madame hat mich geschickt, um nach Ihnen zu sehen und Sie abzuholen." Und nach einem kurzen Zögern fügte sie noch hinzu. „Sie meinte, Sie hätten nun lange genug Zeit gehabt, um sich zu erholen!"

„Typisch für die alte Hexe", murmelte Vivienne in der Hoffnung, ihre Irritation dadurch verbergen zu können. Unsicher trat sie aus dem Zimmer und deutete Estelle an voranzugehen. Sie konnte sich beim besten Willen nicht erinnern, wo ihre Tante Logis bezogen hatte! „Ach, Estelle, kannst du mir wohl sagen, wie spät es ist?" Vivienne beschlich plötzlich das unbestimmte Gefühl, sich an weit mehr nicht erinnern zu können.

„Wir haben zwölf hindurch, Mademoiselle!"

Hatte Vivienne nur den Eindruck, oder kicherte Estelle vor sich hin? „Tja, dann hab ich wohl den ganzen Vormittag verschlafen, nicht wahr?", versuchte sie das Mädchen zu bewegen mehr zu erzählen.

„Oh, oui, Mademoiselle, und wie Sie das haben!" Nun kicherte Estelle auf jeden Fall. „Und die letzten drei ebenfalls", fügte sie ein wenig kleinlaut hinzu.

Vivienne blieb abrupt stehen. „Wie bitte?!" *Die letzten drei ebenfalls!?*

Estelle sah sie keineswegs erstaunt an. „Oh, keine Sorge Mademoiselle. Die Madame hat schon gemeint, dass Sie sich wohl nicht erinnern würden", begann sie nun völlig unbekümmert zu erzählen. „Sie wissen doch, wie sehr Sie immer leiden auf See, und der Arzt hat ihnen diesmal wohl ziemlich starke Beruhigungsmittel verschrieben." Sie hielt kurz inne, fuhr dann aber unbeirrt fort. „Nun, Sie haben womöglich ein klein wenig zu viel davon genommen, meinte die Madame … aber nun geht es Ihnen ja wieder gut!" Mit diesen Worten blieb sie in einem langen Korridor vor einer von den vielen Türen stehen. „Wir sind da", flüsterte sie und klopfte zugleich an.

„Ah, hast du es also doch noch geschafft!", raunte die Hexe wesentlich freundlicher als noch kurz zuvor.

Doch diesmal war es auch Vivienne, die vor Wut kochte. „Drei Tage!", zischte sie Guinevere an, während sie an ihr vorbei in deren Kabine stürmte. „Ganze drei Tage sind wir schon auf diesem schwimmenden Ungeheuer!"

Die Hexe entließ ihr Dienstmädchen mit einem eindeutigen Blick und schloss sodann bestens gelaunt die Tür. Vivienne jedoch war so sauer, dass es ihr beinahe schwerfiel, ihre Wut in Worte zu fassen. „Ich glaube es einfach nicht! Du betäubst mich, karrst mich auf diesen Kahn und hast noch die Dreistigkeit, *mich* für alles als Verantwortliche dastehen zu lassen!"

Die Hexe schenkte ihr ein beinahe unschuldiges Grinsen. „Aber Kindchen, wo denkst du hin!", flötete sie mit zuckersüßer Stimme und trat näher an ihre Nichte heran. „Ich musste mir doch eine plausible Erklärung für deine Abwesenheit zurechtmachen." Im einen Moment noch tätschelte sie Vivienne fast liebevoll, und im nächsten hielt sie ihr Kinn mit einer Hand fest und zwang sie, ihr in die Augen zu sehen. „Oder hätte ich unserem Dienstmädchen etwa sagen sollten, dass es nicht *deine* Beruhigungspillen, sondern *meine* K.-o.-Tropfen waren, die dich der Tage vier dahinschlummern ließen?"

„Vier?" Vivienne riss sich aus dem Griff der Hexe los. „Vier Tage!", wiederholte sie sich, da ihr in ihrem ohnmächtigen Zorn nichts Besseres einfiel.

Die Hexe lächelte schadenfroh. „Falls es dich irgendwie beruhigt, mein Liebes, *betäubt* habe ich dich erst, *nachdem* du an Bord warst! Ganz alleine, getragen von deinen eigenen Beinen." Ihre Worte taten die gewünschte Wirkung, denn ihrer Nichte verschlug es endgültig die Sprache.

„Ich … ich … ich glaube es nicht, du … du … du elende … alte …!"

Guinevere grinste sie hämisch an. „Alte was? Hexe?" Sie schüttelte den Kopf und sah ihre Nichte mitleidig an. „Aber Schätzchen, dir ist schon klar, dass du mich damit nicht *wirklich* beleidigen kannst, oder?

Vivienne fehlten schlichtweg die Worte.

Na los, zeig ihr endlich, was in dir steckt!

Wenn das nur so einfach wäre. Wie oft hatte sie sich ausgemalt, was sie der Hexe alles an den Kopf werfen würde – nur um jedes Mal erst wieder sprachlos vor der Alten zu versagen. „Was war das vorhin für ein Gebräu?", knurrte sie ihre Tante stattdessen an, um wenigstens irgendwas Sinnvolles von sich zu geben.

„Das, mein Kleines, war tatsächlich Medizin." Mit einer eleganten Drehung streckte sie ihren Arm nach Vivienne aus, und im selben Augenblick erschien ein kleines Fläschchen auf ihrer, davor noch leeren, Handfläche. „Hier, bitte, überzeug dich doch selbst, wenn du mir nicht glaubst!"

Vivienne nahm das Fläschchen, beäugte es kurz und steckte es schließlich ein. Als sie der Tante Blick erneut begegnete, wäre sie beinahe erschrocken zusammengefahren. Weg war das freundliche Gesicht. An seine Stelle war eine grimmige Maske der Verachtung getreten, die keinerlei Hehl aus ihren wahren Gefühlen machte.

„Nun, da du über die Fakten unterrichtet bist, lass uns das Katz-und-Maus-Spiel doch beenden." Der liebliche Tonfall war ebenfalls um einige Nuancen gesunken. „Also, mein Liebling, warum nimmst du nicht Platz, und wir reden über den Grund deines verfrühten Erwachens." Doch Vivienne starrte die Hexe lediglich trotzig an. Dieser war aber nicht mehr nach Scherzen zumute. „Ich sagte, setz dich hin", knurrte sie ihre Nichte aufgebracht an. „JETZT! Wenn ich bitten darf."

Vivienne funkelte sie noch immer zornig an, doch an dem eiskalten Blick der Hexe schienen ihre eigenen Emotionen bloß abzuprallen. Unbewusst fragte sie sich wieder, ob sie denn wohl sterben konnte.

Mach nur weiter so, dann wirst du es schneller herausfinden, als dir lieb ist!

Für Sekunden starrten Tante und Nichte einander wortlos an. Sie hasst mich, dachte Vivienne. Sie hasst mich mehr als sonst irgendjemanden auf dieser Welt. Also warum hat sie mich dann nicht schon vor langer Zeit einfach getötet?

Weil sie dich braucht!

Tja, hieß es nicht, man solle auf seine innere Stimme hören? Vivienne gehörte in der Tat zu den wenigen Personen, die auf ihre Intuition vertrauten. Also folgte sie auch dieses Mal dem Rat ihres sechsten Sinnes, schluckte ihren Stolz hinunter und tat, wie ihr geheißen wurde – auch wenn es ihr nicht gerade leichtfiel.

„Na bitte, warum nicht gleich so!", ergriff die Hexe wieder milder gestimmt das Wort. „Merke dir, mein Kind, was immer ich tue, ist einzig zu unser beider Vorteil gedacht." Sie trat hinter Vivienne und hielt ihr ein Handy unter die Nase. „Und nun werden wir ein kleines Telefonat führen."

Kapitel 6

Ruben stand am Rande der Klippen und starrte den Abgrund hinab. Zu beobachten, wie die Wellen an die Felsen peitschten und die Brandung viele Meter in die Höhe spritzte, war nicht nur ein interessantes Schauspiel. Nein, es hatte auch eine durchaus beruhigende Wirkung auf ihn. Er musste grinsen. Naja, zumindest auf einen Teil von ihm wirkte es beruhigend!

Komm ja nicht auf die Idee, mich in die Fluten zu stürzen!

„Verlockender Gedanke! Also bleib lieber brav, oder ich werde deinen flohverseuchten Pelz tatsächlich noch mal ertränken!", murmelte er wieder einmal zu sich selbst. Die Bestie in ihm knurrte angewidert, und Ruben lachte lauthals auf. Zum Glück war hier weit und breit keine Menschenseele. Er sah sich um und sah … nun, nicht viel eben. Ja, vor unerwartetem Publikum brauchte er sich hier wirklich nicht zu fürchten. Ruben befand sich gewiss an einem der einsamsten Winkel der Welt überhaupt. Schließlich war er ja auch auf Rosebound Heights.

Er hatte sich von dem schottischen Cottage aus direkt auf den Weg hierhin gemacht, wurde dann aber von Tristan wieder umbeordert. Wie sich herausgestellt hatte, war Tristan selbst bereits in Cornwall, als er mit Ruben telefoniert hatte. Er wollte schon vorab nach dem Rechten sehen und einige Dinge für die Besichtigung vorbereiten, ließ er Ruben wissen. Immerhin sei das Anwesen in den letzten beiden Jahrhunderten nicht mehr bewohnt gewesen. Und Tristan wollte dem Kunden keine meterhohen Staubschichten vorführen. Durchaus verständlich, befand Ruben, wenn da eben nicht diese Kleinigkeit von wegen *Unverkäuflichkeit* noch im Raume stünde.

Aber Tristan würde wohl schon seine Gründe haben. Ruben selbst sollte jedenfalls nun doch erst in das Londoner Büro fahren und dort noch diverse Unterlagen abholen, welche Tristan wohl bei seinem etwas überstürzten Aufbruch vergessen hatte. Allerdings entpuppte sich die Angelegenheit bald als regelrechte Schnitzeljagd für Ruben. Denn kaum war er im Stadtbüro angekommen, ordnete Tristan an, er möge doch noch am Anwesen vorbeischauen und dort den alten Bentley entstauben.

Das Anwesen, das Tristan und Ruben gemeinsam bewohnten, lag gut eine Fahrstunde außerhalb Londons und ziemlich genau in entgegengesetzter Richtung des Büros. Den Wünschen des alten Mannes folgend, tauschte Ruben dort seine Harley gegen den Oldtimer aus, packte seinen Koffer für einige Tage und machte sich schlussendlich auf den Weg nach Cornwall. Doch funkte der gute Tristan erneut dazwischen und hatte ganz plötzlich noch einige Besichtigungen aufgetan, welche Ruben eigentlich doch gleich auf seinem Weg nach Rosebound Heights erledigen sollte. Nun, dies überraschte ihn dann doch ein wenig, zumal es auch nicht Tristans üblicher Vorgehensweise entsprach. Ruben war ehrlich bemüht Worte wie Verzögerungstaktik oder Hinhaltemanöver aus seinen Gedanken herauszuhalten, aber so ganz wollte ihm dies nicht gelingen. Und doch führte er die Wünsche seines alten Freundes aus, ohne sie zu hinterfragen. So jedenfalls kam es, dass er gerade eben erst an diesem entlegenen Winkel Südwestenglands angekommen war.

Ruben war noch nie zuvor auf Rosebound Heights gewesen. Er kannte das Anwesen lediglich von Bildern und diversen Erzählungen. Insgeheim hatte er gehofft, sein alter Freund würde ihn ein wenig durch das jahrhunderte alte Herrenhaus führen. Doch Tristan dachte an nichts dergleichen. Er führte ihn ohne Umweg die Hauptfassade entlang in einen entlegenen Winkel des Komplexes, wo er Ruben offenbarte, dass sie beide hier wohnen würden, bis der Kunde eintreffen würde. Dies war zwar eher ungewöhnlich, doch angesichts der Abgeschiedenheit, in der sie sich befanden, auch wieder nicht undenkbar.

Tristan schien die Gedanken seines jungen Freundes erraten zu haben, denn er verwies Ruben sogleich auf die damit verbundene Zeitersparnis und nicht zu vergessen die Kostensenkung. Durchaus einleuchtende Argumente. Ehe Ruben sich noch einmal dazu äußern konnte, trug Tristan ihm schon auf, unverzüglich mit der Begehung des Außenbereiches zu beginnen. Er solle einfach die Grenzen des Anwesens abschreiten und nach dem Rechten sehen. Und zwar gründlich. Tristan führte ihn noch den Weg zurück, den sie gekommen waren, bis durch den Torturm, wünschte ihm viel Spaß und verschwand wieder.

Äußerst befremdlich, befand Ruben. Er konnte sich dem Gefühl nicht länger erwehren, dass Tristan ihn loswerden wollte. Zudem wirkte der alte Mann ungewöhnlich angespannt und zerstreut. Allesamt Anzeichen, die Ruben noch nie zuvor bei Tristan aufgefallen waren. Im Gegenteil, der alte Mann war Herr einer jeden Situation. Immer professionell, immer den Überblick bewahrend.

Und nun das. Tja, vielleicht nahm es den alten Mann auch einfach nur ein wenig mit, dieses Juwel einer Immobilie nun doch loszuwerden. Aber wie war es eigentlich dazu gekommen, dass das Anwesen letztlich doch noch veräußert werden sollte? Tristan hatte sich nicht im Geringsten darüber ausgelassen.

Oder aber es war das Anwesen selbst, das solch seltsame Wirkung auf den alten Mann hatte. Schließlich sagten die Legenden dem alten Kasten so manch wunderliche Geschichte nach. Wie auch immer, Ruben hatte einen Auftrag erhalten, und diesen wollte er nun auch ausführen. Seine Fragen würden schon noch früh genug beantwortet werden.

So war er eben die Fassade entlanggegangen, bis hierher zu den Klippen. Sofort hatte ihn das Naturschauspiel des Wassers gefangen genommen. Nur mit Mühe konnte er sich nun losreißen – und natürlich mit Hilfe seines ach so wasserscheuen Innenlebens. Doch vom Starren in den Abgrund verlangte Tristan keinen Bericht. Also widmete Ruben sich wieder seiner Aufgabe.

Gemütlichen Schrittes schlenderte er die Klippen entlang, bis er nach einer ganzen Weile die Rosenhecke erreichte. Er blieb stehen und sah sich um. Dies war genau die nordwestliche Ecke des Anwesens, und erst jetzt bemerkte er, dass seine Aufgabe doch wohl mehr Zeit in Anspruch nehmen würde als gedacht. Denn trotz der unorthodoxen Lage inmitten der Klippenlandschaft war das Anwesen unerwartet weitläufig.

Unerwartet. Mit diesem einen Wort ließ sich wohl das gesamte Anwesen beschreiben. Denn wer das Abenteuer wagte, viele, viele Kilometer weiter weg von der Landstraße auf den holprigen Schotterweg abzubiegen, erwartete gewiss nicht, am Ende der Landzunge hoch oben auf den Klippen eine beinahe festungsartige Anlage wie diese vorzufinden.

Ruben ließ seinen Blick nun über die ebenso *unerwartet* schöne Rosenhecke gleiten. Sie markierte die nördliche und damit auch längste Grenze von Rosebound Heights. Diese Hecke war nicht nur namensgebend für das Anwesen, sie schien vielmehr ganz und gar nicht in die Gegend zu passen. Die einzelnen Ranken waren dicker und höher, als man bei manch besser gepflegtem Rosenbusch erwarten konnte. Ja, selbst vor Knospen und Blüten strotzte dieses Ding trotz der empfindlich frischen Brise vom Meer her. Dennoch wirkte die Hecke schrecklich fehl am Platz. Irgendwie unnatürlich. Unecht beinahe.

Ruben schüttelte belustigt den Kopf und marschierte der Hecke entlang weiter, bis er zu einem schmiedeeisernen Tor von enormen Ausmaßen gelangte. Das pompöse und zugleich doch schlichte Eingangsportal zu Rosebound Heights, das er vor Kurzem erst mit dem Wagen passiert hatte. Zum Herrenhaus hin führte von hier aus ein leicht ansteigender, ansonsten aber unbeeindruckender Kiesweg, der zu beiden Seiten lediglich von einer eher kargen Rasenlandschaft flankiert wurde. Ein Blick in die andere Richtung bot beinahe das gleiche Bild. Wie gesagt, auch über die Landzunge führte bloß ein unbefestigter Schotterweg an diesen einsamen Außenposten von Cornwall. Endlose Einöde. Weit und breit gab es hier nichts. Und das weithin wahrzunehmende Dröhnen des Wassers machte jedem Besucher auch sofort klar, dass es nach Süden hin ebenfalls nichts weiter zu entdecken gab. Ruben betrachtete eine Weile das ehemals prunkvolle Tor, schlenderte schließlich daran vorbei und folgte dem zweiten Teil der Rosenhecke. Die schier endlose Hecke endete im Westen genauso abrupt, wie sie am gegenüberliegenden Winkel begonnen hatte. Wieder formten die Steilklippen die natürliche und ebenso unbezwingbare Grenze.

Erneut machte Ruben eine kurze Pause, um sich seine Umgebung einzuprägen. Langsam ließ er den Blick über das Gelände schweifen. Instinktiv fragte er sich dabei, wer hier wohl gewohnt haben mochte. Wer hatte sich bloß diese Festung hierhingebaut? Ja, Rosebound Heights – zumindest das, was Ruben bisher kannte – glich in der Tat einer Festung. Welchen Grund also mochten die damaligen Besitzer wohl dafür gehabt haben? Welches Geheimnis wollten sie hier verbergen?

Ruben lächelte still vor sich hin, während er seinen Weg wieder aufnahm. Der Gedanke war gar nicht so abwegig, dachte er. Denn wer sein Haus von drei Seiten durch gefährlich hohe Klippen schützte und an der vierten eine undurchdringliche Rosenhecke wachsen ließ, musste eindeutig etwas zu *verbergen* haben. Die einzige Frage, die sich ihm *wirklich* stellte, war nur, ob dieses Etwas *aus-* oder *ein*gesperrt hatte werden sollen.

Nach einer kleinen Ewigkeit kam Ruben endlich wieder auf die Höhe der Hauptfassade. Obwohl noch lange nicht an der Spitze der Klippe, endete hier sein Weg abrupt. Wie er nun feststellte, hatten die damaligen Erbauer im wahrsten Sinne des Wortes die Fassade mit den Klippen verschmelzen lassen. Um an die Südseite zu gelangen, gab es nur einen einzigen Weg. Und der führte durch das Herrenhaus hindurch. Kindliche Freude erfüllte Ruben bei diesem Gedanken. Tja, vielleicht würde er nun doch einen Blick auf das Innere des Herrenhauses erhaschen.

Also überquerte er das trostlose Grün der ehemaligen Parkanlage und wanderte die Hauptfassade entlang zurück zum Torturm. Dort angekommen hielt er jedoch inne. Einem plötzlichen Impuls folgend trat er ein paar Schritte zurück und drehte der Kieselsandsteinfassade dann den Rücken zu. Erstaunt betrachtete Ruben das vor ihm liegende Land. Es war in der Tat eine Überraschung, wie imposant sich Cornwall von hier aus zeigte. Vom unteren Tor gewann man bloß den Eindruck endloser Langeweile. Aber von hier oben zeigte sich ein ganz anderes Bild. Es hatte beinahe etwas Majestätisches an sich. Als ob sich Cornwalls Landschaft in Ehrerbietung vor dem Anwesen verneigen würde.

Kopfschüttelnd machte er wieder kehrt und schritt durch den Torturm hindurch in den Innenhof. Dort drehte er sich einmal um die eigene Achse und staunte abermals. Bei seiner Ankunft hatte er den Hof gar nicht so recht wahrgenommen. Doch nun zeigte sich Rosebound Heights in seiner ganzen Pracht direkt vor ihm. Wie Ruben nun bemerkte, wurde der Hof auch an den Seiten von Mauerwerk eingerahmt. Im Süden ging die festungsartige Mauer nahtlos in die Nordfassade des eigentlichen Herrenhauses über.

Die gesamte palastartige Anlage war von einheitlicher Höhe, lediglich der Torturm überragte den Rest um eine Etage. Ja, Rosebound Heights glich in der Tat einer Festung, wie Ruben befand. Und wieder fragte er sich, wer es wohl nötig gehabt hatte, sich derart von massivem Gestein einmauern zu lassen. Als wären die Klippen und die Rosenhecke nicht bereits Schutz genug vor unerwünschten Gästen! Doch im Grunde konnte es ihm ja auch egal sein. Schlussendlich war es nur eine von vielen uralten Immobilien, die nun scheinbar doch an den Mann gebracht wurde. Obwohl, jetzt wo er so darüber nachdachte, hatte Ruben gerade dieses Anwesen nie so gesehen.

Seltsam aber war, dass Ruben das sagenumwobene Anwesen eigentlich immer nur als Werbetestimonial von Island Estate betrachtet hatte. Eines Tages hatte Tristan dieses unglaubliche Gemälde von Rosebound Heights aufgetan, welches das Anwesen vom Meer aus zeigte. Wahrlich ein atemberaubender Anblick. Da es in das Konzept der Firma passte –Island Estate hatte ausschließlich sehr alte Herrenhäuser und Schlösser im Angebot – und das Gemälde schlichtweg jeden beeindruckte, der es ansah, kam es auf das neue Firmenlogo. Als das Zeitalter der neuen Kommunikationstechniken anbrach und ein Leben ohne Internet nicht mehr vorstellbar war, bekam Island Estate seine eigene Homepage. Und Rosebound Heights hatte seinen bisher bekanntesten Auftritt der Neuzeit als Blickfang auf der Startseite. Mit Erfolg noch dazu.

Wer genug Geld sein Eigen nannte, sich eine Immobilie dieser Größenordnung leisten zu können, hatte mit Sicherheit auch schon einmal von Island Estate gehört. Eine Firma mit langer Tradition und gutem Ruf, die dank genialer Werbung nun auch noch an Bekanntheit gewonnen hatte. Viele Jahre hindurch hatte Rosebound Heights also seinen stillen Beitrag zum Gewinn der Firma geleistet. Doch ins Angebot wurde es nie aufgenommen. Tristan hatte es stets als größten Albtraum jeden Maklers beschrieben. Allein schon die vielen Mythen, die dem Anwesen angedichtet wurden, machten es seiner Meinung nach unverkäuflich. Mochte zwar zutreffen, doch war dies bei Weitem nicht der alleinige Grund.

Denn immerhin hatte Rosebound Heights ja eigentlich einen Eigentümer.

Tristan schien so einiges über Anwesen und Besitzer zu wissen, doch wollte er sich nie genau über den sagenumwobenen Immobilienschatz auslassen. Er hatte immer nur betont, dass Rosebound Heights eine lange, lange Geschichte hatte, die so mancher als gruselig bezeichnen mochte. Es sei seit ewigen Jahrhunderten im Besitz derselben Familie, vererbt von einer Generation zur nächsten. Tristan selbst fungierte als Verwalter, da die Familie mittlerweile weder in England weilte, noch sich mit dem alten *Zauberkasten* herumschlagen wollte. Und ja, es wurde gemunkelt, dass ein Fluch auf dem Anwesen lag. Na, wen hätte es auch gewundert!

Doch an Verkauf hatte die Familie trotzdem nie gedacht. Mal ganz abgesehen davon, dass heutzutage sowieso niemand ein *derartiges* Anwesen sein Eigen nennen wollen würde. Erst recht nicht in solch lebensfeindlicher Lage. Doch in diesen beiden Punkten hatte Tristan sich wohl getäuscht. Und dem Anschein nach wollte auch die Familie diese einmalige Gelegenheit beim Schopf packen, das altertümliche Anhängsel nun doch loswerden zu können. Trotzdem hatte die ganze Angelegenheit einen eigenartigen Beigeschmack, fand Ruben. Warum hing die Familie viele Jahrhunderte an dem Anwesen, bewahrte es offensichtlich auch vor dem Verfall? Nur um es bei der erstbesten Gelegenheit sofort zu verkaufen? Irgendetwas Seltsames ging hier vor – oder war es doch nur der Fluch, der ihm den Kopf verdrehte?

Während Ruben so dastand und über dieses und jenes nachdachte, flog plötzlich die Tür des Herrenhauses auf und ein völlig aufgelöster Tristan kam herausgestolpert. Sofort eilte Ruben auf den alten Mann zu, in der Annahme, es sei ihm etwas geschehen. Doch Tristan hatte sich sofort wieder im Griff. Auch schien er keineswegs versehrt. Stattdessen fuchtelte er aufgeregt mit dem Handy in der Luft herum.

„Diese Dinger rauben mir noch einmal den Verstand!", rief er sichtlich genervt. „Ich stecke bis über beide Ohren in Arbeit, und das dümmliche Telefon hier will und will einfach nicht aufhören zu läuten!"

„Vielleicht solltest du abheben?", antwortete Ruben, nicht ganz sicher, wie er die Stimmung seines alten Freundes auslegen sollte.

„Ja, und wer macht dann meine Arbeit? Nein, mein Junge, ich hab dafür nun wirklich keine Zeit. Tu einem alten Mann einen Gefallen und nimm dieses lästige Ding an dich. Bist du so gut, ja?" Er drückte Ruben das Telefon in die Hand und machte wieder kehrt in Richtung Herrenhaus. „Ich muss mich konzentrieren", hörte Ruben den alten Mann im Davongehen noch murmeln. „Wie soll ich mich nur konzentrieren, wenn ich ständig unterbrochen werde?"

Ruben starrte auf das Handy. Starrte auf die Tür, durch welche sein Freund eben verschwunden war. Und er verstand die Welt nicht mehr. Das eben war ganz und gar nicht der Tristan gewesen, den er seit so vielen Jahren kannte. Dieser Tristan war nicht der väterliche Ratgeber, der geholfen hatte sein Leben in geordnete Bahnen zu lenken. *Dieser* Tristan entsprach bestenfalls seiner Vorstellung eines verrückten alten Professors!

Was regst du dich so auf? Bei dem geschätzten Alter ist es doch nicht verwunderlich, wenn er plötzlich senil wird!

„Nicht sehr hilfreich!", knurrte er sein Inneres an. Doch eines war klar. Irgendwas hatte den alten Freund verändert. Und dieses Etwas hatte mit Rosebound Heights zu tun! Doch wurde Rubens Gedankengang jäh unterbrochen, als das Telefon in seiner Hand zu klingeln begann. Besser gesagt begann es Beethovens ‚Für Elise' zu spielen, ein Indiz dafür, dass es sich um etwas Geschäftliches handelte. Versonnen lauschte Ruben den sanften Klavierklängen und begann zu lächeln. Tristan hatte eindeutig eine Vorliebe für Beethoven. Oder anders ausgedrückt, der Klingelton, der Ruben als Anrufer identifizierte, war ebenfalls vom selben Meister – was war auch treffender als die *Mondschein*sonate!

Doch Rubens kleiner Ausflug in die Musikgeschichte hatte eine Spur zu lange gedauert. Das Handy war verstummt. Verdammt! Er war es einfach nicht gewohnt, diesen Teil des Geschäfts zu übernehmen. Ob dies der Zeitpunkt war, um über die Anschaffung einer Sekretärin nachzudenken? Wohl eher doch nicht. Es gab ja doch eindeutig mehr Gründe dagegen als dafür. Aber Ruben brauchte nicht länger darüber nachzudenken. Schon ertönte erneut die Melodie von ,Für Elise' aus dem Handy. Diesmal nahm er, ohne zu zögern, das Gespräch an. Doch das Anliegen des Anrufers ließ Ruben beinahe an seinem Verstand zweifeln.

Nun, prinzipiell war das Anliegen natürlich keineswegs seltsam. Der Anrufer wollte lediglich einen Besichtigungstermin vereinbaren. Was allerdings mehr als nur eigenartig war, das war das Objekt, auf welches sich der potenzielle Kunde versteift hatte. Der Anrufer war bestens informiert und vorbereitet, wie es schien, denn er wusste fast mehr über das Anwesen als Ruben selbst. Für einige Minuten musste er einen regelrechten Monolog über sich ergehen lassen.

Der Anrufer hatte definitiv vor das Gespräch für sich zu entscheiden. Doch angesichts der von Tristan scheinbar geänderten Spielregeln war Ruben geneigt diesem Kunden seinen Wunsch zu gewähren. Allein schon weil er auf den Ausgang dessen gespannt war, was sich hier anbahnte. Ein bisschen Wettbewerb hatte schließlich noch niemandem geschadet. Das würde sein alter Freund gewiss auch so sehen. Und die Chancen auf ein spannendes Finale waren mit diesem Gespräch auf hundert Prozent gestiegen.

Tja, manchmal gab es wirklich seltsame Zufälle. Oder war es Schicksal? Lag es etwa gar an dem vermeintlichen Fluch? Was auch immer dahintersteckte, das ominöse Telefonat hatte Rubens besorgte Stimmung weggeblasen. Er steckte das Handy weg und betrachtete amüsiert das vor ihm liegende Herrenhaus. Dass der alte Kasten plötzlich so begehrt war, erstaunte ihn noch immer. Erst recht jetzt, wo es doch tatsächlich einen zweiten Interessenten dafür gab!

Kapitel 7

Vivienne lag am Sonnendeck auf einer Liege und las in einem Buch. Hatte gelesen. Hatte versucht zu lesen. Naja, es fiel ihr eben schwer, sich zu konzentrieren bei all dem Wasser um sie herum. Also bemühte sie sich erst gar nicht länger, sondern ließ ihren Gedanken freien Lauf. Mit dem Erfolg, dass sie immer wieder bei einem, meistens lächerlich unwichtigen, Ereignis der letzten Tage landete. Also, zumindest jener Tage, die sie – dank der unsagbaren Großzügigkeit der Hexe – bei vollem Bewusstsein verbringen durfte. Lag es an Viviennes stets präsenter Skepsis gegenüber Guineveres undurchschaubarer Freundlichkeit, oder war es bloß die Tatsache, dass das Schiff ohnehin bald sein Ziel erreichen würde? Die Hexe jedenfalls war die letzten Tage von unglaublich guter Laune ergriffen. Und das wirkte sich nicht zuletzt für alle an Bord erfreulich aus.

Vivienne hatte dennoch vorgezogen, nicht mehr Zeit als erforderlich mit ihrer Tante zu verbringen. Vielleicht wollte sie der Hexe auch nur keine weitere Möglichkeit bieten, sie zu betäuben. Obwohl dies im Grunde ja doch nur eine fadenscheinige Ausrede war. Denn Guinevere war die Hexe – und ihr Wille geschehe. Doch war die Tante seit dem Telefonat auch gar nicht mehr wirklich an ihrer Nichte interessiert. Tja, seltsam war das allerdings. Nun, nicht das Desinteresse der Hexe, wohl aber das Telefonat, welches Vivienne führen sollte. Ein stinknormales, völlig unspektakuläres *Telefongespräch* mit einer Immobilienfirma. *Wenn die Alte eine Sekretärin braucht, soll sie doch eine einstellen!*

Für gewöhnlich hielt die Hexe nichts davon, andere ihre Belange erledigen zu lassen. Klar, sie war ja auch diejenige, die über Magie verfügte. Da brauchte sie wohl nicht auch noch Unterstützung von außen. Schon gar nicht von ihrer unmagischen Nichte. Und doch hatte Vivienne in jenem Moment wirklich geglaubt, die Tante verfolge ein bestimmtes Ziel. Noch nie hatte sie den Hass in den Augen der Hexe so deutlich gesehen. Ja, sie war sich absolut sicher, dass es einen triftigen Grund dafür gab, dass ihr Leben bisher verschont geblieben war.

Und dann folgte das Telefonat. Ein simples, absolut banales Telefonat. Fünf Minuten Geplauder mit einem Makler, und die Hexe wirkte glücklicher denn je.

Das war alles gewesen?

Das konnte doch wohl nicht wahr sein! Was um alles in der Welt war so schwierig an der Technik des Telefonierens? Immerhin hatte die Hexe ja auch den Laptop erfolgreich bedient – wie Vivienne nicht ohne Ärger festgestellt hatte. Also was hielt sie vom Telefonieren ab?

Aber wahrscheinlich war alles ganz anders, als sie dachte. Ja, war nicht doch eher anzunehmen, dass die Hexe ihre Nichte weit weniger wichtig nahm, als Vivienne selbst glaubte? Sie redete sich das bestimmt nur alles ein.

Warum auch sollte ausgerechnet sie ihrer Tante etwas bedeuten?

Also, nicht im herkömmlichen Sinne natürlich. Aber was konnte sie der Hexe schon bieten, dass sie nicht ohnehin hatte? Oder sich durch Magie beschaffen konnte. Doch so ganz konnte sie sich selbst nicht überzeugen von ihrer eigenen Theorie. Ja, es war irgendwie …

Mein Gott, nun nenn das Kind schon beim Namen!

Ja, tief in ihrem Inneren wusste Vivienne, dass etwas auf sie zukam. Aber was das sein konnte, davon hatte sie nicht den geringsten Schimmer!

In der Hoffnung, einen Hinweis zu finden, hatte Vivienne dieser Maklerfirma nachgeforscht. Auch nicht sonderlich vielversprechend. Island Estate rühmte sich mit langer Tradition und einem Angebot, wie es kaum ein zweites Mal zu finden war. Vivienne war hellauf begeistert, als sie die kleine, aber umso feinere Liste der Gebäude durchsah. Eines schöner und anmutiger als das andere. Und in jedem Fall waren alle Immobilien sehr, sehr alt.

Für Vivienne war es auch nicht weiter verwunderlich, dass die Hexe ein derartiges Anwesen erwerben wollte. Es passte zu

Guinevere. Beide waren alt, aber noch gut erhalten. Beide hatten eine sowohl ansprechende wie auch unbezwingbare Fassade. Ja, die Hexe und die Herrenhäuser hatten in der Tat viel gemein. Warum die Tante sich aber ausgerechnet jetzt in ihrer alten Heimat niederlassen wollte, war eine andere Frage.

Bisher hatte sie es stets vermieden, auch nur in die Nähe der Britischen Inseln zu kommen. Vivienne hatte die Vermutung, dass es mit der Verbannung ihrer Mutter zu tun haben musste. Vor langer Zeit hatte sie es einmal gewagt, die Hexe darauf anzusprechen – ein Fehler, den sie gewiss kein zweites Mal begehen würde! Wie Vivienne gelernt hatte, war es ohnehin besser, der Hexe Tun nicht zu hinterfragen. Zumeist endete solch ein Ausflug der Neugierde in einer mittleren Naturkatastrophe. Ja, ja, die globale Erderwärmung war eben nicht an allem schuld!

Doch die ständige Unwissenheit machte Vivienne auch verrückt. Zumindest wenn es um scheinbar wichtige Dinge ging. Also grübelte sie andauernd über dies und jenes nach. Wahrscheinlich ruhten ihre ganzen Spekulationen einzig und allein auf der Tatsache, dass sie stets die Ahnungslose war. ‚Was ich nicht weiß, macht mich nicht heiß‘ – ha, von wegen! Aber es gab da auch noch ein anderes Sprichwort, das Vivienne in den Sinn kam. ‚Es wird nichts so heiß gegessen wie gekocht.‘ War wirklich alles nur Einbildung? Hatte Vivienne einfach nur zu viel Fantasie?

Nein! Niemals!

Tja, ihre innere Stimme war eindeutig vom Gegenteil überzeugt.

Vivienne legte das Buch endgültig zur Seite und stöpselte sich die Kopfhörer ihres I-Pod ins Ohr. Vielleicht konnte ein wenig Musik sie ablenken. Die wohltuenden Klavierklänge von Debussys ‚Claire de lune‘ drangen leise an ihr Ohr. Ach ja, das waren halt noch Zeiten gewesen. Damals war Musik eben noch etwas Kunstvolles – heute war sie zumeist bloß noch als schmerzvoll zu beschreiben. Doch Debussy war Vergangenheit. Vivienne dagegen noch immer Gegenwart. Und erst recht Zukunft.

Freu dich da mal nicht zu früh!

Vivienne drehte die Lautstärke in die Höhe, als könne sie damit ihre innere Stimme zum Schweigen bringen. Aber sie war in gewisser Weise verärgert über sich selbst. Ja, warum dachte sie in ihrer zweihundert Jahre währenden Existenz ausgerechnet jetzt so oft über ihr mögliches Ableben nach?

Noch nie hatte sie dieser Gedanke sonderlich tangiert. Aber seit einigen Tagen kehrten ihre Gedanken immer wieder zu diesem Thema zurück. Obwohl, ganz so unbegründet waren ihre Sorgen vielleicht ja doch nicht. Immerhin hatte die Hexe sie mehrere Tage lang im Tiefschlaf gehalten.

Warum? Weshalb?

Vivienne drehte die Musik noch ein wenig lauter, denn schon schloss sich der ewige Kreis aufs Neue – schon wieder grübelte sie über etwas nach. Verdammt und zugenäht. Vielleicht hatte die Tante ja tatsächlich nur Mitleid mit ihrer Nichte und wollte sie vor einer Tortur bewahren.

Das glaubst du ja selber nicht!

Nein, tat sie nicht. Aber die Medizin war tatsächlich das gewesen, was Guinevere behauptet hatte. Ja, Vivienne war deswegen beim Bordarzt gewesen, und der hatte ihr dies zweifelsfrei bestätigt.

Abrakadabra, mein Wille geschehe!

Mein Gott, diese Paranoia wurde schön langsam aber doch anstrengend. Immerhin konnte die Hexe ja wohl nicht alles und jeden unter ihrem Zauber haben. Dafür gab es doch bestimmt auch irgendwelche Regeln. Richtlinien. Sonst was. Es sei den, …

Ganz genau, oder hast du schon mal eine andere Hexe getroffen?

Ja, aber das konnte doch nicht sein. Bestimmt gab es noch andere Hexen auf dieser Welt. Es gab ja auch sonst eine Menge an eigenartigen Geschöpfen, und die waren allesamt nicht die letzten ihrer Art. Warum sollte es dann Guinevere sein?

Und was, wenn doch?

Na was? Wollte sie die Weltherrschaft an sich reißen? Also *der* Plan war doch wirklich der dümmste überhaupt – und *dumm* war Guinevere bestimmt nicht.

Aber möglich wäre es doch …

„Himmel noch eins, so halt endlich die Klappe!", rief Vivienne frustriert in die Welt hinaus. Das ältere Paar, das just in dem Moment an ihr vorbeiging, warf ihr einen befremdeten Blick zu. Vivienne deutete entschuldigend auf ihre Kopfhörer, in der Hoffnung, überzeugend genug zu wirken. Die alten Herrschaften bedachten sie mit einem wenig sympathisierenden Blick und gingen kopfschüttelnd weiter.

„Vivienne, Vivienne, du musst besser aufpassen, sonst sperren sie dich noch mal in die Klapse!", murmelte sie vor sich hin, während sie sich aufsetzte und umsah. Niemand sonst schien etwas von ihrem Ausrutscher bemerkt zu haben. Ja, die anderen Leute nahmen nicht einmal Notiz von ihr. Zum Teil, weil sie sich in einen entlegenen Winkel zurückgezogen hatte. Zum Teil, weil sich viele der Passagiere unter Deck befanden, da gerade Essenszeit war. *Essen.*

Bei *diesem* Gedanken hatte Vivienne nun ernsthaft Mühe, den Würgereiz zu unterdrücken. Nicht wegen der Seekrankheit. Eher schon wegen der allzu lebhaften Bilder des gestrigen Abends, die ihre Gedanken nun fluteten. Denn statt wie gewohnt in der Kabine zu speisen, hatte die Hexe sie ins Restaurant genötigt, um dem Kapitänsdinner beizuwohnen. Und das, obwohl sie wusste, wie unwohl Vivienne sich fühlte. Denn trotz aller Medizin konnte Vivienne ihr Innerstes nicht über die endlose Weite des Meeres hinwegtäuschen. Ein wenig von der Seekrankheit blieb ihr einfach erhalten. Und da hatte die Hexe die Dreistigkeit, ihre Nichte zum Essen auszuführen!

Und erst diese übelerregenden Tischgespräche! Zwei ältere Paare und zwei alleinreisende Herren teilten den Tisch mit ihnen. Erstere waren total angetan vom vielseitigen Leben der eleganten Dame, die Guinevere vorgab zu sein. Die letzteren beiden konnten es gerade noch vermeiden, auf das Tischtuch zu sabbern, so sehr waren sie von der Lady selbst angetan! Grauenvoll. Widerlich. Einfach ekelerregend! Wäre Vivienne vom Geruch des Essens nicht so übel gewesen, hätte sie die Szenerie wahrscheinlich noch amüsiert. Immerhin wusste sie ja, wie die Hexe *wirklich* aussah.

Wie der Zufall es wollte, ging genau in dem Moment einer jener beider Herren an Vivienne vorbei. Er nickte ihr freundlich zu, machte zum Glück aber keine Anstalten, stehen zu bleiben. Als er vorbei war, hätte Vivienne beinahe laut aufgelacht. Ja, wüsste der gute Mann, was sie über ihre Tante wusste, dann wäre ihm der Sabber gewiss eingefroren! Wohl oder übel wurde sie nun doch von einem heftigen Grinsen heimgesucht. Aber die Menschen um sie herum waren viel zu sehr mit sich beschäftigt, als sich um Vivienne zu kümmern.

Während sie ihren Blick so über das Deck schweifen ließ, wurde ihre Aufmerksamkeit auf etwas in der Ferne gelenkt. Am Horizont war ein dunkler Schatten zu erkennen. Neugierig, wie sie war, wollte Vivienne zu einem Fernrohr aufbrechen, um das Phänomen genauer unter die Lupe zu nehmen. Im selben Moment ertönte eine Durchsage über das Bordsystem. Für gewöhnlich schenkte Vivienne diesen Ansagen keinerlei Aufmerksamkeit. Es wurde ja doch immer nur der nächste Film, das nächste Spiel oder die nächste Mahlzeit angekündigt. Dinge, die sie sowieso nicht im Geringsten interessierten. So hielt sie es auch diesmal, nur dass sie die Durchsage nicht völlig ausblenden konnte. Besser gesagt waren es bloß zwei Worte, die sich in ihr Bewusstsein brannten.

Französisches Festland.

Vivienne glaubte sich verhört zu haben, doch da waren sie schon wieder. Klar und deutlich. Französisches Festland. Wollte Guinevere nicht nach England? Was also hatte das zu bedeuten? Vivienne marschierte schnurstracks zum Rezeptionsdeck, um sich Klarheit zu verschaffen.

„Mademoiselle, da sind Sie ja!", ertönte die aufgeregte Stimme des Dienstmädchens plötzlich hinter ihr. „Ich habe Sie schon überall gesucht. Haben Sie schon gesehen, Mademoiselle?" Estelle deutete aus einem der Fenster. „Festland. Bald haben Sie es überstanden!"

Das Mädchen schien keineswegs irritiert zu sein, also nutzte Vivienne die sich ihr bietende Chance. „Ja, ja, ich habe es in der Durchsage gehört. Ähm, welchen Hafen laufen wir doch gleich noch mal an?"

„Rouen, Mademoiselle."

Rouen also. Das klang in der Tat sehr unbritisch. „Estelle, hilf mir ein wenig auf die Sprünge. Die Medizin vernebelt wohl mein Gedächtnis, wenn du verstehst?" Vielleicht wusste die Kleine ja wieder einmal mehr, als sie selbst glaubte.

„Oh, Mademoiselle, das tut mir wirklich leid. Aber bald wird es Ihnen besser gehen. Es dauert nicht mehr lange, bis wir im Hafen einlaufen. Und den Rest der Reise können Sie sich ja im Zug erholen."

„Zug?" Vivienne hatte alle Mühe, ihre Verwirrung nicht zu deutlich zu zeigen. Aber zu ihrem Glück war Estelle ein naives junges Ding, das so ziemlich alles glaubte, solange es von Vivienne kam.

„Ach, haben Sie das auch vergessen?", seufzte die Kleine.

„Sieht ganz so aus! Also Estelle, was muss ich wissen, um mich nicht zu blamieren vor der alten Hexe?" Sie liebte diese kleinen Wortspiele. Zudem war es eine nette Abwechslung, das sonst eher ängstlich auf korrekte Etikette bedachte Mädchen zum Lachen zu bringen.

„Oh, aber ich weiß doch auch nicht viel mehr!", kicherte sie verlegen. „Madame hat mir keine genaueren Anweisungen gegeben." Sie schien einen Moment lang zu überlegen und fuhr dann fort. „Ich weiß nur, dass Madame für den Zug nach Calais reserviert hat und dann ..." Wieder dachte sie einen Augenblick nach. „Ach ja, jetzt fällt es mir wieder ein!", rief sie sodann freudestrahlend aus. „Von Calais aus geht es über den Ärmelkanal nach England." Estelle machte eine betretene Pause. „Nun, ich weiß das, weil Madame meinte, dass Sie gewiss keine Freude hätten, schon wieder von Wasser umgeben zu sein", fügte sie beinahe entschuldigend hinzu. „Aber mehr kann ich Ihnen leider auch nicht sagen."

Zwar wusste Vivienne nun mehr als vorhin, doch wirklich aufschlussreich waren Estelles Worte nicht gewesen. Kurzerhand beschloss sie, die Seetauglichkeit des Schiffes auf die Probe zu stellen und die Hexe selbst zu befragen. Sie bedankte sich bei dem Mädchen, erkundigte sich nach dem Aufenthaltsort der Tante, und schon trennten sich ihre Wege wieder. Fünf Minuten später stand Vivienne in der Suite der Hexe. Diese selbst befand sich auf dem Balkon und genoss offensichtlich die kühle Brise.

Nun, da sie hier war, wusste Vivienne wieder einmal nicht so recht, wie sie ihr Ansinnen vortragen sollte. Die Tante war schließlich in jeder Hinsicht unberechenbar. Doch erweckte sie den Anschein, gerade guter Dinge zu sein. Zumindest soweit Vivienne dies von hinten beurteilen konnte, denn die Hexe hatte ihr nach wie vor den Rücken zugekehrt.

„Tritt näher, mein Kind!", tönten Guineveres Worte durch den Raum. „Sag mir, wie kann ich dir helfen?"

Vivienne kam der Bitte ihrer Tante nach, blieb jedoch an der Schwelle zum Balkon stehen. Im Gegensatz zur Hexe konnte sie dem Ausblick hier nicht viel Gutes abgewinnen. „Nun, liebste Tante", begann sie im selben ironisch freundlichen Tonfall, den Guinevere eben angeschlagen hatte. „Da das Schiff bald sein Ziel erreicht hat, frage ich mich, wo wohl das *Ziel* unserer Reise liegen könnte?" Angriff war die beste Verteidigung, entschied Vivienne.

„Wenn ich mich recht entsinne, so habe ich *diese* Frage doch bereits beantwortet." Guineveres Worte klangen bestimmt, doch keineswegs ärgerlich. Also hakte Vivienne weiter nach. „Richtig. Dann lass mich die Frage doch anders formulieren." Nicht sicher, wie die Hexe reagieren würde, trat sie einen Schritt zurück. „Wenn wir offensichtlich nach *England* wollen, warum zum Henker steuert dieses Schiff dann die Küste *Frankreichs* an?" Selbst überrascht von der unerwarteten Schärfe ihrer Worte machte Vivienne einen weiteren Schritt nach hinten. Doch Guinevere blieb ungerührt. Sie drehte lediglich ihren Kopf zur Seite und warf einen amüsierten Blick über ihre Schulter.

„Sieh an, sieh an. Steckt in dem kleinen Engelchen etwa doch ein Teufelchen?"

Darauf kannst du Gift nehmen!

Natürlich behielt Vivienne *diese* Worte für sich. „Ich frage mich bloß, warum du diese Scharade veranstaltest, das ist alles."

„Scharade? Du denkst ich treibe hier Spielchen?"

„Nun, ich denke jedenfalls nicht, dass alle anderen Transatlantik-Passagen ausgebucht waren. Also frage ich mich, warum wir dann mit der Kirche ums Kreuz fahren?" Vivienne trat wieder einen Schritt näher an ihre Tante. „Warum so umständlich, wenn es wesentlich einfacher ginge?"

Der Hexe vergnüglicher Blick blieb unverändert. Und nach einigen Sekunden des Schweigens drehte sie sich schließlich doch zu ihrer Nichte um. Statt des erwarteten Donnerwetters strahlten ihre Züge aber nach wie vor absolute Gelassenheit aus. Völlig ruhig, ja regelrecht wohlwollend betrachtete sie Vivienne für einige endlos scheinende Sekunden. Schließlich fixierte sich ihr Blick direkt auf der Nichte Augen, und Vivienne erkannte die lodernden Flammen des Hasses.

„Mein liebes Kind", eröffnete die Hexe schließlich das Wort, und ihre Stimme klang beinahe wie Balsam. Doch nur beinahe. „Für alle meine Entscheidungen gibt es triftige Gründe. Diese jedoch alle für dich verständlich zu machen liegt mir fern." Guinevere schritt nun auf Vivienne zu und an ihr vorbei in das Innere der Suite. „Doch will ich diesmal gnädig sein."

Die Hexe verschwand im Bad, sprach jedoch unbeirrt weiter. „Soweit es dich betrifft, musst du nur wissen, dass es mir körperlich nicht möglich ist, englischen Boden zu betreten. Noch nicht jedenfalls." Bepackt mit einem kleinen Täschchen kam sie wieder aus dem Bad und stolzierte Richtung Minibar. „Demnach wird meine verfluchte Hülle sozusagen hier in Frankreich verweilen, während du, meine Liebe, für mich nach Cornwall reisen wirst. Es ist bereits alles arrangiert." Die Hexe drehte sich kurz zu ihrer Nichte um. „Soweit alles klar, oder hast du noch irgendwelche Fragen?"

Vivienne sah sie überrascht an. „Ja, schön langsam wird mir so einiges klar." Dass auch Guinevere dem Fluch unterlag, das hatte sie bisher nicht gewusst. Doch rückte dieses Wissen nun einige Belanglosigkeiten ins rechte Licht. Aber eines verwunderte Vivienne immer noch. „Eine Frage habe ich allerdings tatsächlich noch." Die Worte hatten ihren Mund verlassen, ehe ihr Gehirn die Notbremse ziehen konnte.

Na los, raus mit der Sprache, du feiges Huhn!

„Weißt du, Guinevere, du verwirrst mich ein wenig", begann sie zögerlich. Doch die Hexe war ganz und gar mit einer Weinflasche beschäftigt. „Ich meine, du scheust weder Mühe noch Kosten, um *in die Nähe* eines Landes zu gelangen, das du selbst ja nicht einmal betreten kannst. Aber lassen wir das Warum und Wieso einfach mal außen vor. Denn was mich viel mehr interessiert, ist die Frage, wo dein plötzliches *Vertrauen* in mich herrührt?" Nun hatte sie definitiv die volle Aufmerksamkeit der Hexe erlangt.

Guinevere hielt in der Bewegung inne und drehte sich dann vollständig ihrer Nichte zu. Doch waren ihre Gesichtszüge noch immer vollkommen friedlich. „Vertrauen?", wiederholte sie das Wort. „Wie darf ich das nun wieder verstehen?"

„Ich bitte dich! Du schickst mich an deiner Stelle zu einem Termin, der dir scheinbar sehr viel bedeutet! *Du* schickst *mich*? Guinevere, du hast mich in deinem ganzen Leben noch nie zu etwas gebraucht, und nun schickst du mich alleine nach Cornwall?"

„Keine Sorge, mein Liebes, ich mute dir diese anstrengende Reise nicht alleine zu." Die Hexe kam nun mit zwei Weingläsern in der Hand auf ihre Nichte zu. „Estelle wird dich selbstverständlich begleiten." Mit diesen Worten streckte sie Vivienne das eine Glas entgegen. „Und nun lass uns anstoßen, auf eine erfolgreiche Mission!"

„Guinevere, du missverstehst mich." Vivienne nahm zwar das Glas, trank aber nicht davon. „Ich möchte wissen, warum du mir eine Aufgabe aufträgst, die du gewiss lieber selbst ausführen möchtest. Warum wartest du nicht einfach, bis der Fluch sich in Luft aufgelöst hat?"

„Mein Kind, ich fürchte, *du* bist es, die hier etwas falsch versteht." Die Hexe prostete ihr freundlich zu und nahm selbst ein Schlückchen. „Trink nur", versuchte sie ihre Nichte zu motivieren. „Kalifornischer Chardonnay, ausgezeichneter Jahrgang."

Vivienne betrachtete skeptisch das Glas in ihrer Hand und sah wieder zu Guinevere. Schließlich nahm sie der Tante das eigene Glas aus der Hand und drückte ihr stattdessen das ihre hinein.

Die Hexe blieb völlig unbeeindruckt. Sie prostete Vivienne erneut zu und nippte auch an diesem Glas.

Um dem Spiel ein Ende zu setzen, tat Vivienne es ihr schließlich gleich – und stellte erstaunt fest, dass dies tatsächlich ein äußerst vollmundiger Tropfen war. Doch hatte sie die letzte Anspielung der Hexe noch nicht vergessen. „Guinevere, du lenkst vom Thema ab. Sei doch so gut und erkläre mir, was ich deiner Meinung nach falsch verstehe!"

Die Hexe setzte ein verschmitztes Lächeln auf. „Kindchen, wie kommst du nur auf die absurde Idee, ich würde es *dir* überlassen, dieses Geschäft zum Abschluss zu bringen!"

Vivienne fehlten die Worte. „Aber du schickst mich nach Cornwall? Mit Estelle? Und du wirst uns nicht mit deiner Anwesenheit beehren? Und sag mir jetzt nicht, dass Estelle deine Botin sein wird, denn *das* würde ich dir sowieso nicht abkaufen."

„Meine Güte, wo denkst du nur hin!" Der Hexe gute Stimmung schien nun beinahe mit jedem Wort zu wachsen. „Liebes, es ist dir doch hoffentlich klar, dass niemand außer mir selbst dieses Geschäft erledigen wird."

„Ich dachte, du bleibst in Frankreich. Du weißt schon, von wegen Fluch und so." Schön langsam fühlte Vivienne sich von ihrer Tante verschaukelt.

„Schätzchen, du solltest wirklich lernen besser zuzuhören, wenn man mit dir spricht."

„Tantchen, ich gebe auf!", kapitulierte Vivienne. „Ich kann dir beim besten Willen nicht folgen."

„Kindchen, ich sagte doch von Anfang an, dass ich körperlich nicht in der Lage bin, auch nur einen Fuß auf englischen Boden zu setzen." Als Vivienne nickte, fuhr die Hexe fort. „Siehst du, deswegen brauche ich dich." Sie nahm ihrer Nichte das Glas aus der Hand und führte sie behutsam zu dem Sofa. „Besser gesagt brauche ich deinen *Körper*."

Kaum spürte Vivienne die Sofakante unter ihren Beinen, überkam sie ein seltsames Gefühl von Müdigkeit und Schwindel. Die Hexe drückte sie sanft auf die Liege und hievte ihre Beine hoch. „Weißt du, mein Schätzchen, es wird in der Tat immer schwieriger, deinen paranoiden Geist auszutricksen." Sie stopfte ihr ein Kissen unter den Kopf und warf ihr eine Decke über. „Der Trick mit dem Austauschen der Gläser war wirklich gut. Aber glaubst du nicht, dass ich gegen meinen eigenen Zauber immun bin?"

Vivienne sah nur noch verschwommen. Auch die Worte der Hexe schienen immer weiter in die Ferne zu rücken. „Und nun, mein Kind, ruh dich ein wenig aus." Sie hauchte ihrer Nichte einen Kuss auf die Stirn. „Denn wenn du morgen früh die Augen aufschlägst, wird nichts mehr sein wie vorher!"

Kapitel 8

Er hatte die ihm beschriebene Abzweigung genommen und brachte nun in einiger Entfernung zu seinem Ziel den Wagen zum Stehen. Dank der flachen Landschaft hatte er von dort, wo er sich befand, einen guten Blick auf das leicht erhaben gelegene Ziel seiner Reise. Das also war es! Stillschweigend stand er inmitten der kargen Landschaft und betrachtete das altehrwürdige Gemäuer, welches sich vor ihm auftat.

Welch seltsamer Anblick das doch war!

Doch noch weitaus seltsamer war das Gefühl der Vertrautheit, welches ihn plötzlich vereinnahmte. Ja, ihm war ganz so, als ob er schon einmal an diesem Ort gewesen wäre – doch das war völlig ausgeschlossen. In diesem Teil der Britischen Inseln hatte er sich ganz gewiss noch nie verirrt. Hier gab es einfach nichts, was ihn auch nur im Entferntesten hätte anlocken können – also was hätte er hier auch schon zu suchen gehabt? Und doch konnte er nicht leugnen, soeben eine Art von Déjà-vu zu erleben.

Was zum Henker machte er eigentlich hier?

Wie um alles in der Welt hatte er sich überreden lassen, eine fünfzig Jahre alte Anzeige zu beantworten? Nein, die Frage musste eher andersherum lauten: Was veranlasste jemanden zu der Annahme, dass man sich nach fünfzig Jahren noch immer für ein gewisses Objekt interessieren konnte? Wohl derselbe Grund, aus dem auch er im Prinzip hier gelandet war – die gute alte Neugierde!

Doch was genau erwartete er sich hier eigentlich?

Noch immer dasselbe wie damals, als er die Anzeige aufgegeben hatte? War er im Grunde immer noch auf der Suche? Hatte er denn nicht schon vor Jahren aufgegeben? Aber weshalb war er dann hierhergekommen? Und warum zum Teufel kam ihm das alles hier so bekannt vor? Oder anders gefragt: Kam es ihm tatsächlich vertraut vor? Oder war hier nur der sehnliche Wunsch nach Gewissheit Vater des Gedankens?

Gewissheit.

Konnte er die nach all den endlosen Jahren tatsächlich noch finden?

Durfte er in der Tat auf ein derartiges Wunder hoffen?

Nun, das galt es wohl herauszufinden. Doch bis dahin würde er sich noch einige Stunden gedulden müssen. Er brauchte nicht erst auf die Uhr zu sehen, um zu wissen, dass er zu früh war. *Viel zu früh.* Also wendete er seinen Wagen und fuhr erst mal zurück in die Richtung, aus der er gekommen war.

Eile mit Weile, mein Freund!

Ja, wie wahr doch … denn im Prinzip hatte er nicht die geringste Ahnung, wohin ihn diese Reise noch führen würde!

Blut. Überall ist Blut. Wo er auch hinsieht. Selbst an ihm klebt die rote Substanz, überzieht seinen gesamten Körper. Vor ihm steht eine Gestalt. Sie dreht ihm den Rücken zu, doch der faulige Gestank, den sie verströmt, ist kaum auszuhalten. Hinter ihr, in der Ferne, erkennt er eine weitere Gestalt. Wenngleich die Bezeichnung Monster wohl auch hier zutrifft. Das haarige Ungetüm reißt sich etwas vom Leib und stürmt unter lautem Gebrüll davon.

Dies ist der Moment, in dem sich das stinkende Etwas vor ihm wendet. Seine verrottende Visage grinst ihn an und entblößt dabei die Ruinen fauliger Zähne. Eine zähe Flüssigkeit tropft von den krallenartigen Fingern auf ihn herab, scheint sich mit dem Blut um ihn herum zu vermischen. Da streckt die abscheuliche Kreatur ihre Klauen nach ihm aus. Er schreit, doch das dröhnende Grollen des Donners erstickt seinen Hilferuf. Die Krallen nähern sich unaufhaltsam, packen ihn ohne Erbarmen – eben erst geboren, sieht er bereits dem Tode in die Augen!

Wieder einmal schreckte Ruben aus dem Schlaf. Wieder einmal hatte er geträumt. Von ihr. Oder ihm. *Es* war leider nicht eindeutig zu identifizieren. Die grässliche Fratze ließ keinerlei Rückschlüsse zu. Ja, im Grunde konnte er nicht einmal sicher sagen, dass es sich um ein menschliches Wesen handelte. Die blutver-schmierte Visage hätte genauso gut einem Tier gehören können.

Oder dem Monster aus deiner Einbildung!

„Ja, ja, spotte du nur!", fauchte er seine innere Stimme an. „Aber ob es dir passt oder nicht, meine Vergangenheit ist auch die *deine*!" Mit diesen Worten erhob er sich aus dem Bett und trat an das Fenster.

Draußen war es noch dunkel. Beinahe jedenfalls. Kaum wahr-nehmbares Tageslicht begann sich über dem Horizont abzu-zeichnen. Bis zum Sonnenaufgang dauerte es noch ein ganzes Weilchen. Obwohl das an den vorherrschenden Lichtverhält-nissen auch nur wenig ändern würde. Zu dieser Jahreszeit war die Gegend hier von trübem, regnerischem Wetter gesegnet. Echte Sonne drang eher selten durch. Und der bevorstehende Tag würde keine Ausnahme bilden. Soviel hatte zumindest der Wetterbericht tags zuvor verraten. Und so viel wusste Ruben auch aus eigener Erfahrung. Denn auch wenn er noch nie zuvor auf Rosebound Heights war, Südengland hatte er schon oft genug besucht. Und das Wetter Cornwalls war beinahe so berechen-bar wie Ruben selbst. In regelmäßigen Zyklen kehrte dasselbe Phänomen immer und immer wieder.

Doch Ruben war nicht in der Laune, über das Wetter zu philo-sophieren. Und erst recht nicht wollte er sich den heutigen Tag durch einen melancholischen Ausflug in seine verworrene Ver-gangenheit versauen. Sosehr er auch auf eine Auflösung dieses Mysteriums hoffte, aber nicht an diesem Tag. Nicht heute. Die letzten Tage waren schon seltsam genug gewesen. Und heute hatte er noch so einiges zu erledigen. Nun, eigentlich hatte er nur eine Sache zu erledigen. Die aber würde ihn den ganzen Tag lang beschäftigen. Deshalb musste er fit sein. Und konzentriert. *Fokussiert.* Ein klarer Verstand verliert nie den Fokus auf sein Ziel – und sein heutiges Ziel hieß Thornton. Vivienne Thornton, um genau zu sein, und ihre Tante. Oder Nichte? Ruben konnte sich ehrlicherweise nicht mehr daran erinnern, wer von den beiden Damen denn nun eigentlich die besagte Kundin war. Viel zu sehr hatte ihn jenes Telefonat überrumpelt, als dass er sich derartige Details hätte einprägen können. Nun, war ja auch relativ egal, solange er wusste, wen er wann und wo abzuholen hatte.

Tja, eigentlich wäre dies der Moment gewesen, in dem Ruben sich von dem Fenster hätte abwenden sollen – doch er tat es nicht. Stattdessen starrte er weiterhin in eine halbdunkle Leere. Etwas schien ihn zurückzuhalten. Ein Impuls? Gedankenverloren fixierte er einen Punkt irgendwo am Horizont.

Es liegt etwas in der Luft, würde ich sagen!

War es doch eher Instinkt? Oder wollte sein innerer Freund ihn nur auf eine falsche Fährte lenken? Nein, *etwas* lag tatsächlich in der Luft – aber was war es? Doch ebenso abrupt, wie Ruben es wahrnehmen konnte, war es auch schon wieder vorbei. Irritiert schüttelte er den Kopf. War das eben gerade Einbildung oder Wirklichkeit gewesen?

Ruben drehte dem Fenster nun doch den Rücken zu, hielt aber erneut an Ort und Stelle inne. Wie war noch mal der Name der neuen Interessentin gewesen? *Thornton?* Warum nur kam ihm dieser Name so bekannt vor?

Er war weder ungewöhnlich noch prominent, doch irgendetwas daran brachte Rubens kleine graue Zellen in Aufruhr. *Irgendetwas* hatte es mit diesem Namen auf sich, dessen war er sich beinahe sicher. Doch Ruben konnte sich beim besten Willen nicht daran entsinnen. Schon seit dem obskuren Telefonat grübelte er immer wieder darüber nach, aber ohne Erfolg. Sehr zu seiner Enttäuschung hatte auch Tristan keine Regung gezeigt, als Ruben den Namen der neuen Kundschaft erwähnte. Doch mochte dies gänzlich andere Gründe haben, zog man das generell ungewöhnliche Verhalten des alten Mannes in Betracht.

Obwohl, darüber konnte er eigentlich auch noch die nächsten fünf Stunden nachdenken – sofern er nicht irgendwo im Nirgendwo in ein Verkehrschaos verwickelt wurde und noch länger für die Strecke brauchte. Innerlich graute ihm vor dem Gedanken. Tausend Kilometer, an einem einzigen Tag! Wie konnte er sich nur so überrumpeln lassen und einer derart hirnrissigen Idee zustimmen?

Weiblicher Charme?

„Halt die Klappe!" Nun war es ohnehin zu spät, darüber nachzudenken. Er hatte eingewilligt die potenzielle Kundschaft vom Eurotunnel-Terminal in Folkestone abzuholen. Ob es ihm nun passte oder nicht. Also riss Ruben sich schlussendlich doch noch vom Fenster los. 04:30 zeigte die Uhr mittlerweile am Handy an. Ja, es war definitiv Zeit, in die Gänge zu kommen. Rubens Magen knurrte lautstark. Ja, auch Zeit für ein schnelles Frühstück. Und nicht zu vergessen, vor allem war es an der Zeit, nach Tristan zu sehen! Doch eins nach dem anderen, und so machte er sich erst einmal auf den Weg ins Bad.

Erfrischt und umgezogen marschierte Ruben sodann zum Herrenhaus. Sein Vorrat an Essbarem war, sehr zu seinem Ärger, bereits aufgebraucht, also musste das Frühstück wohl noch ein wenig warten. Doch wollte er auf keinen Fall die lange Fahrt antreten, ohne sich zu vergewissern, dass es seinem alten Mentor zumindest körperlich gut ging. Am liebsten hätte er ja einfach alles abgesagt, um bei Tristan zu bleiben. Doch der schien Ruben ohnehin aus dem Weg zu gehen. Und Geschäft war nun mal Geschäft. „Konzentrier dich, Ruben, nicht das Ziel aus den Augen verlieren!", murmelte er sich selbst zu. „Nicht das Ziel aus den Augen verlieren!" Doch das einem Mantra gleichende Sprüchlein überzeugte seine Gedankenwelt nicht wirklich.

Immerhin hatte er aber auch wirklich Anlass genug, sich um Tristan Sorgen zu machen. Sein alter Freund benahm sich seit Rubens Ankunft in der Tat äußerst seltsam. Der alte Mann verschanzte sich regelrecht in dem uralten Herrenhaus. Er schien sich seine eigene kleine Festung aufzubauen, und niemand hatte Zutritt zu seinem Reich, wenn Tristan es nicht wollte. Bloß dass außer ihnen beiden sowieso niemand anwesend war.

Also begann Ruben sich zu fragen, vor wem sich der alte Mann scheinbar versteckte. Vor Ruben? War es der Fluch, der Tristan den Verstand raubte? Nur ganz selten hatte Ruben seinen Mentor zu Gesicht bekommen. Und wenn doch, dann wandelte Tristan zumeist ganz in Gedanken versunken über das Anwesen, brabbelte unverständliche Worte vor sich hin und schien in jedem

Fall in einer ganz, ganz anderen Welt zu sein. Ruben machte sich ehrliche Sorgen um den alten Mann.

Er selbst versuchte die Zeit indes sinnvoll zu nutzen. Er hatte sich ein wenig Büroarbeit mitgenommen. Doch viel brachte Ruben nicht zustande. Stattdessen ertappte er sich immer wieder dabei, wie er im Internet nach dem Fluch forschte, der Rosebound Heights angeblich anlastete. Leider gab es viel zu viele Geschichten darüber, die noch dazu allesamt unterschiedlichen Ursprungs waren. Eine Sackgasse. Also wieder zurück zu Geschäftlichem. Ruben bemühte sich ebenso, seinen Mentor mit allem auf dem Laufenden zu halten – bei den wenigen Gelegenheiten, die sich ihm boten. Immerhin war es Tristans Geschäft, auch wenn es Rubens Namen trug. Doch sein Freund und Geschäftspartner ließ ihn so gut wie nicht an sich heran. Ja, Tristan erweckte den Eindruck, als nähme er seinen jungen Freund nicht einmal mehr wahr. Als wüsste er gar nicht, dass Ruben existierte.

War der alte Mann nun etwa tatsächlich übergeschnappt?

Ruben befürchtete das Schlimmste. Doch in einem überraschend klaren Moment überzeugte sein Mentor ihn vom Gegenteil. Mit überaus wachen Augen sah der alte Mann ihn an und sprach unmissverständlich aus, dass Rubens Befürchtungen umsonst seien. Doch weigerte er sich, über die Ursache seines Verhaltens Auskunft zu geben. Tristan hüllte sich in eisernes Schweigen. Für Ruben eher die Reaktion eines fünfjährigen Kindes denn eines erwachsenen Mannes in Tristans doch ziemlich fortgeschrittenem Alter. Der alte Mann befand dies ganz und gar nicht so. „Eile mit Weile, mein Freund. Zu gegebener Zeit wirst du die Dinge klarer sehen, vertrau mir einfach!", war alles, was Tristan zu sagen hatte. Seitdem verschanzte er sich wieder hinter der Fassade des geistigen Ausnahmezustands. Sturer alter Mann, dachte Ruben.

Einerseits ärgerte es ihn, dass sein väterlicher Freund sich so vor ihm verschloss. Nein, Ärger war nicht das richtige Wort. Es verletzte Ruben. Aber andererseits hatte er auch schon vor langer Zeit eingesehen, dass es Dinge gab, die schlichtweg nicht erfragt werden wollten. So hatten Tristan und Ruben es von Anfang an gehalten. So würde er es also auch jetzt halten. Das war das Mindeste, was er seinem alten Freund schuldete. Respekt.

Ja, er musste dem alten Mann denselben Respekt entgegenbringen, den er durch ihn erfahren hatte. Tristan hatte ihn aufgenommen. Hatte ihn gelehrt und ernährt, ihm eine Zukunft geboten. War ihm, eines Vaters gleich, ans Herz gewachsen. Und hatte vor allem nicht ein einziges Mal gefragt.

Weil er es aus erster Hand wusste, du Idiot!

Ruben schnaubte verächtlich. Ja, es stimmte. Aber Tristan hatte dennoch die Situation als gegeben genommen. Also verdammt noch mal, ja, Respekt war das Mindeste, was Ruben seinem Mentor schuldete!

Dennoch nagte die ganze Sache an ihm. Schließlich kannte er Tristan schon viel zu lange, als dass er es auf die leichte Schulter nehmen konnte. Wollte. Doch würde er sich unweigerlich in Geduld üben müssen. Wenn der alte Mann bereit war es ihm zu erzählen, so würde er es gewiss tun. Bis dahin musste er sich um Geschäft undKundschaft kümmern.

Kundschaft! Das Stichwort, um sich weitere Sorgen machen zu müssen? Denn während Ruben selbst die lange Reise nach Folkestone und wieder zurück antrat, lag es an Tristan, heute den ersten der beiden Besichtigungstermine abzuwickeln. Na, wenn das nur mal gut ging! Doch Ruben konnte sich nicht zweiteilen.

Leider nicht!

„Glaub mir, mein Schnuckelchen, ich würde dich auch dann nicht alleine losziehen lassen, wenn ich es könnte!"

Spielverderber!

„Halt's Maul, du Kuscheltier-Attrappe!" Im selben Moment kam Ruben vor dem Eingang des Herrenhauses zu stehen. Und just im selben Augenblick ging die Tür auf, und Tristan trat heraus.

„Aha, reden wir wieder einmal mit unserem besten Freund?"

Der alte Mann klang wie eh und je. Weg war der geistesabwesende Blick, das wirre Getue. Nein, dies war nicht nur ein klarer Moment, den ein verwirrter Geist produzierte. Vor Ruben stand ganz und gar der alte Tristan. Als wären die letzten Tage nur in der Einbildung Rubens existent gewesen. Es dauerte einen Augenblick, ehe er sich einigermaßen gefasst hatte.

„He, alter Mann, was treibt dich denn schon vor Tagesanbruch aus dem Bett?" Nun, nach außen hin konnte Ruben seine Fassung zwar wahren. Doch in seiner Stimme schwang mehr Überraschung mit, als die Worte rechtfertigten. Wenn Tristan dies wahrgenommen hatte, so überging er es würdevoll. Stattdessen schenkte er dem Jüngeren sein berüchtigtes allwissendes Lächeln.

„Nun, wie mir scheint, hast du einen anstrengenden Tag vor dir." Er deutete Ruben an, ihm ins Haus zu folgen. „Und da dachte ich mir, du könntest eine kleine Stärkung vertragen, ehe du aufbrichst."

„Wie errätst du bloß immer meine Gedanken?" Gleichermaßen erfreut wie irritiert nahm Ruben die Einladung an. Schweigend durchquerten die beiden Männer die Eingangshalle in Richtung Küche. Obwohl Ruben zum ersten Mal durch das Innere des Herrenhauses schritt, war sein vormals hohes Interesse daran nun vergleichsweise gering. Und das lag nicht nur an dem verlockenden Duft nach frischem Kaffee und gebratenem Speck. Ruben nahm an dem großen Holztisch Platz und beäugte den alten Mann skeptisch. „Woher wusstest du, dass ich vorbeikomme? Ich meine, du wusstest ja nicht, wann …"

„Nennen wir es einfach Intuition, mein Junge", unterbrach Tristan ihn in seiner gewohnt väterlichen Manier. „Oder sollte ich tatsächlich annehmen, dass du aufbrichst ohne ein Wort des Abschieds?"

Erstaunt schüttelte Ruben nur den Kopf. Ja, das war ganz und gar der Tristan, den er seit über einem Jahrhundert kannte. Regelrecht erleichtert beobachtete er, wie der alte Mann geschickt mit Töpfen und Tellern herumhantierte. Auf einmal war es Ruben gänzlich egal, wo dieser plötzliche Wandel herrührte. Hauptsache sein Freund und Mentor war wieder der Alte – und blieb es hoffentlich auch. Besonders jetzt, wo Ruben nicht hier sein konnte, um aufzupassen.

Aber auch so konnte sein Leben keine weiteren Ablenkungen brauchen. Ruben hatte schon mit den Dämonen seiner eigenen

Vergangenheit zu kämpfen. Ganz zu schweigen von seinem ganz persönlichen, inneren Dämon. Nein, er brauchte wirklich keinen weiteren Kontrahenten. Erst recht keinen, der sich in seines Freundes sonst so weisem Geist festsetzte.

Doch wie es im Augenblick schien, gab es keinerlei Grund zur Sorge. Tristan setzte sich zu Ruben an den Tisch und gemeinsam genossen sie den frühmorgendlichen Imbiss. Die Atmosphäre war heiter und entspannt. Es wurde über Belanglosigkeiten geplaudert wie über Geschäftliches. Nichts unterschied sich hier von einem x-beliebigen Frühstück aus vergangenen Tagen. Es war ein Morgen wie jeder andere auch. Doch war die Zeit viel zu knapp, um sich ausführlich zu unterhalten. Wie beiden Männern bewusst war, hatte Ruben noch einen weiten Weg vor sich. Und Tristans alter Bentley liebte es nicht, gehetzt zu werden.

Nun weitaus weniger motiviert als noch vor dreißig Minuten machte Ruben sich schließlich zum Aufbruch bereit. Tristan begleitete ihn durch den Hof zum Wagen hinaus. Dort angekommen, hielt er Ruben eine geschnürte Mappe entgegen. Sein fragender Blick entlockte dem alten Mann ein bedächtiges Lächeln.

„Na, na, mein Junge. Was würde es denn für einen Eindruck machen, wenn du die beiden Damen völlig unvorbereitet durch Rosebound Heights führtest?"

„Tristan, ich fürchte, ich habe dich unterschätzt." Dankend nahm Ruben die Unterlagen entgegen. „Scheinbar gibt es doch nichts, was dich erschüttern kann", scherzte er. Aber der alte Mann wirkte ganz und gar nicht belustigt.

„Mein Junge, du missverstehst den Ernst der Lage, fürchte ich. Es geht immerhin ums Geschäft, um die Zukunft. Und manche Kunden verstehen schlichtweg keinen Spaß. Ich möchte nur verhindern, dass sie dich in der Luft zerfetzen, das ist alles."

Ruben stand die Verwirrung ins Gesicht geschrieben, doch hatte er keine Zeit, auf die Rede seines Freundes zu reagieren. Der alte Mann zog ihn augenblicklich in eine herzliche Umarmung, die Ruben jedoch einen kalten Schauer über den Rücken jagte. Denn diese simple Geste des Abschieds hatte etwas durchaus Befremdliches an sich. Etwas, das Ruben am ehesten mit dem Wort

Endgültigkeit beschrieben hätte. Doch schon löste sich Tristan von ihm, und in den Augen des alten Mannes sprühte es regelrecht vor Energie und Zuversicht.

Verwundert über den Widerspruch von Empfindung und Wahrnehmung, stieg Ruben schließlich hinter das Steuer des Bentley. Die Unterlagen auf dem Beifahrersitz abgelegt, trat er die lange Fahrt nun endlich an. Die nächsten fünf Stunden waren Zeit genug, um über das erneut eigenartige Verhalten seines Freundes nachzudenken. Und danach musste er seinen Fokus wieder auf wesentlichere Dinge wie Geschäftsunterlagen und Kundschaft richten. Das Letzte, was er seinem Mentor antun wollte, war schließlich ihn zu enttäuschen.

Tristan blieb am Torturm stehen und sah zu, wie die Rücklichter seines Bentley in der Ferne verschwanden. Augenblicklich überkam ihn eine Woge der Erleichterung. Zugleich nagte das schlechte Gewissen an ihm. Ja, er hatte den Jungen in die Höhle des Löwen geschickt. Aber es musste so sein.

Es war schließlich nur zu seinem Besten.

Zu ihrer aller Bestem.

Der alte Mann machte kehrt und ging gemächlichen Schrittes auf das Herrenhaus zu. Ein schwaches, aber durch und durch zufriedenes Lächeln umspielte seine faltigen Gesichtszüge.

Die Karten waren verteilt.

Kapitel 9

*S*ie wollte die Augen öffnen, doch sie konnte es nicht. Ihre Lider schienen mit Blei beschwert zu sein. Aber sie schlief nicht. Nicht mehr. Schon seit geraumer Zeit nicht mehr. Sie versuchte den Kopf zu bewegen. Nichts. Die Arme ... ohne Erfolg.

Schlief sie womöglich doch noch?

War sie gefangen in einem Traum?

Wo war sie nur?

Sie versuchte zu lauschen. Nichts. Nicht einmal irgendeine Art von Geräusch. Es herrschte vollkommene Stille. Aber ... wie konnte das nur möglich sein? Warum konnte sie denn nichts hören?

Aus dem gleichen Grund, aus dem auch der Rest von dir nicht funktioniert, du Dummerchen!

Na, wenigstens war ihre innere Stimme noch nicht verschwunden. Doch tröstete das nur wenig über die Tatsache hinweg, dass ihr Körper aus irgendeinem Grund die Befehle ihres Geistes verweigerte.

Das war Meuterei! Was sollte das, verdammt noch mal?

Vivienne fühlte sich wie gelähmt. Gefangen. Ja, das traf es in der Tat am Besten. Sie fühlte sich gefangen in ihrem eigenen Körper. Aber warum nur?

Wie konnte das passieren?

Plötzlich überkam sie eine Woge der Panik. War sie etwa gar verunglückt? War sie ins Koma gefallen? Was, wenn sie nun wirklich gelähmt war?

Oder ... war sie etwa gar tot?

Denk nach, du dumme Ziege!

Was war nur mit ihr geschehen?

Guinevere!

Guinevere?

Himmel Herrgott noch mal, so streng dich endlich an!

Und … ja! Dumpf, ganz dumpf formte sich ein Bild in ihrem Kopf. Ein schwaches Fragment einer noch viel schwächeren Erinnerung. Doch es reichte, um das Schlimmste zu befürchten.

Oh, diese elende Hexe, was hatte sie jetzt schon wieder mit ihr gemacht?

Guinevere beobachtete die Gestalt, die ihr gegenübersaß. Scheinbar friedlich schlafend lehnte der Körper im Sitz. Genauso, wie *sie* es wollte. Doch Guinevere wusste es besser. Denn hinter der schlafenden Fassade erwachte ein Geist zu nur allzu regem Leben. Und das konnte sie nun wirklich nicht gebrauchen. Für ein kleines Weilchen musste die Göre noch weiterschlummern, ob es ihr passte oder nicht.

Ach, wie schön das Leben doch war, wenn man *Kontrolle* darüber hatte!

Obwohl … Ja, es erstaunte Guinevere schon, wie stark die Kleine doch eigentlich war. Jeder andere wäre dem Zauber bedingungslos ausgeliefert. Nur, und wirklich *nur* auf der Hexe Anweisung würde jeder andere Geist zu wecken sein. Und auch dann würde er einzig der Hexe Befehle ausführen. Doch irgendwie hatte Guinevere das Gefühl, dass ihre Nichte da wohl ein wenig mehr … Unterstützung gebrauchen würde!

Aber diese Erkenntnis konnte ihre gute Laune nicht trügen. Nein, viel zu erfolgreich war sie gewesen, um sich von derartigen Kleinigkeiten den Tag vermiesen zu lassen. Zufrieden lehnte sie sich also im Sitz zurück, um sich selbst ein wenig Erholung zu gönnen. Und um die Zeit zu nutzen, ein bisschen in der guten Stimmung zu schwelgen.

Oh ja, sie war in der Tat die Größte!

Wie schade nur, dass niemand das wusste!

Noch nicht, aber durchaus bald! Innerlich schüttelte sie sich vor Lachen. Wie einfältig die Welt doch war! Allen voran diese dumme kleine Gans Estelle. Meine Güte, das Mädchen hatte aber auch wirklich gar nichts im Hirn … Und das war nicht nur sprichwörtlich gemeint. Sie musste es ja schließlich wissen! Aber war es denn wirklich eine gute Idee?

Jetzt, wo sie darüber nachdachte, kamen doch lästige Zweifel auf. Hätte sie die Gans doch lieber töten sollen? Zu ihrer Schande musste sie sich eingestehen, dass sie eindeutig einer spontanen Eingebung gefolgt war. Aber … so herum war es wesentlich witziger. Also … zumindest aus Guineveres Sicht. Ja, und genau genommen war die Sorge ohnehin völlig unbegründet. Denn irgendwann würde man die kleine Ratte schon auf dem Schiff entdecken. Und *dann* waren Estelles Stunden ohnehin gezählt. Schließlich konnte man doch kein Ungeziefer an Deck dulden! Ja, *diese* Idee war in der Tat um einiges amüsanter!

Natürlich nicht zu vergessen, wie gut Guinevere ihren gesamten Plan in die Tat umgesetzt hatte. Ja, sie konnte zu Recht stolz auf sich sein. Der Zauber war nicht gerade einfach gewesen. Nicht viele Hexen wären zu derart außergewöhnlicher Leistung in der Lage gewesen. Aber Guinevere war ja auch nicht irgendwer. Nein, sie war die Tochter von … Nein!

Sie hatte sich geschworen *seinen* Namen nicht mehr in den Mund zu nehmen, ehe … Aber nein, halt! Auch *das* wollte sie erst aussprechen, wenn es vollbracht war. Oh ja, ein bisschen gesunder Aberglaube hatte schon so mancher Hexe den Kopf bewahrt. Und Guinevere hatte nicht vor ihren Kopf zu verlieren.

Obwohl, genau genommen war es ja gerade gar nicht ihr eigener Kopf!

Aber das war bloße Haarspalterei! Fakt war, jedes Wesen war sterblich, auch die magischen Kreaturen dieser Welt. Denn, wessen Kopf nicht mehr zwischen seinen Schultern saß, der war unweigerlich tot. Und *das* stand nicht auf der Hexe Tagesplan! Weder heute noch an irgendeinem zukünftigen Tag.

Verstohlen betrachtete sie wieder die Gestalt, die ihr gegenübersaß. Oh ja, der Zauber war wirklich *unglaublich* gut gelungen. Und was die Feinabstimmung betraf … Also das würde sie schon noch in den Griff kriegen. Immerhin war sie Guinevere. *Sie* hatte den Zauber vollbracht, der drei Personen zugleich betraf.

Dreieinhalb, rechnete man die Ratte dazu.

Wieder brach sie in innerliches Gelächter aus. Oh, dieses arme Vieh konnte einem schon fast leidtun. Aber auch die Ratte musste sich ihrem Schicksal beugen. So wie es Guinevere getan hatte. Nun gut, sie hatte ihrer Fügung ein wenig nachgeholfen, aber dennoch, es hatte bisher alles funktioniert. Und das konnte doch wohl als Zeichen des guten Willens gedeutet werden. Doch, ja, das magische Universum meinte es gut mit ihr. Sollte sie nicht nach England kommen, so hätte ja auch gleich alles in die Luft fliegen können. Aber nein, sie saß hier, im Zug nach Calais.

Also, alles sollte genau so sein!

Wieder regte sich die Gestalt gegenüber kaum merklich. Nun, es war auch nicht ihr Körper, der sich bewegte, sondern vielmehr ihr Geist. Die Kleine hatte Ausdauer, das musste man ihr lassen. Aber an den Tatsachen gab es eben nichts zu rütteln. Die Göre stammte von einer Hexe ab. Auch wenn sie selbst nichts damit anfangen konnte, so trug sie doch magisches Blut in sich. Zwar hatte Guinevere dies in Betracht gezogen, aber … nein, sie hatte die Göre nicht unterschätzt.

Einen derartigen Fehler hätte sie nie begangen.

Als hätte sie überhaupt schon jemals etwas falsch gemacht. Obwohl … Doch, da gab es etwas. Aber … Ja, hätte sie damals nicht diesen *einen* Fehler zugelassen, ja, dann hätte sie doch erst gar nicht in diese so aussichtsreiche Situation geraten können.

Himmel Herrgott nochmal, sie musste dieser Ehe doch zustimmen!

Wie sonst hätte sie denn zu einer Nichte kommen sollen?

Wie sonst hätte sie denn jemals gegen den Fluch antreten können?

Aber gewiss doch, es musste alles genau so sein, wie es war. Selbstverständlich! Nur durch Vivienne würde sich ihr Traum nun erfüllen. Naja, durch deren Körper, um genau zu sein.

Viviennes widerspenstiger Geist war dabei keineswegs von Nutzen.

Doch nun war es an der Zeit, diesen Körper zu Leben zu erwecken. Wie es den Anschein hatte, damit leider auch ihren Geist. Aber Guinevere war stark. Stärker als die kleine Pseudohexe, die nicht einmal wusste, dass sie Magie besaß.

Ja, sie konnte sich allemal noch Viviennes Geist bemächtigen.

Also erteilte sie unmerklich ihre Befehle und machte es sich sodann wieder bequem in ihrem Sitz. Noch hatte sie ein wenig Zeit, bevor der Zug in den Bahnhof einfuhr. Ja, sie hatte den Zauber sehr präzise abgestimmt – ein klein wenig Vorsicht konnte ja niemandem schaden. Gedankenverloren betrachtete die Hexe nun also die Spiegelung ihrer selbst im Fenster. Zutiefst zufrieden fuhren die geschmeidigen Finger durch die langen Locken der Haarpracht. Und erst diese wunderbar seidig weiche Haut des Gesichts.

Oh, und diese beeindruckenden Augen!

Ein geradezu entzückter Seufzer entwich der Hexe Lippen. Ja, es war schier unglaublich, was sich mit altmodischer Magie so alles bewerkstelligen ließ!

Na endlich! Sie konnte wieder sehen! Konnte sich wieder bewegen! Gott sei Dank ... oder aber auch nicht! Vivienne hatte zwar ihre Augen geöffnet, und auch ihre Beine bewegten sich eindeutig. Aber ... nicht nach ihrem Kommando!

Was zum Henker ...?

„Na, na, mein Schätzchen! Jetzt wollen wir uns mal nicht künstlich aufregen, ja?"

Guinevere! Ihre Gedanken formten die Worte ‚wo bist du‘, doch Viviennes Lippen bewegten sich keinen Millimeter. Sie wollte sich umsehen, nach der Tante suchen, doch ihr Körper wollte ihr einfach nicht gehorchen.

„Ruhig Blut, mein Kind, alles ist gut. Ich bin hier, bei dir!"

Aber woher ...? Wie konnte sie bloß wissen ...?

Verdammt, wo war sie?

Sie konnte ihre Stimme hören, Guinevere aber nirgends entdecken. Zumal sie ja auch nur in die ihr aufgezwungene Richtung sehen konnte. Und wo zum Teufel befand sie sich hier überhaupt? Gleise? Waren dort Züge zu sehen?

Ach ja, sie wollten doch nach Calais. Aber Züge? Wollten sie nicht über den Ärmelkanal? Tausend Gedanken schossen Vivienne auf einmal durch den Kopf, während ihr Körper unaufhörlich einem ihr nicht bekannten Ziel entgegensteuerte.

„Nun beruhige dich endlich, sonst fällst du noch auf, du dummes Kind!"
Schon wieder! Verdammt, was ging hier vor sich? Wo war
diese Hexe? Was für Spielchen spielte sie mit ihr?

*„Vivienne! Es reicht! Ich bin in deinen Gedanken, also mühe dich
nicht länger ab. Überlasse mir die Führung, und alles wird sich zu deinem
Besten wenden. Doch bedenke, wenn du dich wehrst, so zwingst du mich
die Konsequenzen zu ziehen. Willst du das denn? Ich denke nicht! Also
reiß dich jetzt zusammen, du bist gleich da. Dann kannst du wieder ein
wenig schlafen, meine Süße!"*

NEIN!!!, wollte Vivienne schreien, doch der Gedanke verließ nicht einmal ihr Gehirn.

Na großartig!

Nun war sie also im wahrsten Sinne des Wortes die Marionette
der Hexe geworden. Nur anstelle der Fäden wurde sie von der
Hexe Willen gelenkt. Einfach toll. In völliger Verbannung saß
ihr Geist in ihrem Körper fest.

Sie funktionierte bloß.

Vivienne versuchte erneut sich umzusehen, doch nichts geschah.

Konsequenzen!

Ha, selten so gelacht. Was für Konsequenzen denn? Wollte
Guinevere sie umbringen, wenn sie nicht spurte?

„Was auch immer notwendig ist, mein Schätzchen."

Das war doch nicht ihr Ernst? Die Hexe brauchte … verdammt!
Die Hexe war in ihren Gedanken! Sie wusste automatisch alles,
was Vivienne dachte!

Verdammt und zugenäht!

*„Schön langsam scheinen wir uns ja zu verstehen! Ich lass dich jetzt
einen Moment allein, mein Liebes. Du bleibst brav hier, und ich rate dir
wirklich, keinen Unsinn zu machen. Vergiss nicht, beim geringsten Verdacht bin ich in deinem Kopf, und … Nun, wir wollen ja nicht, dass
das Ganze hier hässlich wird, nicht wahr?"*

Viviennes Beine steuerten auf eine Bank zu, und ihr Körper
nahm unaufgefordert darauf Platz. Ihre Augen schauten stur
geradeaus, und nichts von ihr wollte auch nur annähernd nach
ihrer Pfeife tanzen.

Es war zum Aus-der-Haut-Fahren!

Immerhin hatte sie ihre Gedanken wieder für sich allein. Zumindest bis zum nächsten unerwünschten Auftritt der Hexe. Was nur bezweckte die Alte mit dieser Scharade? Warum war es so wichtig für die Hexe, Viviennes Körper zu steuern?

Ach ja, der Fluch!

Doch, es musste wohl damit zusammenhängen. Hatte die Hexe sich bei ihr untergemietet, um so auf englischen Boden zu gelangen? Aber hatte sie nicht gesagt, Estelle würde mit ihr reisen?

Wo war die denn nun?

Wie Vivienne es auch drehte und wendete, nichts war stimmig.

Doch schon setzte ihr Körper sich erneut in Bewegung. Eiligen Schrittes trugen ihre Beine sie durch die Menschenmenge hindurch. Vor ihr tauchte nun ein Bahnsteig auf, der allem Anschein nach ihr Ziel war. Tatsächlich, Vivienne marschierte schnurstracks auf einen Zug zu und stieg in diesen ein. Abermals tauchte in ihren Gedanken die Frage auf, weshalb sie sich nicht auf einer Fähre, sondern in einem Zug befand.

Ihr unausgesprochener Wunsch nach Information wurde erhört, denn es ertönte eine Durchsage, draußen am Bahnsteig. Und, siehe da, Viviennes Ohren waren tatsächlich auf Empfang gestellt worden. Wenngleich sie augenblicklich den Wunsch verspürte, eben diese Ansage nicht gehört zu haben. Ihr Körper hatte sich bereits in den Sitz geschmiegt, doch nun erstarrte jede ihrer Fasern.

Hatte sie etwa gar die Kontrolle zurückerlangt?

Nein, das nicht gerade. Doch die Panik, die sich in ihren Gedanken nun breitmachte, schien sich auch ein wenig auf ihren Körper auszuwirken. Und Panik war es allemal, die sie nun empfand.

Oh, diese niederträchtige Hexe!

Vivienne schalt sich selbst ob ihrer unglaublichen Naivität. Wie konnte sie auch nur davon ausgehen, mit der Fähre über den Ärmelkanal überzusetzen! Bei all der Bosheit, die Guinevere in sich trug, hätte Vivienne doch gleich wissen müssen, dass die Alte sie nicht *über* das Wasser, sondern *unten* durchschleppen würde!

Der Gedanke an die Unmengen von Wasser, die sie in Kürze vollständig schlucken würden, ließ Vivienne die Finger in die

Lehne krallen. Stocksteif saß sie da und starrte geradeaus auf den leeren Sitz gegenüber. Ihr Atem begann immer schneller zu werden, und am liebsten wäre sie auf und davon gerannt. Doch der Großteil ihres Körpers verweigerte ihr nachwievor den Dienst. Also blieb ihr nichts übrig, als hilflos dazusitzen und auf das Schlimmste zu warten.

Allerdings kam dies in einer Form, die Vivienne nicht im Entferntesten erwartet hatte. Denn während sie dabei war, sich in ihrer Panikattacke zu verlieren, nahm jemand auf dem Sitz gegenüber Platz. Vivienne konnte ihren Blick nicht auf die Person richten, ehe diese nicht vollständig ihr starres Blickfeld ausfüllte. Doch als es soweit war, dass sie erkennen konnte, wer ihr gegenübersaß, war sämtliche Panik mit einem Schlag vergessen.

Ja, *alles* um sie herum war plötzlich vergessen. Vivienne hatte vor lauter Schreck sogar aufgehört zu atmen. Wie vom Blitz gestreift saß sie da und starrte mit fassungslosem Blick auf die Frau ihr gegenüber.

„Na, mein kleiner Liebling, wie findest du meine neue Hülle? Ist doch sehr ansprechend, nicht wahr?", ertönte Guineveres Stimme aus dem Mund der Frau. „Ach übrigens, Kindchen, du solltest atmen. Deine Gesichtsfarbe sieht nämlich gar nicht gesund aus im Moment."

Vivienne schnappte nun nach Luft, wie ein Fisch an Land. „Du … bist … Du … du bist …" Sie war zu schockiert, um auch nur einen normalen Satz zu formulieren. Ja, sie registrierte nicht einmal, dass ihre Worte diesmal auch ihren Mund verließen. „Aber … Aber wie … und … Oh mein Gott! Wenn du … Wer … Oh mein Gott, wer …" Vivienne starrte wie von Sinnen auf die Frau, unfähig ihre erneut panischen Gedanken sinnvoll zu formulieren. Die Mundwinkel ihres Gegenübers verzogen sich indes zu einem geradezu verächtlichen Lächeln.

„Aber Kindchen, habe ich dir nicht versprochen, dass nichts mehr so sein wird wie vorher?"

„Aber … aber …"

„Ach Schätzchen, was wäre ich denn für eine Tante, würde ich meine Versprechen nicht auch einhalten?"

„Aber …" Vivienne war auf dem besten Wege, hysterisch zu werden. Und doch war ihre Stimme kaum mehr als ein Flüstern. Ein leises, panisches Murmeln, um zu begreifen, was hier vor sich ging.

„Kein Grund, sich so aufzuregen, mein Liebling. Aber wenn es dir hilft, dann sieh dich doch selbst an."

Das tu ich doch schon die ganze Zeit!, schrie die Stimme in ihrem Kopf. Aber Vivienne war viel zu geschockt, um sprechen zu können.

Stattdessen begann sich ihr Kopf plötzlich zu bewegen, sodass sie auf die Fensterscheibe sah. Doch nicht um hindurchzublicken, sondern um sich die Spiegelung *darin* anzusehen. Das Fenster zeigte ihr ein Gesicht. Aberes war nicht ihr eigenes Antlitz, in das Vivienne nun blickte.

Nein, das Gesicht, das sich hier vor ihren Augen spiegelte, gehörte … Estelle.

Vivienne schloss die Augen und würgte den Kloß hinunter, der ihr die Kehle zuzuschnüren drohte. Schließlich öffneten sich ihre Augen wieder, und ihr Blick senkte sich auf ihren Körper hinab. Langsam offenbarte sich ihr die Gestalt unterhalb ihres Kopfes, und Vivienne fand sich in ihrem schlimmsten Albtraum wieder.

„Wie du siehst, mein Kind, habe ich auch dieses Versprechen eingehalten. Oder sagte ich etwa nicht, Estelle würde dich begleiten?"

Oh, wie wahr doch!

Nur dass Vivienne niemals vermutet hätte, selbst im Körper des Dienstmädchens zu sitzen, während … Sie konnte nicht einmal den Gedanken zu Ende führen, so sehr schockierte sie die Dreistigkeit ihrer Tante.

Vivienne schluckte schwer und atmete tief durch. Sie war den Tränen nahe, doch sie schwor sich das durchzustehen. Mit aller Kraft konzentrierte sie sich auf ihre Körperfunktionen. Schließlich gelang es Vivienne, langsam den Kopf zu heben, um der Frau gegenüber in die Augen zu sehen.

Die Augen, die eigentlich die ihren waren. Sie sah auf den Mund, die Lippen, die eigentlich ihre Worte formulieren sollten.

Betrachtete das Gesicht, das eigentlich das ihre war, umspielt von den roten Locken, auf die sie immer so stolz gewesen war.

Schweigend starrte Vivienne auf ... ja, auf sich selbst.

In ihrem Kopf herrschte auf einmal absolute Leere. Kein einziger Gedanke traute sich hervor. Nichts. Viel zu tief saß der Schock. Doch gab es ohnehin nichts mehr zu sagen. Der Hexe Taten sprachen für sich. Laut und deutlich. Unmissverständlich.

„Tja, mein Schätzchen, nun, da du informiert bist", Guinevere lächelte kalt und hielt ihr ein kleines Fläschchen unter die Nase, „sei so gut und trink das."

Nein, nicht schon wieder!, schrie jede Faser ihres Körpers.

Doch Vivienne brachte keinen Ton mehr hervor. Stattdessen sah sie hilflos mit an, wie sich ihr Mund öffnete und ihre Lippen das Fläschchen berührten.

Na, wenigstens brauchst du dir wegen des Wassers jetzt keine Sorgen mehr zu machen!, höhnte ihre innere Stimme, während die bittere Flüssigkeit sich den Weg ihre Kehle hinabbahnte.

„Ich hoffe für dich, dass mein kleiner Zauber den Fluch übertrumpfen kann", raunte die Hexe leise, „denn sonst ... Naja, es war mir in der Tat eine Ehre, dich gekannt zu haben!"

Wie aus weiter Ferne drangen die Worte an Viviennes Ohr. Ein letztes Mal verlieh ihr der Schock die Kraft, die Augen aufzureißen, doch dann übermannte sie auch schon die Macht der Magie.

Kapitel 10

Ruben beobachtete das geschäftige Treiben rund um ihn herum. Er war viel zu früh am Eurotunnel angekommen, und das, obwohl er den alten Bentley praktisch schon über die Straße getragen hatte. Von seinem Parkplatz aus, unmittelbar gegenüber vom Haupteingang des Terminals, hatte er einen guten Überblick über das Gelände. Doch überall wo er hinsah, erbot sich ihm das gleiche Bild.

Menschen, die teils mehr, teils weniger hektisch durch die Gegend rannten. Autos, deren Fahrer mit panischer Verzweiflung einen Parkplatz suchten. Koffer, die sich an den Gehsteigen türmten und geduldig auf den nächsten Schritt ihrer Besitzer warteten. Alles in allem also ein Bahnhof wie jeder andere auch. Doch Ruben war nicht wegen der guten Aussicht hierhergekommen. Seufzend sah er auf den Beifahrersitz, auf welchem noch immer die Mappe mit den Unterlagen lag – und auf ihn wartete.

Nur konnte er sich nicht dazu durchringen, sie in die Hand zu nehmen. Ruben fühlte sich irgendwie noch nicht bereit dafür. Aber … bereit wofür denn überhaupt? Nach Tristans Aussage handelte es sich um Geschäftsunterlagen. Schlichtes Informationsmaterial über Rosebound Heights. Also was um alles in der Welt hielt ihn davon ab, die Mappe einfach aufzuschlagen und durchzugehen?

Tristan.

Dass die Antwort so simpel war, erschreckte Ruben beinahe. Aber noch mehr beunruhigte ihn das zunehmend abstruse Verhalten seines alten Mentors. Schon die ganze Fahrt von Rosebound Heights hierher zermarterte er sich den Kopf darüber – wieder einmal! Aber dieses Thema wollte ihn einfach nicht loslassen. Zumal man ihm ja auch schlecht zulasten legen konnte, dass er sich ernsthafte Sorgen um den alten Mann machte. Immerhin kannte Ruben den guten Tristan schon zu lange, als dass ihn eine derartige Veränderung einfach kaltgelassen hätte.

Aber warum?

Was war bloß los mit dem alten Mann?

Im einen Moment war er völlig konfus, ja, schon regelrecht senil, und im nächsten war er wieder ganz der Alte. Wie zwei Gegensätze, die einander anzogen. Wie Schatten und Licht. Schwarz und Weiß oder ... Gut und Böse!

Kommt mir doch irgendwie bekannt vor – dir nicht?

Ruben sträubten sich die Nackenhaare. Was sein allgegenwärtiger Begleiter hier andeutete, konnte durchaus eine plausible Erklärung sein. Aber ... war es denn auch möglich?

Was weißt du denn schon über den Alten?

Nicht viel. Im Grunde genommen eigentlich gar nichts. Aber so verhielt es sich auch umgekehrt. Auch Tristan kannte den Mann, den er vor so vielen, vielen Jahren halb tot aufgelesen hatte, im Prinzip überhaupt nicht. Aber das war eben ihre stille Übereinkunft. Keine Fragen, keine Antworten. So hatten sie es immer gehalten. Und für keinen der beiden hatte dies je ein Problem dargestellt. Doch nun war irgendwie alles anders. Aber deshalb musste Tristan doch nicht gleich ein derart dramatisches Geheimnis mit sich herumtragen. Obwohl ...

Du tust es doch auch.

Bingo! Aber Tristan?

Die Vorstellung war schon fast wieder komisch, doch schließlich lautete die Frage ja nicht, ob er ein, sondern viel eher, *welches* Geheimnis der alte Tristan hütete. Aber das? Doch andererseits ... Nach Rubens Erfahrungen war leider so ziemlich alles vorstellbar. Also konnte es tatsächlich möglich sein, dass in dem alten Haudegen zwei Seelen schlummerten? Und wenn ja, stellte sich eine viel wichtigere Frage. Denn wenn dem wirklich so war, warum hatte er nicht schon früher etwas davon bemerkt? Wie konnte Tristan all die Jahre hinweg Rubens sonst so wachsamen Verstand austricksen?

Ja, wo waren seine viel gerühmten Instinkte denn all die Zeit über?

Und wo war der Alte, jedes Mal wenn du mir Freilauf erteiltest?

Autsch!

Der Treffer hatte gesessen. Verdammt und zugenäht – war er aus lauter Dankbarkeit und Respekt vor dem alten Mann wirklich so blind gewesen das Augenscheinliche zu erkennen? War der alte Mann tatsächlich in der Lage, ihn all die Jahre so gekonnt hinters Licht zu führen? Das konnte doch wohl nicht wahr sein – Tristan hätte doch nie eine solche Scharade veranstaltet!

Ach nein? Dann war es also deine Idee, meinen allmonatlichen Auslauf in diese karge Heidesteppe zu verlegen?

Verflucht noch eins, das *konnte* doch alles gar nicht wahr sein!

Tristan war ein guter Mensch. Er hatte Ruben das Leben gerettet. Hatte ihm Zuflucht gewährt, ihm ein Zuhause gegeben und eine Zukunft. Abgesehen von Bruder Jakob war dieser kleine alte Mann die einzige Vaterfigur, die Ruben je hatte. Sein einziger wahrer Freund. Warum also sollte gerade der einzige Mensch auf Erden, der ihm etwas bedeutete … Und plötzlich dämmerte es ihm. „Oh nein, mein Freund, diesmal nicht!"

Ruben richtete seinen Blick in den Rückspiegel. Finster starrte er einige Sekunden lang in die Augen seines Spiegelbildes – doch sein innerer Freund zog es vor zu schweigen. „Erwischt!", knurrte Ruben kaum hörbar zu seinem Ebenbild. „Du mieser kleiner Dreckssack glaubst doch nicht, dass du mit der Masche ein zweites Mal durchkommst", presste er die scheinbar an sich selbst gerichteten Worte zwischen den Kiefern hervor.

Oh, diese fiese Ratte von Bestie – beinahe hätte er sich von *ihr* in die Irre führen lassen. Dabei hätte er es eigentlich ahnen müssen, schließlich hatte sie ihm schon Bruder Jakob genommen. Ja, damals war er noch überrumpelt worden, musste hilflos mit ansehen, wie dem geliebten Menschen beim Anblick der Bestie das Herz versagte. Aber Tristans Name würde ganz gewiss nicht auf ihre Abschussliste geraten, das wusste Ruben zu verhindern. „Hinterhältiger Bastard!", fauchte er sein Spiegelbild erneut an. „Du wirst nie die Nummer eins sein."

Egoistischer Spielverderber!

„Wer von uns beiden der größere Egoist ist, sei wohl dahingestellt!", brummte Ruben vor sich hin und wandte den Blick wieder von seinem Spiegelbild ab. Doch so ganz ließen ihn die Worte der Bestie nicht los. Ihre Andeutungen waren nicht vollkommen unbegründet. Rein theoretisch wäre es natürlich möglich … Und doch weigerte Ruben sich, diese Tatsache als solche anzuerkennen.

Er konnte, nein, er *wollte* einfach nicht glauben, dass Tristan eine gespaltene Seele war. Aber je mehr er so darüber nachdachte, desto mehr sprachen die Indizien dafür. Und seine Instinkte … Ja, die sagten ihm leider auch, dass er zumindest auf der richtigen Spur war – und seine Instinkte hatten ihn noch nie enttäuscht. Auch wenn er sich diesmal fast wünschte, dass es so wäre.

Aber andererseits, welchen Unterschied machte es denn schon?

Würde sich an ihrer Freundschaft tatsächlich etwas ändern, wenn auch Tristan zwei Seelen in sich trug? Gab es denn irgendeinen verdammten Grund zu der Annahme, dass eine derartige Erkenntnis Auswirkungen auf die Zukunft hatte?

Ruben hatte sein Geheimnis – Tristan eben das seine. Bisher wusste nur einer von beiden Bescheid – und wenn nun beide über des anderen Geheimnis aufgeklärt waren? War das denn wirklich so wichtig …? Obwohl, um über Tristans Geheimnis die Wahrheit zu erfahren, müsste Ruben dann wohl schon mit seinem Mentor persönlich darüber sprechen. Und das war etwas, das unter gar keinen Umständen infrage kam.

Keine Fragen – keine Antworten.

Egal wie sehr die Ungewissheit an Ruben nagte, diesen unausgesprochenen Kodex konnte er auf gar keinen Fall brechen. Wie er es also auch drehte und wendete, nichts an diesem Puzzle wollte so recht zusammenpassen.

Müde lehnte Ruben den Kopf an die Nackenstütze, schloss die Augen und atmete tief durch. Vom vielen Grübeln machten sich bereits erste Anzeichen von Kopfschmerzen bemerkbar, und die konnte er heute ganz und gar nicht gebrauchen. Um Abhilfe zu schaffen, kurbelte er die Fenster herunter. Augenblicklich wehte eine frische Brise Meeresluft ins Wageninnere, und ein paar Atemzüge später fühlte Ruben sich auch schon wesentlich wohler.

Unwillig öffnete er die Augen und blickte auf die Mappe neben ihm. Eine einzelne rote Rose prangte an der Vorderseite des Einbands, wie Ruben erst jetzt auffiel. Bereit hin, bereit her, sein Interesse war zumindest einmal geweckt – zumal es zweifelsohne höchste Zeit war, sich diese Unterlagen endlich zu Gemüte zu führen.

Mit doch beträchtlichem Tempo schoss der Zug seinem Ziel entgegen. Die Fahrt an sich dauerte keine Stunde, also gerade Zeit genug, um noch einmal in Ruhe ihren Plan durchzugehen.

Und Guinevere konnte absolut keine Makel daran erkennen.

Abgesehen davon, dass sie noch nicht hundertprozentig sicher war, ob ihr kleiner Zaubertrick tatsächlich den Bann umgehen konnte. Ja, noch bestand durchaus die Möglichkeit, dass sie vor aller Augen in tausend Stücke zerfetzt wurde, sobald sie einen Fuß auf englischen Boden setzte. Doch kümmerte Guinevere dies in der Tat herzlich wenig. Schließlich war es ja nicht einmal ihr eigener Körper, den sie diesem Risiko aussetzte.

Ihre körperliche Hülle war an einem sicheren Ort aufbewahrt, geschützt und getarnt durch feinste Magie.

Im Grunde aber hatte sie gar nicht vor, ihre eigene Hülle je wieder zu benutzen. Dieser verabscheuungswürdige Klumpen Fleisch war Guinevere immer schon ein Dorn im Auge gewesen. Oh, was hätte sie früher darum gegeben, auch nur annähernd so schön wie ihre Mutter zu sein. Aber nein, Klein Guinevere musste ja dem Hexenfluch zum Opfer fallen.

Nun, sie hatte sich über die Jahrhunderte hinweg getröstet, indem sie ihr Äußeres wohl öfter wechselte als andere ihre Wäsche. Doch unter dieser Illusion von Anmut und Schönheit befand sich noch immer der verrottende Fleischkloß, der sie in Wirklichkeit war. Auch wenn sie alle Welt mit ihrer Magie täuschen konnte, sich selbst konnte sie nicht belügen.

Aber dazu gab es von nun an auch keinen Grund mehr.

Denn nun besaß sie etwas, das um Längen besser war, als die bloße *Illusion* von Schönheit. Selbstgefällig betrachtete Guinevere ihre Spiegelung im Fenster, ließ ihre ach so zarten Finger sanft durch ihr wunderbar geschmeidiges Haar gleiten – oh, sie konnte einfach nicht genug bekommen von sich selbst.

Ein überaus zufriedener Seufzer entrang sich ihrer Kehle – ach ja, was konnte es wohl Besseres geben, als im Besitz eines derart *schönen* Körpers zu sein. Und mal ehrlich, wozu sollte sie weiter kostbare Magie verschwenden, wenn sie doch diese absolut perfekte, junge Hülle haben konnte? Zudem wäre es pure Verschwendung, dieses Prachtexemplar unbenutzt zu lassen. Schließlich ging Guinevere nicht davon aus, dass Vivienne ihren Körper je wieder zurückhaben wollte – ernsthaft, wozu brauchte eine Tote denn auch schon einen Körper?

Aber ... noch war es nicht so weit. Erst noch musste die lästige Nichte ein wenig am Leben bleiben. Also genoss Guinevere weiter die *herrliche* Aussicht. Doch das Bad in Zufriedenheit und Wohlgefallen nahm ein jähes Ende, als die Lautsprecher die baldige Ankunft des Zuges verkündeten. Wieder entschlüpfte ein Seufzer ihrer Kehle, doch diesmal brachte er Abneigung und Ekel zum Ausdruck – es war an der Zeit, das schlummernde Übel ihr gegenüber zu erwecken.

Nein, nicht ... Nicht ... nicht doch ... Bitte, nicht ... NEIN, BITTE NICHT ...!!! Vivienne schreckte panisch aus dem Schlaf. Wild pochte ihr Herz, während ihr Atem fast ausgesetzt hatte. Sie schloss die Augen, versuchte sich zu beruhigen – versuchte wieder Luft in ihre Lungen zu bekommen. *Einundzwanzig ... zweiundzwanzig ... dreiundzwanzig ...*

„Na, mein Täubchen, haben wir etwa schlecht geträumt?"
Leider nicht!

Vivienne atmete noch einmal tief durch und schlug sodann ihre Augen auf. Ach nein, es waren ja gar nicht *ihre* Augen, die gehörten ja Estelle. So wie dieser ganze verdammte Körper dem Dienstmädchen gehörte – während Viviennes eigener Körper ihr entspannt gegenübersaß, und sie nun bittersüß anlächelte.

„Wo ist Estelle? Was hast du ihr angetan?" Vivienne erschrak beinahe beim Klang ihrer Stimme. Es überraschte sie doch sehr, so problemlos sprechen zu können, gerade wo Guinevere ihr beim letzten Mal doch rein gar nichts zugestanden hatte. Aber weit mehr als das irritierte es Vivienne, dass sie sich beim Reden selbst in die Augen sehen konnte – so ganz ohne Spiegel, versteht sich! Das war wirklich Mal ein abgefahrenes Erlebnis, wenngleich sie durchaus darauf verzichten hätte können.

„Tja, ich fürchte, wir werden in nächster Zeit wohl ohne Dienstmädchen auskommen müssen!", erwiderte die Hexe süffisant. „Aber ihr Verbleib soll dich nicht kümmern, mein Kind. Ich habe schon dafür gesorgt, dass der hohle Verstand der französischen Gans ein Zuhause findet."

Ob man die kleine Ratte wohl schon an Deck gefunden hatte?

„Das kann ich mir vorstellen!", antwortete Vivienne patzig. Oh, wow – sie hatte dem Anschein nach ja tatsächlich einen Teil ihrer Kontrolle zurückerhalten.

„Oh, wie leid es mir tut, dich enttäuschen zu müssen", säuselte Guinevere schadenfroh. „Aber hier gibt es nur eine, die Kontrolle besitzt." Ohne Vorwarnung schoss die Hexe nach vorne und stoppte nur wenige Millimeter vor Viviennes Nasenspitze. „Und das bin immer noch ich!", zischte sie mit Grabesstimme, sodass sogar Vivienne für einen Herzschlag lang vor Schreck die Luft wegblieb. Doch genauso schnell, wie sie vorgeschnellt war, ließ die Hexe sich wieder in ihren Sitz zurückgleiten, zupfte unbekümmert ihren Mantel gerade und setzte das altbekannte scheinheilige Lächeln auf.

„Hattest du deinen Spaß?", murrte Vivienne, als sie wieder genug Luft in den Lungen hatte. Wie brachte es diese alte Schachtel nur immer wieder zustande, sie mit diesen billigen Tricks aufs Korn zunehmen?

„So siehst du das also. Billige Tricks, ja?" Amüsiert lächelte Guinevere ihre Nichte an. „Nun, wenn das so ist, dann warte erst meinen nächsten *Trick* ab – der wird dir bestimmt die Sprache verschlagen!" Kaum ausgesprochen, brach die Hexe in höhnendes Gelächter aus. „Oh Vivienne. Mein gutes, liebes Kind." Das Lachen erstarb, und ihre Stimme klang wie aus den Tiefen der Hölle heraufbeschworen. „Du hast ja nicht die geringste Ahnung, mit wem du es zu tun hast!"

„Glaub nicht, dass du mich mit deinem Jahrmarktzauber länger einschüchtern kannst!" Von plötzlichem Mut gepackt, beschloss Vivienne sich zur Wehr zu setzen. Schlimm genug, dass die Hexe ihren Körper beanspruchte. Da brauchte sie nicht auch noch zu glauben, dass Vivienne völlig kampflos ihren Geist unterwarf! „Was immer du mit mir vorhast, ich werde dir gewiss nicht als völlig willenlose Marionette ..." Und plötzlich hatte Vivienne einen Kloß im Hals.

Sie räusperte sich und hüstelte, doch sie konnte nicht weitersprechen. Erschrocken sah sie zu ihrer Tante. Was hatte die Alte doch eben gesagt? Da wird es dir die Sprache verschlagen? Hatte sie ihr die Fähigkeit des Sprechens genommen?

Schon wieder?

Doch Vivienne hatte nicht länger Zeit, darüber nachzudenken. Denn plötzlich bewegten sich die Beine unter ihr, und der Körper, dessen Gast sie war, erhob sich aus dem Sitz. Der Körper, der eigentlich der ihrige war, blieb jedoch unbeeindruckt an seinem Platz sitzen und schenkte ihr lediglich dieses verhasste Lächeln. Plötzlich öffnete sich die Tür, und ein Mann kam ins Abteil. Guinevere schenkte auch ihm ihr bezauberndes Lächeln und deutete ganz Dame bloß in Richtung ihrer Koffer. Der Mann entpuppte sich sodann als Gepäckträger und begann auch sofort mit seiner Arbeit – während Vivienne wie eine dumme Ziege im Abteil stand und das geschäftige Treiben ungewollt beobachtete. Als endlich das ganze Gepäck draußen war, erhob sich auch die Tante aus ihrem Sitz und strahlte Vivienne zufrieden an.

„Nun denn, liebste Nichte", richtete sie das Wort in furchterregend ehrfürchtigem Tonfall an Vivienne. „Willkommen im Land deiner Vorfahren! Wenn du die Güte hättest voranzugehen."

Als ob ich denn eine Wahl hätte!

Ja, sie hatte ihre Stimme wieder – doch die Freude fand ein jähes Ende. Denn obwohl sich Viviennes Lippen bewegten und sie auch ihre Stimme hören konnte, so waren dies ganz und gar nicht ihre eigenen Worte, die da nun aus ihrem Mund kamen. Stattdessen hörte sie sich glasklar sagen: „Aber natürlich, liebste

Tante. Es wird mir eine Freude sein, dir den Weg zu weisen. Unser Fahrer wird gewiss schon auf uns warten. Ob wir unterwegs wohl noch einen Halt einlegen sollten, um eine Kleinigkeit zu essen? Was meinst du, herzallerliebste Tante?"

Guinevere nickte ihr wohlwollend zu. „Aber gewiss, mein Schatz. Was immer *du* auch wünschst!" Und die besondere Betonung des so winzigen Wörtchens *du* führte Vivienne unmissverständlich vor Augen, dass sie nichts, aber auch rein gar nichts anderes geworden war, als das, was sie doch eigentlich um jeden Preis verhindern wollte.

Der Hexe willenlose Marionette.

Fassungslos starrte Ruben auf das Blatt Papier in seiner Hand. Denn mehr war es nicht. Nur ein einziges Stück Papier. Auch der Text, der darauf zu lesen stand, war alles andere, als das, was Ruben erwartet hatte. Keine Geschäftsunterlagen, ja nicht einmal mit Rosebound Heights hatte es was zu tun! Stattdessen war es … Ja verdammt noch mal, was sollte das denn sein?

Was zum Henker …?

Wieder und wieder las er die Worte, die fein säuberlich in Tristans unverkennbarer Handschrift dort geschrieben standen. Doch änderte dies nicht das Geringste am Inhalt der Nachricht. Was zum Teufel hatte das denn nun schon wieder zu bedeuten? Verzweiflung machte sich breit. Frustration und Verwirrung mischten sich dazu.

Wie auch schon zuvor, drehte Ruben die Mappe um, öffnete sie komplett, schüttelte sie, um auch den kleinsten, möglicherweise darin versteckten Fetzen Papier zum Vorschein zu bringen. Doch die Mappe war leer. Absolut leer. Lediglich ein einzelnes Blatt hatte sich darin befunden – jenes Blatt, das Ruben nun bereits zum hundertsten Male gelesen hatte. Und noch immer konnte, nein, wollte er nicht glauben, was darauf geschrieben stand.

Mein lieber junger Freund!

Seit geraumer Zeit spüre ich nun schon, dass meine Zeit sich bedächtigen Schrittes dem Ende nähert. Ich blicke auf ein langes
Leben zurück, weshalb es mir nicht schwerfällt, mein Schicksal
anzunehmen. Doch gibt es noch einige Dinge, die zu erledigen
ich mich verpflichtet fühle, ehe ich mich ruhigen Gewissens von
dieser Welt verabschieden kann.
Es liegt mir fern, dich mit diesem Schreiben noch mehr zu beunruhigen, als ohnehin schon der Fall ist.
Gerne würde ich all die dich umgebenden Geheimnisse auf-
klären – aber die Zeit dafür ist leider noch nicht gekommen. Doch
werde ich wohl nicht mehr lange genug unter euch weilen, um
dir zu gegebener Zeit volle Aufklärung zu gewähren.
Nur so viel sei gesagt, mein Junge: Das, was du auf den ersten
Blick siehst, entspricht nicht immer der Wahrheit. Vertrau auf
deine Instinkte, sie werden dir den rechten Weg weisen – und
wenn die Zeit reif ist, wirst du wissen, was du zu tun hast.
Zwei Dinge möchte ich dir noch sagen, ehe ich mich für immer
von dir verabschieden muss. Es war mir eine wahre Ehre, dich
kennengelernt zu haben, und zugleich bitte ich dich inständig
um Verzeihung, dass meine eigene Eitelkeit verhindert hat, dir
eine glücklichere Zukunft zu gewähren.
Mir ist durchaus bewusst, dass meine Worte im Augenblick keinen
Sinn für dich ergeben. Doch Eile mit Weile, mein junger Freund –
schon bald wird sich der Schleier der Verwirrung heben.
Nun aber genug der weisen Worte. Sei auf der Hut, mein Junge,
und sei vor allem nicht betrübt über mein baldiges Ableben.
Wo sich eine Tür schließt, tut eine andere sich auf!

T.

Kapitel 11

Bedächtig langsam lenkte er den Wagen durch das Hauptportal des Anwesens. Das kunstvoll geschmiedete Tor ragte übermächtig aus einer Rosenhecke, die weder Anfang noch Ende zu haben schien. Dahinter erstreckte sich der karge Kiesweg, den er nun entlangfuhr, gesäumt von wenig ansprechender Landschaft. Die Reste zähen Nebels krochen mit ihm die Auffahrt hoch. Rauer Wind vermittelte den Eindruck, ihn von den Klippen fegen zu wollen. Insgesamt wirkte das alles nicht gerade einladend. Eher schon hatte er das Gefühl, auf dem Weg in die − wenn auch gut getarnte − Hölle zu sein.

Blieb nur zu hoffen, dass sich das Schicksal hier keinen bösen Scherz mit ihm erlaubte!

Vor ihm tat sich nun eine massive, einer Festungsmauer gleichende Fassade auf. Der Schotterweg führte direkt auf einen beeindruckenden Torturm zu und durch diesen hindurch. Er parkte seinen Wagen jedoch an der Außenseite und stieg aus. Aus der Nähe gesehen, wirkte die strenge Fassade schon nicht mehr so mächtig, wie er es aus der Ferne empfunden hatte. Er trat ein paar Schritte zurück. Nein, nicht mächtig. Aber durchaus bedrohlich. Irgendwie regelrecht abschreckend.

Was hier noch fehlte, war einzig und allein das ‚Betreten nur auf eigene Gefahr‘-Schild.

Nun denn, du hast es ja so gewollt.

Während er sich umsah, nahm er aus dem Augenwinkel heraus plötzlich eine zaghafte Bewegung wahr. Unauffällig ließ er seinen Blick in jene Richtung schweifen, und es dauerte einen Moment, ehe er die Gestalt als solche ausmachen konnte. Wie auf Kommando trat die Person nun aus dem Schatten des Torbogens heraus und steuerte langsam auf ihn zu.

Bedenklich langsam.

Nun, er selbst war schon nicht mehr der Jüngste, rein mathematisch gesehen natürlich. Aber dieser kleine Mann musste dem Äußeren nach schon mehrere Leben gelebt haben. Doch je näher der kleine Mann nun kam, umso weniger gebrechlich wirkte er.

Gleichermaßen überrascht wie belustigt beobachtete er die Annäherung des Alten, und der Anflug eines Lächelns stahl sich auf seine Lippen.

Was war das nur für ein sonderbares kleines Männlein?

Schneeweißes und für dieses Alter beneidenswert dichtes Haar. Ebenso weißer wie auch gepflegter Vollbart. Leicht gebeugte Haltung, welche die ohnehin kleine Person noch ein wenig schrumpfen ließ. Der gewiss maßgeschneiderte Anzug saß perfekt an dem hageren Körper. Doch was am meisten hervorstach, waren diese unsagbar wachen Augen, die ihn nun mit bedächtig ruhigem Blick taxierten. Keine Frage, dieser kleine Mann *war* alt. Doch ihn als gebrechlichen Tattergreis abzutun wäre ein grober Fehler!

„Willkommen auf Rosebound Heights, verehrter Herr!", rief ihm der Alte freundlich entgegen, und auch seine Stimme war fest und sicher. „Mein Name ist Tristan, ich bin der Verwalter dieses wunderbaren Anwesens. Wenn Sie gestatten, so werde ich Sie gerne mit dieser einzigartigen Liegenschaft vertraut machen."

Als der kleine Mann nun mit diesem bedächtigen Lächeln vor ihm zu stehen kam und diese vor Energie nur so strotzenden Augen zu ihm aufblickten, revidierte er seine Meinung erneut. Alt hin oder her, in dem weißhaarigen Mann steckte eindeutig mehr, als seine äußere Hülle auf den ersten Blick preisgeben mochte. Freude machte sich in ihm breit. Und ein klein wenig Aufregung.

Zum ersten Mal seit langer, langer Zeit verspürte er so etwas wie … Zuversicht.

… und all ihren Geheimnissen, hätte er beinahe hinausposaunt. Tristan biss sich auf die Zunge.

Langsam, alter Mann. Nichts übereilen.

Aber es fiel ihm eindeutig schwer, sich zurückzuhalten. Erst recht jetzt, wo er wusste, dass er voll ins Schwarze getroffen hatte.

Ja, schon als der Fremde aus dem Wagen gestiegen war, konnte er es sehen. Die Parallelen waren unverkennbar, wenngleich man schon wissen musste, wonach man suchte – und genau das tat Tristan. Er dachte an das Schreiben, welches den Fremden schlussendlich zu ihm geführt hatte, und musste insgeheim grinsen.

„... im Zuge der Inventur eine alte Anzeige von Ihnen oder einem Ihrer Vorfahren gefunden, betreffend eines Anwesens mit ganz speziellen Vorstellungen. Ob Sie es nun glauben oder nicht, aber wir befinden uns aktuell tatsächlich im Besitz einer derartigen Immobilie. Falls wir Ihr Interesse trotz der langen Zeitspanne wecken konnten, kontaktieren Sie uns doch ...“

Zweifelsohne, der Plan war eindeutig gelungen – und besagte Anzeige hatte der Fremde ja tatsächlich aufgegeben. Doch war sie Tristan buchstäblich nie in die Hände gefallen, somit war die ganze Angelegenheit ja nicht einmal auf Lügen aufgebaut. Und dass Tristan ausgerechnet jetzt das Wissen über das einstige Anliegen jenes Fremden erlangte, konnte nur eines bedeuten: Es war an der Zeit, alte Schulden zu begleichen. Wieder gutzumachen, was noch gutzumachen war!

Und hiermit sei der Anfang getan.

Tristans altes Herz schlug aus lauter Freude regelrechte Purzelbäume. Doch nach außen hin konnte man ihm nichts davon anmerken. Nein, er musste diese Rolle fertig spielen, wenn alles nach seinen Wünschen verlaufen sollte. Ja, er musste sein *Wissen* in kleinen Dosen abgeben. Ein Häppchen zu gegebener Zeit, gerade genug um das Interesse aufrechtzuerhalten. Immerhin konnte er ihnen nur den Schlüssel geben. Das Schloss zu öffnen lag nicht mehr in seiner Hand.

Leichte Wehmut dämpfte die überschwängliche Freude. Ja, wenn die Dinge nach Plan verliefen, würde das große Finale bereits ohne ihn stattfinden!

Doch was sollte das!

Hinfort mit den trübsinnigen Gedanken. Noch galt es, die Dinge in die richtigen Bahnen zu lenken. Ja, noch musste jemand an den Fäden ziehen, um zu verhindern, dass sie sich verknoteten. Und dieser jemand war er. Also schenkte er dem Fremden ein höfliches Lächeln.

„Nun, ich denke, wir sollten sodann im Innenhof beginnen", informierte er den Mann freundlich, aber bestimmt. Es lag nicht in Tristans Absicht zu drängen. Aber er fand, dass beide Seiten nun wirklich lange genug Zeit hatten, sich gegenseitig zu mustern. Eine Handbewegung Tristans wies den Weg, und der Fremde folgte ihm schweigend durch den Torbogen. Doch war Tristan keineswegs das verschmitzte Lächeln entgangen, das der potenzielle Kunde nur wenig erfolgreich zu verbergen versuchte.

Ja, ja, die greisenhafte Erscheinung hatte schon so manchen in die Irre geführt!

Der Alte gefiel ihm immer besser. In gewisser Hinsicht schienen sie beide sogar etwas gemeinsam zu haben. Und das war nicht nur die Frisur, wie er nun so nebenbei bemerkte. Während der Alte vor ihm herging, staunte er nicht schlecht – der Zopf des kleinen Mannes reichte fast über seinen gesamten Rücken. Dichtes *und* langes Haar? In *diesem* Alter? Andere hatten mit geschätzten achtzig Jahren schon seit zwanzig Jahren kein einziges Härchen mehr am Haupt. Doch dieser Kandidat hier schien sich über die Gesetze der Natur hinwegsetzen zu können.

Aber das war es nicht, was den alten Mann so sympathisch machte. Das war vielmehr das Gefühl, dass auch hinter der Fassade des greisenhaften alten Mannes noch etwas lauerte. Etwas, das er zwar nicht eindeutig als gut oder schlecht einordnen konnte. Doch fühlte er sich definitiv nicht bedroht durch die winzige Gestalt. Obwohl …

… bleib wachsam, alter Freund!

Ja, wie hieß dieses ach so passende Sprichwort doch gleich noch mal: Einmal reingelegt, Schande über dich – aber zweimal reingelegt, Schande über mich!

Wenn er es recht betrachtete, so weckte der weißhaarige Alte sogar gewisse, sehr unschöne Erinnerungen in ihm. Wenngleich er aber auf gänzlich andere Art wiederum vollends harmlos erschien. Doch schrieb er es dem Anwesen zu, dass er im Moment ein wenig unklar sah. Oder besser gesagt der Aufregung, die sich nun mit jedem Schritt in ihm breitmachte. Und als sie einen

Augenblick später im Innenhof zu stehen kamen, verschlug es ihm regelrecht die Sprache.

Doch war es keineswegs der Reiz der Anlage, der ihn verstummen ließ. Wenngleich sich das alte Herrenhaus geradezu majestätisch im Zentrum dieses Hofes präsentierte. Was ihn stattdessen schlichtweg überwältigte, war die hier oben vorherrschende Atmosphäre. Von einem Moment auf den anderen hatte sich etwas verändert. Ihm war, als würden Raum und Zeit um sie herum stillstehen. Sang- und klanglos schien sich alle Energie plötzlich hier und jetzt zu vereinigen, sodass die Luft schlagartig erfüllt war von … Magie.

Sein Herz zersprang nun beinahe vor Aufregung. Doch wollte er den alten Mann keinesfalls durch überhitztes Verhalten beunruhigen. Also setzte er eine unbeteiligte Miene auf und hörte sich an, was der Alte zu sagen hatte.

Tristan ließ es sich nicht anmerken, doch er hatte es genau gesehen. Zu eindeutig war das Flackern in des Fremden Augen, als dass er es hätte vor Tristans geschultem Blick verbergen können. Nun denn, der Neuankömmling konnte es also spüren. Zufrieden lächelte der kleine alte Mann in sich hinein. Ein weiteres Indiz dafür, dass er die richtige Bestie aus dem Hut gezogen hatte.

Aber dessen war er sich ohnehin von Anfang an sicher.

„Hier wären wir also", begann er sodann seiner vermeintlichen Funktion gerecht zu werden. „Wenn Sie sich umdrehen möchten, der Torturm bietet auch von hier aus einen imposanten Eindruck."

Der Fremde tat, wie ihm empfohlen wurde, wirkte aber nicht vom Hocker gerissen. „Was Sie hier vor sich sehen, ist das Ergebnis des letzten großen Umbaus aus dem späten Mittelalter. Interessieren Sie sich für die Geschichte des Hauses, Herr … ähm … Ja, wo steht das denn wieder …?" Tristan schlug die Unterlagen auf, die er in Händen hielt, doch der Fremde kam ihm zuvor.

„De la Renta. Mein Name ist Rafael de la Renta."

„Oh, ähm, ja, da steht es ja." Tristan sah den Mann entschuldigend an. „Sie müssen verzeihen, aber mein Gedächtnis ist nicht mehr das beste. Vor allem mit Namen habe ich so meine Schwierigkeiten."

„Nun, so geht es uns wohl allen ab und an", beschwichtigte der Fremde, wohl wissentlich, dass er soeben getestet wurde. „Und ja, ich interessiere mich sehr für die Vergangenheit von Rosebound Heights." Ein Satz, der weit mehr Bedeutung hatte, als die Worte erahnen ließen.

Doch auch Tristan beherrschte die Kunst, zwischen den Zeilen zu lesen.

„Nun denn, verehrter Herr, das Anwesen blickt in der Tat auf eine lange Geschichte zurück. Erstmals urkundliche Erwähnung fand es im zwölften Jahrhundert. Das ursprüngliche Haus wurde zweihundert Jahre später zu diesem befestigten Palast ausgebaut, in dessen erstem Hof wir uns nun befinden." Tristan hielt kurz inne, um seine Worte wirken zu lassen, ehe er seine Erklärungen fortsetzte.

„Wie Sie erkennen können, ist die Anlage streng festungsartig aufgebaut und verfügte anfänglich über ein bewehrtes Torhaus. Dieser dreigeschossige Torturm wurde erst Anfang des fünfzehnten Jahrhunderts errichtet. In den folgenden beiden Jahrhunderten wurde immer wieder ein wenig erweitert. Doch seit dem frühen siebzehnten Jahrhundert ist der Zustand des Anwesens und seiner Räume weitgehend unverändert."

Wieder machte Tristan eine kleine Pause. Diesmal jedoch, um anzudeuten, dass sie nun ihren Weg in das Haus fortsetzen würden. „Vor uns haben wir die nördliche Fassade des eigentlichen Herrenhauses. Das aus Kieselsandstein erbaute Haus wurde um einen weiteren Hof herum angelegt. Wenn wir die südliche Fassade erreicht haben, können Sie die atemberaubende Aussicht des dritten Hofes genießen. Wenngleich die Bezeichnung Hof hier nicht so ganz zutrifft, aber Sie werden dann schon sehen, was ich meine."

Während sie gemächlich durch das Labyrinth an Gängen und Treppen schritten, plauderte Tristan unermüdlich weiter. „Die Eingangshalle ist gewiss ein Juwel aus vergangenen Tagen, doch lassen sie sich verzaubern vom Charme des dahinterliegenden …"

De la Renta hatte allerdings bald Mühe, dem Ganzen noch zu folgen. Der alte Mann schien ganz und gar in seinen Ausführungen aufzugehen. Mehr einem Historiker gleichend denn einem Makler, wusste er zu jedem noch so kleinen Detail etwas zu berichten. De la Renta war aber eigentlich nicht um des Anwesens willen hier, doch davon konnte der Alte natürlich nichts wissen. Also versuchte er höflich zu bleiben und ließ dem kleinen Mann seine so offensichtliche Freude.

„… Galerie aus dem siebzehnten Jahrhundert birgt einige Schätze aus … Schlafzimmer mit vergoldetem Himmelbett, welches einst … gold- und silbergewirkte Vorhänge sorgen für königliches Ambiente … mit Silber und Goldbrokat verzierte Möbel aus der Epoche von … Ballsaal mit der Porträtgalerie …"

Aber hallo! Fast hätte de la Renta das magische Wort überhört. „Porträtgalerie?" *Magisch.* Welch ironisches Wortspiel. „Wenn es sich hierbei um die Besitzer handelt, dann würde ich mir diese Galerie in der Tat gerne ansehen … natürlich nur, wenn dies möglich ist!" Beinahe wäre die Aufregung mit ihm durchgegangen. Doch der Blick des alten Mannes ließ ihn sogleich stutzig werden. Irgendwie hatte de la Renta plötzlich den Eindruck, dass er mit den Porträts zwar geködert wurde, ihm sein Wunsch aber verwehrt bleiben sollte.

„Oh, das tut mir jetzt aber leid, werter Herr", kam auch prompt die enttäuschende Antwort von Tristan. „Die hier gezeigten Bilder sind keineswegs als Familienporträts zu verstehen. Vielmehr handelt es sich um eine bunt zusammengewürfelte Sammlung diverser Persönlichkeiten der letzten Jahrhunderte. Wenn sie mich fragen, ein Haufen langweiliger Gesichter, der bloß davon ablenken soll, dass die Wand dahinter in noch unbedeutenderem Grau getüncht wurde." Mit diesen Worten öffnete der kleine weißhaarige Mann eine schwere Holztür und deutete seinem Kunden an das Zimmer zu betreten. „Aber bitte, überzeugen Sie sich am besten selbst davon."

Obwohl de la Renta eher zum Heulen zumute war, tat er dem alten Mann den Gefallen und lächelte über dessen kleinen Scherz. Schließlich meinte es der Alte ja nur gut – geschweige denn, dass er von de la Rentas wahrem Leid wissen konnte.

Doch in seinem Innersten war er zutiefst enttäuscht.

Was hast du denn auch erwartet, du alter Narr?

Ja, was denn? Ein Wunder vielleicht?

Während de la Renta den Raum betrat, schenkte er besagten Bildern nur widerwillig die dem Anstand gebührende Beachtung. Ein Blick genügte, um die Meinung des Alten zu teilen. Statt sich aber über den schlechten Kunstgeschmack des Besitzers auszulassen, versuchte de la Renta das Thema wieder auf die Familie selbst zurückzulenken. Der Alte musste doch irgendwas über die Eigentümer zu erzählen haben.

„Gestatten Sie mir eine Frage?" Als der kleine Mann wohlwollend nickte, fuhr er fort: „Kennen Sie die Besitzer dieses Anwesens? Ich meine, können Sie mir etwas über die Leute erzählen?" De la Renta sah den regelrecht empörten Gesichtsausdruck seines Fremdenführers und fühlte sich sogleich missverstanden. „Nein, nein", beeilte er sich den Irrtum aus der Welt zu schaffen. „Ich möchte Sie keineswegs aushorchen ...", obwohl das eigentlich genau das war, was er tun wollte, „... aber man möchte sich doch ein Bild des Gesamten verschaffen, bevor man eine derartige Investition in Erwägung zieht. Am Ende kaufe ich das Anwesen und stelle danach fest, dass ein verstorbener Vorfahre der Familie als Geist durch das Haus spukt."

„Sie glauben an Geister?", kam die unerwartet nüchterne Antwort des kleinen Alten.

„Nein. Ich wollte lediglich meine Beweggründe veranschaulichen."

„Gut. Ich glaube nämlich auch nicht daran." Der Alte zwinkerte schelmisch und senkte seine Stimme ein klein wenig, als wollte er ein Geheimnis verkünden. „Obwohl, man munkelt, dass ein Fluch auf dem Anwesen lastet."

De la Renta schaute sein Gegenüber ungläubig an. Doch er konnte die Miene des Mannes nicht deuten. „Wollen Sie mich jetzt auf den Arm nehmen?"

„Nein. Ich versuche lediglich ihre Frage zu beantworten."

De la Renta sah zwar das freundliche Lächeln, welches die Worte des Greises begleitete, doch war er sich noch immer nicht sicher, ob dies nun ein Jux war oder nicht. „Wenn das so ist, dann lassen Sie es mich doch anders formulieren. Fürs Erste würde ich gerne wissen, weshalb das Anwesen denn so lange unbewohnt war und in wessen Besitz es gegenwärtig überhaupt ist." Der schon fast mitfühlende Blick des kleinen weißhaarigen Mannes ließ jedoch sofort jegliche Hoffnung auf Auskunft ersterben.

„Nun, verehrter Herr, ich muss Sie wohl schon wieder enttäuschen." Tristan hatte regelrechte Mühe, sich die Freude nicht anmerken zu lassen. Die ganze Scharade fiel ihm doch glatt schwerer als erwartet. Aber … es lief alles wie am Schnürchen. Doch um aus dem Nähkästchen zu plaudern, war es eindeutig noch etwas zu früh. Tristan bedachte seinen Kunden mit einem wohlwollenden Lächeln. Er musste seine Worte vorsichtig wählen. Es war wichtig, das Wissen gut dosiert abzugeben, gerade genug, um ihn am Ball zu halten – aber nicht genug, um ihm Gewissheit zu geben.

„Was den Besitzer betrifft, der steht quasi vor Ihnen. Die ursprünglichen Eigentümer haben vor langer Zeit schon das Land verlassen und das Anwesen seinem Verfall überlassen. Ich habe es sozusagen davor bewahrt, indem ich mich seiner angenommen habe – rechtmäßig und legal, versteht sich. Was nun Ihre andere Frage betrifft …" Tristan hielt zögernd inne. „Nun, hier wären wir dann wohl wieder bei besagtem Fluch angelangt."

De la Renta hatte alle Mühe, seine Enttäuschung zu verbergen. Doch den gelangweilten Seufzer konnte er angesichts des eben Gehörten nicht unterdrücken.

Ein Fluch?

Himmel noch eins, wo war er da nur wieder reingeraten!

Du bist genau dort, wo du es verdient hast zu sein – gefangen in deinem eigenen Albtraum, du alter Narr!

Zwei Seelen in einem Körper zu vereinen konnte Vorteile haben, aber mindestens auch doppelt so viele Nachteile. De la Renta unterdrückte die aufmüpfige Natur seines eigenen Fluchs und versuchte, seine Konzentration wieder auf das Gespräch zu lenken.

„Ein Fluch also. Allen Ernstes?"

Tristan hob entschuldigend die Schultern. „So wird es jedenfalls vom Volksmund erzählt. Die Legende der schwarzen Rose, sagt man." Es folgte eine kurze Pause um der Dramatik willen, ehe Tristan sich anschickte die Märchenstunde zu eröffnen.

„Der Legende nach war das Anwesen vor vielen, vielen Jahren Schauplatz einer tragischen Liebesgeschichte. Ein junger Mann verliebte sich in die betörend schöne Tochter des Hausherrn. Doch hatte diese eine ältere Schwester, welche so furchterregend hässlich war wie die Nacht finster. Sich darüber im Klaren, dass er seine „schwarze Rose" nie an den Mann bringen würde, überging der Vater das Recht und verehelichte seine zweitgeborene vor der ältesten Tochter. Daraufhin entflammte ein unerbittlicher Kampf zwischen den Geschwistern. Die Ältere nutzte jeden erdenklichen Trick und überlistete schließlich den potenziellen Verlobten. In einem Moment der Unachtsamkeit tötete er aus Versehen seine Geliebte. Während er Rache schwor, verbannte der trauernde Vater seine listige Tochter des Anwesens – und mit ihr auch die Liebe. Fortan war das Anwesen ein Ort der Finsternis, regiert von einer dunklen Macht. Als Zeichen seiner Trauer pflanzte der Vater eine einzelne schwarze Rose an der südlichsten Spitze des Anwesens. Die Legende besagt weiter, dass diese Rose in der Lage sei, ihre Farbe zu wechseln. Sollte jemals wieder die Liebe zurückkehren nach Rosebound Heights, so würden ihre schwarzen Blätter sich blutrot färben."

De la Renta konnte in diesem Moment einfach nicht anders, er starrte die greisenhafte Erscheinung des Immobilienmaklers völlig perplex an.

Das konnte doch wohl nur ein schlechter Scherz sein!

Würde man ein wenig an den Details der sogenannten Legende herumfeilen, hätte es genauso gut seine eigene „tragische Liebesgeschichte" sein können. Doch der alte Mann wirkte nicht im Geringsten so, als wüsste er darüber Bescheid – ja woher denn auch!

Und doch, irgendwie war die Situation nicht nur befremdlich, sondern beinahe schon gruselig.

Tristan nahm das verdatterte Gesicht seines Kunden mit Freuden zur Kenntnis. Ja, die – doch mehr erfundene – Legende der schwarzen Rose hatte seine Wirkung nicht verfehlt. Wie denn auch, waren die Parallelen doch nicht von der Hand zu weisen. So hatte der gute Señor de la Renta jetzt wenigstens etwas zum Nachgrübeln. Ehe sich dieser nun aber zu Wort melden konnte, musste Tristan unbedingt noch etwas loswerden. „Nun, wie viel davon Wahrheit ist und wie viel erfunden, sei dahingestellt. In erster Linie dienen diese Sagen ja auch nur dazu, Leute auf etwas aufmerksam zu machen – oder wie im Fall von Rosebound Heights davon abzuhalten. Denn niemand wollte sich an einem Ort der Finsternis aufhalten, von dem selbst die Liebe verbannt wurde. Und doch sei so viel gesagt, als dass zumindest ein Prozent der Geschichte stimmt. Denn die schwarze Rose existiert tatsächlich." Mit diesen Worten lenkte Tristan die Aufmerksamkeit seines Kunden auf die gegenüberliegende Seite des Zimmers.

Obwohl noch immer im Bann der seltsam vertrauten Geschichte, erweckte sofort eine riesige Glasfront de la Rentas Interesse. Sie erstreckte sich über die gesamte Länge der Wand und stand in der Mitte gerade soweit offen, dass man ungehindert hindurchschlüpfen konnte. Das Glas selbst war nicht bloß Fensterglas, sondern ein in bunten Farben schillerndes Kunstwerk, das seinen Betrachter auf geradezu magische Art und Weise anzog.

De la Renta drehte sich zu seinem Begleiter um, welcher zur Abwechslung einmal das Schweigen vorzog. Ebenfalls wortlos deutete er auf die Glaswand, doch der kleine Mann zeigte keinerlei Regung. Stattdessen stand er wie erstarrt hinter de la Renta und schien mit seinen Gedanken plötzlich ganz wo anders zu sein – und das, obwohl er sein Gegenüber direkt ansah. Das hieß, der Alte richtete seine Augen zwar auf de la Renta, doch hatte dieser eher das Gefühl, dass das weißhaarige Männlein durch ihn hindurchsah. Irritiert schnippte er mit den Fingern vor dem Gesicht des alten Mannes. Sogleich reagierte dieser auf die Geste, und seine Augen erwachten wieder zu Leben.

„Verzeihen Sie, ich war wohl kurz abgelenkt", entschuldigte sich Tristan. „Wo waren wir doch gleich?"

Erneut deutete de la Renta auf den Durchlass in der Glasfront. „Darf ich?"

Sofort erhellten sich die Augen des Alten aufs Neue. „Oh, natürlich!", rief er. „Hiermit wären wir nun auch gleichzeitig am Ende unserer kleinen Besichtigung angelangt. Das Schmuckstück vor Ihren Augen ist die Südspitze des Anwesens mit dem wohl einzigartigsten Hof Englands, obwohl … Nun, sehen Sie am besten selbst. Aber seien Sie bitte vorsichtig da draußen. Es gibt keine Sicherung am Rand der Klippen, und der Wind bläst mitunter sehr stark."

Wie auf Kommando wehte eine gewaltige Brise durch die Öffnung in der Glasfront, sodass die gesamte Konstruktion bedrohlich zu vibrieren begann. De la Renta hatte schon einen Fuß auf die Stufen auf der anderen Seite gesetzt, als ihn eine erstaunlich starke Hand an der Schulter zurückhielt. Zeitgleich hatte er das Gefühl, als würde die Erde unter seinen Füßen zu beben beginnen. Der Himmel verdunkelte sich, und der plötzlich orkanartige Wind trieb die Brandung beinahe über den Rand der gut fünfzig Meter hohen Klippen. Hätte nicht Tristan de la Renta geistesgegenwärtig zurück in den Raum gerissen, die Windböe hätte ihn trotz seiner athletischen Statur von den Beinen gefegt.

Doch Tristan hatte bereits die Schiebeelemente der Glastür geschlossen und bugsierte de la Renta nun hastig wieder zurück durch den Raum. „Puh, das war vielleicht knapp!", gab er sichtlich aufgeregt von sich. „Um ein Haar hätte es Sie hinausgezogen. Das hätte ich mir nie verzeihen können. Aber ist ja zum Glück noch einmal alles gut gegangen. Ja, ja, wie ich schon sagte, der Wind ist wirklich nicht zu unterschätzen hier auf den Klippen …"

Ehe de la Renta wusste, wie ihm geschah, fand er sich auf der Galerie über der Eingangshalle wieder. Während der alte Mann weiter aufgeregt vor sich hin plapperte, hatte er ihn geschickt durch das ganze Haus zurück zum Anfang der Tour gebracht. Als sie nun die Treppen hinabstiegen, streifte de la Rentas Blick unwillkürlich die gegenüberliegende Wand. Hoch über der großen Eingangstür hing ein Gemälde, welches das Porträt einer Frau zeigte.

Einer unglaublich schönen Frau, deren betörendes Antlitz selbst die dunkelste Ecke wieder zum Strahlen verbringen mochte.

Ihr Anblick ließ sämtliche Luft aus de la Rentas Lungen entweichen.

Sein Herz hörte für den Bruchteil einer Sekunde auf zu schlagen. Jegliche Farbe wich aus seinem Gesicht, doch blieb ihm keine Zeit auf das eben Erblickte zu reagieren. Schon war er unten in der imposanten Eingangshalle und steuerte auf deren Ausgang zu.

„... tut mir unendlich leid, dass die Führung nicht ganz so gelaufen ist wie geplant ..."

De la Renta wurde ungewollt aus seiner Trance gerissen, wenngleich er kaum auf die Worte des Alten hören konnte. Zu tief saß der Schock in seinen Knochen. Zu übermächtig waren die Gefühle, die einem Regenguss gleich auf ihn niedergingen.

„... Sie wohl alleine beschreiten. Ich muss mich leider dringend um die Südspitze kümmern. Wenn der Sturm dort irgendeinen Schaden angerichtet hat ... Mein Gott, nicht auszudenken ..."

Mann, tu doch etwas. Lass nicht zu, dass er uns das antut! Verdammt! Unternimm endlich was, oder ich knöpf mir den Alten vor!

„... wie gesagt, ich melde mich in einigen Tagen wieder bei Ihnen, und dann können wir ja noch das Versäumte nachholen, ehe Sie eine endgültige Entscheidung treffen. Und verzeihen Sie nochmals die Unannehmlichkeiten."

Mit diesen Worten setzte der alte Mann de la Renta regelrecht vor die Tür und verschwand sogleich wieder hinter selbiger. Aufgelöst in Schall und Rauch. Als wäre er nie hier gewesen.

De la Renta wollte protestieren, wollte mit seinen Fäusten gegen die Tür pochen. Aber seine Beine waren schon unterwegs zu seinem Wagen. Doch er wollte nicht weg von hier. Ganz und gar nicht. Er wollte Antworten!

Nein, er *brauchte* Antworten.

Nein, wir *brauchen Antworten*!

Aber de la Renta hatte keine Chance. Vollkommen automatisch nahm er hinter dem Steuer Platz und steckte den Schlüssel in die Zündung. Und ehe er sich versah, fuhr er schon die holprige Auffahrt hinab und kehrte Rosebound Heights den Rücken.

Tristan sank kraftlos hinter der Tür auf den Boden. Gott, fühlte er sich alt. So unendlich alt. Die letzten Tage, ja, die letzten Wochen waren weit anstrengender gewesen, als er erwartet hatte. Ja, er war nicht mehr derselbe wie einst einmal. Gott nein, der war er wirklich nicht. Die Zeit hatte eindeutig ihre Spuren hinterlassen.

Hatte er sich etwa *zu viel* zugemutet?

Ach nein!

Er war vielleicht alt geworden, aber keineswegs schwach. Die Aufgabe war vielleicht anstrengend, aber er war ihr noch allemal gewachsen.

Und wie!

Der alte Mann sprang wieder auf die Beine und machte sich auf den Weg. Schnellen Schrittes durchquerte er das Haus bis ans Ende zum Ballsaal. Zielstrebig steuerte er auf die kunstvoll verzierte Glaswand zu. Er hielt einen Atemzug lang inne, ehe er die beiden Schiebeelemente öffnete. Doch hatte er keineswegs vor, sich nach draußen zu begeben. Das war nicht im Geringsten nötig. Von seinem Standort aus war deutlich zu erkennen, was er zu überprüfen gedachte.

Allzu deutlich.

Natürlich hatte er es gewusst. Hatte es gespürt, im selben Augenblick, als es passierte. Selbstverständlich war es absolut unnötig, die Sache zu überprüfen. Doch er wollte es mit eigenen Augen sehen. Ein letztes Mal wollte er einem ja schon fast kindischen Verlangen nachgeben und sich selbst davon überzeugen.

Zufrieden zogen seine Mundwinkel sich nach oben. Er hatte voll ins Schwarze getroffen. Obwohl, Schwarz war wohl nicht die richtige Farbbezeichnung. Erleichtert und aufgeregt zugleich zog Tristan die Tür wieder zu.

Das erste Rosenblatt erstrahlte bereits in kräftigem Rot.

Kapitel 12

Vorsichtig setze Guinevere einen Fuß auf den Bahnsteig. Nichts geschah. Nach einem kaum merklichen Zögern ließ sie ihren zweiten Fuß folgen – nichts passierte. Nun, soweit, so gut. Bisher lief alles genau nach Plan. Natürlich hatte die Hexe nichts anderes erwartet, schließlich war sie nun mal unbestritten die Beste auf ihrem Gebiet. Ein überaus zufriedenes Lächeln bahnte sich den Weg auf ihre Lippen, während ihre strahlend grünen Augen die Umgebung aufnahmen.

Sofort erspähte sie die gesuchte Person. Sie stand in einiger Entfernung mit dem Rücken zur ihr und unterhielt sich mit dem Gepäckträger – einer musste sich ja um die lästigen Details kümmern! Guinevere setzte eine selbstgefällige Miene auf und schritt erhobenen Hauptes auf die Person zu. Doch dachte sie nicht im Mindesten daran haltzumachen. Stattdessen rempelte sie die Person im Gehen schwungvoll mit der Schulter an und stolzierte einfach an ihr vorbei.

„Estelle, mein Liebling, halt den Mann nicht länger als nötig von seiner Arbeit ab", rief sie ihr über die Schulter hinweg zu. „Unser Wagen steht sicher schon bereit. Wenn du also die Güte hättest, in die Gänge zu kommen, und den Chauffeur ausfindig machst, wäre ich dir wirklich dankbar!"

„Mein – Name – ist – nicht – Estelle!"

Guinevere warf im Gehen einen schnellen Blick über die Schulter – und blickte ihrer Nichte dabei zielgenau in die Augen. *„Oh doch, mein Schätzchen. Von heute an lautet dein Name Estelle!"*

Vivienne stand am Bahnsteig und kochte innerlich. Sie wollte schreien, heulen, um sich schlagen. Ja, im Augenblick wäre sie sogar zu einem Mord fähig gewesen. Doch stattdessen stand sie nur da und grinste dämlich ihrer Tante hinterher. Oh nein, selbstverständlich grinste sie nicht nur. „Natürlich, Tantchen, bin schon unterwegs!"

Ihre Augen verfolgten ihren Weg – an der Tante vorbei – durch die Bahnhofshalle hindurch nach draußen. Als sie sich endlich wieder an der frischen Luft befand, tat sie einen tiefen Atemzug. Sie wollte losrennen, davonlaufen. Einfach die Flucht ergreifen, in der Hoffnung, dadurch diesem fiesen Zauber zu entkommen. Aber ihr Körper bewegte sich keinen Millimeter von der Stelle.

Vivienne fühlte sich elend. Aber jammern nutzte nichts. Sie, oder was noch von ihr übrig war, war gefangen in einem fremden Körper, über den sie noch dazu keinerlei Kontrolle hatte. Und es gab nur eine Chance, diesem Gefängnis zu entfliehen – die Hexe musste sterben.

Doch selbst dann würde Vivienne wohl nicht aus dem Körper des Dienstmädchens befreit werden. Immerhin okkupierte die Hexe Viviennes eigenen Körper. Und wenn sie starb, dann würde sie gewiss dafür sorgen, dass mit ihr auch Viviennes körperliche Hülle vernichtet wurde. Was dann wiederum bedeutete, dass nur die Hexe selbst in der Lage war, diesen vermaledeiten Zauber rückgängig zu machen. Und das würde gewiss nie passieren!

„Was für ein schlaues Mädchen du doch bist!"

„Verschwinde aus meinen Gedanken du altes Gräuel. Erweise mir wenigstens diesen Akt der Gnade – falls du diesen Begriff überhaupt kennst!"

Fieses Gelächter war alles, was als Antwort kam. Aber immerhin, Vivienne hatte ihre Ruhe. Was natürlich nicht bedeutete, dass die Tante nicht weiterhin in ihren Gedanken präsent war. Aber solange sie zumindest von deren *unzulänglichen* Kommentaren verschont blieb, war Vivienne ja schon fast zufrieden. Außerdem, mehr konnte sie ohnehin nicht erreichen.

Höhnisches Lachen war die einzige Reaktion, die folgte.

Vivienne schnaubte innerlich, während ihr Blick durch die Gegend schweifte. Nach kurzer Suche blieben ihre Augen an einem schwarzen Wagen hängen. Es war ein ziemlich altes Model, doch Vivienne hatte keine Ahnung von Autos, und es war ihr auch völlig egal. Aber dem Anschein nach war dies der Wagen, den zu finden sie beauftragt wurde. Schon setzten sich auch ihre Beine in Bewegung, und Vivienne steuerte geradewegs auf den Oldtimer zu.

Ein zaghaftes Klopfen an die Fensterscheibe ließ Ruben zusammenzucken. Zuerst nahm er nur das Geräusch wahr, während sein Gehirn noch nicht die nötigen Verbindungen ziehen konnte. Zu sehr stand Ruben noch unter Schock, von dem, was er eben gelesen hatte. Doch dauerte es nur einen Sekundenbruchteil, bis die Kommunikation zwischen Gehör und Verstand wieder einwandfrei funktionierte. Mit einem Schlag erwachte Ruben aus seiner Trance und kehrte in die Realität zurück.

Verdammt und zugenäht!

Jetzt hatte er allen Ernstes die Ankunft des Zuges verpasst.

Tristan – wie konnte der alte Mann ihn nur derart durcheinanderbringen!

Er musste doch gewusst haben, welche Reaktion sein dubioses Schreiben bei Ruben auslöste. Und das ausgerechnet vor einem wichtigen Geschäftstermin. Was hatte sein alter Freund sich nur dabei gedacht? Aber für Gedanken dieser Art blieb jetzt keine Zeit mehr. Es galt jetzt, sich dem Unvermeidlichen zu stellen.

Ja, so viel dann auch zum Thema guter erster Eindruck. Damit konnte Ruben ganz gewiss nicht mehr punkten. Blieb nur zu hoffen, dass die Kundschaft nicht allzu nachtragend war. Schnell noch ließ er das Blatt Papier in die Mappe zurückgleiten und verstaute diese im Handschuhfach. Ehe er aus dem Wagen stieg, warf Ruben noch einen kurzen Blick in den Außenspiegel – doch mehr als zwei Beine, die in dunklen Hosen steckten, konnte er nicht erkennen.

Na dann, auf in den Kampf!

Vivienne hatte an die Scheibe geklopft und war daraufhin wieder einen Schritt zurückgetreten – schließlich wollte *sie* ja nicht von der Wagentür umgestoßen werden. Wie nachsichtig die alte Schachtel doch sein konnte, wenn sie etwas wollte!

„Halt deine Gedanken im Zaum, oder ich sorge dafür, dass du deine *unangebrachten Kommentare bereuen wirst!"*

„Jawohl, Mylady!" Hätte Vivienne die Kontrolle über den Körper gehabt, dann hätte sie gewiss auch noch salutiert. Aber sicherlich nicht, um der alten Hexe zu gefallen. Stattdessen stand sie neben dem schwarzen Wagen und wartete darauf, dass der Fahrer endlich ausstieg. Doch der Mann, der nun seine langen Beine aus dem Fahrersitz herausschälte, sah so ganz und gar nicht nach Viviennes Vorstellung von einem Chauffeur aus.

Schwarzes Leder spannte sich enganliegend über diese Beine. Ein blütenweißes Hemd umschmeichelte schon fast einen unübersehbar trainierten Oberkörper. Über das Ganze hinweg erstreckte sich ein langer schwarzer Mantel – ebenfalls aus Leder. Als Vivienne endlich zum Gesicht des Mannes kam, lag ihr Kopf bereits ganz im Nacken. Estelles Körper war um einiges kleiner als ihr eigener, und der Kerl vor ihr war ein echter Hüne. Zudem hatte sie … nun ja, irgendwie einen älteren Mann eben erwartet. Doch dieser Kandidat schien eher in ihrem Alter zu sein. Sein Gesicht wirkte zwar freundlich, zugleich verliehen ihm seine unglaublich wachen und fast schon schwarzen Augen aber auch eine gewisse Gefährlichkeit. Schwarz war ebenso die Farbe seiner Haare, die einigermaßen kurz geschnitten waren und … Himmel, wer trägt denn im einundzwanzigsten Jahrhundert noch Koteletten?

In diesem Moment war Vivienne echt froh keine Kontrolle über ihren Körper zu haben. Denn sonst hätte sie lauthals drauf losgelacht. Der Typ vor ihr sah aus wie eine sonderbare Mischung aus Elvis und Alice Cooper. Zwar etwas weniger Rock'n'Roll, dafür aber eindeutig mehr Hard'n'Heavy. Würde er nicht so charmant lächeln, ginge er glatt als Mitglied der Hells Angels durch. Aber neben diesem Oldtimer wirkte er irgendwie absolut … deplatziert.

Ruben schwang sich aus dem Sitz und streckte sich dabei unauffällig durch. Das lange Sitzen war nicht wirklich von Vorteil für seine alten Knochen. Als er sich endlich zu seiner vollen Größe aufgerichtet hatte, musste er feststellen, dass sein Gegenüber um gut zwei Köpfe kleiner war als er. Allein schon der Gedanke daran, soweit nach unten zu schauen, verursachte ihm Nackenschmerzen.

Nun, Ruben war es natürlich gewohnt, auf die meisten Menschen hinabblicken zu müssen. Bei einer Körpergröße von knapp über zwei Metern wohl auch nicht schwer nachzuvollziehen. Aber die Person, die da vor ihm stand, war wirklich verdammt ... klein! Doch es war nicht ihre Winzigkeit, die Ruben beinahe in schallendes Gelächter verfallen lassen hätte. Vielmehr war es ihr sogenannter Kleidungsstil, der ihm alle Kraft abverlangte, um das freundliche Lächeln nicht ausarten zu lassen. Denn auch wenn er sich nicht wirklich ein Bild von den beiden Damen machen konnte, die abzuholen er hier war, so war eines doch absolut sicher: Mit Minnie Maus hatte er ganz gewiss nicht gerechnet!

Aber die kleine Püppi, die da vor ihm stand, war wirklich nicht anders zu beschreiben. Weißes Rüschenblüschen, darüber eine kurze, rote Jacke. Weiter ging es mit einem rot-schwarz getupften Miniröckchen, und darunter steckten die zarten Beinchen in schwarzen Strümpfen – nicht Hosen –, gefolgt von schwarzen, wadenhohen Stiefeln, an deren Spitze eine relativ große Masche prangte. Und als wäre das noch nicht genug des Wahnsinns, trug sie ihr blondes Haar auch noch zu zwei Pferdeschwänzen gebunden, die nun munter seitlich von ihrem Kopf baumelten – ganz wie Minnies überdimensionale Mauseohren es tun würden.

Ruben musste sich echt zusammenreißen. Aber die Überraschung war wohl auf beiden Seiten gleich groß – zumindest ließ Minnies verblüffter Blick dies vermuten. Das heißt ... eigentlich wirkten nur ihre Augen überrascht, während ihre restliche Mimik eher Gleichgültigkeit ausstrahlte.

Wie seltsam war das denn?

Na, wenigstens war ihr Gesicht ansonsten unauffällig. Kein Mäuseschnäuzchen oder sonstige Absurditäten, ganz im Gegenteil. Dieses Gesicht schien rein gar nichts auszusagen. Wäre sie nicht so auffällig gekleidet gewesen, es hätte wohl kein Hahn nach ihr gekräht. Wie dem auch sei, für Rubens Befinden dauerte die peinliche Stille nun schon lange genug. Also räusperte er sich kurz, um den Frosch in seinem Hals loszuwerden, ehe er sich anschickte das Eis zu brechen.

„Nun, ich darf wohl davon ausgehen, dass Sie die … ähm, kleine Miss Thornton sind?" Sie sah zwar aus wie ein Kind, doch Ruben war sich in keinster Weise sicher. Woher auch, er wusste ja so gut wie nichts über diese Kundschaft.

„Sie nennen mich am besten Estelle, und … lassen Sie mich gleich noch eines klarstellen. Ich bin zwar klein, aber durchaus älter, als ich aussehe." Welch schmeichelhafte Wortwahl, dachte Vivienne. Wollte die Hexe sie tatsächlich in einem besseren Licht dastehen lassen?

Autsch, das ging ja voll auf die Fresse! „Ich bitte um Verzeihung, aber ich dachte nur … nun ja … Ich wusste ja nicht, was mich erwartet, und Sie sehen nun mal so … jung aus", stammelte Ruben verzweifelt auf der Suche nach den richtigen Worten. Doch die wollten aus welchem Grund auch immer nicht den Weg in seinen Mund finden. „Na, wie dem auch sei, ich wollte Sie jedenfalls nicht beleidigen", versuchte er zu retten, was noch zu retten war.

„Halb so schlimm", beschwichtigte Vivienne sofort. „Sie sind nicht der Erste und gewiss nicht der Letzte, dem dieser Fauxpas widerfährt." Ja, ja, ganz Guinevere, dachte Vivienne. Freundlich, aber doch darauf bedacht, ihn zu denunzieren – fieses Miststück! Fast im selben Augenblick durchzuckte ein stechender Schmerz ihren Kopf, und sie schüttelte diesen so heftig, dass ihre Zöpfe wie wild um ihr Gesicht baumelten.

„Was an ‚Halte deine Gedanken im Zaum' hast du denn nicht verstanden, mein Täubchen?"

Beim Anblick der hüpfenden Zöpfchen wäre Ruben beinahe aus allen Wolken gefallen. Um Fassung bemüht, versuchte er das Lachen in einem Räuspern zu ersticken, was aber nur mäßig gelang. „Wissen Sie …"

Es nutzte nichts. Die Situation war restlos verfahren, also beschloss Ruben kurzerhand zurückzurudern. „Was halten Sie davon, wenn wir noch mal von vorne beginnen. Also, ich bin Ruben Jakobsson von Island Estates, und Sie sind …?"

„Nach wie vor Estelle, aber danke für den Versuch." Mein Gott, die Hexe machte es dem armen Kerl aber wirklich nicht leicht! „Außerdem brauche ich auch gar nicht von Bedeutung zu sein für Sie. Meine Tante ist diejenige, mit der Sie Geschäfte machen." Na, herzlichen Dank auch für die aufmunternden Worte, dachte Vivienne. „Und Sie brennt schon sehr darauf, Sie kennenzulernen." Der Körper, in dem Vivienne steckte, drehte sich einmal um die eigene Achse und deutete auf den Eingang des Euroterminals. „Sie stößt gewiss jede Sekunde zu uns."

Guinevere schlenderte in aller Seelenruhe den Bahnsteig entlang und durch die Bahnhofshalle. Sie genoss die bewundernden, begierigen und vor allem neidischen Blicke der Meute um sie herum. Aber noch viel mehr genoss sie die Tatsache, endlich wieder Heimatland unter ihren Füßen zu haben. Ja, es waren nicht ihre richtigen Füße, aber diese hier waren auch tausendmal besser als die beiden Klumpstängel, die ihr Mutter Natur vermacht hatte.

Nun stand sie vor der letzten Hürde, dem Tor zu ihrer ganz persönlichen Freiheit, wenn man so wollte. Guinevere befand sich vor der elektrischen Eingangstür des Terminal-Gebäudes, gerade nah genug, um den Bewegungssensor nicht zu aktivieren.

Um sie herum schienen Zeit und Raum plötzlich stillzustehen. Wie in Zeitlupe bewegten sich die Menschen, scheinbar peinlich darauf bedacht, ihr ja nicht in die Quere zu kommen. Einzig und allein sie stand vor der gläsernen Türe und wartete auf ihren großen Auftritt – denn genau das würde es werden. Nun würde sich ein für alle Mal zeigen, wer die größte Magie in sich trug.

Die Hexe hielt gespannt den Atem an und trat sodann einen Schritt nach vorne. Sogleich schwangen die Elemente der elektrischen Tür auseinander, und Guinevere durchschritt das Portal zu ihrem Geburtsland. Nichts geschah, und sie ließ langsam die angehaltene Luft aus ihren Lungen entweichen. Behutsam nahm sie noch ein paar weitere Schritte und blieb dann mitten auf der Fahrbahn stehen. Nach wie vor hing ihre Umgebung in einer Art magischer Trance fest – nichts bewegte sich schneller als die Hexe, nichts und niemand wagte es, sich ihr zu nähern.

Dies war der Augenblick der Wahrheit, und Guinevere wusste sofort, dass sie alles richtig gemacht hatte. Nun stand sie zum ersten Mal nach vielen Hundert Jahren wahrhaftig wieder auf gutem, altem, britischem Boden – und nichts geschah. Rein gar nichts. Also hatte sie das Zeichen der Rose richtig gedeutet. Es war geschehen, was zu hoffen sie schon nicht mehr gewagt hatte: Nun endlich konnte sie ihr rechtmäßiges Erbe antreten!

Guinevere war so froh wie noch nie zuvor in ihrem Leben, und doch war sie ein klein wenig enttäuscht. Zu gerne hätte sie selbst ihren Beitrag zum Glück geleistet, doch scheinbar war die Auslese der Natur schneller gewesen als sie. Zu schade aber auch, dass sie diese Rache nun nicht mehr bekommen würde. Aber darüber konnte sie gut und gerne hinwegsehen. Viel wichtiger war, dass der Ort, an dem sie aufgewachsen war, nun endlich wieder zu Macht und Ansehen gelangte. Ja, Guinevere würde schon dafür sorgen, dass Rosebound Heights wieder in seiner alten Würde erstrahlte – sie musste sich lediglich noch dorthin bringen lassen.

Eine kaum wahrnehmbare Handbewegung, und das Treiben um Guinevere nahm wieder seinen gewohnten Lauf. Ein Auto bremste sich mit quietschenden Reifen gerade noch vor ihr ein. Sein Fahrer schimpfte und gestikulierte wild, doch die Hexe schenkte ihm keinerlei Beachtung. Ungerührt überquerte sie die Straße und sah sich sodann nach ihrer Nichte um. Es dauerte nicht lange, und schon erspähte sie die winzige Gestalt neben einem herrlichen alten Bentley und einer absolut hünenhaften Erscheinung von Mann.

Sein Anblick ließ Guinevere augenblicklich das Blut in den Adern gefrieren.

Vivienne erspähte ihre Tante, fast im selben Moment, in dem sie sich zum Eingang umwandte. Doch dann geschah etwas ganz und gar Seltsames.

Von einer Sekunde zur nächsten verdunkelte sich der Himmel, als stünde der Weltuntergang bevor. Der Wind peitschte sich zu Orkanstärke auf, als wollte er alles, was sich ihm in den Weg stellte, vernichten … Und einen Wimpernschlag später war alles wieder vorbei.

Nicht sicher, ob sie sich das nun eingebildet hatte oder nicht, begann Vivienne der Tante zuzuwinken. Eine instinktive Geste, die mehr dazu diente, ihre plötzliche Unsicherheit zu überspielen. „Hier sind wir", begann sie der Tante außerdem zuzurufen. „Hierher, Tante Guin…", doch die Buchstaben blieben ihr im Hals stecken.

„Nicht so voreilig, mein kleiner Schatz! Du willst mit deiner aufmüpfigen Art doch nicht alles kaputt machen, nicht wahr?"

Von wegen aufmüpfige Art!

Vivienne war sich auf einmal ganz sicher, dass sie für einen winzigen Moment lang die Kontrolle über diesen Körper erlangt hatte. Sie hatte diese Arme bewegt. *Sie allein* hatte die Worte geformt und auch ausgesprochen.

Aber wie konnte das möglich sein?

Doch Vivienne konnte nicht weiter darüber nachdenken. Guinevere hatte sich bereits in Bewegung gesetzt und steuerte auf sie und den Mann, der sich Ruben Jakobsson nannte, zu. Aber irgendetwas an der Hexe war anders. Vivienne konnte es nicht zuordnen, doch sie konnte es spüren. Es lag etwas in der Luft, und dieses Etwas war … nicht zu definieren!

Auch Ruben nahm die seltsame Veränderung der Atmosphäre um ihn herum wahr. Oder besser gesagt, sein steter Begleiter registrierte etwas, das seine Instinkte in Alarmbereitschaft versetzte. Doch keiner der beiden konnte die mögliche Ursache dieser eventuellen Bedrohung ausmachen. Denn die atemberaubend gutaussehende Rothaarige, die nun auf ihn und Minnie zustolzierte, konnte ja wohl nicht der Grund dafür sein.

Wobei atemberaubend ja noch die Untertreibung des Jahrhunderts war.

Ruben war in seinem Leben schon vielen schönen Frauen begegnet. Und einige davon passten gewiss in die Kategorie umwerfend schön. Aber die Frau, die nun auf ihn zuschwebte, war mit Abstand das betörendste Exemplar Frau, das jemals sein Blickfeld erreicht hatte. Groß, schlank, mit den richtigen Rundungen an den richtigen Stellen. Ihr Haupt zierte eine rubinrote Lockenpracht, die scheinbar kein Ende hatte. Ihre Silhouette war umhüllt von einem smaragdgrünen, fast bodenlangen Mantel, der ihrer sonst femininen Ausstrahlung eine leichte militärische Note verlieh. Smaragdgrün waren auch ihre Augen, die selbst aus der Ferne wie zwei funkelnde Edelsteine aus ihrem Gesicht strahlten.

Doch das eigentlich Einnehmende an ihr war diese unglaubliche Aura, die sie umgab. Als würde sich jegliches Leben um sie herum in Ehrfurcht und Demut vor ihrer makellosen Schönheit niederknien. Endlich kam sie vor Ruben zu stehen, sah mit ihren stechend grünen Augen geradewegs in die seinen – ein Blick, der sich anfühlte wie ein Schlag in die Magengrube.

Augenblicklich war jegliche Faszination für diese Frau erloschen.

Guinevere hatte für einen winzigen Augenblick die Fassung verloren. Ja, sie hatte sogar die Kontrolle über die kleine Göre verloren – und die nichts ahnende Möchtegernhexe hatte nichts Besseres zu tun, als die Gunst der Stunde zu nutzen. Aber Guinevere war ein Profi. Schnell hatte sie ihren Schreck überwunden und sich der Bedrohung gestellt. Und siehe da, die ganze Aufregung war völlig umsonst gewesen.

Aber diese Ähnlichkeit!

Nun ja, aus der Ferne gesehen sah er der Bestie ihrer Vergangenheit zum Verwechseln ähnlich. Aber aus der Nähe betrachtet war dem zum Glück nicht mehr so. So weit sollte es noch kommen, dass dieser spanische Gockel ihr nach über zweihundert Jahren nochmal ins Gehege kam. Nein, dafür hatte sie schon gesorgt. Nichts und niemand vermochte die magischen Steine zu beseitigen, die sie diesem wandelnden Flohzirkus in den Weg gelegt hatte.

Und dennoch verursachte der Anblick dieses jungen Mannes ein unangenehmes Kribbeln in ihrer Magengegend. Etwas an ihm brachte ihr Blut in Wallung, jedoch keineswegs im positiven Sinne. Aber die Hexe war nicht in der Stimmung, sich mit derlei Irritationen auseinanderzusetzen.

Er war nicht der, für den sie ihn gehalten hatte – war ja auch so gut wie unmöglich. Und was ihr Bauchgefühl betraf, nun, sie würde den Jungen einfach im Auge behalten. Damit musste der Vorsicht doch wirklich Genüge getan sein. Sich der Wirkung ihres Äußeren völlig bewusst, stolzierte Guinevere genau auf den Fremden zu und streckte ihm die Hand elegant zum Gruß entgegen.

„Lady Vivienne Thornton", kam sie ohne die Verschwendung von Höflichkeiten direkt auf den Punkt. „Und Sie sind …?"

Vorsichtig Schätzchen, einfach nur vorsichtig!

„Ruben Jakobsson von Island Estates." Er ergriff die Hand, und ein kalter Schauer lief ihm über den Rücken. „Und sehr erfreut, Sie kennenzulernen", fügte er noch eilig hinterher. Zugleich fragte er sich, wie so strahlend schöne Augen zu einem dermaßen eiskalten Blick fähig sein konnten. „Wir haben dann wohl miteinander telefoniert", versuchte Ruben das akut ungute Gefühl mit Small Talk zu vertreiben.

„In der Tat, das haben wir wohl." Die Hexe zog ihre Hand fast schon angewidert zurück. „Und was genau hat Sie davon abgehalten, wie vereinbart am Bahnsteig zu warten?"

Das geht dich dann ja 'nen feuchten Dreck an, Süße!

Tja, manchmal waren Ruben und sein treuer Begleiter doch tatsächlich einer Meinung. Obwohl davon natürlich nichts nach außen hin zu erkennen war. „Geschäftliches!", antwortete er freundlich, aber bestimmt. „Nicht der Rede wert."

Guinevere hob zweifelnden Blickes die Augenbrauen und musterte Wagen sowie Lenker einen Moment lang. „Nun denn, immerhin scheint Ihr Service einigermaßen … persönlich zu sein."

Der abfällige Tonfall allein sprach schon Bände, wie Ruben fand. „Wir bemühen uns eben kundenorientiert zu arbeiten", konterte er in stets gleichbleibend höflichem Tonfall.

„Wir?"

„Mein Partner und ich."

Guinevere rollte genervt mit den Augen. „Bitte sagen Sie mir, dass Sie alle nötigen Befugnisse haben und ich nicht auch noch ihren *Kollegen* kennenlernen muss!", seufzte sie theatralisch.

„Keine Sorge, Gnädigste, mein *Partner* ist andersweitig beschäftigt."

Die Hexe schoss ihm einen Blick zu, der Lava zu gefrieren vermochte. „Mylady, wenn ich bitten darf", fauchte sie ihn an. „Einfach nur My-Lady!"

Ruben hatte auch schon genug hochnäsige, überspannte oder einfach nur komplizierte Frauen kennengelernt. Aber diese Prinzessin hier übertraf sie alle. „Ganz wie Sie wünschen, Mylady", erwiderte er, so höflich wie möglich.

Guinevere schenkte ihm ein „Wer's glaubt, wird selig"-Lächeln und deutete auf den Wagen. „Nun, wollen wir hier Wurzeln schlagen, oder gedenken Sie, uns vielleicht doch heute noch nach Rosebound Heights zu chauffieren?", zwitscherte sie mit süßlicher Schärfe.

Ruben hätte sich beinahe an seiner eigenen Spucke verschluckt. Freundlichkeit hin, Höflichkeit her, die Prinzessin brauchte nicht zu glauben ihren Fußabstreifer gefunden zu haben! Statt einer Antwort zog er lediglich die Tür zum Fond des Wagens auf, umrundete diesen, tat dasselbe auf der anderen Seite, schwang sich sodann wieder in den Fahrersitz und knallte seine Tür zu.

Bei allem gebührenden Respekt, sollte *Mylady* doch selbst sehen, wie sie in den verdammten Wagen kam!

Vivienne war dazu verdonnert, das Geschehen der letzten Minuten stillschweigend und regungslos mitzuverfolgen. Doch es wunderte sie kaum, als sich die Beine unter ihr nun ohne Vorwarnung in Bewegung setzten. Wie ein dressiertes Hündchen tappelte sie hinter der Hexe her und schloss die Tür, nachdem Guinevere es sich auf dem Rücksitz bequem gemacht hatte. Anschließend umrundete Vivienne den Wagen, um den Platz neben der Tante einnehmen zu können. Nachdem sie auch ihre Tür zugezogen hatte, ließ der sichtlich verärgerte Immobilienmakler sofort den Motor an und los ging die Fahrt – so wie die Hexe ihn behandelt hatte, war dies auch keine Überraschung.

Was Vivienne jedoch sehr wohl überraschte, war die Tatsache, das Guinevere sich trotz der – absolut angebrachten, wie sie selbst fand – Respektlosigkeit seitens des Maklers plötzlich bestens unter Kontrolle hatte. Es gab keine Stürme oder Regengüsse oder sonstige altbewährte Wutausbruchsszenarien.

Nein, ganz im Gegenteil!

Die Hexe hatte seinen Abgang mit schierer Genugtuung verfolgt, und auch jetzt zeigte sie keine Spur von Gehässigkeit. Vivienne betrachtete voller Erstaunen das Profil der Tante, und just in diesem Moment wandte diese den Kopf in ihre Richtung. Eine noch nie gesehene Zufriedenheit spiegelte sich in dem Gesicht. Die Augen strahlten grüner, als Vivienne es je von sich in Erinnerung hatte, und die Mundwinkel formten sich zu einem Lächeln, das nicht liebreizender hätte sein können.

„Ach Kindchen, wo denkst du hin! Ich werde doch nicht den Esel töten, ehe er die Last den Berg hinaufgetragen hat – wenn du verstehst, was ich meine!"

Und wie sie plötzlich verstand.

Auch wenn sich die Metapher durchaus auf den Immobilienmakler bezog, so war der eigentliche Esel doch Vivienne selbst!

Kapitel 13

Der Abend war bereits hereingebrochen – über das ödeste Stück Natur, das Rafael de la Renta je zu Gesicht bekommen hatte. Weder üppige Wälder noch zerklüftete Bergformationen gab es hier. Dafür viel zu viel Wasser, das obendrein nicht nur vom Himmel abwärts kam, sondern dank des Meeres auch noch von unten. Für einen Mann von de la Rentas Format gab es hier rein nichts, das ihn hätte halten können.

Nichts, außer Rosebound Heights.

Don Rafael lag auf dem Bett und starrte an die Decke. Seit er vom Anwesen zu seiner schlichten Unterkunft zurückgekehrt war, hatte er nichts anderes getan – und das war schon etliche Stunden her. Doch sosehr er es auch versuchte, er konnte seinen Blick nicht loseisen von den massiven Deckenbalken. Nicht weil sie ihn so beeindruckten, nein, genau genommen nahm er sie nicht einmal richtig wahr. Denn, ganz genau genommen, starrte de la Renta einfach nur Löcher in die Luft und fragte sich dabei unaufhörlich, was da auf Rosebound Heights an ihm vorbeigegangen war.

Denn er war sich ziemlich sicher, dass er etwas verpasst haben musste. Doch konnte er sich keinen Reim darauf machen. Anfangs war ja auch noch alles ganz gut gelaufen. Besser als erwartet sogar.

Obwohl, was hatte er denn eigentlich erwartet?

Mach dir nichts vor, du alter Narr, du hast auf ein Wunder gehofft!

Nun, ob er wollte oder nicht, de la Renta musste seiner Bestie recht geben. Warum hätte er denn sonst auf die ominöse Nachricht dieses Maklers reagieren sollen. Aber er konnte einfach nicht anders. Zu verlockend war die Aussicht, dass ausgerechnet das, wonach er seit so Langem suchte, tatsächlich existieren konnte. Die Worte waren ihm noch genau in Erinnerung, ganz so als hätte er sie erst gestern gehört ...

… hoch erhaben über den Klippen, gen Norden hin von Rosen bewacht, gen Süden nichts als die endlose Weite des Meeres …

Ja, das war alles, was er gewusst hatte. Die einzige Spur, der er nachgehen konnte. Kein Name, kein Ort, ja nicht einmal das Land geschweige denn der Kontinent waren ihm bekannt. Das, wonach er suchte, konnte sich ebenso gut auf dem Mond befinden – oder schlichtweg gar nicht existieren.

Wer konnte das schon sagen.

Womöglich waren es nur die romantisch ausgeschmückten Worte einer Mutter gewesen, die ihrem Kind ein Stückchen der nie gesehenen Heimat näherbringen wollte. Schließlich war sie ja noch ein Baby gewesen, als sie mit ihrer Familie fliehen musste. Und die Mutter hatte ihr auch nie den Grund für die Verweisung des Landes genannt. Für sie war immer schon Amerika ihre Heimat gewesen. Über das *andere* Land und was in grauer Vorzeit damals dort passiert war, wurde stets geschwiegen. Doch manchmal wurde die Mutter von einer seltsamen Gemütsschwere erfasst.

Und dann erzählte sie ihrer Tochter von dem bezaubernden Anwesen, das sie einst bewohnt hatten. Nach dem unerwartet frühen Tod der Mutter war die Erinnerung an diese Gute-Nacht-Geschichten für lange Zeit das Einzige, das ihr Mut machen konnte.

Und für de la Renta war es die Nadel im Heuhaufen, die zu suchen er nun schon seit über zweihundert Jahren versuchte.

Na dann Glückwunsch, du hast sie gefunden – also lass uns gefälligst wieder abhauen von hier!

„Oh nein, mein Freund, diesen Gefallen kann ich dir nicht tun. Noch nicht", murmelte er zu seinem stets übel gelaunten Begleiter. Die Bestie in ihm war immer schon sehr schwer zu kontrollieren gewesen. Ihr Gemüt war aufbrausend und gewaltbereit. Wann immer sie die Möglichkeit hatte auszubrechen, nutzte sie ihre Chance und zog eine Spur der Verwüstung hinter sich her. Doch seit sie auf dieser Insel angekommen waren, war sie von atypischer Unruhe erfasst worden.

Wir sind auf einer Insel, du Idiot. Rund um uns herum ist nichts außer Wasser, da erwartest du doch nicht im Ernst, dass ich einen Freudensprung mache!

„Nein, mein Guter, das ist es nicht. Und das weißt du ganz genau!"

Da lässt man einmal Gnade walten, und schon wird es einem auf ewig vorgehalten − kümmere dich doch um deinen eigenen Scheiß!

„Ob's dir passt oder nicht, aber deine Angelegenheiten sind nun leider auch mal die meinen. Und du hast nicht zum ersten Mal nachgegeben!"

Was soll das heißen?!

„Auch das weißt du ganz genau. Der Jungspund, den wir vor Kurzem im Norden der Insel getroffen haben, du hast ihn wiedererkannt. Wir haben seine Fährte schon einmal gekreuzt − und beide Male hast du ihn verschont. Und ich würde jetzt gerne wissen, warum!"

Die Bestie zog es vor zu schweigen. Doch de la Renta war gerade nicht in der Laune, um Spielchen zu spielen. Er wollte Antworten auf die viel zu vielen Fragen, die sich in letzter Zeit angehäuft hatten. Und die Bestie würde sogleich damit beginnen, eine davon zu liefern.

„Ich frage dich, warum?!", wiederholte er sein Anliegen, doch wieder folgte lediglich Schweigen.

„WARUM!", brüllte er in die Luft. „Spuck es aus, oder ich gebe dir höchstpersönlich eine Schwimmstunde, von der du dich nie wieder erholen wirst!"

Ich weiß es nicht.

Die unerwartete Aufrichtigkeit, die in diesen Worten mitschwang, überraschte de la Renta. Dem Anschein nach war er wohl nicht der Einzige, der hier noch bald verrückt würde.

Und wer daran Schuld trägt, wissen wir ja wohl beide.

Ein kleines weißhaariges Männlein namens Tristan. Einfach nur Tristan. Kein Nachname, kein gar nichts. Tristan. Was war das nur für ein wunderlicher alter Kauz? Zugegeben, er war ja in gewisser Weise ganz putzig mit seiner unkonventionellen Art. Aber dann war da eben auch noch diese andere Seite. Die, die eigentlich nicht greifbar war, aber doch deutlich zu spüren. Dieses eigenartige Gefühl, dass auf Rosebound Heights etwas nicht mit rechten Dingen zuging. Dieses instinktive Wissen, das dort eine nicht wahrzunehmende Macht ihre Finger im Spiel hatte.

Aber wie passte der drollige Alte in das Ganze?

Dieser schusselige und zugleich absolut drahtige alte Mann hatte de la Renta mit seiner seltsamen Art wahrlich durcheinandergebracht. Und das hatte schon etwas zu bedeuten, ließ sich ein Don Rafael doch für gewöhnlich nicht so leicht aus der Ruhe bringen. Eigentlich konnte er sich nur einer einzigen Person entsinnen, die ihn überhaupt je aus der Fassung gebracht hatte – und an dieses Individuum wollte er sich lieber nicht erinnern, war sie doch der Grund für sein ganzes Desaster. Ja, ohne sie wäre er jetzt gar nicht erst hier. Ohne sie würde er ein glückliches Leben führen. Ohne sie wäre er jetzt liebevoller Ehemann und fürsorglicher Vater.

Doch SIE hatte ihm alles genommen.

Sofort fluteten Wehmut und Trauer sein Innerstes. Wie ein Gewittersturm an einem lauen Sommertag brach plötzlich die Vergangenheit über ihn herein. Unter dem Einfluss dieser Gefühle schaffte er es letztendlich auch, sich vom Anblick der Deckenbalken loszulösen, und rollte sich auf die Seite. Eine einsame Träne bahnte sich dabei ihren Weg über seine Wange, tropfte auf den Kopfpolster, um sogleich von dem Stoff aufgesaugt zu werden.

Don Rafael wurde es schwer ums Herz. Vor seinem geistigen Auge flackerte das Gemälde aus Rosebound Heights auf. Die anmutige Schönheit, die sich ihm auf so unerwartete Weise darauf offenbart hatte. Nicht im Traum hätte er gedacht, ihr zauberhaftes Antlitz je wiedersehen zu dürfen. Und dann lächelte sie ihm von dem Gemälde herab entgegen. Nicht als wäre sie mit Pinsel und Farbe darauf verewigt worden, sondern vielmehr als stünde sie in Fleisch und Blut vor ihm.

Esmeralda.

Die Frau, die auf ewig zu lieben er geschworen hatte.

Die Frau, deren blindes Vertrauen er so schändlich enttäuscht hatte.

Die Frau, deren Leben er genommen hatte.

Nein, nicht du – ich war das.

„Bilde dir ja nicht ein, die alleinige Schuld auf dich zu nehmen, mein Freund. Wir beide wurden geblendet von diesem Miststück von Hexe!"

Doch ich habe den entscheidenden Schritt getan …

„… weil ich es dir gestattet habe. Und nun müssen wir beide mit dieser Schuld leben, ob es uns passt oder nicht!"

Wir haben uns geschworen, sie zu rächen!

„Mach dir doch nichts vor, mein Freund. Sie wird uns immer einen Schritt voraus sein. Ihre Magie schützt sie, und wir zwei sind nur die Lachnummern in ihrem Theaterstück."

Willst du etwa aufgeben? Jetzt, wo wir doch tatsächlich dieses vermaledeite Anwesen gefunden haben, willst du den Schwanz einziehen?

„Nein, ich werde niemals ernsthaft aufgeben. Aber ich bin auch realistisch. Wenn sie nicht gefunden werden will, haben wir nicht die geringste Chance!"

Was bringt es uns dann, das verdammte Anwesen gefunden zu haben? Du willst doch nicht etwa dort einziehen und warten, bis sie uns findet?

„Warum eigentlich nicht?"

Weil nicht einmal du so beschissen blöd sein kannst zu hoffen, dass das jemals passiert!

„Ich habe auch nie gehofft ein auf die Beschreibung passendes Anwesen zu finden, und doch ist genau das eingetroffen!"

Mann, das ist doch der reinste Schwachsinn! Lass uns weiter durch die Welt ziehen – irgendwann, irgendwo muss das magische Luder doch eine Spur hinterlassen, und dann greifen wir sie uns!

„Nein, mein Freund, wir machen es auf meine Art."

Sag mir, dass das nicht dein Ernst ist.

„Doch, mein Entschluss ist gefasst. Wir ziehen auf Rosebound Heights."

Herr im Himmel, verrätst du mir in deiner schier endlosen Weisheit dann wohl auch, weshalb die Hexe sich dort blicken lassen sollte?

„Aus demselben Grund, aus dem auch wir beide hier sind."

Abrupt setzte de la Renta sich auf. Das war es.

Das war des Rätsels Lösung!

Mein Gott, warum hatte er denn nicht schon früher daran gedacht? Obwohl, es hätte ihm ja nichts genutzt. Denn ohne zu wissen, ob das Anwesen überhaupt existierte, hätte er gar nichts ausrichten können. Aber nun … Himmel noch eins, das änderte alles.

Bist du bescheuert, Mann! Wovon redest du eigentlich?

„Halt die Klappe, ich muss nachdenken!"

Und wie er das musste!

Don Rafael erhob sich aus dem Bett und fing an in dem winzigen Raum auf und ab zu gehen. Verdammt noch mal, wie ging die Geschichte nur. Er konnte sich plötzlich ganz genau an die Umstände der lange zurückliegenden Unterhaltung erinnern, aber nicht an den eigentlichen Inhalt. Verzweifelt suchte er nach dem Grund, der ihn die Verbindung herstellen ließ. Dabei lief er wie ein Tiger im Käfig durch das Zimmer. Gott, er musste sich doch erinnern. Es war …

… ein lauer Frühsommertag gewesen. Er konnte das ständige Gezeter der ewig auf der Lauer liegenden Hexe nicht mehr ertragen. Also stahl er sich mit seiner geliebten Esmeralda aus deren Argusaugen in die Freiheit der Berge. Dort, inmitten der rauen Schönheit der Anden, hatte seine Liebste ihm das süßeste aller Geheimnisse anvertraut. Er konnte sein Glück kaum fassen, als er erfuhr, dass er bald schon Vater werden würde. Vor seinem geistigen Auge tauchte das liebliche Antlitz seiner über alles geliebten Frau auf. Sie hatte ihren Kopf in seinen Schoß gebettet, ihre smaragdfarbenen Augen strahlten zu ihm auf, und ihr Lächeln war das schönste, das er je erblicken durfte.

Doch plötzlich zogen sich tiefe Furchen der Sorge über das anmutige Gesicht. Esmeralda setzte sich abrupt auf und sah ihn bekümmerten Blickes an. Die Worte sprudelten auf einmal nur so aus ihr heraus, als sie ihm gestand, dass ihre Gesellschafterin viel mehr ihre Schwester war. De la Renta war aus allen Wolken gefallen. Aber nun, da der Moment der Wahrheit gekommen war, sah er sich dazu verpflichtet, seiner Geliebten ebenfalls ein Geständnis zu machen. Er eröffnete ihr, dass er schon seit Längerem über das magische Geheimnis der so eben enttarnten Schwägerin Bescheid wusste.

Was für ein Wahrheitsfanatiker du doch damals warst! Da stellt sich mir die Frage, weshalb du ihr nie etwas von mir erzählt hast?

Weil er es nicht übers Herz gebracht hatte.

Weil er Angst hatte, sie zu verlieren, würde sie über sein bestialisches Innenleben Bescheid wissen.

Weil du sie für dich allein haben wolltest!

„Was willst du hören? Du hättest sie doch sowieso nicht für dich haben können. Sie trug keine Bestie in sich – du hättest … mein Gott, du hättest sie doch glatt getötet!"

Das konntest du dann ja wohl ohnehin nicht verhindern.

„Es wäre nicht anders gekommen, hätte sie davon gewusst! Himmel Herrgott noch eins, wie sollte ich denn auch ahnen, dass die verfluchte Hexe so weit gehen würde und die eigene Schwester der Eitelkeit wegen opfert!"

Sie ist ein fieses Luder, das ihr eigenes Kind dem Teufel zum Fraß vorgeworfen hätte – das hätte ich dir auch damals schon sagen können!

Deswegen wollte de la Renta ja auch so weit wie möglich weg von ihr. Und genau das hatte er seiner Esmeralda an jenem Tag gesagt. Auch wenn es ein Leben in ständiger Flucht gewesen wäre, denn die Hexe hätte gewiss Himmel und Hölle in Bewegung gesetzt, um sie zu finden. Doch alles war besser, als weiter unter ihren magischen Folterungen zu leben.

Esmeralda teilte seine Ansichten. Sie wollte ebenfalls aus dem Gefängnis der Schwester ausbrechen, nicht zuletzt auch um ihr ungeborenes Kind zu schützen. Denn Esmeraldas Mutter hatte noch eine weitere Geschichte auf Lager gehabt, eine, die sie stets dann erzählt hatte, wenn Klein Esmeralda besonders aufmüpfig war.

Zwar konnte sie sich kaum noch an Details jener Geschichte erinnern, schließlich hatte sie diese vielmehr als Belehrung empfunden und sich deshalb stets bemüht die tadelnden Worte der Mutter geflissentlich zu überhören. Aber nun, da sie selbst ein Kind in sich trug, bahnten sich Fetzen dieser Geschichten einen Weg aus ihrem Unterbewusstsein an die Oberfläche. Und diese Bruchstücke einer Erinnerung jagten Esmeralda einen Schauer der Angst über den Rücken. Sie konnte sich damals keinen rechten Reim auf die einzelnen Erinnerungsfetzen machen, geschweige denn sich ihre emotionale Reaktion darauf erklären.

Nun aber, zweihundert Jahre später, wusste de la Renta, was seine geliebte Frau so verängstigt hatte. Wie Schuppen fiel es ihm plötzlich von den Augen. Das, was ihm die ganze Zeit schon auf der Zunge gelegen hatte, fand nun seinen Weg nach draußen.

Die Legende der schwarzen Rose? Des Magiers letzter Wille? Im Ernst, Mann, was soll der Scheiß denn nun schon wieder?

„Nein, mein Freund, *das* ist der Schlüssel zur Wahrheit!"

Wirst du auf deine alten Tage etwa doch noch senil?

„Oh nein, mein Verstand ist glasklar. Und diese beiden Geschichten waren nicht nur bloße Schauermärchen, nein, diese verdammten Geschichten erzählten die ganze verfluchte Wahrheit!"

Aber …

„Nichts aber. Es war die ganze Zeit über da, nur konnte ich es nicht erkennen."

De la Renta ließ sich erschöpft auf der Bettkante nieder und vergrub das Gesicht in seinen Händen. Über zweihundert Jahre hatte es gedauert, Esmeraldas Worten eine Bedeutung abzugewinnen, doch nun ergaben sie plötzlich einen Sinn …

… Ich kann mich kaum noch erinnern, doch diese Geschichte begann stets mit den Worten „Des Magiers letzter Wille". Es ging um eine Hexe und einen Magier und einen Fluch. Der Inhalt der Geschichte ist mir total entfallen, doch an eines kann ich mich noch ganz genau erinnern, denn Mutter hat ihre Geschichten oft mit „Zaubersprüchen" ausgeschmückt. Zumeist waren es bloß witzige Wortspiele oder unterhaltsame Reime. Doch dieser eine war … anders, … real irgendwie, aber vor allem klang er in meinen Ohren stets bedrohlich. Wahrscheinlich erinnere ich mich deshalb so genau an seinen Wortlaut – ja, es ist, als hätte Mutter die Worte erst gestern zu mir gesprochen:

> *Der stolzen Rose Blätter einst rot,*
> *gepflanzt in Liebe, doch nun trägst du tot.*
> *Lass Schwarz seinen Fehler erkennen,*
> *hilf ihm, Richtig von Falsch zu trennen.*
> *Wenn Schwarz für die Buße bereit,*
> *von der Trauer Kleid du wirst befreit.*
> *Statt stolz du nun bist voll Mut,*
> *da du wieder strahlst in leuchtendem Blut.*

Das war es, des Rätsels Lösung: andere Geschichte, selber Inhalt. Und genau hier liefen die Fäden wieder auf Rosebound Heights zusammen – damals wie heute. Denn dass auch der kleine alte Mann eine Geschichte zu erzählen wusste, deren Hauptaugenmerk sich um eine verfluchte Rose rankte, konnte kein Zufall sein, dessen war sich de la Renta sicher.

Ja und, wollen wir jetzt zaubern lernen, oder was hat das alles mit uns zu tun?

Don Rafael ließ sich rücklings auf das Bett fallen und starrte – wieder einmal – an die Decke. Doch diesmal war sein Blick voll Zuversicht. „Nun, mein Freund, wenn man die beiden Geschichten kombiniert, ergibt sich daraus nur eine Schlussfolgerung: Diese Rose existiert, sie befindet sich irgendwo auf Rosebound Heights, und sie ist – in einer mir noch nicht ganz erklärlichen Art und Weise – wichtig für Esmeraldas Familie."

Und wie genau soll uns das helfen das magische Miststück zur Strecke zu bringen?

„Wir tun das, was auch sie tun wird – nur diesmal sind *wir* einen Schritt voraus."

Wenn sie nach Rosebound Heights kommt, um der Rose einen Besuch abzustatten, sind wir bereits dort?

„Ganz genau, mein Guter. Nun verstehst du doch, warum wir hier noch nicht wegkönnen, oder?"

Das schon, aber sie hat dennoch die Macht der Magie auf ihrer Seite – wie also sollen wir an ihren Kopf kommen?

„Wir tun das, was sie getan hat: Wir schlagen sie mit ihren eigenen Waffen!"

Kapitel 14

Ruben blickte unauffällig in den Rückspiegel, so wie er es schon Dutzende Male zuvor getan hatte. Und auch diesmal bot sich ihm das stets gleichbleibende Bild: Die giftsprühende Schönheit zu seiner Linken hatte sich durch Schlaf dezent aus der Affäre gezogen, während Minnie, hinter ihm sitzend, seit Stunden wortlos aus dem Seitenfenster starrte.

Seit beinahe fünf Stunden, um genau zu sein. Und sie hatte dabei kein einziges Mal ihre Position verändert, als hätte jemand eine Statue in den Rücksitz platziert. Gott, wie konnte man nur fünf Stunden auf ein und demselben Fleck sitzen, ohne sich auch nur einen einzigen Millimeter zu bewegen? Ohne auch nur ein einziges Wort zu sprechen?

Obwohl, die Schweigsamkeit seiner Kunden war noch das geringste Problem. Ruben war gewiss nicht erpicht auf eine Unterhaltung mit seiner Majestät von und zu weiß der Teufel was. *Mylady* hatte ihm nur zu deutlich zu verstehen gegeben, was sie von ihm hielt. Und um ehrlich zu sein, die Abneigung beruhte auf Gegenseitigkeit. Ja, zugegeben, anfangs war er auf ihr betörendes Äußeres hereingefallen. Doch der trügerische Schein währte nur kurz – und ihr charmantes Inneres leistete dazu gewiss nur einen kleinen Beitrag.

Auch ohne ihr anmaßendes Auftreten hatte diese Person etwas an sich, das Rubens Instinkte auf Alarmstufe Rot versetzte. Es war kaum in Worte zu fassen, doch Ruben hatte die letzten Stunden Zeit genug gehabt, sich darüber den Kopf zu zerbrechen. Und die Züge der schlafenden Schönheit zu studieren. Und wenn er zu einem Schluss gekommen war, dann war es der, dass ihr Äußeres in krassem Widerspruch zu ihrem Inneren stand.

Es schien ihm fast unmöglich, dass so ein zauberhaftes Geschöpf einen derart durchtriebenen Charakter haben konnte – und doch saß der Beweis dafür links hinter ihm. Ja, hätte er es nicht besser gewusst, hätte er gesagt, hier habe sich ein Dämon den Körper einer Fee zu eigen gemacht, doch das war dann wohl ein wenig zu dick aufgetragen. Obwohl, Rubens eigenes bestialisches Innenleben war schließlich Beweis genug dafür, dass auch noch andere „Lebensformen" existierten.

Aber Dämonen und Feen?

Also das überstieg dann selbst Rubens Vorstellungskraft. Dennoch, er konnte sich des Eindrucks nicht erwehren, dass Mylady nicht so ganz die Person war, für die sie sich ausgab. Auch wenn ihm nicht klar war, was das ganze Theater für einen Sinn haben sollte, geschweige denn, welchen Nutzen Lady Thornton daraus ziehen konnte – sofern ihr richtiger Name überhaupt so lautete.

Wie zur Bestätigung seiner Gedanken rumorte es in seinem eigenen Inneren. Auch die Bestie fühlte sich unbehaglich in der Nähe dieser Person – und das wollte schon etwas bedeuten! Zu gern hätte Ruben den Grund dafür gewusst, doch auch die Bestie konnte es sich nicht erklären. Also blieb ihnen beiden nur eines übrig: Sie mussten auf ihre Instinkte vertrauen, und die rieten zur Achtsamkeit.

Doch ein weiteres Rätsel drängte sich Ruben auf: Wie passte Minnie in dieses Schauspiel? Welche Rolle war ihr zugedacht? Oder waren die beiden tatsächlich Tante und Nichte?

So ganz undenkbar war es natürlich nicht. Nur weil diese Lady Unbehagen bei ihm auslöste, musste ja nicht gleich alles an ihr unecht sein. Genau genommen passte diese Tante/Nichte-Geschichte sogar sehr gut in das Bild. Das, was eigentlich störte, war Minnie selbst. Denn abgesehen von ihrer Starre wirkte sie irgendwie … unterdrückt. Ja, das umschrieb es wohl am besten – und auch wieder nicht. Nun, Minnie hatte ja auch nicht gerade viel zu der Unterhaltung beigetragen – und genau da lag der Hund begraben.

In den wenigen Minuten ihrer Unterhaltung hatte Ruben den Eindruck gewonnen, dass die Nichte nur dann zu sprechen hatte, wenn die Tante es gestattete. Und auch dann nur das, was der Tante strenger Zensur gerecht wurde. Doch Minnie selbst stand in krassem Gegensatz zu dieser Diktatur, oder besser gesagt waren es ihre Augen. Denn während der ganze Körper in Mimik und Gestik eins war, so schienen ihre Augen etwas ganz anderes ausdrücken zu wollen: als würde sich ein verängstigtes, eingeschüchtertes kleines Kind gegen die gestrenge Erziehung ihrer unbarmherzigen Verwandten aufbäumen wollen.

Ruben lief ein kalter Schauer über den Rücken. Wurde Minnie etwa von der Giftschlange misshandelt? War sie deswegen so starr und ... puppenhaft?

Erneut spähte er vorsichtig in den Rückspiegel, nur um zu demselben Schluss wie zuvor zu kommen: Wo auch immer er hier hineingeraten war, konnte Ruben nicht sagen. Doch war er gewiss nicht schlecht beraten, seine Sinne in erhöhter Alarmbereitschaft zu lassen.

Vivienne wusste, dass er sie beobachtete. Dank der Tante eisernem Griff konnte sie ihn zwar nicht sehen, doch sie konnte spüren, dass er sie ansah. Immer wieder ließ er seinen Blick zu ihr und der Hexe neben ihr wandern, als wollte er sich vergewissern, dass die beiden keinen Unfug anstellten. Zudem hatte er die ganze Fahrt über kein einziges Wort verloren. Nicht einen Mucks von sich gegeben.

Nun, wer konnte es ihm auch schon verübeln?

So wie die Hexe ihn behandelt hatte, konnten sie froh sein, dass er sie nicht einfach sitzen gelassen hatte – Vivienne hätte das an seiner Stelle gewiss so gemacht. Doch dieser Ruben Jakobsson hatte wohl etwas mehr Anstand. Und doch hatte er Guinevere glatt anrennen lassen – ein Umstand, der Vivienne paradoxerweise mit Stolz erfüllte. Nicht viele ließen Guinevere ihre eigene Medizin kosten und kamen ungestraft davon, aber dieser Immobilienmakler war wohl aus etwas anderem Holz geschnitzt.

Nichtsdestotrotz würde es ihn im Endeffekt das Leben kosten.

Dies war der Gedanke, der Vivienne nun schon seit Stunden auf Trab hielt. Gefangen wie der Geist in der Flasche blieb ihr ja auch nichts anderes übrig, als sich die endlos scheinende Fahrt mir Gedankensport zu vertreiben. Auch wenn dieser Zeitvertreib an schieren Masochismus grenzte, aber was sollte Vivienne denn sonst mit sich anfangen? Also grübelte sie wie besessen über der Hexe letzte Botschaft nach.

Den anfänglichen Schock über Guineveres Unheil bringende Worte hatte sie ja noch erstaunlich schnell überwunden. Schon nach Kurzem waren es Zorn, Hass und Frust, die einander abwechselten, in dem emotionalen Durcheinander, das Vivienne die Seelenruhe raubte. Doch je mehr sie über die möglichen Auswirkungen von Guineveres Worten nachdachte, desto weniger Zuversicht spiegelte sich in ihren Gedanken. Je länger sie das Für und Wider gegeneinander abwog, desto aussichtsloser erschien ihr die Situation. Und schließlich machte sich das Gefühl breit, das ihr die Endgültigkeit der Worte vor Augen führte: Trauer.

Es war aber nicht die Sorge um ihr eigenes verkümmertes Leben, das Vivienne betrübte. Nein, ihr Mitgefühl galt diesem Ruben Jakobsson. Nichts ahnend war er in den Strudel der Hexe Machenschaften geraten und sollte auch noch mit seinem Leben dafür büßen.

Was hatte er denn schon getan, um bei der Hexe in Ungnade zu fallen?

War es denn seine Schuld, dass ausgerechnet er dieses verflixte Anwesen im Angebot hatte? Er wusste doch nicht, auf was er sich da eingelassen hatte – bloß, der Hexe war dies alles egal. Kaltblütig hatte sie seine Hinrichtung geplant. Hatte seinen Tod als fixen Bestandteil in ihrem Plan des Grauens aufgenommen, ohne auch nur mit der Wimper zu zucken. Nicht einen einzigen Gedanken hatte sie verschwendet, um seines Lebens willen einen anderen Weg zu finden. Sein Tod war von Anfang vorgesehen – und unumstößlich.

Und Vivienne konnte nichts tun, um dies zu verhindern. Als Gefangene in einem fremden Körper war sie dazu verflucht, hilflos mit anzusehen, wie dieser unschuldige Mann dazu verdammt war, sein Leben der Hexe zu opfern.

Dieser Umstand war es schließlich auch, der Vivienne in Tränen ausbrechen ließ. Sie heulte hemmungslos, ließ ihren Gefühlen freien Lauf – und doch verließ keine einzige Träne ihren angestammten Platz. Kummer und Sorge konnten ihren Weg nach draußen nicht finden – wie denn auch, wo doch Guinevere die Körperfunktionen ihrer Nichte fest im Griff hatte. Also focht Vivienne ihren Kampf dort aus, wo er stattfand: tief in ihrem Inneren, still, allein und ungehört.

Nicht so ganz allein und ungehört freilich, als sie es gerne gehabt hätte. Doch die Hexe zog es diesmal wenigstens vor, sich aus den Angelegenheiten ihrer Nichte herauszuhalten. Nein, eigentlich hatte sie ein noch weit schlimmeres Folterwerkzeug gefunden, als die direkte Einmischung. Die Hexe offenbarte Vivienne ihre eigenen Gedanken zu diesem Thema. Und dieses elendige Gräuel genoss es sogar, sich in dem hilflosen Schmerz ihrer Nichte zu baden. Sie genoss es, die Allmacht über Leben und Tod zu besitzen.

Die alles beherrschende Macht über Sein oder Nichtsein.

Das also war der Plan?

Vor Kurzem noch hatte Vivienne über die Banalität dieses Gedankens gelacht. Doch war es tatsächlich von Anfang an der Plan der Hexe gewesen. Das war es, worauf Guinevere seit Hunderten von Jahren gewartet hatte.

Das war der Grund, warum Vivienne auch noch immer am Leben war! Die Hexe brauchte sie, um an den Ort ihrer Geburt zurückkehren zu können – denn genau hierhin musste sie zurück, um ihr magisches Erbe antreten zu können. Ein Erbe, das sie zur einzig existierenden Übermacht im magischen Universum erheben würde.

Ein kalter Schauer durchlief Vivienne, als sie die Bedeutung dessen realisierte. Zum ersten Mal, seit sie denken konnte, hatte sie tatsächlich Angst vor Guinevere. Allzu deutlich hallten die letzten Worte der Tante erneut in Viviennes Kopf wider:

… ich werde den Esel doch nicht töten, ehe er die Last den Berg hinaufgetragen hat …

Die Worte, deren Botschaft nicht unmissverständlicher hätte sein können. Aber plötzlich, ohne Vorwarnung, veränderte Viviennes Körper seine Position. Allem voran reckte ihr Kopf sich in eine andere Richtung, sodass sie in einiger Entfernung die Silhouette eines palastartigen Gebäudes ausmachen konnte. Das also war es: Rosebound Heights, die Geburtsstätte des ultimativen Bösen.

Auf einmal schlug Vivienne die Angst bis zum Hals hinauf, kroch ihr durch Mark und Bein, während ihr das Unabwendbare bewusst wurde: Nur noch wenige Augenblicke trennten den Esel vom Gipfel des Berges.

Das Ziel der Reise rückte unaufhaltsam näher, und mit ihm die Stunde ihres Todes.

Ruben war regelrecht erleichtert, als er endlich die Umrisse des Anwesens ausmachen konnte. Die letzten Stunden glichen mehr einer Folter denn einem angenehmen, abwechslungsreichen Arbeitstag. Wenn man es genau betrachtete, war der ganze Tag eine einzige Tortur gewesen. Doch konnte er die Schuld daran nicht seiner Kundschaft in die Schuhe schieben – nicht ausschließlich jedenfalls.

Aber die humorlose Lady und deren Nichte konnten ja nichts dafür, dass Ruben sich so nebenbei auch noch mit einem – allem Anschein nach – senilen alten Mann herumschlagen musste. Doch das war ein Thema, worüber er lieber nicht nachdenken wollte. Eigentlich war Ruben sogar froh, durch die neue Kundschaft zumindest gedankliche Ablenkung gefunden zu haben – auch angesichts der Tatsache, dass sich durch deren Anwesenheit im Prinzip nur noch mehr Fragen auftaten.

Wie dem auch sei, Rosebound Heights war bereits zum Greifen nahe, und Ruben musste zumindest so tun, als ob er ein Geschäft zum Abschluss bringen wollte. Sei konzentriert. Sei fokussiert! Und dies bedeutete in diesem speziellen Fall nun einmal, über den eigenen Schatten zu springen und der Giftschlange Honig ums Maul zu schmieren. Außerdem war es schon am Dunkelwerden, und Ruben hatte keine Ahnung, ob die Lady überhaupt noch zum Anwesen wollte oder doch lieber gleich ins Hotel.

Obwohl, eigentlich stand ja außer Frage, *wohin* Mylady wollten, oder nicht?

Doch aus der hinteren Reihe des Bentley regte sich nach wie vor kein Lebenszeichen. Zum wiederholten Male ließ Ruben seinen Blick in den Rückspiegel schweifen, aber die Lady schien noch immer zu schlafen. Nicht so Minnie, sie hatte sich tatsächlich bewegt und starrte nun geradewegs auf das Ziel ihrer Fahrt.

„Rosebound Heights, in seiner vollen Pracht, Mylady", versuchte er die Aufmerksamkeit von Minnie auf sich zu lenken – nicht zuletzt auch in der Hoffnung, dass sie ihm ihren Namen noch einmal nennen würde. Denn den hatte er vor lauter Minnie leider völlig vergessen!

„Mylady ist meine Tante", kam prompt die Antwort aus dem Fond. „Ich bin lediglich Estelle."

„Nun, *lediglich* Estelle, vor uns sehen Sie das Ziel Ihrer Reise."

„Ja, das erkenne ich auch, Herr …"

„Bitte, nennen Sie mich doch Ruben", unterbrach dieser. „*Lediglich* Ruben."

„Nun denn, *lediglich* Ruben, wie lange denken Sie, werden wir wohl noch brauchen?"

Instinktiv sah er in diesem Moment wieder in den Spiegel und blickte geradewegs in ihre Augen. Und da war es wieder, dieses eigentümliche Flehen in ihrem Blick, das Gefühl, dass sie eigentlich etwas ganz anderes sagen wollte, aber nicht konnte. Durfte. Was auch immer. Doch der Augenblick währte nur kurz. Als fühlte sie sich ertappt, wandte sie abrupt ihren Blick von dem Spiegel ab. Ruben selbst fühlte sich peinlich berührt, doch die Kleine schien die Situation geschickt zu übergehen.

„Wie lange noch?", wiederholte sie ihre Frage im fast schon nervenden Tonfall eines gelangweilten Kindes, ehe sie mit der endlosen Weisheit einer Hundertjährigen fortfuhr. „Wissen Sie, mir ist es ja egal, nur meine Tante ist da sehr pingelig. Aber vielleicht wollen Sie ihr nachher selbst erklären, weshalb sie nicht zeitgerecht geweckt wurde?"

Ja, das wäre mal eine nette Abwechslung!

„Zwanzig Minuten noch bis zum Haupttor", ignorierte Ruben sein Inneres.

„Na bitte, war doch nicht so schlimm, oder?", plapperte Minnie ungerührt weiter. „Dann hat Tante Vivienne ja noch einige Minuten für sich."

Und während die kleine Lady wieder in ihre vorherige Position zurückrutschte, hatte Ruben alle Mühe, seine Verwirrung unter Kontrolle zu halten. Denn eines war er sich plötzlich ganz sicher: Hier passte rein gar nichts zusammen!

Minnie, oder besser gesagt *Estelle*, war doch so unecht wie eine Zwei-Pfund-Note!

Die Kleine sah aus wie fünfzehn, redete aber, als wäre sie mindestens schon fünfzig. Sie war gekleidet wie ein Kleinkind, während ihre Körpersprache die anmutige Eleganz einer erwachsenen Frau widerspiegelte. Und dann noch diese Augen, dieser Blick, mal dominant und herausfordernd und im nächsten Moment verletzlich und fast schon angstvoll.

Das konnte doch nur ein übler Scherz sein!

Ruben rechnete fast schon damit, dass jeden Augenblick ein Kamerateam von irgendwoher auftauchte und jemand „reingelegt!" rief – doch nichts dergleichen geschah.

Nicht mehr lange, alter Kumpel, dann sind wir die beiden los!

Doch Ruben wusste, dass es nicht ganz so einfach werden würde. So wie es aussah, erwartete Mylady trotz der späten Stunde gewiss noch eine Führung, und dann musste er die beiden noch in das Hotel zurückkutschieren, und erst dann konnte er den heutigen Tag als erledigt abhaken – sofern Mylady nicht auch noch Sonderwünsche hatte. Und selbst dann war von „los sein" noch lange nicht die Rede, denn Ruben konnte sich beim besten Willen nicht vorstellen, dass diese Lady eine Frau von schnellen Entschlüssen war. Viel mehr befürchtete er, dass sie sich von ihm beknien und anbetteln lassen wollte, um dieses verdammte Anwesen doch endlich um einen noch dazu viel zu günstigen Preis zu erstehen.

Ja, in ungefähr dieser Kategorie von Kundschaft konnte Ruben sich Mylady vorstellen.

Und dann war da so ganz nebenbei ja auch noch die Tatsache von einem zweiten Interessenten für Rosebound Heights. Eine kleine Nebensächlichkeit, die zu erwähnen Ruben bisher doch glatt vergessen hatte!

Doch bald schon würde er dazu Gelegenheit bekommen, denn schon lenkte Ruben den Wagen auf den Kiesweg, der zum Anwesen hinaufführte. Kurz haderte er mit seinem Inneren, ob er Mylady auf den letzten Metern vielleicht ein wenig wachrütteln sollte, entschied sich dann aber doch für den sanfteren Fahrstil. Das kindische Verlangen in ihm war zwar groß, und die Bestie stichelte nicht minder. Doch wie lautete das alte Sprichwort: Der Klügere gibt nach – und auch wenn Ruben oft impulsiv oder leichtsinnig handelte, dumm war er bestimmt nicht!

Guinevere war gut gelaunt wie selten zuvor. Die ganze Fahrt über hatte sie die Illusion der schlafenden Lady aufrechterhalten, während sie zugleich die Fäden ihrer kleinen Marionette geführt, deren Leid noch verstärkt und natürlich den Makler im Auge behalten hatte. Doch hauptsächlich hatte sie sich tatsächlich ausgeruht. Schließlich wollte sie den Moment der Heimkehr in jeder Hinsicht genießen, und nicht vor Erschöpfung in die Knie sinken – sprichwörtlich natürlich nur. Und nun war es endlich so weit. Der lang ersehnte Moment ihrer Rückkehr war gekommen. Instinktiv spürte Guinevere den exakten Augenblick, als der Bentley das schmiedeeiserne Hauptportal nach Rosebound Heights passierte. Wie auf Kommando öffnete sie ihre Augen und blickte zum ersten Mal seit über vierhundert Jahren wieder auf ihr Zuhause.

Es war ein Gefühl, dessen Beschreibung nicht in Worte zu fassen war.

Nach all den aussichtslosen Jahren, den Jahrhunderten qualvollen Wartens, war dies die großzügige Belohnung ihrer endlosen Geduld. Nun endlich war sie am Ziel ihrer Reise angelangt. Dort, wo sie von Geburt her rechtmäßig hingehörte, wo die ultimative Magie ihrer Ahnen nun bald schon ihr Eigen sein würde. Dort, wo ihr angestammter Platz war, wo sie immer schon hätte sein müssen – von wo man sie in erster Linie niemals hätte vertreiben dürfen!

Guinevere kämpfte den Anflug von Verbitterung nieder. Dies war nicht der Moment für sentimentale Ausflüge in die Vergangenheit. Hier und jetzt tat sich ihre Zukunft auf. Die Stunde des Triumphs war nah, sie spürte es so deutlich wie nie zuvor. Aber noch war nicht aller Tage Abend – eine winzige Sache galt es noch zu klären, ehe Guinevere die Welt der Magie ein für alle Mal für sich beanspruchen konnte.

Fast schon widerwillig löste die Hexe ihren Blick von Rosebound Heights und betrachtete stattdessen das Profil dieses Maklermenschen. So gerne sie ihn auch schon jetzt und auf der Stelle entsorgt hätte, sie musste sich noch ein wenig gedulden. Denn um einen ordinären Mord zu begehen, nein, dazu war sie sich nun wirklich zu gut. Der Junge würde einen sauberen, magischen Tod erleiden. Doch dazu musste Guinevere eben erst sicherstellen, dass des Vaters Bann tatsächlich aufgehoben war.

Was hatte der liebeskranke alte Narr sich nur dabei gedacht?

Instinktiv drangen des Vaters verheerende Worte in der Hexe Bewusstsein:

Gepflanzt in Liebe, die Blätter einst rot,
die Rose sich färbt in Schande und Not.
Der Rose Kleid nun schwarz in Trauer,
bis Liebe und Tod durchbrechen ihre Mauer.
Still sie durchdringen die Nacht
und geben zurück die Lanze der Macht.
Die stolze Rose nun wieder trägt Rot,
Schande und Trauer sind eins mit dem Tod.

Eins mit dem Tod – wie sehr sie doch auf diesen Moment gewartet hatte! Wirklich schade war nur, dass Guinevere selbst nichts zu dieser Vereinigung betragen durfte, aber man konnte eben nicht alles haben! Doch sie durfte sich auch nicht zu früh freuen. Erst wenn sie die Veränderung mit eigenen Augen sehen konnte, durfte sie sich in hundertprozentiger Sicherheit wähnen.

Und erst dann durfte sie wieder ungefährdet und vor allem uneingeschränkt Magie anwenden. Andernfalls konnte ihr kleiner Trick mit dem Hüllentausch womöglich doch noch umsonst gewesen sein. Und nun, wo sie sich schon so an diesen wundervollen Körper gewöhnt hatte, wollte Guineverenur ungern riskieren, dass dieser in tausend kleine Fetzen flog!

Aber eins nach dem anderen. Auch wenn sie ihn noch nicht töten konnte, so wollte die Hexe den Makler doch zumindest so schnell wie möglich wieder loswerden ...

„Ah, Mylady wären also auch schon erwacht!" Der Makler hatte sich unerwartet im Sitz umgedreht und sah sie nun mit unverhohlener Arroganz an. „Perfektes Timing würde ich sagen, wir haben soeben die endgültige Parkposition erreicht."

Tja, vor wenigen Tagen noch hätte eine derart impertinente Respektlosigkeit Guinevere außer Rand und Band gebracht. Aber angesichts dessen, was sie in Kürze zu erwarten gedachte, kostete es sie lediglich ein herablassendes Lächeln. „Junger Mann, verwechseln Sie ihr Automobil nicht mit einem Flugzeug."

Ja, sie war sogar imstande, einen Scherz darüber zu machen – wie belebend das Gefühl nahenden Triumphs doch sein konnte! Doch anstatt sich weiter damit aufzuhalten, richtete die Hexe ihren Blick auf die Nichte.

„Estelle, mein Täubchen, wärst du wohl so gut mir aus dem Wagen zu helfen?" Und ein wenig leiser, aber dennoch für alle im Auto gut zu hören fügte sie hinzu: „Nach der anstrengenden Fahrt wollen wir unseren Chauffeur doch nicht mehr mit solchen Nebensächlichkeiten überfordern, nicht wahr, mein Kind?"

„Gewiss nicht, liebste Tante." Und schon sprang die gehorsame Nichte aus dem Bentley und tat wie ihr geheißen.

Ruben traute seinen Augen nicht – und seinen Ohren fast noch weniger. Was immer hier auch zwischen Tante und Nichte vor sich ging, die Giftschlange hatte Minnie eindeutig an der Kandare. Das war auf keinen Fall mehr abzustreiten. Aber im Prinzip konnte es ihm ja völlig egal sein, ob und was für ein Problem die beiden hatten. Und sich in private Angelegenheiten Fremder einzumischen, stand ihm erst recht nicht zu – nicht solange niemandem Gewalt angetan wurde. Und diesen Eindruck hatte Ruben nicht. Nichtsdestotrotz tat ihm die Kleine leid ... Doch da unterbrach ein ungeduldiges Klopfen an das Fahrerfenster seine Gedanken.

In der Erwartung, der Lady höriger Nichte Gesicht zu sehen, drehte Ruben sich freundlich lächelnd zur Seite. Leider blickte er stattdessen nun geradewegs in die eiskalten Smaragdaugen von Mylady höchstpersönlich.

Komm schon, alter Kumpel, das Miststück hat es doch verdient!

Auch wenn ihm das Lächeln fast auf den Lippen gefroren wäre, Ruben konnte der Versuchung diesmal nicht widerstehen. Für einen winzigen Augenblick lächelte er einfach nichtssagend weiter und ließ die Lady wie bestellt und nicht abgeholt vor dem Wagen stehen – ehe er die Tür schwungvoll aufstieß und sich aus dem Sitz schälte.

„Mylady, wie kann ich dienen?", versuchte er ein drohendes Unwetter abzuwenden, auch wenn es ihm mittlerweile kaum noch gelang, seine Verachtung für diese Person aus seiner Stimme zu halten.

Warum denn? Die Giftschlange soll ruhig wissen, was wir von ihr halten!

„Schlüssel", war alles, was Guinevere ihm zur Antwort gab. Ja, aus diesem einen Wort war mehr als deutlich herauszuhören, was *sie* von *ihm* hielt.

„Wie bitte?" Ruben war nun doch etwas durcheinander. Die Hexe jedoch streckte ihm erwartungsvoll die Hand entgegen und vertiefte ihren herablassenden Blick. „Junger Mann, was denken Sie wohl, wie ich die Tür öffnen soll, wenn Sie mir nicht die Schlüssel dafür aushändigen?"

Und obwohl sie zu ihm aufsehen musste, fühlte Ruben sich in diesem Augenblick doch tatsächlich klein. Aber er schüttelte diese eindeutige emotionale Verwirrung ab und bemühte sich den letzten Funken Selbstbeherrschung nicht auch noch zu verlieren ...

Na, komm schon, du Waschlappen. Zeigen wir der grünäugigen Kanaille doch mal, was Respekt bedeutet!

… ein Unterfangen, das dank der außerordentlichen Motivation seines inneren Freundes nicht gerade ein leichtes war. Aber Ruben behielt die Kontrolle. „Nun, Mylady, angesichts der späten Stunde ging ich davon aus, dass wir die Besichtigung der inneren Räumlichkeiten …"

„Mein lieber Herr Jakobsson, das war doch Ihr Name, nicht wahr?", unterbrach Guinevere barsch seine Erklärung. „Nun, wie dem auch sei, es tut mir außerordentlich leid, aber sowohl meine Zeit als auch meine Geduld sind sehr begrenzt. Auch interessieren mich ihre Beweggründe rein gar nicht. Und das Denken, das überlassen Sie bitte getrost denen, die dafür bestimmt sind. Und nun seien Sie so gut und holen mir meine Schlüssel!"

Guinevere ließ ihren Worten noch eine abfällige Handbewegung folgen, ehe sie auf dem Absatz kehrtmachte und mit der Nichte im Schlepptau wie ein Wirbelwind durch den Torturm hindurchfegte. Zurück blieb ein doch ziemlich perplexer Ruben.

Ich sage, machen wir dieses Weibsstück alle!

„Ruhig Blut, mein Freund", murmelte Ruben zu sich selbst. „Immer nur die Ruhe bewahren. Soll sie doch ihr Gift versprühen, aber wir machen uns deswegen bestimmt nicht die Finger schmutzig!" Und während er zusah, wie die Lady ihre Schritte zielstrebig auf das Herrenhaus zulenkte, machte Ruben sich auf, um die Schlüssel zu holen.

Keine zwei Minuten später war er wieder bei seiner Kundschaft angelangt. Sowohl Minnie als auch die Giftschlange von Tante standen fast schon gehorsam vor der riesigen Eingangstür und warteten auf das, was Ruben in Händen hielt. Also tat er sein Bestes, um die Sache möglichst unbeschadet hinter sich zu bringen.

„Nun denn, meine Damen, wenn Sie gestatten, so übernehme ich die Führung durch die Räumlichkeiten." Mit diesen Worten zwängte er sich regelrecht durch die beiden hindurch, um an die Tür zu gelangen. „Und wenn Sie meiner *Führung* überdrüssig sind, dann *zögern* Sie nicht mir Bescheid zu geben, und ich bringe Sie selbstverständlich sofort in ihr Hotel." Sodann steckte Ruben den Schlüssel in das Schloss. Doch ehe er diesen umdrehen konnte, ließ ein Geräusch aus dem Hintergrund ihn mitten in der Bewegung erstarren. Ein Geräusch, das ihm durch Mark und Bein ging, das ihn erinnerte an seinen ultimativen Albtraum: das dämonische Grollen eines Monsters.

Schlagartig tauchte die blutverschmierte Visage vor Rubens geistigem Auge auf. Fast erwartete er, sie vor sich zu sehen, als er sich langsam umdrehte. Aber nicht das blutverschmierte Monster seiner Albträume funkelte ihn giftsprühend an, sondern lediglich Lady Thornton.

„Wie bitte?", hisste sie, mehr Schlange denn je. Doch sonst gab es keinerlei Hinweise auf etwaige Monster. Aber Ruben war dennoch aus der Bahn geworfen.

„Ähm ... Wie meinen?"

„Hotel? Sie erwarten doch nicht ernsthaft, dass ich in einem Hotel absteige!", zischte Guinevere mit vor Abscheu nur so triefender Stimme.

„Aber ... Mylady ..." Ruben verstand die Welt nicht mehr. Was war denn daran nun schon wieder verkehrt? „... also, Sie müssen meine Verwirrung verzeihen, aber das ist das übliche Prozedere."

„Pro-ze-de-re?", betonte sie jede einzelne Silbe mit blanker Verachtung. „Ich bin nicht hier um irgendeiner, meiner unwürdigen Etikette zu folgen. Ich werde von nun an hier leben, und *Sie,* junger Mann, werden mir dabei nicht im Wege stehen." Als wollte sie ihren Worten mehr Nachdruck verleihen, machte Guinevere dabei einen Schritt auf ihn zu.

Wenn Blicke töten könnten, wäre Ruben wohl an Ort und Stelle zu Staub zerfallen, dessen war er sich sicher. Doch ebenso sicher war er sich seiner geschäftlichen Vorgehensweise. Und diese Lady brauchte nicht zu glauben, dass Ruben ihretwegen die Regeln der Firma verdrehte. Ohne mit der Wimper zu zucken, baute er sich zwischen ihr und der Tür auf. Breitbeinig und die Arme vor der Brust verschränkt stand er nun vor ihr, bereit alles zu tun, was es erforderte, um dieser Lady seine Absichten begreiflich zu machen.

„Mylady, bei allem nötigen Respekt, aber diesmal werden Sie sich schon an meine Regeln halten müssen", begann er in gefährlich freundlichem Tonfall. „Ich habe keineswegs vor Ihrem

Anliegen im Wege zu stehen, doch fürchte ich, dass auch *Sie* erst einen gültigen Kaufvertrag unterzeichnen müssen, ehe Sie eine meiner Immobilien beziehen können."

Und plötzlich wanderten Guineveres Mundwinkel nach oben. Langsam, aber stetig wich ihr bösartiger Gesichtsausdruck einem breiten, strahlenden Lächeln.

„Werter Herr Jakobsson, ich schätze Ihr Bemühen um eine korrekte Vorgehensweise, das dürfen Sie mir getrost glauben", säuselte sie in völlig verändertem Tonfall. „Doch hätten Sie besser Ihre Hausaufgaben gemacht."

Mit diesen Worten zauberte sie eine dünne Rolle Papier aus ihrem Mantel und klopfte damit an Rubens verschränkte Arme. „Dieses Schriftstück hier wird Ihnen bestätigen, dass dieses Anwesen keineswegs *Ihre* Immobilie ist. Und nun seien Sie so nett und machen den Weg frei."

Als Ruben sich nicht bewegte, klopfte Guinevere erneut mit der Rolle an seine Arme – einmal, zweimal, dreimal. Und mit jedem Klopfen wurde er einen Schritt zur Seite gedrängt. Als ob die Rolle ein Besen wäre und Ruben der Staub, den sie vom Eingang fegen wollte.

Bildete er sich das nur ein, oder geschah es wirklich?

Doch die Lady hatte die Tür erfolgreich für sich eingenommen und steckte Ruben nun die Papierrolle einfach zwischen die Arme.

„Sollte es noch irgendwelche Fragen geben … Sie wissen ja, wo Sie mich finden!" Mit diesen Worten drehte Guinevere den Schlüssel um und öffnete das Tor zu ihrem Zuhause. Sogleich zog sie die auf stumm geschaltete Nichte zu sich heran und schubste sie in das Innere des Gebäudes, ehe sie sich anschickte ihr zu folgen.

Auf der Schwelle drehte Guinevere sich allerdings noch einmal um und ließ ihren musternden Blick über Ruben gleiten. Schließlich fixierten sich ihre Augen auf die seinen, und ein triumphierendes Lächeln bahnte sich den Weg zu ihren Lippen, ehe sie ihren Blick abwandte. Doch erneut hielt Guinevere inne, bevor sie die Schwelle nach Rosebound Heights komplett überschritt. Sie richtete sich kerzengerade auf und sprach, allerdings ohne sich noch einmal umzudrehen.

„Und wenn ich Ihnen noch einen letzten Rat geben darf: Sehen Sie zu, dass Sie bis morgen um diese Zeit von meinem Grund und Boden verschwunden sind, oder Sie werden es bitter bereuen!"

Mit diesen Worten trat sie in die Halle, während die schwere Tür hinter ihr wie von Zauberhand in das Schloss zu fallen schien und Ruben somit jegliche Möglichkeit einer Antwort verwehrt blieb.

Wie versteinert stand er vor dieser dämlichen Tür und starrte darauf, während es in seinem Verstand drunter und drüber ging. Abgesehen davon, dass er gerade zum zweiten Mal von dieser Person wie ein aufsässiges Kind zurechtgewiesen wurde, hatte sie ihn nun auch noch ganz offen bedroht.

Und zum wiederholten Male fragte Ruben sich, wo er da nur hineingeraten war.

Ungläubig schüttelte er den Kopf, machte auf dem Absatz kehrt und setzte sich in Richtung seines Quartiers in Bewegung. Dabei fiel die Rolle Papier zu Boden. Ruben sah sie einen Augenblick lang angewidert an, hob sie schlussendlich aber auf. Nun doch von Neugier gepackt, rollte er das Stück Papier auf, um seinen Inhalt zu überprüfen. Und tatsächlich, es handelte sich um eine Urkunde, die zugunsten einer gewissen „Lady aus dem Hause der Thorntons" sprach.

Seltsame Bezeichnung, dachte Ruben. Kein Vorname, lediglich ein Titel? Aber die Echtheit dieses Dokuments musste ohnehin noch überprüft werden. Ganz so einfach war Ruben dann auch wieder nicht zu verscheuchen.

Also rollte er das Papier wieder zusammen, steckte es in seinen Mantel und machte sich endgültig auf den Weg zu seiner Unterkunft. Aber zufrieden war er ganz und gar nicht mit seiner Situation. Im Gegenteil, sein Dilemma verwandelte sich zusehends in eine echte Katastrophe. Denn selbst wenn diese Urkunde sich als echt erwies, gab es noch immer ein Problem, das Ruben zu klären hatte: Es gab einen zweiten Interessenten für Rosebound Heights.

Was, wenn Tristans Kunde kaufen wollte? Nun, der alte Mann war gewiss erfahren genug, seinen Kunden hinzuhalten. Nur wie sollten sie ihm dann beibringen, dass alles doch eher ein Versehen war? Ein Missverständnis? Dass der rechtmäßige Eigentümer nun doch wie aus dem Nichts aufgetaucht war und seinen Besitz leider für sich zu beanspruchen gedachte?

Und was würde Mylady erst dazu sagen?

Ja, und wo steckte eigentlich Tristan?

Was führte der alte Mann bloß im Schilde? Der ominöse Brief kam Ruben wieder in den Sinn – und mit ihm all die unzähligen Fragen, die sich in seinem Inneren angesammelt hatten. Frustration keimte in ihm auf. Wie um alles in der Welt sollte er dies alles auch noch bis zum morgigen Sonnenuntergang unter einen Hut bringen? Als würde er die Antwort darauf in den Sternen finden, richtete er seinen Hilfesuchenden Blick in den Himmel – und sein Frust wandelte sich augenblicklich in Verzweiflung.

Verdammt und zugenäht!

Da war sie, die Katastrophe, die er befürchtet hatte.

Wie ein Mantel der Verführung breitete sich ihr sanftes Licht über seine Gestalt, liebkoste ihn, ließ sein Innerstes erbeben. Ein Teil von ihm war längst bereit sich ihr hinzugeben, doch noch war ihre Macht zu schwach, um sich seiner ganz zu bemächtigen. Noch hing sie lediglich wie eine unausgesprochene Drohung über ihm. Leuchtete auf ihn herab, um ihn wissen zu lassen, dass sie da war und auf ihn wartete. Und Ruben wusste, dass er sich beeilen musste.

Denn wenn der Mond erst einmal in seiner ganzen Pracht am Himmel stand, gab es nichts mehr, was die Bestie halten konnte!

Kapitel 15

Don Rafael hatte die ganze Nacht lang kein Auge zugetan. Er lag auf seinem Bett und starrte an die Decke. Die Bestie in ihm war aufgewühlt, freudig erregt fast schon. Doch war es nicht die bloße Vorfreude auf eine mögliche Hexenjagd, die seinen inneren Freund in Verzückung versetzte. Nein, dafür gab es einen weitaus primitiveren Grund: Der Mond stand kurz davor, seine Rundung zu vollenden – und selbst die vorgezogenen Gardinen konnten nicht verhindern, dass sein Unheil bringender Schein das Zimmer erhellte.

Dieser nicht ganz nebensächliche Aspekt verlieh den Prioritäten des Don Rafael eine neue Wertigkeit.

Zwei, höchstens drei Tage noch blieben ihm, ehe sein Innerstes sich unaufhaltsam nach außen kehren würde. Die Bestie hatte bereits ihre Krallen ausgefahren und kratzte an der Oberfläche. Der Drang, sich zu befreien, war groß, enorm groß, um genau zu sein. Aber noch konnte de la Renta seinen Freund zurückzwingen. Nichtsdestotrotz war er auch in dieser Phase der Metamorphose bereits eine nicht zu unterschätzende Gefahr für seine Umgebung. Die Bestie war angriffslustig und unberechenbar. Und jeder Millimeter, den der Mond an Umfang zulegte, vergrößerte die potenzielle Gefahr für sein unmittelbares Umfeld.

Don Rafael setzte sich ruckartig auf, erhob sich aus dem Bett und trat vor das Fenster. Schwungvoll zog er die Gardinen auseinander und betrachtete die beginnende Ablöse von Nacht und Tag. Der Mond stand, noch deutlich zu sehen, am Himmel, während sich am Horizont schon zaghaft der Sonnenaufgang abzeichnete. De la Renta dachte an des schrulligen alten Mannes Worte. Dieser wollte sich in ein paar Tagen bei ihm melden, um die weitere Vorgehensweise zu besprechen – doch er hatte keine „paar Tage" mehr.

Die Bestie war unruhig, wild … hungrig. Don Rafael blieben vielleicht noch vierundzwanzig, wenn er Glück hatte achtundvierzig Stunden, ehe das Unheil begann seinen Lauf zu nehmen. Also lag es an ihm zu handeln. Er musste diesen Tristan ausfindig machen und die Formalitäten des Verkaufs über die Bühne bringen. Und das besser noch gestern als heute. Entschlossen wandte er sich vom Fenster ab, um sich sogleich an die Suche zu machen – doch sein Innerstes verlangte nach Aufmerksamkeit … Nun, was konnte es schon schaden. Einen derart banalen Wunsch konnte er wohl kaum ignorieren. Schließlich würde ein wenig Frischluft auch ihm gewiss guttun. Also öffnete Don Rafael das Fenster und inhalierte die kühle, frische Brise, die ihm ins Gesicht blies.

In Wahrheit tat die kleine Erfrischung sogar ausgesprochen gut. Ja, ihm war fast, als würde eine Last von seinen Schultern fallen. Don Rafael tat ein paar tiefe Atemzüge, sog die belebende Essenz bis in die tiefsten Zipfel seiner Lungen – und das Gefühl war regelrecht befreiend. Ihm war, als könnte er zum ersten Mal seit Langem wieder frei und unbeschwert durchatmen.

Du sagst es, alter Freund!

Und ehe er es verhindern konnte, drang der Bestie befreiter Ruf durch die Stille der Dämmerung.

Ruben fuhr erschrocken aus dem Bett. Panisch tastete er sein Gesicht ab, betrachtete seine Hände, seinen gesamten Körper im zarten Schein des Mondes. Aber alles war beim Alten, nichts hatte sich verändert. Noch nicht. Erleichtert ließ er sich auf das Bett zurückfallen. Aber dann war es wieder da, das Geräusch, das ihn aus dem Schlaf hatte schrecken lassen.

Es kam aus dem Nichts und klang wie aus weiter Ferne. Ganz leise und für ein ungeschultes Gehör womöglich nicht einmal wahrnehmbar. Doch dank des nahenden Mondes waren Rubens Sinne geschärft. Die Metamorphose hatte bereits begonnen, zwar noch nicht äußerlich, dafür aber im Inneren. Sämtliche seiner

Sinne waren sensibel bis aufs Äußerste, bereit und empfänglich für jede noch so kleine Veränderung in seinem Umfeld.

Obwohl, als *klein* war diese Veränderung wohl eher nicht einzustufen!

Das ist mein Revier!

Ja, es war eindeutig: Irgendwo in der Ferne heulte ein Wolf. Und das in einer Gegend, in der es von Natur aus keine Wölfe mehr gab. Folglich konnte dies nur eines bedeuten: Eine zweite Bestie hatte sich in diese trostlose Einöde verirrt.

„Himmel, Arsch und Zwirn!", fluchte Ruben laut vor sich hin. Als hätte er nicht auch so schon genug Probleme, nun auch das noch. Tja, viel schlimmer konnte es dann ja wenigstens nicht mehr werden!

Widerwillig schwang Ruben sich aus dem Bett. Ginge es nach ihm, so hätte er die Zeit zurückgedreht und die vergangenen Tage, ja sogar Wochen, einfach ungeschehen gemacht – aber diese Option gab es schlichtweg nicht. Also musste er tun, was zu tun war: sich der Realität stellen und systematisch eines seiner Probleme nach dem anderen lösen. Mit Hilfe von Konzentration und Fokus. Die beiden Verbündeten, die ihn noch nie im Stich gelassen hatten. Ja, und den Anfang würde er mit Tristan machen. Denn wie man es auch drehte und wendete, irgendwie lief immer wieder alles bei seinem alten Mentor zusammen.

Ruben brauchte Informationen über die Eigentumsverhältnisse von Rosebound Heights – Tristan, in seiner Funktion als Verwalter des Anwesens, musste über diese verfügen.

Ruben benötigte Informationen über den zweiten Interessenten und dessen Absichten – nur Tristan konnte damit aufwarten.

Und nicht zuletzt verlangte Ruben nach Informationen über ein gewisses Schreiben – und wieder konnte nur Tristan darüber Auskunft geben, da er es war, der besagtes Schreiben verfasst hatte. Ja, und wenn er all diese Dinge dann endlich in Erfahrung gebracht hatte, *dann* war es an der Zeit, sich all seine anderen Problemkinder vorzunehmen.

Konzentration und Fokus.

Aber Zeit … Das war ein relativer Begriff. Und von Rubens jetzigem Standpunkt aus gesehen, ein relativ kurzer!

Vivienne war ruhelos und panisch wie nie zuvor in ihrem Leben. Von dem Moment an, wo sie Rosebound Heights erreicht hatten, war die Angst ihr einziger, dafür aber kontinuierlicher Begleiter. Die ganze Nacht über hatte sie sich von einer Seite zur anderen gewälzt. Kaum eine Sekunde Schlaf hatte sie gefunden. Und nun, da der erlösende Tag endlich die dunkle Nacht vertrieben hatte, fühlte sie sich von finsteren Schatten verfolgt. Jeden Schritt, den sie tat, war sie versucht, sich ihrer Einsamkeit vergewissernd einen Blick über die Schulter zu werfen. Jede unerwartete Bewegung, die sie wahrnahm, ließ ihr Herz für einen Augenblick lang aussetzen. Wie ein gehetztes Tier versuchte sie sich unsichtbar zu machen, den Augen ihres vermeintlichen Jägers erst gar nicht unterzukommen. Und das alles nur, weil sie das Pech hatte, ihrer Tante Nichte zu sein!

Verfluchte Hexe!

Paradoxerweise sollte Vivienne im Augenblick eher Grund zur Freude haben. Nun gut, das Wörtchen *Freude* war dann wohl zu viel des Überschwangs. Aber so viel stand fest: Seit ihrer Ankunft auf Rosebound Heights war die Hexe wie ausgewechselt. Also … soweit es Vivienne und ihre Gefangenschaft betraf, zumindest. Wobei, wenn man es im rechten Licht betrachtete, hatte sich für Vivienne eigentlich rein gar nichts geändert. Der einzige spürbare Unterschied war der, dass sie sich scheinbar frei bewegen konnte.

Ihre Beine trugen sie plötzlich wieder, wohin *sie* es wollte. Ihre Arme folgten den Anweisungen *ihres* Gehirns, ihre Augen sahen, was *sie* sehen wollte. Kurzum, Vivienne hatte die völlige und alleinige Kontrolle über den Körper, dessen Gast sie war, zurückerlangt. Zudem war von der verhassten Tante weit und breit keine Spur. Weder in ihren Gedanken noch sonst irgendwo war die Hexe zu finden. Vivienne war tatsächlich alleine in dem riesigen Haus. Ganz alleine. Wie ein ausgesetztes Tier, zurückgelassen am Straßenrand. Dennoch war es ein Irrglaube, sich auch völlig frei bewegen zu können.

Die Hexe hatte ihren Zauber lediglich umformuliert.

Viviennes erster Impuls war natürlich die Flucht gewesen. Instinktiv wollte sie das Weite suchen, auch wenn es ihr im Endeffekt wohl nur wenig genützt hätte. Dennoch, lieber auf der Flucht sterben, als im Käfig auf den Tod zu warten – Vivienne hatte ihre Meinung darüber eindeutig geändert.

Aber sie kam nicht weit. Am schmiedeeisernen Tor fand ihr Ausflug in die Freiheit ein jähes Ende. Als prallte sie gegen eine unsichtbare Mauer, wurde sie wenige Meter vor dem ersehnten Ziel einfach zurückgeschleudert. Immer und immer wieder versuchte sie ihr Glück – doch die magische Barriere war stärker.

Also suchte Vivienne das Gelände nach einem anderen möglichen Ausweg ab. Doch wollte sie sich nicht von den Klippen stürzen oder in dem Dornengewirr der Rosenhecke verrotten, so blieb nur eine einzige Möglichkeit – und die war versperrt durch Magie. Die Erkenntnis daraus war durchaus bitter, und letztlich auch schuld an dem fast schon paranoiden Zustand, in dem sie sich nun befand.

Denn egal wie frei und unkontrolliert sie sich bewegen konnte, von Rosebound Heights gab es kein Entrinnen!

Rubens Tag gestaltete sich weit komplizierter, als er gehofft hatte. Jegliche Recherchen über Rosebound Heights verliefen sich im Sand. Ebenso waren seine Versuche, Tristan zu erreichen, allesamt vergeblich. Der alte Mann nahm keinen einzigen Anruf entgegen und antwortete auch nicht auf die unzähligen Nachrichten, die Ruben ihm hinterließ. Genau genommen wusste Ruben ja nicht einmal, wo Tristan sich überhaupt aufhielt. Sein alter Freund hatte keinerlei Information darüber zurückgelassen – wieder einmal. Fest stand nur, dass er sich auf Rosebound Heights definitiv nicht mehr aufhielt. Es sei denn, der gewiefte alte Mann hatte einen Winkel gefunden, in dem er sich vor der grünäugigen Giftschlange verbergen konnte. Aber das war nur kindisches Wunschdenken.

Tristan war, was Geschäftliches anging, immer sehr korrekt. Wenn auch sehr eigen und speziell, aber korrekt. Nach einem Besichtigungstermin zog er sich stets in ein Hotel zurück. Dort wartete er die anberaumte Zeit ab, ehe das Geschäft zum Abschluss kam oder auch nicht. Erst dann machte er sich wieder auf den Weg ins Büro oder die eigenen vier Wände. Deswegen nahm Tristan auch nie mehrere Aufträge auf einmal an. Jeder einzelne Termin war ihm heilig, und er wollte seiner Klientel das Gefühl vermitteln, nur für sie da zu sein. Nun, bei der Preislage, in der sich die meisten Liegenschaften bewegten, war von Massenansturm ohnehin nie die Rede.

Umso mehr hatte es Ruben von Anfang an gewundert, dass Tristan bereit war, nicht nur zwei Termine quasi zeitgleich abzuwickeln. Nein, er hatte sein hochheiliges Amt auch noch an Ruben übertragen, um diese Art der Doppelbesichtigung überhaupt erst zu ermöglichen. Nicht dass Ruben dessen nicht fähig gewesen wäre. Er war nur von jeher schon für die Hintergrundarbeit zuständig, während sein Mentor die persönliche Kundenbetreuung übernahm. So war es Ruben auch immer recht gewesen – für zu viel Kontakt mit der menschlichen Natur war er ohnehin nicht geschaffen. Und genau deswegen wollte diese ganze Sache mit Rosebound Heights einfach nicht so recht ins Bild passen.

Doch zum Philosophieren hatte Ruben keine Zeit mehr. Lösungen mussten her, und zwar schnell. Aber wo sollte er anfangen? In seiner Verzweiflung beschloss Ruben in das Büro nach London zurückzufahren. Wenn er irgendwo Antworten finden konnte, dann gewiss dort. Doch musste er sich sputen. In weniger als zwei Tagen würde er sich in ein blutrünstiges Monster verwandeln – gewiss kein guter Moment, um sich unter Millionen von Menschen aufzuhalten!

Der Entschluss, in die Hauptstadt zu fahren, brachte dann auch prompt die ersehnte Wende – wenn auch gänzlich anders, als Ruben erwartet hatte. Denn bis nach London kam er gar nicht. Genau genommen, war er nicht einmal über die Grenzen von Rosebound Heights hinausgekommen. Ja, im Prinzip war seine Fahrt zu Ende, noch ehe sie begonnen hatte.

Denn als Ruben, abgehetzt und in Eile, wie er war, den Bentley erreichte und sich hinter das Steuer setzte, spürte er etwas unter seinem Hinterteil, das da nicht hingehörte. Schnell war der Übeltäter geborgen, und siehe da, er entpuppte sich als die Mappe, welche ihm Tristan tags zuvor gegeben hatte.

Auch wenn Ruben sich nicht erinnerte, die Mappe auf den Fahrersitz gelegt zu haben, so überraschte es ihn nicht, dass er sie im Auto hatte liegen lassen. Nach den Ereignissen des gestrigen Tages konnte ihn wohl kaum noch etwas überraschen – mit einer Ausnahme. Denn als er die Mappe auf den Beifahrersitz legen wollte, klappte diese auseinander und entledigte sich ihres Inhalts.

Ruben hatte diese Mappe gestern tausendmal hin und her gedreht und nichts, aber auch rein gar nichts außer diesem einen ominösen Blatt Papier darin gefunden. Dessen war er sich zu hundert, ach was, zu tausend Prozent sicher.

Und doch prasselte nun ein regelrechter Blätterregen auf den Sitz zu seiner Linken nieder.

Wie ein Geist auf der Suche nach Erlösung irrte Vivienne nun schon seit Stunden über das Anwesen. Gehetzt und getrieben wie ein Kaninchen bei der Jagd. Doch weder den Jäger konnte sie erspähen, geschweige denn, dass sie tatsächlich gejagt wurde. Bloß alleine der Umstand, dass sie von allen verlassen war und keine Ahnung hatte, was die Hexe von Tante damit bezweckte, trieb sie fast in den Wahnsinn. Ja, auf einmal hatte Vivienne vor dem Alleinsein fast noch mehr Angst als vor dem Tod. Letzterer war ohnehin unabwendbar. Aber die Ungewissheit, die Hilflosigkeit, die sich dadurch noch verschlimmerte, das war mehr, als Vivienne zu ertragen vermochte.

Verzweiflung und Hoffnungslosigkeit ergriffen immer mehr Besitz von ihr, aber dann schien ihr das Schicksal doch noch gnädig gestimmt zu sein. In einiger Entfernung konnte sie die Umrisse einer Gestalt erkennen. Einer sehr großen, sich zügig bewegenden Person. Es war dieser Immobilienmakler, dieser Ruben.

Lediglich Ruben!

Vivienne war noch nie so froh gewesen, einen anderen Menschen zu sehen. Zwar wusste sie, dass auch er ihr gegen der Tante magisches Gefängnis nicht helfen konnte, aber das war nun gar nicht mehr so wichtig. Viel wichtiger war die Tatsache, dass sie nun doch nicht mehr so ganz alleine war in diesem verdammten Albtraum. Und mit *lediglich Ruben* hatte sie zudem einen Verbündeten gegen die Hexe. Zugegeben, er konnte deren Zauber auch nicht durchbrechen, aber Vivienne hatte zumindest einen Leidensgenossen gefunden. Ja, wenn sie schon nicht fliehen konnten, dann mussten sie beide wenigstens nicht mehr alleine sterben.

Obwohl, wie sollte sie ihm das nur beibringen, ohne als völlige Idiotin abgestempelt zu werden?

Augen zu und durch, Vivienne!

Improvisiere!

Während Vivienne noch überlegte, hatte lediglich Ruben bereits den Wagen erreicht und in dessen Innerem Platz genommen. Vivienne ergriff die Panik. Wenn er jetzt wegfuhr, war sie wieder alleine. Aber andererseits … Er konnte Rosebound Heights ja gar nicht verlassen … oder doch? Was sollte sie denn nur tun?

Scheiß drauf, Baby, tu's einfach – er ist deine letzte Hoffnung!

Also begann Vivienne zu rennen, was das Zeug hielt, während sie gleichzeitig versuchte, ihn durch lautes Rufen auf sich aufmerksam zu machen. Doch er zeigte keinerlei Reaktion. Saß einfach im Wagen und bewegte sich keinen Millimeter. Aber Vivienne blieb zuversichtlich. Noch hatte er die Tür auf seiner Seite nicht geschlossen. Sie legte noch ein wenig an Tempo zu, entschlossen, sich wenn nötig sogar vor den Wagen zu schmeißen, um ihn zu stoppen. Doch soweit brauchte sie nicht zu gehen.

Völlig außer Atem, aber eindeutig noch rechtzeitig erreichte sie den Oldtimer. Erschöpft von dem Sprint stützte Vivienne sich schwer atmend an der nach wie vor offen stehenden Tür ab. Die

Worte sprudelten auf einmal nur so aus ihr heraus, und es war ihr einerlei, ob sie sich sinnvoll anhörten oder nicht.

Aber lediglich Ruben zeigte keinerlei Reaktion.

Was zum Henker …?

Ruben stand völlig neben der Spur. Obwohl seine Augen es sahen, konnte, nein, wollte sein Verstand es nicht glauben. Ja, wie denn auch! Es war ja so gut wie unmöglich! Und doch lagen die Beweise für die Realität des Geschehens direkt auf dem Sitz neben ihm.

Verblüffter denn je nahm er ein Blatt nach dem anderen in Augenschein. Und da waren sie, all die Antworten, die Ruben so dringend suchte. Nun, zumindest all diejenigen, die sich auf Rosebound Heights bezogen und die beiden sogenannten Interessenten. Doch Ruben hatte keine Zeit, sich die Unterlagen genauer anzusehen.

Wir kriegen Besuch!

Aber nicht die Giftschlange war damit gemeint, sondern vielmehr Minnie, wie Ruben nach einem schnellen Blick in den Spiegel erkannte. Und sie kam hastigen Schrittes und wild gestikulierend auf ihn zugerannt. Also beeilte er sich, die Blätter einzusammeln und zurück in die Mappe verschwinden zu lassen. Kaum war das letzte Stück Papier verstaut, hörte er auch schon, wie das Schnaufen in Person neben ihm an der Wagentür zu stehen kam.

Ruben atmete noch einmal tief durch, in dem Bemühen, seine Verwirrung nicht zu offensichtlich nach außen zu tragen. Dann drehte er sich langsam zu Minnie um, und … erstauntes Entsetzen zeichnete sich auf seinem Gesicht ab. Doch lag es nicht daran, dass Minnie diesmal in schlichte Jeans, Pulli und Sneaker gekleidet war oder ihr Haar offen trug. Nein, es lag vielmehr daran, dass sie ohne Übertreibung so aussah, als wäre sie auf der Flucht vor dem Tod schlechthin.

Panischen Blickes, kreidebleich und mit dicken Schweißperlen auf der Stirn, stand sie vor ihm, festgekrallt an die Autotür, als hinge ihr Leben daran. Aber das bei Weitem Schlimmste an ihrer Erscheinung war die Tatsache, dass sich ihre Lippen unaufhörlich bewegten in dem Versuch, Worte zu formen – aber kein einziger Ton kam aus ihrem Mund!

Angesichts dessen verschlug es Ruben selbst die Sprache. Einige Sekunden starrte er Minnie einfach nur an, ehe er sich von dem Schreck erholte und die Vernunft wieder an die Macht kam. Sofort sprang er aus dem Auto und packte die Kleine sanft an den Armen.

„Estelle? Ist alles in Ordnung mit Ihnen?"

Doch sie reagierte nicht auf ihn. Sie schien gar nicht zu hören, dass er etwas zu ihr gesagt hatte.

„Estelle, was ist los mit Ihnen? Sind Sie verletzt? Ist Ihnen etwas zugestoßen?"

Keine Reaktion. Stattdessen versuchte sie weiterhin völlig aufgeregt ihrer stummen Botschaft Gehör zu verschaffen. Ihre Lippen bewegten sich unaufhaltsam weiter, während ihre Augen immer größer und ihr Blick immer verzweifelter wurde.

„Estelle!" Ruben rüttelte das zierliche Häufchen Elend vorsichtig. „He, Kleine, es tut mir unendlich leid, aber ich verstehe kein einziges Wort von dem, was du mir sagen willst!"

Da hörten Minnies Lippen abrupt auf sich zu bewegen. Die Panik wich der Traurigkeit, als sie Ruben nun resigniert in die Augen sah.

„Nein, versteh mich nicht falsch. Ich kapier schon, dass du mir etwas Wichtiges mitzuteilen hast. Aber was immer es ist, du bist leider auf stumm geschaltet."

Ob ihres traurigen Blickes von Mitleid gepackt, legte er ihr eine Hand unter das Kinn und hinderte sie somit, ihren Blick von ihm abzuwenden. „Es tut mir leid, Kleine, aber du musst schon den Ton anmachen, wenn du willst, dass ich deine Worte hören kann!"

Minnie zeigte keine Reaktion – abgesehen von der Flut an Tränen, die sich urplötzlich den Weg über ihr Gesicht bahnte.

Vivienne war innerlich am Ende. Sie kochte vor Wut, war maßlos enttäuscht, zutiefst verzagt und restlos frustriert – und das alles auf einmal.

Sie redete sich die Zunge wund, und Ruben der Riese stand nur da und starrte sie an, packte sie und rüttelte sie mitfühlend. Und dann plötzlich ging Vivienne ein Licht auf. Auf einmal verstand sie das volle Ausmaß ihres Schicksals – oder der Tante grausiger Taktik.

Da konnte sie nicht mehr anders, als ihren Gefühlen freien Lauf zu lassen – und diesmal floss tatsächlich das befreiende Nass über ihre Wangen. Doch tief in ihrem Inneren brodelte es. Dort, wo der Hass auf die Hexe am größten war, genau von dort meldete sich ihre innere Stimme:

Ja, rede ruhig drauflos, Vivienne!

Schütte ihm ruhig dein Herz aus, flehe ihn an um Hilfe!

Doch erwarte nicht, dass er dich retten wird, denn … oh, wie schade, das arme Mäuschen hat ja gar keine Stimme mehr!

Na, herzlichen Dank auch – Vivienne fühlte sich, als ob ihr eigener sechster Sinn sie nun auch noch verhöhnte! Auf einmal wollte sie nur noch weg. Weg von diesem Ruben, weg von Rosebound Heights. Weg von allen und allem.

Na los, Vivienne, hau doch ab, wenn du kannst!

Willst du dich lieber in die tosenden Fluten stürzen, oder bevorzugst du einen langsamen, qualvollen Tod in der Rosenhecke!

Na, komm schon, Vivienne, triff endlich eine Entscheidung!

Verdammt aber auch, es hatte keinen Sinn, sich etwas vorzumachen. Sie war und blieb hier gefangen. Doch nur weil dieser Ruben sie nicht hören konnte, hieß es noch lange nicht, dass sie ihm ihr Anliegen nicht verständlich machen konnte.

Mein Gott, es gab doch auch noch andere Wege der Kommunikation!

Was war sie aber auch für eine dumme Ziege!

Statt sich ihrer selbst zu besinnen, hatte sie das Ruder an Panik und Todesangst übergeben. Statt ihre Stärken zu mobilisieren, hatte sie ihren Schwächen den Vorzug gegeben. Als sie am Boden lag, wartete sei verzweifelt auf Hilfe, anstatt sich aus eigener Kraft hochzustemmen.

Doch damit war jetzt Schluss!

Ihr Schicksal mochte zwar besiegelt sein, aber deswegen musste sie es der Hexe ja nicht auch noch leicht machen. Nein, ganz im Gegenteil – ihr Entschluss stand fest: Der Tod war Vivienne gewiss, doch musste sie keineswegs kampflos sterben.

Ganz genau, Vivienne, du hast nichts mehr zu verlieren!

Entschlossen schüttelte sie ihr Kinn und befreite sich aus dem fürsorglichen Griff ihres Gegenübers.

Ruben war die Veränderung nicht entgangen. Eben noch war die Kleine das heulende Elend in Person, und im nächsten Moment war sie wie ausgewechselt. Die Tränen waren schneller versiegt als gekommen, und ihre ganze Körperhaltung zeugte plötzlich von Energie und Willenskraft – zwei Züge, die ihm an Minnie zuvor noch nicht aufgefallen waren.

Doch blieb ihm keine Zeit, ihr Verhalten zu überdenken. Schnell und wendig wie eine Zirkusartistin zauberte sie sich aus seinem Griff und begann sogleich erneut wie wild mit den Armen zu gestikulieren. Diesmal aber konnte Ruben der Fuchtelei einen Sinn abgewinnen. Ihrem stummen Wunsch nachkommend begann er nach einem Stift zu suchen – aber ohne Erfolg. Bedauernd schüttelte er den Kopf.

„Tut mir leid, meine Kleine, aber ich hab nichts zum Schreiben bei mir."

Minnie aber ließ nicht locker. Sie krallte sich an den Revers seines Mantels, schüttelte ihn aufgebracht und formte mit allem Nachdruck ein stummes Wort nach dem anderen.

„Wow, wow, wow, nicht so hastig, kleine Lady!" Behutsam löste Ruben ihre Hände von seinem Mantel und versuchte gleichzeitig, seine Stimme ruhig und wohlwollend klingen zu lassen. „Ich hab schon kapiert, dass du mir etwas Wichtiges zu sagen hast, aber immer schön langsam mit den jungen Pferden."

Minnie jedoch trat einen Schritt zurück, verschränkte ihre Arme vor der Brust und stapfte mit dem Fuß auf, ganz wie ein trotziges kleines Kind. Diese unerwartete Geste ließ Ruben dann doch schmunzeln.

„He, ich sagte doch, dass ich dich verstanden hab." Mit diesen Worten wandte er sich von ihr ab, um die Mappe aus dem Wageninneren zu holen. Kaum dass er sie in Händen hielt, schloss er die Autotür und drehte sich mit einem aufmunternden Lächeln wieder zu Minnie um. „So, und jetzt können wir uns auf die Suche nach einem Stift machen, okay?"

Guinevere stand am Fenster, mit Blick auf den Torturm. Von schlichtester Magie vor allen unbedeutenden Augen verborgen und doch stets präsent, konnte sie ungehindert und vor allem unbemerkt das Wirken ihrer Künste beobachten. In aller Ruhe genoss sie so die letzten Stunden ihres kläglichen Daseins. Was noch vor Kurzem Hoffnung war, hatte sich nun in vollste Zuversicht gewandelt. Nicht mehr lange, und sie würde in eine neue Dimension der magischen Welt aufsteigen. Ja, bald schon würde der neue Träger der Lanze zum ersten Mal in der Geschichte eine Frau sein.

Eine Hexe namens Guinevere!

Wohlwollend verfolgte sie nun mit, wie der Immobilienmakler mit ihrer Nichte durch den Torbogen schritt und die beiden in Richtung der westlichen Befestigungsmauer verschwanden. Sie sah noch einen Augenblick länger aus dem Fenster, ehe sie sich zum Gehen wandte.

Zielstrebig, aber gemächlichen Schrittes, bahnte die Hexe sich sodann den Weg durch das Haus in Richtung Süden. Vor der kunstvollen Glasfront angekommen, hielt sie einen Atemzug lang bedächtig inne, bevor eine einzige Handbewegung ihrerseits die Glaselemente auseinanderschwingen ließ. Mit stolzgeschwellter Brust trat sie sodann hinaus ins Freie und durchquerte den kleinen Garten hin zum Ziel ihrer Begierde.

Im wahrsten Sinne des Wortes, an der südlichsten Spitze von Rosebound Heights wuchs sie. Ragte heraus aus einem einfachen, steinernen Brunnen, der jedoch in seiner Mitte keinerlei Wasser zu versprühen gedachte. An seiner Stelle rankte sie sich empor, zart und zerbrechlich, und doch stark und widerstandsfähig. Geschaffen, um die Jahrhunderte zu überdauern – ganz so wie die Hexe selbst.

Fast liebevoll umrundeten Guineveres Finger die zierliche Pflanze, ohne sie auch nur im Geringsten zu berühren. Ein allseits zufriedenes, ja, beinahe schon verträumtes Lächeln zauberte sich auf der Hexe Lippen. Das Voranschreiten der Ereignisse war unaufhaltsam und vor allem unübersehbar.

In sattem, leuchtenden Rot strahlten Guinevere die Blätter entgegen. Stunde um Stunde hatte eines nach dem anderen nun seine wahre Farbe zurückerobert. Als wollten sie ihre neue Herrin willkommen heißen, zu ihrem Triumph beglückwünschen.

Doch noch war es ein wenig verfrüht, um die Korken knallen zu lassen. Noch hielt sie die Lanze der Macht nicht in ihren Händen. Noch war ihr Schicksal nicht besiegelt.

Denn noch befleckten zwei pechschwarze Blätter der Rose blutrotes Kleid.

Kapitel 16

MEINE TANTE IST NICHT DIEJENIGE, FÜR DIE SIE SICH AUSGIBT!!!
Ruben starrte abwechselnd auf die geschriebene Botschaft und auf Minnie. Letztere sah ihn flehentlichen Blickes an und deutete immer wieder mit dem Stift auf das Papier. Auch wenn er instinktiv geahnt hatte, dass hier etwas nicht mit rechten Dingen zuging, so wusste er nun doch nicht so genau, was er mit der Nachricht anfangen sollte. Unschlüssig heftete er seinen Blick schließlich ganz auf Minnie. „Wie kann ich helfen?" Zwar hatte Ruben keine Ahnung, was er für die Kleine tun konnte, doch hängen lassen wollte er sie auch nicht. Irgendwie tat sie ihm einfach leid und … Ja, er wusste eben, wie es war, ganz alleine auf der Welt dazustehen.

Doch Minnie war keine große Hilfe. Sie hob wohl in einem Anflug von Frustration die Arme und verzog das Gesicht zu einer „Wohersollichdaswissen?"-Grimasse. Ruben schenkte ihr einen tadelnden Blick. „Okay, Kleines, ich bin gerne bereit dir zu helfen, so gut ich kann, aber du musst mir schon ein wenig entgegenkommen." Bei aller Nächstenliebe, er hatte auch noch einige andere Dinge zu erledigen – ganz abgesehen von dem winzig kleinen Zeitproblem, das er zu bewältigen hatte. Und so wie es aussah, musste er der Kleinen die Antworten auch noch aus der Nase ziehen.

„Also, lass uns doch mal Klartext sprechen: Wird dir Gewalt angetan?" Ruben sah Minnie eindringlich an, doch diese rollte bloß mit den Augen. Dann aber begann sie doch eine Antwort zu schreiben.

NICHT DIREKT.

Nun war es an Ruben, mit den Augen zu rollen – was sollte das denn nun wieder bedeuten? Er atmete tief durch und versuchte es von Neuem. „Süße, du musst dich schon klarer ausdrücken! Wirst du misshandelt, wurdest du entführt, gib mir irgendeinen Hinweis!"

Minnie sah ihn einen Augenblick lang mit großen verzweifelten Augen an, ehe sie wieder zu Stift und Papier griff.

ES IST NICHT SO, WIE DU DENKST.

„Ja, das sagen sie alle", versuchte Ruben wieder etwas einfühlsamer einzulenken. „Aber du musst deine Tante nicht in Schutz nehmen, hörst du." Er legte eine kleine Pause ein, um ihr Zeit zu geben, etwas darauf zu erwidern – doch Minnie sah ihn nur hilflos an. Ruben trat einen Schritt näher, nahm ihre Hände in die seinen und drückte sie sanft. „Komm schon, Kleine, was immer sie dir antut, du kannst es mir sagen. Du willst doch, dass ich dir helfe, oder nicht?"

Sie nickte und heftete ihre großen Kulleraugen weiterhin auf sein Gesicht, und Ruben konnte sehen, dass sie innerlich mit sich rang. Sie hatte ihn aufgesucht, sie hatte ihn um Hilfe ersucht, und doch erschien es ihr wohl unmöglich, über ihr Problem zu sprechen. Und das auch noch im wahrsten Sinne des Wortes, wie Ruben ironischerweise feststellte. Aber sie zog ihre Hände nicht von seinen zurück, also war sie vielleicht doch bereit sich ihm zu öffnen. Ruben jedenfalls wollte ihr noch eine Chance geben. Erneut drückte er behutsam ihre Hände in der Hoffnung, ihr Vertrauen zu stärken. „Also, versuchen wir es noch einmal von vorne, okay?"

Wieder nickte sie, und Ruben fuhr fort. „Du sagtest, deine Tante ist nicht diejenige, für die sie sich ausgibt – ist sie denn überhaupt deine richtige Tante?"

Ein Kopfnicken kam als Antwort, und Ruben überlegte, wie er weiter vorgehen sollte. „Okay, dann hat sie vielleicht eine falsche Identität angenommen?"

Das Nicken wurde heftiger, in ihren Augen blitzte so etwas wie Zuversicht, und nun drückte sie seine Hände. Ruben hatte scheinbar den wunden Punkt getroffen. „Gut, dann sag mir, wer sie wirklich ist", versuchte er Minnie zu animieren. Nach einigem Zögern löste sie sich dann auch tatsächlich aus seinen Händen und nahm Stift und Papier an sich.

IHR NAME IST NICHT VIVIENNE, SONDERN
GUINEVERE.

Na ja, das war nun nicht gerade der erhoffte Durchbruch, aber
bitte. Da Ruben weiter vermutete, dass dem Mädchen Schlimmes
angetan worden war, versuchte er geduldig zu bleiben. „Nun, das
alleine ist dann wohl noch kein Verbrechen. Was hat sie getan?
Weshalb der falsche Name? Gib mir etwas Stichhaltiges, dass ich
der Polizei sagen kann!"

Plötzlich riss sie die Augen weit auf und begann sogleich
hektisch zu schreiben.

KEINE POLIZEI!!!

Ruben sah sie skeptisch an und schüttelte verständnislos den
Kopf. „Was denkst du denn, wie ich dir sonst helfen soll?"

Minnie aber deutete mit Nachdruck auf ihre Worte. Doch
dann entschied sie sich, ihrer Botschaft noch etwas hinzuzufügen.

DIE KÖNNEN UNS OHNEHIN NICHT HELFEN –
BITTE, DU MUSST MIR EINFACH GLAUBEN.

Doch Ruben wurde die Sache nun immer suspekter. „Dann
fürchte ich, dass auch ich dir nicht helfen kann. Ich meine, was
erwartest du denn von mir? Sehe ich etwa aus wie Superman?"

Für eine Sekunde sah sie ihn fragend an, dann kritzelte sie
etwas auf das Papier und hielt es ihm unter die Nase.

BATMAN.

„Haha, wirklich witzig!" Doch Ruben war gerade gar nicht
zum Spaßen zumute. Offensichtlich vergeudete er seine kostbare
Zeit hier mit einer spätpubertierenden kleinen Nervensäge. Aber
da hielt Minnie ihm schon wieder den Zettel unter die Nase.

TUT MIR LEID – BITTE GLAUB MIR –, MEIN PROBLEM
IST NUR NICHT SO EINFACH IN WORTE ZU FASSEN,
WIE DU DENKST.

Von schwerem Zweifel geplagt legte Ruben seine Stirn in
Falten und bemühte sich ruhig zu klingen. „Wenn ich mich
recht entsinne, dann hast du es ja noch nicht einmal versucht,
oder sehe ich das falsch?"

WEISS NICHT, WO ICH BEGINNEN SOLL.

„Tja, am Anfang, wäre mein gewagter Vorschlag!"

HIER SIND HÖHERE MÄCHTE AM WERK.

„Was soll das denn wieder bedeuten?", kamen seine Worte ein wenig schärfer als beabsichtigt. Doch allmählich verlor Ruben seine Geduld mit der Kleinen. „Estelle, ich sage es nun zum letzten Mal: Ich helfe gerne, aber so kann das nicht weitergehen, ich habe schließlich nicht den ganzen …"

MEIN NAME IST NICHT ESTELLE.

Die Worte klebten fast auf seiner Nase, so dicht hielt sie ihm den Zettel davor. Aber nicht deshalb platzte ihm nun beinahe der Kragen. „Verdammt noch mal, was soll das alles?" Rubens Instinkte meldeten sich, und sie bestätigten ihm seine Vermutung, dass hier etwas ganz und gar faul war. Die Versuchung, sich auf der Stelle aus dem Staub zu machen, war plötzlich groß – und das, obwohl er bestimmt kein Feigling war. Doch wieder einmal schrillten seine Alarmglocken, und das verhieß nie etwas Gutes. Aber die Kleine hatte schon eifrig weitergeschrieben und hielt ihm ihren Kommentar erneut unter die Nase.

ICH BIN VIVIENNE.

Da runzelte Ruben die Stirn. „Moment mal, so nennt sich doch deine Tante?"

SIE HAT MEINE IDENTITÄT GEKLAUT – ICH BIN EIGENTLICH SIE.

Ruben wurde die Sache nun zunehmend dubioser. „Und wer bist du dann?"

ICH WAR MAL DAS DIENSTMÄDCHEN.

„War? Wieso war? Wovon redest du da überhaupt?" Ruben schnappte sich den nächstbesten Stuhl und ließ sich darauf nieder. Und wieder einmal fragte er sich, wo er da nur hineingeraten war. Aber da hatte er auch schon wieder den Zettel auf Augenhöhe.

GLAUBST DU AN ÜBERSINNLICHES???

Vivienne war so verzweifelt, dass sie einfach den Sprung ins kalte Wasser wagen musste. Zwar hatte sie keine Ahnung, wie sie ihre Worte erklären oder beweisen sollte, doch sie musste es versuchen. Es war die einzige Chance, die ihr noch blieb, um den Makler zu ihrem Verbündeten zu machen. Aber der Blick, den dieser Ruben ihr nun zuwarf, ließ erahnen, dass er sie nicht für ganz voll nahm. Nun, es war ihm ja auch nicht zu verdenken. Doch Vivienne musste ihn überzeugen, also tat sie das Einzige, was sie tun konnte: Sie schrieb hastig weiter.

BITTE, ICH BIN NICHT VERRÜCKT!!! DU MUSST MIR EINFACH GLAUBEN – UNSER BEIDER LEBEN HÄNGT DAVON AB!!

Ruben hob wortlos die Augenbrauen und sah sie skeptisch an, las dann aber doch weiter.

GUINEVERE IST DAS BÖSE IN PERSON – UND ROSEBOUND HEIGHTS IST DAS ZENTRUM IHRER MACHT.

„Was soll der Blödsinn?"

SIE WURDE HIER GEBOREN – IHRE RÜCKKEHR SETZT KRÄFTE IN BEWEGUNG, DEREN AUSMASS DU DIR NICHT VORSTELLEN KANNST.

Nun war Ruben endgültig davon überzeugt, dass die Kleine einen Sprung in der Schüssel hatte. „Süße, wie alt ist deine Tante? Ende zwanzig? Vielleicht ein wenig älter? Ist ja auch egal, denn in den letzten zweihundert Jahren hat hier niemand gelebt, geschweige denn, dass hier jemand geboren wurde!"

GLAUBTS DU AN ÜBERSINNLICHES???

„Die Frage hatten wir schon!"

JA ODER NEIN?

Ruben betrachtete sie einen sehr langen Augenblick lang, ohne auch nur die geringste Regung zu zeigen. Vivienne konnte nicht sagen, ob er sie für absolut durchgeknallt hielt oder ernsthaft eine Antwort abwog. Aber sie war kurz vor dem Platzen, als dann nach einer gefühlten Ewigkeit endlich das ersehnte Wort über seine Lippen kam.

„Ja."

Vivienne wusste nicht, was sie denn eigentlich erwartet hatte, doch ein schlichtes Ja war es bestimmt nicht gewesen. Mehr verblüfft denn sonst was, starrte sie Ruben regelrecht an. Es dauerte einige Sekunden, ehe sie sich wieder gefangen hatte, aber dann war ihr plötzlich klar, was sie tun konnte, um ihre Worte glaubhaft zu machen.

FOLGE MIR, schrieb sie auf das Papier und zeigte es Ruben. Kaum dass er die Worte gelesen hatte, schnappte Vivienne ihn an der Hand und zog ihn hinter sich her hinaus in den Hof, durch den Torturm hindurch und hinunter in Richtung Eisentor. Stift und Papier hatte sie vorsorglich mitgenommen, und als sie nun in einigen Metern Entfernung zu dem Tor haltmachte, begann sie, ohne zu zögern, zu schreiben.

VERSUCHE DAS TOR ZU ÖFFNEN!

Ruben las die Worte, sah zu dem Tor und dann zu Vivienne. „Was soll der Blödsinn denn schon wieder?"

BITTE TU ES EINFACH!

Ruben schüttelte verständnislos den Kopf, kam der Bitte aber nach. Nicht wissend, was ihn wohl erwartete, ging er auf das schwere Tor zu, ergriff die Klinke, drückte sie hinunter und … öffnete das Tor absolut problemlos. Leicht genervt drehte er sich zu Vivienne um. „Und, was soll mir das beweisen?", fragte er, während er das Tor demonstrativ auf- und zuschwang.

Bloß, statt eine Antwort zu schreiben, begann die Kleine draufloszurennen. Wie von der Tarantel gestochen sauste sie direkt auf Ruben und das offene Tor zu, sodass er beinahe verleitet war zur Seite zu springen. Doch dann geschah etwas, womit er nicht gerechnet hatte: Vielleicht einen Meter vor dem Tor wurde sie abrupt ausgebremst. Als prallte sie mit voller Wucht gegen ein Hindernis, wurde ihr Körper in hohem Bogen zurückgeschleudert und kam einige Meter weiter hinten unsanft auf dem Boden auf.

Ruben sah sich irritiert um. Er war hin- und hergerissen, zwischen dem Bedürfnis, der Kleinen auf die Beine zu helfen, und dem Drang herauszufinden, was hier gerade passiert war. Doch schon kam Vivienne, diesmal ein Stückchen weiter links, erneut auf ihn und das Tor zugerannt – mit dem gleichen Ergebnis wie zuvor. Völlig verdattert beobachtete Ruben das seltsame Geschehen, ohne auch nur im Geringsten zu begreifen, was hier vor sich ging. Noch zwei oder drei Mal wiederholte die Kleine ihren Ziellauf. Immer mit ein wenig verändertem Abstand, immer mit demselben Endergebnis.

Ruben trat vor und zurück, sah sich um, drehte sich um die eigene Achse. Aber außer Vivienne, der Hecke, dem Tor und ihm war weit und breit nichts zu erkennen, was ein Hindernis darstellen konnte. Und doch schien die Kleine immer und immer wieder von dem Eingang abzuprallen.

Was zum Teufel ging hier vor sich?

Als Vivienne nicht wiederkam, drehte er sich um und erspähte sie in einiger Entfernung am Boden sitzend und schreibend. Bei ihr angekommen, hielt sie ihm auch prompt den Zettel entgegen.

DAFÜR IST MEINE TANTE VERANTWORTLICH.

Ruben ließ sich neben ihr auf den Boden sinken und sah sie verwundert an. „Was soll das bedeuten? Wer ist deine Tante? Was ...? Wie ...?" Ihm fehlten echt die Worte, um zu formulieren, was in seinem Kopf vorging.

Vivienne gab einen erstickten Laut von sich, der wohl ein Seufzer sein sollte. Kopfschüttelnd setzte sie den Stift auf das Papier und hielt Ruben sodann wieder den Zettel vor die Nase.

ZUWENIG PLATZ AUF DEM PAPIER.

Gerade noch aufgebracht und genervt fühlte Ruben sich nun einigermaßen hilflos. So etwas wie eben hatte er noch nie zuvor erlebt. Dabei hatte er dank seines inneren Freundes gewiss schon einige sehr seltsame Erlebnisse zu verbuchen. Aber das? Was sollte er tun? Was sollte er sagen? Unsicher sah er Vivienne an und stellte ihr schließlich die einzige Frage, die ihm spontan in den Sinn kam.

„Wer bist du?"

Vivienne betrachtete ihn einen Moment lang nachdenklich. Zu gern hätte sie ihm alles gesagt, hätte mit ihm einen Plan ausgeheckt, wie sie die Hexe unschädlich machen konnten. Aber das Schicksal wollte es anders.

Ja, nun, da sie es mit eigenen Augen gesehen hatte, brachte sie es nicht mehr übers Herz ihn in ihr Dilemma hineinzuziehen. Ob sie es wollte oder nicht, sie musste es sich eingestehen: Er hatte das, was sie nicht hatte, und das war die Option, einfach durch das Tor zu schreiten und dem Verderben den Rücken zu kehren. Während Vivienne hier festsaß und den letzten Funken Hoffnung auf Rettung soeben erlöschen sah.

Aber sie konnte ihn nicht mit sich untergehen lassen. Nein, im Gegensatz zu ihrer Tante konnte sie keinen Unschuldigen opfern, und genau das war er. Er hatte mit alledem hier nichts zu tun, also musste Vivienne ihn gehen lassen. So wie es aussah, war es ihr bestimmt, den Kampf gegen die Hexe ganz alleine auszufechten.

Und so begann Vivienne ihren eben gefassten Entschluss auf Papier zu bringen, ehe sie es sich vielleicht doch noch einmal anders überlegen konnte. Sie faltete den mittlerweile vollgeschriebenen Zettel und drückte ihn Ruben in die Hand. Nach kurzem Zögern legte Vivienne beide Hände um sein Gesicht, küsste ihn zaghaft auf die Stirn, stand auf und lief eiligen Schrittes davon.

Ruben stand die Verwirrung ins Gesicht geschrieben. Den Zettel in Händen haltend, sah er ihr nach, wie sie in Richtung Herrenhaus verschwand –, und wieder einmal verstand er die Welt nicht mehr. Eben noch bat sie ihn völlig verzweifelt um Hilfe gegen eine scheinbar abgrundtief böse Tante, und dann verabschiedete sie sich von einer Sekunde auf die nächste wie auf Nimmerwiedersehen. Entweder war die Kleine völlig irre oder eine verdammt gute Schauspielerin – oder beides.

Oder wir sind tatsächlich im Zentrum des Bösen gelandet.

Diese letzte Variante wollte Ruben eigentlich verdrängen, doch sein innerer Freund war nicht so leicht hinters Licht zu führen. Aber dass hier tatsächlich etwas nicht ganz in Ordnung war, konnte Ruben nicht länger abstreiten. Alleine schon diese seltsame Aktion mit dem Tor – als wären hier wirklich fremde Mächte im Spiel. Und wo war eigentlich die Stimme der Kleinen hingekommen? Wenn man es recht bedachte, war die ganze Angelegenheit mehr als nur absonderlich.

Sagt der, der eine Bestie in sich trägt!

Touché! Dennoch, was hatte das Ganze zu bedeuten?

Selbst wenn die beiden nur zu fünfzig Prozent menschlich waren, so hatte Ruben keine Ahnung, was die andere Hälfte ausmachte. Auch wenn er wusste, dass seine Rasse nicht die einzige Laune der Natur war, so konnte er doch nicht sagen, welche

Mutationen da noch in freier Wildbahn umherliefen. Ruben wusste lediglich *aus erster Hand*, dass es noch andere gab, aber nicht in welcher Form sie existierten.

Gab es Vampire wirklich? Nun ja, wahrscheinlich – aber kennengelernt hatte er noch keinen. Und so konnte er die ganze Palette durchspielen. Im Prinzip war er also genauso unwissend wie der Rest der Menschheit.

Seufzend erhob er sich und machte sich auf den Weg zurück in seine Unterkunft – da fiel sein Blick auf den Zettel in seiner Hand. Tja, die Kleine hatte ihn so überrumpelt, dass er doch glatt vergessen hatte ihre letzte Nachricht zu lesen. Also entfaltete er das Papier und holte sein Versäumnis nach.

ICH BIN VIVIENNE, TOCHTER VON ESMERALDA, DEREN HALBSCHWESTER GUINEVERE MEIN VOR-MUND IST. MEIN LEBEN LIEGT IN IHRER HAND, DOCH DIR SCHEINT SIE UNERWARTET GNÄDIG GESTIMMT.

WENN DIR DEIN LEBEN ALSO ETWAS BEDEUTET, DANN VERLASSE DAS ANWESEN SOFORT UND AUF DER STELLE – UND KEHRE NIEMALS WIEDER ZURÜCK!!!

Guinevere zog sich aus dem Geist ihrer Nichte zurück und wartete im Verborgenen auf deren Rückkehr in das Haus. Das sarkastische Grinsen konnte sie sich jedoch nicht verkneifen.

Was war die kleine Göre doch für eine eifrige Wohltäterin! Glaubte sie im Ernst das Leben dieses unnützen Maklers ge-rettet zu haben?

Gott, die endlose Naivität der Kleinen war ja fast schon wieder amüsant. Dabei sollte man doch denken, dass sie aus ihren Fehlern gelernt hatte. Aber nein, Klein Vivienne glaubt noch immer an das Gute – ach, wie rührend!

Ob sie wohl auch noch daran glaubte, wenn ihr neuer bester Freund auf *ihr* Geheiß hin durch das Tor schritt – und dann in tausend winzige Fetzen flog?

Ja, die Vorstellung erheiterte das Gemüt der Hexe allemal. Obwohl, im Prinzip konnte sie ja gar nicht sagen, ob Vivienne selbst das überhaupt noch mitzuerleben vermochte. Ja, das Leben ihrer Nichte hing am sprichwörtlichen seidenen Faden – oder vielmehr an einem Rosenblatt, wenn man so wollte.

Schade eigentlich, dass Guinevere *darauf* keinen Einfluss hatte.

Aber so war nun einmal der Lauf der Dinge. Einzig das Schicksal würde entscheiden, wer von den beiden als Erster das Zeitliche segnen würde. Mit Sicherheit war nur eines zu sagen: Guinevere hatte für beide Ereignisse einen Platz in der ersten Reihe gebucht!

Kapitel 17

Nachdem Ruben seine Unterkunft erreicht hatte, begann er augenblicklich seine wenigen Habseligkeiten zusammenzupacken. Zu viel war eindeutig zu viel – und ihm war nun schon zum zweiten Mal innerhalb von weniger als vierundzwanzig Stunden nahegelegt worden Rosebound Heights zu verlassen.

Zwar war dies auf gänzlich unterschiedliche Art und Weise geschehen, aber sowohl die Giftschlange als auch die Kleine wollten ihn loswerden. Und er war schließlich keine dämliche Marionette, die man nach Belieben hin und her bewegen konnte. Also, wenn man ihn hier so ganz und gar nicht haben wollte, warum sollte er dann nicht einfach seinen Instinkten folgen und dem Wunsch der beiden fragwürdigen Ladys nachkommen?

Zeitlich gesehen konnte ihm ohnehin nichts Besseres passieren. Obwohl der Mond noch nicht gänzlich voll war, war die Bestie in ihm bereits enorm unruhig. Ruben konnte es sich nicht anders erklären, als dass auch sein innerer Freund sich in diesem skurrilen Umfeld sichtlich unwohl fühlte. Also wollte er sich beiden einen Gefallen tun und das Weite suchen. Mit Tristan konnte er schließlich nach dem Mond auch noch ein Hähnchen rupfen … doch genau das war das Stichwort.

Es ging hier genauso wenig um einen möglichen privaten Konflikt mit seinem Mentor wie um die unterschwelligen Drohungen oder beherzten Ratschläge seiner Kundinnen. Hier ging es rein ums Geschäft – alles andere hatte hintenanzustehen. Und geschäftlich gesehen gab es noch eines, das Ruben zu erledigen hatte, ehe er das Anwesen ruhigen Gewissens verlassen konnte: Er musste der Giftschlange noch verklickern, dass für *ihr* Eigentum das Kaufangebot eines anderen Kunden vorlag. Und das nicht um Mylady einen Gefallen zu tun, sondern um Tristan davor zu bewahren, von der Frau gefressen zu werden, wenn er mit seinem Kunden vorbeikam.

Nicht gerade erfreut über diese Erkenntnis, knallte Ruben seine gepackte Tasche auf das Bett. Sein Blick wanderte zu der Mappe mit den Unterlagen, die brav wartend auf dem Tisch zu seiner Linken lag.

Verdammt aber auch!

Ruben stieß einen frustrierten Seufzer aus und setzte sich sodann an den Tisch. Es nutzte nichts, er musste sich die Dokumente genauer ansehen. Skeptisch öffnete er die Mappe, beinahe schon überrascht, tatsächlich noch all die Papiere darin vorzufinden. Eines nach dem anderen nahm er sie nun heraus und las sie eingehend durch. Zusammenfassend fand er seine Vermutung dann auch zweifelsfrei bestätigt: Tristan hatte ein verbindliches Kaufangebot seines Kunden – und das, obwohl er allem Anschein nach gewusst hatte, dass Rubens Kundin gleichzeitig rechtmäßige Eigentümerin des Anwesens war.

Was hatte der alte Mann sich nur dabei wieder gedacht? Wie konnte ihm bloß ein derartiger Fehler unterlaufen?

Ruben war echt frustriert, als sich plötzlich auch noch die innere Unruhe zurückmeldete. Zögernd spähte er aus dem Fenster zu seiner Rechten und fand sich abermals in seiner Befürchtung bestätigt: Der Tag verging schneller, als ihm lieb war. Noch war es zwar hell draußen, doch die Nacht rückte unaufhaltsam näher. Und zu allem Überfluss wurde der Bestie Drang nach Freiheit immer stärker.

Ruben lief im wahrsten Sinne des Wortes die Zeit davon!

Sosehr er seinen Mentor auch schätzte und verehrte, diese Suppe musste der alte Mann leider alleine auslöffeln. Alles, was Ruben für ihn tun konnte, war die Lady vorzuwarnen. Den Rest musste der gute Tristan dann schon selbst in die Hand nehmen. Denn so wie die Dinge standen, war Ruben sich nicht einmal sicher, ob er es überhaupt noch rechtzeitig aus der Zivilisation schaffte, ehe die Bestie das Ruder an sich riss!

Vivienne war traurig und erleichtert zugleich. Ersteres, weil sie nun wieder alleine dastand im Kampf gegen die Hexe. Und erleichtert, weil sie diesen Ruben in Sicherheit wiegte und nun auch endlich wusste, wie sie der verhassten Tante einen Strich durch die Rechnung machen konnte. Wenngleich sie Letzteres eher per Zufall herausgefunden hatte.

Wenn das mal nicht als gutes Omen zu deuten war.

Ja, seit Längerem kam wieder einmal ein echtes Lächeln über Viviennes Lippen, als sie sich nun dem Objekt ihrer Begierde näherte. Warum war sie nur nicht schon früher darauf gekommen? Naja, wahrscheinlich weil sie wie ein aufgescheuchtes Huhn durch das Haus gelaufen war, anstatt die Details in sich aufzunehmen.

Auch ein blindes Huhn findet mal ein Korn!

Wie dem auch sei, Vivienne war durch das ganze Haus gelaufen auf der Suche nach Guinevere. Sie wollte es einfach hinter sich bringen, wollte die Tante konfrontieren und zum Handeln zwingen. Ein zugegeben einfallsloser Plan, doch Vivienne hatte weder Nerven noch Ausdauer für ein längeres Intermezzo mit dem Tod. Sie war es einfach satt. Lediglich der innere Drang, die Sache ein für alle Mal zu erledigen, trieb sie an. Doch von der Hexe fehlte nach wie vor jede Spur. Zwar hatte Vivienne ständig das Gefühl, beobachtet und verfolgt zu werden, doch konnte sie nichts Greifbares erkennen. Entweder war Guinevere zu einem Schatten geworden, oder Vivienne selbst war kurz vor dem endgültigen Überschnappen.

Doch wie es der Zufall wollte, stolperte Vivienne bei ihrer Suche in den Garten an der Südspitze. Nun, das Beeindruckendste daran war wohl noch die kunstvolle Glasfront, die das Haus von dem Gärtchen trennte. Der Rest war eher furchterregend denn wunderbar. Über drei Stufen erreichte man diesen sogenannten Garten, und als wäre der vorhandene Platz nicht ohnehin total eingeschränkt, lief der Grundriss hier auch noch zu einem spitzen Dreieck zusammen. Seine Grenzen zierten kein Zaun oder sonstige Maßnahmen zum Schutz seiner Bewunderer, nein, keineswegs. Es ging direkt vom Grundstück aus steil bergab in die tosenden Fluten des Ozeans. Und das womöglich schneller, als man A sagen konnte, denn der Wind an diesem Zipfel blies mit solcher Kraft, dass man glauben mochte, er wolle jeden ungebetenen Gast sofort über die Klippen fegen.

Vivienne jedenfalls fühlte sich regelrecht bedroht von diesem Ort und machte sofort wieder kehrt. Doch kaum wieder hinter der schutzbringenden Glasfront angelangt, zwang ein innerer Impuls sie, sich noch einmal umzudrehen.

Und dann erspähte sie die Lösung ihres Dilemmas.

Erst dachte sie, es wäre ein Springbrunnen. Doch etwas daran schien nicht stimmig. Erst auf den zweiten Blick erkannte Vivienne, dass es das Wasser war – oder besser gesagt das *Fehlen* des Wassers. Aber an seiner Stelle quoll etwas anderes aus des Brunnens Mitte. Erstaunlicherweise handelte es sich dabei um einen üppigen Rosenstrauch, den jedoch nur eine einzige Blüte zierte. Diese aber war die schönste, die Vivienne je zu Gesicht bekommen hatte. Fasziniert starrte sie auf die leuchtend roten Blätter, als sie bemerkte, dass nicht alle dieselbe Farbe trugen.

Eines der Rosenblätter war komplett schwarz gefärbt – und da ging Vivienne ein Licht auf.

Schlagartig kehrte eine längst verdrängte Erinnerung zurück in ihr Gedächtnis. Die Rekonstruktion dauerte ein wenig, doch ein Bild hing völlig scharf vor ihrem inneren Auge: Guinevere vor ihrem Spiegel, dessen Reflexion ihr wahres Ich zeigend. Vivienne war damals so geschockt gewesen, dass sie sonst nichts um sie herum wahrgenommen hatte. Doch nun sah sie, was sich ihrem damaligen Blick entzogen hatte. Denn außer dem abscheulichen Abbild der Hexe reflektierte der Spiegel noch etwas: einen Brunnen, aus dessen Mitte ein Rosenstrauch spross, dessen einzige Blüte so schwarz war wie die Nacht.

Da wusste Vivienne, was sie hier vor sich hatte.

Zwar konnte sie nicht sagen, was ihre Entdeckung genau zu bedeuten hatte, aber eines war für sie absolut sicher: Dieser dämliche Rosenstrauch war in irgendeiner Form wichtig für die Hexe. Wenn sie diesen blöden Strauch also, … nun ja, ein wenig entblätterte…

„Das wagst du nicht, du hinterhältiges, dummes Gör!"

Sieh an, die schiere Drohung rief die Hexe bereits aus ihrem Versteck hervor. Na dann, auf in den Kampf! Vivienne reckte herausfordernd das Kinn empor und kämpfte sich entschlossenen Schrittes ihrem Ziel entgegen.

„Lassen wir es doch einmal darauf ankommen, liebstes Tantchen!", rief sie in den immer stärker werdenden Sturm hinein, kaum noch überrascht, plötzlich wieder Herrin über ihre Stimmer zu sein. Doch wurde ihr Vertrauen in sich selbst generell nun mit jedem Schritt, den sie nahm, stärker. Vergessen waren Angst und Zweifel. Ja, Vivienne konnte regelrecht spüren, wie sich in ihrem Inneren ein mindestens ebenbürtiger Orkan zusammenbraute.

Oh ja, Tantchen, du hast ja keine Ahnung, mit wem du dich da anlegst!

Ruben klopfte an die Tür des Herrenhauses, in der Befürchtung, durch das massive Holz ohnehin nicht gehört zu werden, als sich der Himmel über ihm verfinsterte. Von einer Sekunde zur nächsten zogen pechschwarze Wolken über ihm auf, nur um im nächsten Augenblick auch schon wieder verschwunden zu sein. Angesichts dessen, was er in den letzten Tagen schon so alles gesehen und gehört hatte, war er einen Moment lang versucht zu glauben, sein Klopfen habe dieses Phänomen ausgelöst – was natürlich völliger Schwachsinn war. Dennoch überkam Ruben mit einem Mal ein äußerst ungutes Gefühl.

Kumpel, ich sag es nur ungern, aber da drinnen lauert der Tod.

Ruben versuchte seine Bestie zu ignorieren. Ja, sie liebte doch nur das Drama. Je kunstvoller in Szene gesetzt, desto mehr konnte sie sich darin aalen – oder etwa nicht?

Zweifel überkamen ihn. Wollte die Bestie ihn tatsächlich warnen? Oder verfolgte sie doch nur wieder ihre eigenen egoistischen Ziele? Unsicher sah er sich um … Verdammt noch eins!

Was sollte der ganze Scheiß denn eigentlich?

Wann in den letzten Stunden war er, Ruben Jakobsson, denn bitte zu einem verweichlichten Feigling mutiert?

Das konnte doch wohl nicht wahr sein!

Verärgert und angewidert zugleich schlug er mit der geballten Faust gegen die Tür und streifte dabei auch ungewollt die Klinke. Und siehe da, auf einmal öffnete sich das Portal zur vermeintlichen Hölle wie von selbst.

Erstaunt über die unverhoffte Wende, zögerte Ruben einen Atemzug lang. Doch fing er sich schnell wieder, überschritt die Schwelle zur großen Empfangshalle und zog die Tür hinter sich ins Schloss. Er ging ein paar Schritte und blieb in der Mitte des riesig wirkenden Raumes stehen. Unschlüssig drehte er sich einmal um die eigene Achse – und wie sollte es nun weitergehen?

„Lady Thornton?", rief er in das leer erscheinende Haus, doch eine Antwort blieb aus.

„Mylady, hier ist Ruben Jakobsson von Island Estates …" Ach, was sollte das Theater? Wenn die Giftschlange nicht gerade nebenan war, konnte sie ihn bei den Dimensionen, die das Haus vermuten ließ, ohnehin nicht hören.

Scheiß auf die Höflichkeiten – sieh zu, dass wir die Kanaille finden, und dann lass uns bloß wieder abhauen aus diesem Teufelsladen!

Auch wenn die Worte seines inneren Begleiters Ruben verwunderten, so konnte er nicht umhin, dessen Ansichten zu teilen. Aber die Atmosphäre, die im Inneren dieses Hauses herrschte, war schlicht und ergreifend … explosiv. Als Ruben nun langsam auf die Stufen zuging, hatte er regelrecht das Gefühl, mitten in einem Minenfeld gestrandet zu sein. Mit jedem Schritt sträubten sich seine Nackenhaare ein Stückchen weiter, und als er schließlich das obere Ende der Treppe erreichte, schien jede seiner Fasern HALT! zu schreien.

Was für ein eigenartiges Gefühl das doch war.

Aber noch eigenartiger war das Gefühl, von hinten beobachtet zu werden. Instinktiv drehte Ruben sich um. Doch hinter ihm war im wahrsten Sinne des Wortes nichts als Luft. Er lehnte sich über das Treppengeländer und sah hinunter in die Halle. Auch dort nichts und niemand. Er wollte schon weitergehen, als sein Blick nach oben glitt und über der enormen Eingangstür hängen blieb. Und da war er, der Grund für sein Unbehagen: Aus einem fast schon zu echt wirkenden Gemälde lächelte ihm die grünäugige Schlange entgegen, obwohl … Ja, bei näherem Betrachten erschien ihm die Person auf dem Bild rein gar nichts mit der Giftschlange gemein zu haben. Und doch war es ein und dieselbe Frau. Oder vielleicht doch nicht?

Wen interessiert's? Schieb deinen Arsch endlich weiter, Mann – ich will hier keine Wurzeln schlagen!

Tja, wo die Bestie recht hatte, hatte sie recht. Also setzte Ruben seine etwas eigenwillige Suche fort, wohl in dem Bewusstsein, dass er sich besser auch noch eine Erklärung für diese Art von „Hausfriedensbruch" zurechtlegte – nur für den Fall, dass er die Giftschlange tatsächlich fand. Aber das Einzige, was er auf seiner Wanderung von Raum zu Raum fand, war die Bestätigung seiner instinktiven Abneigung gegen diese Person.

In jeder Ecke, jeder noch so winzigen Nische dieses Hauses schien ihre ganz spezielle Note zu haften – und das war nicht im gerochenen Sinne gemeint. Jeder Zentimeter dieses Hauses schien Ruben mitzuteilen, dass er hier nicht erwünscht war. Es war nicht anders zu beschreiben, aber Ruben hatte den Eindruck, das Haus wehrte sich gegen ihn, wollte ihn mit jedem Schritt, den er nahm, einen weiter zurückwerfen. Und je weiter er in das Haus vordrang, desto mehr überkam ihn das Gefühl, dass hier etwas nicht mit rechten Dingen zuging.

Als er schließlich am anderen Ende des Herrenhauses angelangte und sich gegenüber einer – ganz und gar nicht hierherpassenden – Front aus Buntglas wiederfand, stand jedes einzelne Haar auf seinem Körper senkrecht nach oben.

Im krassen Kontrast zur beklemmenden Düsternis des restlichen Hauses brach sich hier das Licht von außerhalb in den bunten Elementen des Glases und verlieh dem Raum einen fast schon magischen Hauch. Für einen Moment war Ruben von der schillernden Pracht beinahe irritiert, doch dann wurde sein Blick wieder klar, und er erkannte eine Gestalt auf der anderen Seite der Fensterfront.

Sie kehrte ihm den Rücken, aber ihre rubinrote Haarpracht war auch von hinten unverkennbar.

So hatte er sie also doch noch gefunden, die grünäugige Giftschlange. Gerade wollte er sich wieder in Bewegung setzen, als seine Augen ein weiteres Detail der sich draußen abspielenden Szene aufschnappten: Mylady war nicht alleine. Nein, da stand noch jemand an der Spitze der Klippen, doch Rubens Blick wurde erneut abgelenkt. Wie aus dem Nichts funkelte plötzlich etwas aus der Lady rechten Hand und blendete Ruben für den Bruchteil einer Sekunde. Als er endlich wieder scharf sehen konnte, erkannte er auch sofort den schmalen, länglichen Gegenstand, den Mylady in Händen hielt – im selben Moment, wie er auch die Person erkannte, die sich mit ihr da draußen befand.

Schlagartig gefror Ruben das Blut in den Adern.

Wie auf Kommando hallten die geschriebenen Worte der kleinen Estelle oder Vivienne – oder wie auch immer sie nun hieß – in seinem Kopf wider: „Mein Leben liegt in ihrer Hand …"

Konnte es wahr sein? Konnte diese Lady tatsächlich so kaltblütig sein?

Würde sie allen Ernstes ihre eigene Nichte …?

Doch das blitzende Schwert in Myladys Händen sprach klar und deutlich für sich selbst.

Don Rafael fuhr langsam die Auffahrt nach Rosebound Heights entlang. Er war so aufgeregt wie ein kleiner Junge vor seinem ersten Schultag. Doch wollte er seine Gefühle nicht auf der Zunge tragen und erst recht nicht in seinem Gesicht zur Schau stellen. Also versuchte er auf diesen letzten Metern, zumindest einen Teil seiner kühlen Fassade zurückzugewinnen. Ein Unterfangen, das ihm dank einer, dieser Tage extrem unruhigen, Bestie nicht gerade leichtfiel.

Als er den Torturm erreichte, stand dort bereits ein anderer Wagen. Don Rafael nahm an, der Bentley gehörte dem alten Makler, und sein Herz machte einen weiteren freudigen Hüpfer.

Reiß dich zusammen, du alter Narr – oder willst du, dass wir auffliegen?

Die Bestie hatte leider recht. Wenn der Don nicht bald sein Gefühlschaos beherrschte, dann würde er dem kleinen alten Mann noch ein paar ziemlich unbequeme Fragen zu beantworten haben – und das war noch der beste Verlauf der Dinge!

Lass mich doch die Sache mit dem Alten klären!

„Das würde dir so passen!", murmelte de la Renta zu sich selbst. Ein schneller Blick gen Himmel bestätigte ihm, dass er gewiss noch genug Zeit hatte, um die Sache hier sauber über die Bühne zu bringen. Und doch war die Bestie kaum noch zu bändigen in ihrem Drang nach Freiheit. Dies war wohl einer der Monde, an dem die Anziehungskraft besonders ausgeprägt war.

Warum auch nicht? War ja klar, dass ausgerechnet dann, wenn er einmal in zweihundert Jahren etwas Wichtiges zu erledigen hatte, auch die Bestie ihren Durst nach Aufmerksamkeit geltend machen musste!

Doch Don Rafael bemühte sich ruhig zu bleiben. Er atmete noch ein paar Mal tief durch und stieg dann aus seinem Wagen. Als Liebhaber alles Alten konnte er nicht umhin, den Oldtimer des Maklers zu bewundern. Gerade spähte er durch eines der Fenster in das Innere des Bentley, als ihm die Bestie auch schon Gesellschaft ankündigte.

„Wunderbares Exemplar, nicht wahr? Einer der Ersten, der damals gebaut wurde – ist für sein Alter noch ganz gut in Schuss, finden Sie nicht auch?"

Der Don drehte sich langsam um und blickte auf die kleine Gestalt des schrulligen alten Maklers hinab. Beide Männer nickten einander schweigend zu, und der Don deutete sodann wieder auf den Oldtimer „Kann man durchaus sagen", beantwortete er die Frage von vorhin. „Ich nehme an, es ist Ihrer?"

„In der Tat, so ist es", antwortete der Alte mit der bereits bekannten, freundlichen Distanziertheit. „Aber ich denke, wir sind nicht hier, um über mein Automobil zu verhandeln, oder sehe ich das falsch?"

„Nein, keineswegs." Don Rafael schmunzelte. „Auch wenn Ihr Oldtimer ein absolutes Schmuckstück ist, so bin ich nicht auf der Suche nach einem neuen Wagen."

„Dachte ich mir." Und mit einem ebenso wissenden wie amüsierten Grinsen, deutete der Makler dem Don an, ihm zu folgen.

„Woher wussten Sie eigentlich, dass ich auf der Suche nach Ihnen war?", stellte de la Renta die Frage, die ihn schon den ganzen Tag lang geplagt hatte, während sie gemächlich auf das Herrenhaus zugingen.

Der kleine Mann grinste schelmisch, sah den Don aber nicht direkt an. „Nun, nennen wir es einfach Intuition", antwortete er geheimnisvoll wie immer.

„Kommen Sie schon, alter Mann, das kauf ich Ihnen so nicht ab", versuchte Don Rafael den Makler aus der Reserve zu locken.

Da blieb der Alte stehen und schenkte seinem Begleiter einen fast schon tadelnden Blick. „Junger Mann, was denken Sie, was ich wohl für ein Geschäftsmann wäre, wenn ich nicht in der Tat so etwas wie ein Gespür für meine Kunden hätte?" Der Makler setzte sich wieder in Bewegung, sprach aber weiter. „Sie und dieses Anwesen, da war von Anfang an eine unübersehbare Verbindung. Also dachte ich mir einfach, ich fordere mein Glück heraus und suche Sie früher als vereinbart auf. Das spart Ihnen Zeit und mir im Endeffekt auch, ohne jetzt beleidigend klingen zu wollen."

Mit diesen Worten hatten die beiden Männer den Eingang zum Herrenhaus erreicht. Und de la Renta wusste nicht, welche Tatsache ihn mehr erheiterte: dass der Makler sich wie ein Schuljunge vor dem Rektor rechtfertigte, oder dass er tatsächlich gerade „junger Mann" genannt worden war!

Seinen Makler jedoch bedachte er lediglich mit einem wohlwollenden Lächeln. Der alte Kauz schien tatsächlich was von seinem Geschäft zu verstehen, also wollte er ihn nicht auch noch vor den Kopf stoßen – zumindest nicht mehr, als er es scheinbar schon getan hatte. Wortlos betraten die beiden die große Halle, und de la Renta war augenblicklich erschlagen von der vorherrschenden Atmosphäre.

Im Gegensatz zu seinem letzten Besuch hier, der nebenbei bemerkt kaum vierundzwanzig Stunden zurücklag, hatte sich das charmante Herrenhaus in eine düstere Katakombe verwandelt.

Optisch war natürlich alles beim Alten, doch die Stimmung im Haus war von himmlisch auf höllisch umgeschlagen. Leicht irritiert blieb de la Renta in der Mitte des Raumes stehen und sah sich nach seinem Makler um. Doch der alte Mann durchquerte die Halle, ohne auch nur im Geringsten den Eindruck zu erwecken, dass hier etwas nicht stimmte.

Also lag es wohl nur an Don Rafael oder besser gesagt an seinem eigenen sechsten Sinn – auch Bestie genannt –, dass er diese eigenartigen Schwingungen wahrnehmen konnte. Nun denn, der alte Mann wartete bereits am Treppenabsatz, und angesichts der ungastlichen Umstände, wollte de la Renta den Kauf lieber so schnell wie möglich hinter sich bringen. Ein letztes Mal ließ er seinen wachsamen Blick durch die Halle schweifen. Wenn das Anwesen erst einmal ihm gehörte, hatte er noch genügend Zeit, um Ursachenforschung zu betreiben.

„Señor de la Renta?"

Ertappt wirbelte der Don herum und blickte in das fragende Gesicht des alten Mannes.

„Señor, ist alles in Ordnung mit Ihnen?"

Don Rafael beeilte sich zu dem Makler aufzuschließen. „Ja, ja, alles bestens", versuchte er den Alten zu beschwichtigen, dessen besorgten Unterton er nun ganz und gar nicht gebrauchen konnte.

„Verzeihen Sie meine Aufdringlichkeit, aber Sie sehen plötzlich so blass aus. Sind Sie sicher, dass es Ihnen gut geht?"

Lass mich das klären!

Doch der Don hatte eine bessere Idee. „Ja, nein, ach, verstehen Sie mich nicht falsch, aber ich habe eben etwas entdeckt, das mich ein wenig abgelenkt hat. Es ist nichts weiter." Doch der Alte war nicht so leicht hinters Licht zu führen, wie de la Renta hoffte.

„Nun, noch stehe ich zu Ihren Diensten, also immer frisch von der Leber weg, wenn etwas an Ihrem zukünftigen Heim sie befremdet."

LASS MICH DAS KLÄREN!

Don Rafael dachte nicht einmal daran. Stattdessen wandte er sich noch einmal zu der Tür um und richtete seinen Blick aufwärts, zu dem Gemälde. Der Anblick ließ sein Herz nun bereits zum zweiten Mal beinahe stillstehen, doch eine bessere Ausrede fiel ihm auf die Schnelle nicht ein. „Sehen Sie dieses Gemälde dort oben?" Er versicherte sich, dass der Alte auch genau wusste, was er meinte, ehe er fortfuhr. „Nun, ich dachte eben, dass es mich an jemanden erinnert – doch das ist so gut wie unmöglich, da diese Person ja schon viele Jahre tot ist." Bei diesen Worten zerriss es ihm fast das Herz. Noch mehr Kraft kostete es den Don, seine wahren Emotionen in seinem Inneren verborgen zu halten.

Aber der Makler bedachte ihn lediglich mit einem mitfühlenden Blick. „Ja, ja, manchmal glauben wir, den Geistern unserer Vergangenheit zu begegnen." Kopfschüttelnd wandte er sich wieder den Treppen zu, sprach aber weiter. „Doch die Lady, deren Antlitz das Gemälde ziert, weilt ebenfalls schon seit geraumer Zeit nicht mehr unter den Lebenden."

Da stutzte de la Renta. „Wissen Sie denn, wer die Dame war?"

Der alte Mann blieb auf den Treppen stehen und sah unbeeindruckt von de la Renta zu dem Bildnis und wieder zurück. „Oh ja, werter Herr. Das ist das Porträt von Lady Rubia aus dem Hause der Thorntons – sie und ihr Gemahl ließen einst dieses prachtvolle Gebäude erbauen."

„Interessant", murmelte de la Renta fast schon verlegen. „Dann kann es sich gewiss nicht um den Geist meiner Vergangenheit handeln." Doch in seinem Kopf versuchte er bereits, diese Information mit seinem bestehenden Wissen zusammenzusetzen.

„Eher unwahrscheinlich", bestätigte der Makler, ehe er seinen Weg fortsetzte. Doch keine fünf Schritte weiter blieb er erneut abrupt stehen, drehte sich um die eigene Achse und sah de la Renta beinahe schon entschuldigend an.

„Ach du liebes bisschen, da habe ich doch glatt das Wichtigste vergessen!", rief er aufgeregt. „Dabei werden Sie sich gewiss freuen, dies zu hören, wo Sie doch so interessiert waren an den Vorbesitzern."

De la Renta stand die Verwunderung nun unverkennbar ins Gesicht geschrieben. Aber der schrullige Alte war scheinbar ganz in seinem Element und plapperte unaufhaltsam weiter.

„Ja, Sie werden es nicht glauben, aber der Zufall wollte es, dass sich doch tatsächlich die legitimen Erben von Rosebound Heights bei mir gemeldet haben. Ich konnte es ja selbst kaum fassen, aber wie aus heiterem Himmel standen sie plötzlich vor meiner Tür. Nur keine Angst, Señor, sie waren überaus erfreut über Ihr Angebot und werden das Anwesen mit Freude verkaufen. Aber was für Sie wohl noch mehr von Bedeutung sein dürfte, ist die Tatsache, dass Mylady den Schlüssel gerne persönlich übergeben möchte – Sie haben also die einmalige Gelegenheit, Ihre Vorbesitzer kennenzulernen …"

Na, das kann ja heiter werden!

De la Renta teilte diesbezüglich mehr die Meinung seiner Bestie denn die überschwängliche Freude des Maklers. Nach außen hin bemühte er sich jedoch, so wenig wie möglich davon zu zeigen. Zum Glück ließ der Alte ihm auch gar keine Zeit, eine Antwort zu formulieren. Der Redeschwall des kleinen Mannes wollte gar kein Ende mehr finden.

„… ich weiß auch nicht, wie ich das vergessen konnte! Sie müssen schon verzeihen, aber ich fürchte, das Alter macht auch vor mir nicht halt. Na, wie auch immer, Señor de la Renta, wenn Sie bitte die Güte hätten und schon einmal in den Ballsaal vorgehen möchten? Sie wissen schon, der mit der wunderschönen Buntglasfront. Ich, nun ja, es tut mir unendlich leid, aber ich habe noch eine Kleinigkeit zu erledigen, in Anbetracht dessen, dass Mylady bald zu uns stoßen wird. Aber ich bin in null Komma nichts wieder an Ihrer Seite, Señor!"

Mit diesen Worten tätschelte der alte Mann de la Renta wie eine Mutter, die ihr Kind zum ersten Mal alleine losschickt, und marschierte die Stufen wieder retour. Der Don warf einen Blick über das Geländer und sah gerade noch, wie der Alte durch eine der Türen verschwand.

Was soll denn die Scheiße?

Darauf wusste auch Don Rafael keine Antwort. Sein Gehirn versuchte noch immer, die Worte des Alten sinnvoll zusammenzusetzen, während seine Beine sich aber schon fast wie von selbst in Bewegung setzten.

Mylady gehört mir!

Wenn sie denn überhaupt diejenige war, nach der sie suchten. Doch um das herauszufinden, gab es nur einen Weg – und der führte scheinbar quer durch Rosebound Heights!

Tristan sank hinter der Tür auf den Boden. Er fühlte sich matt und kraftlos. Oder einfach nur alt.

Doch sein Timing war absolut perfekt!

Ganz nach Plan waren die Spieler nun auf dem Feld verteilt. Unabhängig voneinander hatte jeder von ihnen seinen Zug getan. Sie waren bereit für die nächste Runde.

Wenige Augenblicke noch, und die Würfel waren gefallen!

Kapitel 18

*V*ivienne glaubte am Abgrund zur Hölle zu stehen. Mit aller Kraft klammerte sie sich an den steinernen Ring des Brunnens, um dem tosenden Sturm, der sie umfegte, standzuhalten. Obwohl sie die Augen fest zusammengekniffen hatte und mit dem Rücken zum Haus stand, konnte sie den exakten Moment benennen, in dem Guinevere auf der Bildfläche erschien.

Sie wusste es. Sie spürte es. Ja, Vivienne konnte es sogar vor ihrem geistigen Auge sehen.

Die Hexe tauchte im wahrsten Sinne des Wortes aus dem Nichts auf. Von einer Sekunde zur nächsten stand sie plötzlich auf den Stufen vor dem Haus. Die roten Locken standen beinahe waagerecht von ihrem Kopf ab, und der grüne Mantel blähte sich gefährlich. Ihr Blick war ebenso eiskalt, wie der Stahl, welchen sie provokant in ihrer Hand hielt. Doch sie rührte sich keinen Millimeter. Stand einfach nur da und starrte auf Viviennes Rücken, starr wie eine Salzsäule. Kalt wie ein Eiszapfen. Unbehelligt und unangetastet verharrte sie inmitten des Sturms, als wäre sie das Unheil bringende Zentrum des selbigen.

Was den Nagel wahrscheinlich genau auf den Kopf traf.

Denn im nächsten Moment löste absolute Ruhe den Orkan ab. Von jetzt auf gleich herrschte Totenstille. Kein einziger Laut war mehr zu hören. Nicht einmal das Tosen des Meeres. Nichts und niemand bewegte sich. Sogar die Luft schien aus purer Ehrfurcht stillzustehen.

Und plötzlich wurde es auch in Vivienne ganz still.

Eine innere Ruhe breitete sich in ihr aus, die sie so noch nie erlebt hatte. Früher hätte sie dieses Phänomen als „die Ruhe vor dem Sturm" bezeichnet. Aber den Sturm hatte sie bereits hinter sich. Nein, diese Stille war anderen Ursprungs. Sie entsprang dem Bewusstsein, zu wissen, was als Nächstes kam – und nichts dagegen tun zu können. Resigniert und gefasst zugleich, seufzte Vivienne auf.

Es hatte keinen Sinn mehr.

Das Spiel war vorbei.

Selbst wenn sie diesen vermaledeiten Rosenstrauch kurz und klein hackte – Guinevere war nicht nur die Frau mit dem Schwert in der Hand, nein, sie war auch noch dazu die verflucht einzige Hexe hier. Egal wie Vivienne es anstellte, es gab kein Entrinnen. Dies war das Ende des Weges. Eine absolute Sackgasse. Und sie war so einfältig gewesen, sich auch noch selbst hierherzumanövrieren.

Nun denn, das Unvermeidbare wartete keine zehn Meter hinter ihr. Also öffnete sie ihre Augen und drehte sich langsam um. Schweigend sah sie einen Atemzug lang zu ihrer Tante. Dann nickte sie stumm und schloss ihre Augen.

Die Verurteilte war bereit das Urteil zu empfangen, oder anders ausgedrückt: Vivienne hatte dem Tod in die Augen gesehen und ihn akzeptiert.

„Dein Wunsch sei mir Befehl, liebste Nichte!"

Guinevere legte beide Hände um den Griff des alten Zeremonienschwertes und hob es gekonnt in Position. Gleichzeitig setzte sie sich langsamen Schrittes in Bewegung. Nur nicht zu schnell sollte dieser Moment vorübergehen. Sie wollte jede Sekunde bis zuletzt auskosten. Wollte den Augenblick in vollen Zügen genießen. Nun, da sie doch noch selbst Hand anlegen musste, um das Gör in die himmlischen Weiten zu befördern, wollte sie auch auf ihre Kosten kommen.

Wenngleich sie wahrhaft überrascht war von der beeindruckend fiesen Kombinationsgabe, welche die Kleine so plötzlich an den Tag gelegt hatte. Nie im Traum hätte Guinevere erwartet, dass ihre Nichte genug Grips hatte, um die Bedeutung des Rosenstrauchs herauszufinden. Obwohl, das hatte sie ja ohnehin nicht! Die Kleine hatte doch nur auf gut Glück eins und eins zusammengezählt – nicht mehr und nicht weniger.

Und doch war Guinevere dadurch gezwungen, sich nun selbst die Hände schmutzig zu machen. Ein Umstand, der ihr eigentlich zuwider war. Also, nicht das Töten an sich freilich. Das war ja noch der erfreulichste Part an dem Ganzen. Aber Guinevere war eben eine Hexe. Sie arbeitete mit Zaubersprüchen, magischen Tränken – sie benutzte ihre Hände maximal, um ihren mentalen Befehlen mehr Nachdruck zu verleihen. Aber tatsächlich ein Schwert in Händen zu halten, es zu schwingen und vielleicht auch noch mit Blut besudelt zu werden … Also das war doch wirklich … billig!

Dabei dauerte es gewiss nur noch wenige Stunden, bis das letzte Blatt der Rose sich rot färbte – und die Angelegenheit sich von selbst erledigt hätte. Die Hexe seufzte innerlich. So viel Liebe hatte sie in diesen besonderen Zauberspruch gelegt – sie wollte ihrer Nichte doch wirklich keinen schmerzvollen Tod bereiten. Ja, zugegeben, sie war grausam. Und manchmal war sie bestimmt auch brutal. Aber eines war Guinevere ganz sicher nicht: pervers!

Aber nein, Fräulein „Ich kann's nicht erwarten" musste sich ja wichtigmachen. Also ade sanfter magischer Tod und willkommen blutiges Schlamassel!

Mit einem befriedigten Grinsen im Gesicht kam Guinevere zu Halt – der Vollstrecker hatte den Verurteilten erreicht.

Breitbeinig wie ein Ritter in schwerer Rüstung stand die Hexe kaum einen Meter vor ihrer Nichte. Beinahe elegant schwang sie das Schwert einmal durch die Luft, um es sodann mit der Breitseite mittig vor ihr Gesicht zu führen. Ganz nach alter Tradition schloss Guinevere die Augen und küsste den kalten Stahl.

Sodann senkte sie ihre Hände ab und holte zum ultimativen Schlag aus – in genau dem Moment, in dem auch die völlig unerwarteten Worte in ihr Gehör fanden:

„Sind Sie denn vollkommen durchgeknallt?"

Guinevere erstarrte mitten in der Bewegung.

„Lassen Sie sofort das Schwert fallen, Sie Wahnsinnige!"

Guinevere stieß einen angewiderten Seufzer aus und öffnete ihre Augen. Das konnte doch wohl nicht wahr sein!

Augenblicklich begann es in ihrem Inneren zu brodeln. Wie eine Furie wirbelte sie herum, das Schwert auf Armeslänge von sich gestreckt.

Kaum dass Ruben sich der kompletten Tragweite seiner zufälligen Beobachtung bewusst geworden war, stürmte er, ohne weiter darüber nachzudenken, einfach drauflos. Keine Sekunde zu früh, wie es den Anschein hatte. Dem Zufall sei Dank, dass er wohl gerade noch rechtzeitig hier aufgetaucht war.

Nun, gerade noch rechtzeitig konnte Ruben jetzt auch zu stehen kommen, ehe er sich die Spitze des Schwertes selbst in den Hals rammte. Wie ein Wirbelwind war die Giftschlange herumgefegt und hielt ihm besagte Schwertspitze nun direkt unters Kinn.

Ruben fluchte innerlich.

Eine falsche Bewegung, und er konnte der Kleinen mit Sicherheit nicht mehr helfen. Zwar war Ruben noch immer um einiges größer und gewiss auch kräftiger als Mylady, doch der funkelnde Stahl war nicht zu unterschätzen für jemanden wie Ruben. Auch wenn er noch nie eines zu Gesicht bekommen hatte, so erkannte er das edle Zeremonienschwert doch instinktiv sofort als solches.

Der Legende nach wurde diese Art von Schwert einst vor vielen Hundert Jahren von einem Zauberer erschaffen, um den Menschen Schutz vor magischen Wesen zu bringen. So erzählte sich zumindest der Volksmund. Aber nun musste Ruben erkennen, dass tatsächlich hinter jedem Märchen ein Funke Wahrheit steckte. Wenn auch die Frage, wie ausgerechnet diese Lady in den Besitz eines solchen Schwertes kam, weiter unbeantwortet in der Luft hing.

Doch den Respekt, den diese Waffe ihm abforderte, konnte Ruben nicht leugnen. Denn war erst einmal der Kopf ab, dann war Schluss mit der Langlebigkeit. Diesen Schaden konnte auch seine außergewöhnliche Selbstheilung nicht mehr reparieren, Bestie hin oder her.

Kein Kopf, kein Leben – die Rechnung war denkbar simpel!

Lass mich an die Schlampe ran – ich mach sie ein für alle Mal fertig!

Verlockender Gedanke, dachte Ruben. Aber selbst wenn er der Bestie Ruf nach Freiheit zustimmte und auch das Überraschungsmoment klar auf seiner Seite lag, so dauerte die Transformation noch immer zu lange. Nein, es musste einen anderen

Weg geben. Also riss er abwehrend die Hände in die Höhe, in dem Bemühen, mangels besserer Ideen erst einmal Zeit zu schinden.

„Wow, wow, wow, Lady! Immer schön sachte mit den scharfen Dingern." Ruben klang um einiges unbekümmerter, als er sich fühlte. Doch ebenso ungerührt funkelte ihn Mylady an. „He, wie wär es, wenn Sie das Messerchen hier aus meinem Gesicht nehmen und wir die Sache vernünftig klären?" Gleichzeitig versuchte er eine Hand zwischen die Klinge und seine Haut zu schieben. „Kommen Sie schon, Lady, Sie wollen doch sicher nicht, dass hier jemand ernsthaft verletzt wird?"

„Netter Versuch, aber genau *das* war mein Plan!"

Mit diesen Worten verstärkte sich der Druck der Schwertspitze auf Rubens Hals. Fast schon konnte er spüren, wie die Haut darunter nachzugeben drohte.

Verdammt und zugenäht!

„Okay, okay, ich hab's verstanden!" Er ließ seine Hand wieder nach oben gleiten, um zu verhindern, dass sie ihn sofort und auf der Stelle filetierte.

„Hören Sie, Lady, was immer Sie hier für ein Problem zu klären versuchen, es muss doch noch eine andere Lösung dafür geben!"

Das Schwert bohrte sich noch ein Stückchen weiter in seine Haut. Die Augen von Mylady schienen fast schon aus ihrem Gesicht zu hüpfen, so grimmig starrte sie Ruben an. „Wagen Sie es nicht, sich in meine Angelegenheiten zu mischen!", knurrte sie mit einer Stimme, die des Teufels ebenbürtig klang.

Instinktiv wich Ruben einige Zentimeter zurück. Auch das Schwert folgte seiner Bewegung. „Mylady, bei allem gebührenden Respekt, aber sie können doch nicht ernsthaft in Erwägung ziehen, hier vor meinen Augen ihre eigene Nichte zu köpfen? Das ist doch vollkommen irre!"

Plötzlich neigte sie den Kopf ein wenig zur Seite, reckte betont herausfordernd ihr Kinn empor und hob fragend die Augenbrauen. „Dann schlagen Sie also vor, dass ich Sie zuerst enthaupten soll?"

Ruben wich noch ein paar Zentimeter zurück. Doch nicht die Klinge war es, die ihm einen kalten Schauer über den Rücken jagte. Vielmehr lag es an der Lady wandelbarer Attitüde. Gleich schien sie der Hölle entstiegen zu sein, und dann wieder säuselte sie in lieblichster Manier. Aber sowohl das eine wie auch das andere wirkte absolut aufgesetzt. Die Frau war vollkommen unecht. Nichts an ihr passte.

Als wäre sie Frankensteins Monster – nur halt die attraktivere Version davon.

Doch Ruben blieb keine Zeit für dümmliche Vergleiche. Das Schwert bohrte sich erneut tiefer in seinen Hals und zwang ihn den Kopf nach oben zu strecken. Er wollte zurückweichen, aber seine Beine trugen ihn einen Schritt nach vorne. Prompt spürte er, wie eine warme Flüssigkeit über seine Haut ran.

„Wow, wow! Stopp!" Ruben war leicht irritiert über die Meuterei seiner Gliedmaßen. Stattdessen bemühte er sich diese Tatsache, so gut es ging, für sich zu behalten. „Lady, Sie gehören wirklich ins Irrenhaus, wenn ich das mal so sagen darf." Doch statt klein beizugeben, entschloss er sich zu handeln. Blitzschnell schossen seine Arme auf das Schwert zu, um es der Lady eisernem Griff zu entreißen. Aber im selben Moment war die Klinge plötzlich von seinem Hals verschwunden. Sein Griff ging ins Leere, und Ruben geriet ins Wanken.

Guinevere jedoch behielt die Kontrolle.

„Schluss mit dem Affenzirkus", knurrte sie zwischen zusammengekniffenen Zähnen hervor, während sie das Schwert nach oben riss und einen Schritt zurück machte. Die Klinge im Anschlag, funkelte sie ihr Gegenüber unbarmherzig an. „Runter auf die Knie. SOFORT!"

Ehe Ruben reagieren konnte, ließ sie das Schwert auf ihn herniederbrausen. Aber der Schlag führte so weit an ihm vorbei, als dass sie entweder ein lausiges Zielvermögen hatte oder ihn absichtlich verfehlte. Und doch schien der Hieb Folgen zu haben, denn Ruben fand sich plötzlich auf seinen Knien wieder –ohne diese Bewegung bewusst ausgeführt zu haben.

Verdattert hob er seinen Kopf – und diesmal sauste die Klinge mit voller Wucht auf selbigen zu.

„NEIN, NICHT!"

„BITTE!"

Wie das schrille Heulen einer Sirene drangen die Worte durch die todbringende Stille, direkt in Guineverers Innerstes. Ein schmerzhafter Krampf durchzuckte sie, und ihr Schlag verfehlte sein Ziel um Haaresbreite. Diesmal brodelte es nicht bloß in ihr, nein, diesmal war der Vulkan kurz vor dem Ausbrechen!

Guinevere bedachte den vor ihr knienden Ruben mit einem Blick, der Tote wünschen ließ noch mal zu sterben. Vor Wut schäumend, sah sie sodann über Rubens Haupt hinweg und fixierte ihren hasserfüllten Blick auf die Person, die es gewagt hatte, ihr Tun zu stören. Die einzige Person auf Erden, welche die Hexe noch mehr hasste als alles andere auf dieser Welt.

Rafael de la Renta.

Don Rafael wusste nicht, wie ihm geschah. Sollte er schreien, heulen, wortlos zusammenbrechen oder besser gleich an einem Herzinfarkt sterben? Letzteres war natürlich ausgeschlossen, aber in seinem Innersten ging es gerade drunter und drüber.

Dabei war er doch nur einer simplen Bitte eines kleinen alten Mannes gefolgt!

Mit wachsamen Augen hatte er das Haus durchquert und sich wie angeordnet in dem Ballsaal eingefunden. Sofort hatte die leicht offen stehende Glastür seine Aufmerksamkeit erregt. Bei seinem letzten Besuch konnte er den Garten auf der anderen Seite nicht inspizieren, also warum nicht die Gelegenheit beim Schopf packen? Regelrecht von dem schmalen Spalt angezogen, ging der Don darauf zu, stieß die Tür vorsichtig auf und trat ins Freie.

Aber was er dann erblickte, brachte sein Herz regelrecht zum Stillstand.

Wie angewurzelt stand er auf der obersten Stufe und blickte auf die rubinfarbene Lockenpracht. Es war schier unmöglich, und doch stand sie dort, lebendig und leibhaftig: Seine über alles geliebte Esmeralda.

Der Augenblick der Verwunderung währte jedoch weniger als einen Atemzug lang. Sofort wurde Don Rafael sich darüber bewusst, dass es sich hier lediglich um ein höllisches Trugbild handelte.

Neues Opfer – alter Trick!

Ganz genau! Seine geliebte Frau war und blieb tot. Folglich konnte die Person, die sich Esmeraldas Äußeres angeeignet hatte, nur eine sein: die Hexe höchstpersönlich!

Und wieder einmal war sie dabei, jemandes Kopf rollen zu lassen.

Doch das wusste der Don zu verhindern. Selbst wenn der Hexe Opfer noch tausendmal schlimmer war als diese selbst, Don Rafael würde nicht zulassen, dass sie auch noch einer einzigen Person den Kopf abschlug! Also rief er die einzigen drei Worte, die ihm in den Sinn kamen: jene drei Worte, die ihm auch seine Frau zugeflüstert hatte, ehe er sie dank der Hexe unbarmherziger Magie enthauptet hatte.

Mit einem Schlag fühlte er sich zurückversetzt in eine längst vergangene Zeit. Er sah das Gesicht seiner Liebsten vor sich, so lieblich und bezaubernd. Zugleich blickte er nun in der Tat in das Gesicht, das er einst so geliebt hatte – und konnte nichts Liebreizendes mehr in der Hexe trügerischer Maske erkennen.

Einen wohldosierten Augenblick lang taxierte Don Rafael die Hexe – und sie tat es ihm gleich. Wortlos stierten sie einander über die Entfernung hinweg an. Regungslos. Abwartend. Zeit und Raum schienen für einen winzigen Moment lang stillzustehen, und die Luft war mit Spannung geladen.

Blitzartig sortierten sich Don Rafaels Emotionen. Schock, Trauer, Schmerz und Hass wichen einem einzigen anderen Gefühl. Dem, das er sich für diesen besonderen Augenblick aufgespart hatte: Genugtuung!

Nach all den endlosen Jahren verzweifelten Hoffens waren seine sehnsüchtigsten Gebete also doch noch erhört worden.

Langsam, ganz langsam, setzte er nun einen Fuß nach dem anderen über die Stufen. In seinem Innersten brodelte es, doch nach außen hin war er die Ruhe selbst.

DAS MISTSTÜCK GEHÖRT MIR!

Bedächtigen Schrittes bewegte er sich auf die Hexe zu. Ein triumphierendes Lächeln legte sich auf seine Lippen, dann knackte als Erstes sein Kiefer.

Ruben hatte die letzten Sekunden wie in Zeitlupe miterlebt.

Eben noch sah er das Schwert auf sich hinabsausen, im nächsten Augenblick glitt es an ihm vorbei. Nun stand Mylady vor ihm, und jede einzelne ihrer Fasern schien zum Bersten gespannt. Aber ihr vor Groll verzehrter Blick richtete sich nicht auf Ruben, sondern über ihn hinweg. Ein neuer Akteur hatte die Bühne betreten, und wer immer es auch war, Ruben verdankte ihm wohl sein Leben!

Doch die Szene war wie eingefroren. Niemand bewegte sich. Niemand sprach auch nur ein Wort. Ruben selbst starrte noch immer wie in Trance auf Mylady, als ihm diese Vivienne wieder in den Sinn kam. Schlagartig fand er zurück zu sich selbst. Ohne sich auffällig zu bewegen, spähte Ruben an Mylady vorbei und entdeckte die Kleine noch immer starr vor dem Brunnen angewurzelt. Nun, wenn er sie aus ihrer misslichen Lage befreien wollte, dann war jetzt gewiss der beste Zeitpunkt dafür. Erneut richtete er seinen Blick auf die Lady, doch diese schien keine Notiz mehr von ihm zu nehmen.

Aber da war ja auch noch der Unbekannte im Hintergrund. Ruben musste erst wissen, was es mit diesem Fremden auf sich hatte, ehe er zur Rettung der Kleinen ansetzen konnte. Doch dann hörte er ein nur allzu vertrautes Geräusch.

Instinktiv griff er sich an den Nacken, aber es waren natürlich nicht seine Knochen, die dieses Geräusch verursachten. Noch immer kniend, wandte er den Blick nun langsam von Mylady ab. Vorsichtig drehte er den Kopf nach hinten und fand seine Befürchtung bestätigt: *Er ist einer von uns!*

Halb Mensch, halb Bestie steuerte der Neuankömmling direkt auf Ruben zu.

Lass mich das klären!

Fast hätte Ruben dem Drängen seiner Bestie nachgegeben, doch dann erkannte er das Wesentliche: Nicht *er* war das Ziel des Unbekannten, sondern *Mylady!*

Das war genau die Art von Ablenkung, die er gebraucht hatte. Ohne weitere kostbare Sekunden zu vergeuden, sprang Ruben auf die Beine, hechtete hinter die Lady und riss die versteinerte

Vivienne in seine Arme. Die kindliche Gestalt an seinen massiven Körper gepresst, suchte er nach der besten Richtung zur Flucht. Aber Ruben stand im wahrsten Sinne des Wortes am Rande der Klippen. Ein Schritt weiter, und es ging steil bergab. Der einzige Weg in die Sicherheit führte an Mylady und der fremden Bestie vorbei. Also hob Ruben Vivienne hoch, um so leichter zum Haus zurücksprinten zu können. Doch ehe er auch nur einen einzigen Schritt tun konnte, stoppte ein ohrenbetäubendes Geräusch seine Bewegung.

Als würde die Erde sich auftun, erbebte sie plötzlich, und aus allen Richtungen ertönte ein Unheil bringendes Grollen. Von einer Sekunde zur nächsten verdunkelte sich der Himmel zu einer pechschwarzen Kulisse. Das Meer schäumte und peitschte seine Brandung so hoch, dass Wasser über die Klippen spritzte. Wie gelähmt stand Ruben mit Vivienne im Arm an Ort und Stelle. Das Grollen wurde immer lauter und bedrohlicher. Dann zog ein Blitz über den Horizont. Erst nur einer einzelner. Dann folgte ein zweiter, ein dritter, und dann entstand ein regelrechtes Sperrfeuer aus Blitzen.

Augenblicklich sah Ruben sich versetzt in seinen ultimativen Albtraum – lediglich die blutverschmierte Visage fehlte noch. Fassungslos starrte er in den herabzustürzen drohenden Himmel. Aber nicht nur er war zum Gefangenen der Situation geworden.

Auch Don Rafael erstarrte inmitten seiner Transformation. Nicht mehr Mensch, noch nicht ganz Tier verharrte er auf halbem Weg zu der Hexe und richtete seinen überraschten Blick himmelwärts. Und selbst Guinevere löste angesichts des vorzeitigen Weltuntergangs ihre Augen von ihrem Kontrahenten.

So starrten sie nun also alle vier hinauf in die von Blitzen illuminierte Dunkelheit. Ihr Umfeld war so geladen, dass selbst die Luft vibrierte. Blitz um Blitz zuckte über den seltsam verfinsterten Himmel, dann auf einmal löste sich einer aus der angriffsartigen Formation.

Als wolle er das Anwesen bombardieren, schoss er direkt darauf zu.

Gespannten Blickes verfolgten die vier Augenpaare seinen Weg. Vom Himmel herab schlug er direkt in die Stufen vor der Glasfront. Rauch quoll empor und vernebelte einen Wimpernschlag lang die Sicht. Allmählich legte sich der Rauch, und die Umrisse einer Person wurden erkennbar.

Völlig gebannt beobachteten die vier das Geschehen, welches sich vor ihren Augen abspielte. Aber nur zwei von ihnen brachten eine Reaktion darauf hervor.

Regelrecht geschockt setzte Ruben Vivienne neben sich auf dem Boden ab und riss in absolutem Unglauben die Augen auf. „Oh mein Gott!", murmelte er mehr zu sich selbst denn zu jemandem Bestimmten. „Das darf doch wohl nicht wahr sein!"

Zeitgleich wich Guinevere jegliche Farbe aus ihrem Gesicht, während sie die Vielfalt der auf sie einstürmenden Emotionen in nur einem einzigen Wort zusammenfasste:

„Vater!"

Kapitel 19

Während der Rauch sich legte, beruhigte sich auch der Himmel ein klein wenig. Das Feuerwerk aus Blitzen verebbte, das Grollen verstummte. Erneut legte sich absolute Stille über diesen Flecken Erde. Was übrig blieb, war die düster graue Kulisse einer Grabeskammer. Lediglich auf den Stufen erstrahlte ein fast schon blendender Lichtkreis, in dessen Mitte undeutlich eine Person zu sehen war. Wie Zeus persönlich, war sie dem Blitz entstiegen und verharrte nun auf den Stufen, umgeben von dem beinahe göttlichen Lichtschein.

Für zwei endlos scheinende Sekunden bewegte sich absolut nichts und niemand. Dann ertönte ein stampfendes Geräusch, und der strahlende Lichtkreis erlosch. Zum Vorschein kam ein zur Gänze in einen weißen Umhang gehüllter Mann. Wallendes, schneeweißes Haar zierte sein Haupt, und sein ebenso weißer Vollbart reichte beinahe bis zu den Knien. Seine Körperhaltung zeugte von Macht und Überlegenheit, als deren sichtbares Zeichen er einen stählernen Stab in seiner Rechten hielt. Seine Spitze zierte eine gläserne Kugel, deren Inneres wiederum, einem Faradaykäfig gleich, von Lichtblitzen durchzuckt wurde.

Ein unverkennbares Werkzeug, das so alt war wie die Zeit selbst. Die Lanze der Magier – stets vererbt vom Vater an den Sohn, vom Meister an seinen Erben. Geschaffen, um den Obersten Diener der Magie als solchen auszuweisen. Getragen, die letzten tausend Jahre, vom Mächtigsten seiner Zeit.

Tristan, Oberhaupt des Hauses Thornton.

Anmutig und bedrohlich zugleich stand er nun erhobenen Hauptes vor seinem Publikum. Bedächtig betrachtete er einen nach dem anderen mit seinen silbern schimmernden Augen. Nur Tristan kannte die wahre Identität jeder einzelnen Person hier vor ihm. Er allein wusste, dass alle Anwesenden Teil ein und desselben Ganzen waren. Schließlich war er es gewesen, der sie alle hier an diesem Ort zusammengeführt hatte. Sein letzter Dienst an der Menschheit, wenn man so wollte. Ein zufriedenes Lächeln legte sich auf des Magiers Lippen. Die Familie war vereint. Blieb also nur noch eines zu tun.

Es war an der Zeit, die Masken fallen zu lassen!

Erneut stampfte der Magier mit seinem Stab auf den Boden. Ein-, zwei-, dreimal erklang das rhythmische Geräusch von Stahl, der auf Stein trifft. Im selben Augenblick war der Bann gebrochen, und Tristans vier Feldspieler erwachten aus ihrer magischen Trance. Doch während drei von ihnen nach wie vor zu stummen Zuschauern mutiert blieben, fand Guinevere ihre Sprache wieder.

„Vater!"

Nichts, aber auch rein gar nichts deutete mehr auf die emotionale Verwirrung von vor wenigen Augenblicken hin. Die Hexe war wieder ganz und gar Herrin ihrer selbst – innerlich wie äußerlich.

„Du lebst?" Der ironische Unterton ihrer Stimme klang laut und deutlich über die Distanz hinweg.

Tristans bedächtiger Blick blieb unverändert. „Guinevere, mein Kind, deine Begleiter magst du täuschen …" Auch wenn sein Tonfall milde war, so war der Klang seiner Stimme fest und unerschütterlich. „… doch deinem Vater konntest du noch nie etwas vormachen."

„Wozu auch?" Sie reckte herausfordernd das Kinn empor und funkelte ihn mit hasserfülltem Blick an. „Du bist doch der Magier, nicht wahr?" Sie stützte sich auf das Schwert, nun in ihrer Linken, und verbeugte sich theatralisch vor ihm. „Also warum erhellst du unsere Freunde hier nicht und nennst ihnen den Grund, aus dem ich hier bin?" Mit einer ausschweifenden Handbewegung deutete Guinevere auf die übrigen Anwesenden, ehe sie den Arm demonstrativ in die Hüfte stemmte.

Tristan ließ seinen Blick langsam durch die Runde gleiten. Don Rafael, oder was von ihm übrig war, stand regungslos, doch mit schmerzverzerrtem Gesicht zwischen dem Magier und seiner

Tochter. Ruben stand wie angewurzelt hinter der Hexe, die panisch erstarrte Vivienne fest an seine Seite gedrückt. Gespannt wie ungläubig verfolgten sie das Geschehen, in dessen Zentrum sie sich plötzlich befanden. Und Guinevere, ja, sie demonstrierte provokativ ihre Angriffslust. Lediglich eines hatten sie alle vier gemeinsam:

Ihr Blick war auf Tristan geheftet – aber das würde sich bald schon ändern!

Der Magier richtete seine Aufmerksamkeit wieder auf Guinevere. „Kind, du missverstehst den Ernst der Lage", begann er in stets gleichbleibend mildem Tonfall. „Damals, wie jetzt auch, erkennst du nicht, was sich vor deinen Augen abspielt."

Guinevere hob gereizt die Brauen. „Was gibt es da nicht zu verstehen?", zischte sie. „Mutter hat dich betrogen. Aus gekränktem Stolz hast du sie nicht nur verstoßen, sondern auch verbannt auf ewige Zeiten. Und mich, *dein eigen Fleisch und Blut*, gleich mit ihr. Aus purem Egoismus habt ihr mir, *eurer eigenenTochter*, alles genommen, was ich hatte. Also frage ich dich noch mal: Was – gibt – es – daran – nicht – zu – verstehen?"

„Ich gestehe, ich habe erkannt, dass es ein Fehler war", antwortete Tristan in aller Seelenruhe. „Doch war dies nur das, was wir dich glauben ließen."

Da begann es von Neuem in Guinevere zu brodeln. „Wie – bitte?", spuckte sie die Worte eines nach dem anderen förmlich aus ihrem Mund.

Aber Tristan ließ sich nicht aus der Ruhe bringen. Gefasst fuhr er fort zu erklären, was sich vor vielen Hundert Jahren zugetragen hatte.

„Als Tochter einer Hexe und eines Magiers bist du denkbar reinsten magischen Blutes …"

Guinevere öffnete den Mund, um ihren Unmut kundzutun. Doch Tristan stoppte sie mit einer einzigen Geste seines linken Armes. „Nein, mein Kind. Hör mich erst an, ehe du Einspruch erhebst", sprach er mit strenger Schärfe. Obwohl vor Wut kochend, blieb der Hexe nichts übrig, als zuzustimmen.

Sogleich entspannten sich des Magiers Züge, und er fuhr in gewohnt ruhiger Manier fort.

„Den Genen nach solltest du das Erbe deiner Mutter antreten, doch die Natur hatte es ausgesprochen gut mit dir gemeint. Wider alle magischen Regeln, wurden dir auch meine Fähigkeiten mit in die Wiege gelegt. Ob dies Segen oder Fluch war?" Der Magier hielt einen Atemzug lang inne.

„… deine Mutter und ich wollten es abwarten. Doch bald schon zeigte sich die Bedrohung, welche in dir heranwuchs. Wäre die Lanze der Macht erst einmal an dich übergeben, wärst du das mächtigste magische Wesen, das diese Welt jemals erlebt hatte – aber Macht korrumpiert. Und du trugst immer schon ein Übermaß an negativem Potenzial in dir. Also kamen deine Mutter und ich überein, mit all unseren Kräften zu verhindern, dass du jemals dein volles magisches Erbe antreten würdest. Doch …"

Der Magier verstummte, und man konnte ihm ansehen, dass er sich schwertat seine nächsten Worte zu formulieren. Tristan rang mit sich, aber er musste dies nun zu Ende bringen. Also zwang er sich weiterzusprechen, in aller Klarheit und Offenheit. „Doch brachten wir es nicht übers Herz, dich, unser eigen Kind, dem Tode zu übergeben. Also suchten wir nach einer anderen Lösung, die da war, dich der Heimat fernzuhalten. Bloß konnten wir nicht einfach deine Kräfte und dich verbannen. Zu mächtig warst du bereits, als dass du diesen Hinterhalt nicht durchschaut hättest. Mit der Hilfe heimatlichen Bodens noch dazu wärst du durchaus in der Lage gewesen, uns großen Schaden anzutun. Wir brauchten einen plausiblen Grund, der unser Handeln rechtfertigte. Also überredete ich deine Mutter, ihr Leben mit mir hinter sich zu lassen …"

Wieder brach Tristan ab. Sichtlich schmerzvoll waren diese Erinnerungen. Doch war er sich auch darüber im Klaren, dass er diesen Weg, nun da er ihn beschritten hatte, auch zu Ende gehen musste. Schweren Herzens fuhr er fort.

„… und kreierte ihr ein neues Leben, eine neue Familie – ganz ohne Magie. Deine Mutter war alles andere als begeistert davon – glaube es mir oder auch nicht, aber wir liebten uns tatsächlich. Nur mussten wir dieses Opfer bringen, um die Welt vor deiner Regentschaft zu bewahren. Schließlich gab sie ihre Zustimmung, und … den Rest der Geschichte kennst du ja."

Tristan hielt inne, um sich zu sammeln. Da wollte Guinevere die Chance ergreifen und ihrem Zorn freien Lauf lassen – doch erneut wehrte der Magier ihren Einspruch mit einer schlichten Handbewegung ab.

„Noch bin ich nicht fertig", sprach er ruhig, aber mit Nachdruck. Er ließ seinen Arm sinken und fuhr gleichbleibend milde fort. „Du dachtest, wir wüssten nicht Bescheid über die wahren Kräfte, welche in dir schlummerten. Aber, wie ich eingangs schon sagte, du konntest dich noch nie vor mir verstellen. Vom Tage deiner Geburt an wusste ich, was und wer du warst. So wie ich auch nach deiner Verbannung stets ein wachsames Auge auf dich hatte. Mit fassungslosem Entsetzen verfolgte ich deinen Weg durch die Zeit … Und doch konnte ich deine Schandtaten weder verhindern noch ungeschehen machen. Ich habe versagt auf jeder Linie. Als Magier. Als Ehemann. Als Vater." Wieder hielt er inne, aber diesmal ging eine sichtbare Veränderung in dem Magier vor.

Seine silbrigen Augen nahmen mit einem Mal die Farbe flüssigen Stahls an. Seine ganze Körperhaltung wurde von einer Sekunde zur nächsten hart und gnadenlos wie Stein, wie auch seine Stimme sich der Situation anpassend nun um eine Oktave senkte.

„Doch bekenne ich mich nur eines einzigen Fehlers schuldig", fuhr er mit drohendem Unterton fort. „Ich hätte dich unschädlich machen sollen, als ich noch dazu in der Lage war!"

Beinahe schon amüsiert verzog Guinevere angesichts dieser Worte das Gesicht – aber der Magier war noch immer nicht am Ende seiner Ausführungen angelangt. Wie auch schon zuvor hielt er sie mit nur einer einfachen Geste davon ab, sich zu Wort zu melden.

Langsam, aber sicher verlor sie die Geduld mit dem alten Trottel!

Doch blieb ihr nichts anderes übrig, als gute Miene zum bösen Spiel zu machen. Noch hielt *er* das Werkzeug der Macht in Händen – aber nicht mehr lange!

„Du wirst dir gefälligst anhören, was ich zu sagen habe", fuhr der Magier indes mit gleichbleibender Schärfe fort. „Du denkst, du seist hier, um dein magisches Erbe anzutreten? Ich muss dich enttäuschen, mein Kind. Wie du bereits festgestellt hast, lebe ich noch. Du bist also nur aus einem einzigen Grund hier: weil ich es so will!" Mit diesen Worten entließ Tristan Guinevere aus ihrer tonlosen Lage.

Endlich bekam sie die Gelegenheit, ihre Meinung kundzutun.

„Gratulation, alter Mann!" Betont gelangweilt applaudierte die Hexe dem Magier, freilich ohne ihr Schwert dabei aus der Hand zu legen. „Du hast mich also durchschaut – was für eine Glanzleistung." Sogleich nahm sie wieder ihre vorige Position ein und legte die süßliche Verachtung ab. Auch wenn Guinevere nicht damit gerechnet hatte, dass der alte Narr all die Zeit über Bescheid wusste, die Überraschung darüber hielt sich dann auch wieder in Grenzen. Kalt und unbeeindruckt fuhr sie fort. „Hast du noch ein Ass im Ärmel, oder war das alles, was du zu bieten hast?"

Tristan blieb die Antwort auf diese Frage schuldig.

„Dachte ich mir", fuhr die Hexe mit unbeteiligter Miene fort. „Nun denn, alter Mann – lass uns endlich zur Sache kommen. Ich bin also hier, weil du es wolltest? Da stellt sich mir nur eine Frage: Was könntest *du* noch von mir wollen?"

„Und wieder missverstehst du die Situation", stellte Tristan nun wieder ganz sachlich und ruhig fest. „Auch wenn du es anders siehst, die Welt dreht sich nicht nur um dich, mein Kind. Was ich von *dir* will, fragst du? Gar nichts, ist meine Antwort. Ja, ich habe dafür gesorgt, dass du hier und jetzt an genau diesem Ort bist – doch nicht um deinetwillen."

Guinevere war auf dem besten Wege, endgültig die Geduld zu verlieren. „Ist es denn wirklich zu viel verlangt, dass du einfach ausspuckst, was das ganze Theater hier soll?", knurrte sie sichtlich genervt. „Warum täuscht du deinen Tod vor? Weshalb lockst du mich unter Vorspiegelung falscher Tatsachen in die Heimat zurück?"

„Habe ich das denn?", konterte Tristan gelassen. „War es nicht vielmehr deine selbstgefällige Annahme, die dich letztlich hierhergeführt hat? Oder hattest du auch nur *einen* echten Beweis für mein Ableben?"

„Die verdammte Rose!", fauchte die Hexe.

„Oh, das war in der Tat eine falsche Fährte. Schuldig im Sinne der Anklage."

„Schluss mit dem Unsinn!", brüllte Guinevere ungeduldig. „Raus mit der Sprache: Weshalb bin ich hier?"

„Sieh dich um, mein Kind. Kannst du es nicht erkennen?"

„Mir ist nicht nach Spielchen zumute!"

„Mir aber – und du bist mein erster und zugleich auch letzter Zug in diesem meinem Spiel."

„Vater, es reicht!" Der Geduldsfaden war endgültig gerissen. „WAS – WILLST – DU?"

Da erhellte ein seliges Lächeln des Magiers Gesicht. „Frieden."

„Was?" Guineveres Stimme überschlug sich beinahe.

„Aus gutem Glauben heraus habe ich letztlich doch das Falsche getan. Mein Irrtum hatte Auswirkung auf das Schicksal weiterer unschuldiger Personen, und ich habe wohl wissentlich dabei zugesehen, anstatt zu tun, was nötig war. Nun aber ist es an der Zeit, diesen Fehler zu korrigieren. Ich kann Geschehenes nicht ungeschehen machen, doch kann ich meinen Teil dazu beitragen, um die Zukunft für manchen von uns angenehmer zu gestalten."

Mit diesen Worten hob der Magier die Lanze in die Höhe, führte sie vor seine Mitte und drehte sie in die Waagerechte. Sodann umfasste er das magische Werkzeug mit beiden Händen und formte die alles verändernden Worte.

„Was von der Lanze Macht einst entzweit, sei nun durch ihr bereitwilliges Opfer vereint …"

Guinevere erstarrte fast im selben Moment. „Das kannst du nicht tun!", stieß sie hervor.

„… die Zeit fordert ihren Tribut, bringt die Wahrheit ans Licht. Was verborgen durch die Macht der Magie, nun zeigt sein wahres Gesicht."

Guinevere aber hörte schon längst nicht mehr zu. Zu geschockt war sie, von dem, was ihre Augen sehen mussten. „Nein!", stammelte sie fast schon panisch. Doch Tristan hob die Lanze unaufhaltsam in die Höhe und führte sie über seinen Kopf. Einen Wimpernschlag lang verharrte er in dieser Position. Dann schloss er die Augen und ließ die Lanze in einer einzigen, fließenden Bewegung herabsausen.

„Nicht!", schrie Guinevere, im gleichen Moment, indem der Magier die Lanze entzweibrach, als wäre sie lediglich ein morsches Stück Holz.

„NEIN!", kreischte die Hexe. Doch es war natürlich längst zu spät.

Für den Bruchteil einer Sekunde hielt Tristan die Überreste der magischen Lanze auf Armeslänge von sich gestreckt. Dann schwang er seine Arme aufwärts, öffnete die Handflächen und gab die beiden Teile frei. Die Bruchstücke wirbelten ein Stück in die Höhe, ehe sie sich, im wahrsten Sinne des Wortes, in Luft auflösten.

„Du elender alter Narr", presste Guinevere zwischen zusammengepressten Kiefern hervor. „Was hast du nur getan?"

Tristan öffnete die Augen und blickte geradewegs in die seiner Tochter. „Ich habe meinen Frieden gefunden", antwortete er, in dem Wissen, sein Werk vollendet zu haben.

„Oh, und wie du das hast, alter Mann!", zischte die Hexe.

Ein letztes Mal ließ der Magier seinen Blick durch die Runde schweifen. Zufrieden betrachtete er die restlos verwirrten Gesichter von de la Renta, Ruben und Vivienne. Nun war es also vollbracht. Mehr konnte er nicht mehr tun – den Rest des Weges mussten sie alleine bestreiten. Doch er war voller Zuversicht. Ein Blick in diese Gesichter genügte ihm, um sich zu vergewissern, dass er diesmal tatsächlich das Richtige getan hatte.

Bereit wie nie zuvor, schloss Tristan die Augen.

Zeitgleich führte Guinevere das Zeremonienschwert vor ihr Gesicht, küsste dessen Breitseite und nahm ihr Ziel ins Visier – eiskalt und ohne mit der Wimper zu zucken. „Deine Schwäche, meine Stärke", murmelte sie an den blanken Stahl. „Wo du einst aufgrund von Liebe versagt, mir der Hass nun Flügel verleiht."

Sodann schwang sie das Schwert durch die Luft und schickte es auf seine todbringende Mission.

Wie der Pfeil aus dem Bogen schoss das Schwert aus der Hexe Händen und hielt mit seiner Spitze auf des Magiers Hals zu. Völlig mühelos durchbohrte es die Haut und bahnte sich seinen Weg durch Knorpel, Muskel und Knochen. Glitt hindurch wie ein Messer durch Butter, bis sein Griff den tödlichen Lauf abrupt stoppte.

So stand Tristan nun auf den Stufen, das Schwert von vorne nach hinten durch seinen Hals gebohrt. Einen Moment lang schien es, als hörte die Welt sich auf zu drehen. Alles erstarrte. Alles verstummte. Einen Atemzug lang stand sogar die Luft still.

Dann hielt der Tod Einzug auf Rosebound Heights.

Von unsichtbarer Hand geführt, begann die Klinge sich langsam zu bewegen. Stück für Stück trennte sie den Kopf von den Schultern, bis sie in senkrechter Linie nach oben stand. An ihrer Rückfront den Kopf des Magiers baumelnd, an der Vorderseite ein klaffendes Loch. Doch anstelle von Blut verließ nun heller Lichtschein den sterbenden Körper. Wie glühende Lava aus dem Vulkan eruptierte das gleißende Licht aus dem Hals und schoss himmelwärts.

Für einen endlos scheinenden Augenblick verharrte die bizarre Erscheinung in dieser Position. Dann erklang ein dumpfer Knall. Einer Implosion gleich zog sich das Licht zurück in den Körper, um nur einen Sekundenbruchteil später selbigen von innen heraus explodieren zu lassen.

Wie ein Feuerball schoss das Licht in alle Himmelsrichtungen davon. Dann löste der Magier sich im wahrsten Sinne des Wortes in Schall und Rauch auf. Alles, was von ihm übrig blieb, war sein weißer Umhang, der nun in einem Strudel aus Rauch und Licht gen Boden flatterte. Das Schwert vollzog selbigen Tanz und landete mit einem sanften Klirren auf dem weißen Bündel Stoff. Der Nebel aus Rauch lichtete sich, und der gleißend helle Schein erlosch. Was blieb war die Gewissheit.

Tristan, der Magier war tot.

Guinevere zog triumphierend die Mundwinkel hoch.

„Selbst im Tode hast du versagt, du dummer alter Mann!", richtete sie ihre vor Hass triefenden Worte an das Häufchen Stoff, ehe sie die Hand ausstreckte und das Schwert zurückbeorderte. „Du hättest mich wahrlich töten sollen, als du es noch konntest."

Auf die Klinge wartend, genoss sie von Zufriedenheit und Genugtuung ergriffen ihr Werk. Zugegeben, es war als Rückschlag zu erachten, dass der alte Trottel die Lanze zerstört hatte. Aber brauchte sie dieses blöde Stück Stahl denn allen Ernstes? Schließlich war sie Guinevere, Tochter von Rubia, der Hexe, und Tristan, dem Magier. Allein schon deswegen hob sie sich von allen anderen magischen Wesen ab.

Siegessicher schloss die Hexe ihre Hand um den Griff des Schwertes. Oh ja, von nun an würde ein neuer Wind durch die Welt der Magie wehen. Und ihre erste Handlung als neue magische Allmacht würde in der Beseitigung sämtlicher Störfaktoren bestehen.

Guineveres erbarmungsloser Blick heftete sich auf Rafael de la Renta.

Wie angewurzelt verharrte er an Ort und Stelle. Lediglich seinen Kopf konnte er bewegen, der Rest von ihm war nach wie vor erstarrt. Zudem sah er in seiner halb Menschen-, halb Bestien-Gestalt geradezu mitleiderregend aus – sofern man zu solchen Empfindungen fähig war. Guinevere hingegen amüsierte der jämmerliche Anblick. Fast noch mehr aber erheiterte sie die Tatsache, dass die magische Starre, in der de la Renta und die anderen sich unfreiwillig befanden, durchaus noch ein paar Augenblicke anhalten würde.

Ja, so war das eben in der Welt der Zauberei: Auch wenn der Tod des Magiers unweigerlich seine Flüche und Banne auflöste, so ließ sich die Magie doch ihre Zeit dabei. Und genau das war der Vorteil, den zu nutzen Guinevere sich nicht zu schade war.

Drei Fliegen mit einer Klappe, was konnte es Schöneres geben!

Ohne auch nur eine weitere Sekunde zu verschwenden, schritt Guinevere zielstrebig auf de la Renta zu. Im Gehen schwang sie das Schwert durch die Luft und brachte es, diesmal ohne sich mit traditionellem Firlefanz aufzuhalten, in Position. Guinevere wollte es nur noch hinter sich bringen. Viel zu lange hatte diese Farce ihrer Meinung nach schon gedauert. Es war an der Zeit, die Dinge zu Ende zu bringen. Mit schauriger Freude sah sie de la Renta in die Augen.

Nummer zwei von vier war an der Reihe zu sterben!

Mit absoluter Zielsicherheit führte Guinevere das Schwert – aber plötzlich zwang ein unsäglicher Schmerz sie inmitten der Bewegung innezuhalten.

Von der unerwarteten Attacke aus der Bahn geworfen, sank die Hexe in sich zusammen. Sie musste sich auf ihr Schwert stützen, um nicht den Halt zu verlieren. Der Schmerz weitete sich unaufhaltsam aus und bemächtigte sich ihres ganzen Körpers. Das Unmögliche erahnend, riss Guinevere eine Hand vor ihre Augen.

„Nein", flüsterte sie von unendlichen Qualen gepeinigt. „Nein, bitte nicht!"

Aber es war zu spät. Ihre Haut schmolz bereits wie das Wachs einer Kerze dahin und tropfte in eben solcher Manier von ihr herab.

„NEIN!", kreischte die Hexe erneut gequält. Doch es gab kein Halten mehr. Unbarmherzig löste sich die Maske makelloser Schönheit von ihr ab. Legte gnadenlos frei, worauf keiner der Anwesenden auch nur im Geringsten vorbereitet war.

Am wenigsten von allen Guinevere selbst!

Kapitel 20

ie Welt um Ruben herum hatte aufgehört sich zu drehen, in dem Moment, in dem ihm die wahre Identität seines einstigen Mentors bewusst wurde.

Vor seinen Augen überschlugen sich die Ereignisse, aber auch in seinem Kopf ging es drunter und drüber. Gefangen in des Zauberers magischem Bann, blieb ihm jedoch nichts anderes übrig, als die Ereignisse tatenlos mitzuverfolgen. Schock, Fassungslosigkeit und letztlich Trauer beherrschten Rubens Innerstes.

Und doch war es plötzlich so, wie Tristan in seinem Brief prophezeit hatte: Auf einmal ergab alles einen Sinn!

Die Giftschlange war in der Tat nicht diejenige, die sie vorgab zu sein – auch wenn Ruben nicht erwartet hatte, sich einer wahrhaftigen Hexe gegenüberzufinden. Aber noch weniger hatte er damit gerechnet, dass ausgerechnet sein alter väterlicher Freund sich als allmächtiger Magier entpuppte. Aber nun, im rechten Licht betrachtet, beantwortete dies so manche Frage, die Ruben sich in letzter Zeit gestellt hatte.

Schlagartig machte alles Sinn. Tristans oft schrulliges Verhalten, sein ominöses Auftreten, sein unschätzbares Alter, um nur einige der Rätsel beim Namen zu nennen. Sogar der angebliche Verkauf von Rosebound Heights erschien mit einem Mal logisch, ging man davon aus, dass Tristan diese Hexe damit ködern wollte. Wenngleich Ruben nicht wirklich nachvollziehen konnte, wie die Dinge zwischen einem Vater und seiner Tochter derartig schieflaufen konnten.

Aber was wusste Ruben denn auch schon von Vater-Kind-Beziehungen? Er, der ja noch nicht einmal wusste, wer seine eigenen, leiblichen Eltern überhaupt waren!

Doch mit ansehen zu müssen, wie diese grünäugige Hexe seinen Freund und Mentor einfach kaltblütig abschlachtete, gab

Ruben nun bereits zum zweiten Mal in seinem Leben das Gefühl, einen Vater verloren zu haben. Sein einziger Trost war, dass Tristan dies alles scheinbar ganz genau so geplant hatte.

So verwirrend sein Brief an Ruben anfänglich auch gewesen war, unter diesen Umständen betrachtet, erwies diese Annahme sich als die einzig logische Schlussfolgerung. Tristan hatte seinen Tod von Anfang an in das Geschehen miteinbezogen. Es gab keinen Plan B, und es war gewiss auch keine Überraschung, als diese Hexe ihm das Schwert durch den Hals rammte – nun, zumindest nicht für Tristan.

Nun aber stellte Ruben sich eine ganz andere Frage: warum das alles?

Weshalb nur hatte Tristan sich quasi selbst geopfert? Bloß um seinen inneren Frieden zu finden? Das war doch purer Schwachsinn!

Und wie fügte sich die andere Bestie in dieses Puzzle? Wer immer dieser Mann war, aus Rubens Sicht passte er so ganz und gar nicht ins Bild. Obwohl, wollte er nicht der Hexe an den Kragen, bevor hier die Welt aus den Fugen geriet?

Wieder stellte Ruben sich dieselbe Frage wie zuvor: WARUM?

Innerhalb weniger Sekunden war er von „Alles ergibt einen Sinn" wieder zu „Rein gar nichts macht Sinn" zurückgekehrt. Verwirrter denn je verfolgte er der Hexe weiteres Vorgehen – und es ließ nichts Gutes erahnen.

Scheinbar hatte sie vom Töten noch nicht genug. Aber das war längst nicht alles, was ihn beunruhigte. Ruben hielt den Atem an. Dieses grünäugige Monster konnte doch nicht allen Ernstes einen vollkommen wehrlosen Mann angreifen?

Ruben erstarrte, obwohl er ohnehin schon starr war. Während diese Hexe auf die andere Bestie zuging, wurde ihm schlagartig die Tragweite der Situation bewusst. Keiner von ihnen konnte sich bewegen. Sie alle waren noch gefangen in diesem magischen Bann. Und kaltblütig, wie die Hexe war, würde sie sie nun einen nach dem anderen die Klinge ihres Schwertes spüren lassen.

Feige Kanaille!

Wie wahr doch, dachte Ruben. Nur konnte er seine Bestie nicht in die Freiheit entlassen. Er konnte sich ja noch nicht einmal vom Fleck bewegen! Die Magie war schlicht und ergreifend die stärkere Macht – oh Tristan, was hast du dir nur gedacht dabei?

Der Gedanke, nun jeden Moment um einen Kopf kürzer gemacht zu werden, gefiel Ruben nicht im Geringsten. Schon holte die Hexe zum ultimativen Schlag aus, um der anderen Bestie den Garaus zu machen – und Ruben flehte innerlich gen Himmel: Gott, bitte, wenn es dich gibt, dann lass ein Wunder geschehen!

Sein Flehen wurde erhört.

Der Hexe ohrenbetäubendes Kreischen schrillte durch die absolute Stille, und Ruben vergaß beinahe darauf zu atmen. War Tristans Auftritt schon unfassbar gewesen, so war das, was sich nun hier abspielte, schlichtweg … abscheulich. Mit blankem Entsetzen beobachtete Ruben, wie auch die Hexe sich plötzlich zu transformieren begann – es war ein Bild des Grauens.

Ihre Kleidung löste sich in Rauch auf, und die Haut darunter begann im wahrsten Sinne des Wortes zu schmelzen. Langsam, aber unaufhaltsam tropfte sie zu Boden und gab den Blick auf nacktes Fleisch frei. Ein grauenhafter Anblick, wie Ruben fand. Aber noch schlimmer war der Geruch, der die Szene sogleich begleitete.

Erst roch es bloß nach verbranntem Fleisch. Doch nur einen Atemzug später war die Luft erfüllt von bestialischem Verwesungsgeruch. Aber nicht allein in der Luft lag der süßlich markante Gestank, nein, auch der Hexe Äußeres nahm das Aussehen eines fauligen Etwas an.

Blutig rote Muskulatur verwandelte sich in eine graubraune Schleimschicht. An allen Ecken und Enden blubberte die ekelerregende Oberfläche wie eine See aus giftigen Chemikalien. Da zuckte der gesamte Körper wie vom Blitz getroffen auf. Ließ die Hexe eine Drehung um hundertachtzig Grad machen, sodass Ruben nun ihre Vorderseite sehen konnte.

Was einmal ihr Gesicht war, zeigte sich nun als eine einzige, rottende Masse. Die Augäpfel stachen hervor, wie aus einem Totenschädel. Die Ruinen fauliger Zähne standen wie krumme Zinnsoldaten unter zwei kreisförmigen Öffnungen, die wohl mal als Nase galten. Der Rest ihrer Haare stand in einzelnen, versengten Strähnen wirr vom Kopf ab. Wie eine wandelnde Giftmülldeponie stand sie da, gleich dem zu Leben erwachten Zombie aus einem Horrorfilm.

Da setzte Rubens Atmung endgültig aus: Vor ihm stand das leibhaftige Monster seiner Albträume!

Augenblicklich gefror ihm das Blut in den Adern. Zweihundert Jahre lang verfolgte dieses Monster Ruben in seinen Träumen. All die endlosen Jahre lang wusste er nicht, ob es der Realität entsprang oder ein bloßes Trugbild seiner Fantasie war. Und nun stand sie, ES, direkt vor ihm – und gewiss hatte das Schicksal sie nicht ohne Grund zusammengeführt. Da dämmerte ihm schlagartig die ganz dramatische Wahrheit: Das Schicksal hatte einen Namen, und dieser lautete Tristan!

Als Ruben sich dessen bewusst wurde, krampfte sein Herz sich schmerzvoll zusammen. Wie um alles in der Welt konnte sein alter Mentor darüber Kenntnis erlangen? War sein treuer Freund in der Tat ein derart mächtiger Mann?

War die Magie tatsächlich die *stärkste* Macht auf Erden?

Es hatte ganz den Anschein.

Doch Ruben blieb keine Zeit, sich weiter den Kopf darüber zu zerbrechen. Die Hexe, oder was noch von ihr übrig war, wirbelte noch zwei Mal um ihre eigene Achse und kam dann abrupt zum Stillstand. Gehetzten Blickes sah sie sich um. Ein grunzendes Fauchen begleitete die unkoordinierten und abgehackten Bewegungen ihrer sogenannten Arme. Einem nach dem anderen stierte sie Ruben und die beiden anderen mit ihren unappetitlichen Augäpfeln an, als wüsste sie nicht, was sie als Nächstes tun sollte.

Da entdeckte Ruben ein weiteres Detail: Die Hexe hielt das Schwert nicht mehr in ihren Händen!

Während diese monsterhafte Erscheinung wohl versuchte die Kontrolle über sich selbst zurückzuerlangen, ließ Ruben seinen Blick unauffällig über den Boden schweifen. Sein Herz tat regelrecht einen freudigen Hüpfer, als er das Objekt der Begierde erspähte. Es lag keine zwei Meter vor ihm neben der Hexe im Gras. Nah genug, um es mit einem Satz erreichen, an sich reißen und das Monster ein für alle Mal töten zu können!

Zufrieden hob Ruben den Kopf und blickte geradewegs in die Augen der anderen Bestie. Für den Bruchteil einer Sekunde starrten die beiden einander an, dann nickte der Fremde kaum merklich. Scheinbar war er zu dem gleichen Schluss gekommen wie Ruben. Aber noch hing die positive Ausführung des Plans am seidenen Faden. Denn außer seinem Kopf konnte Ruben nach wie vor nichts bewegen.

Verdammt und zugenäht!

Wie lange dauerte es denn, bis sich dieser verfluchte Bann endlich in Luft auflöste? Ruben war frustriert. Aber auch wenn Tristans Tod ihm schon wie vor einer Ewigkeit vorkam, so waren in der Tat noch nicht einmal zwei Minuten seitdem verstrichen.

Nichtsdestotrotz war die Zeit das zentrale Thema. Denn sollte die Hexe ihre Kontrolle erlangen, *bevor* der Bann sich aufhob, dann war auch das Schwert nicht mehr von Nutzen. Zumindest nicht für Ruben, den Fremden oder die Kleine. Und wieder stellte Ruben sich die Frage aller Fragen: warum nur?

Was hatte der gute alte Tristan sich nur bei alledem gedacht? Er konnte doch nicht wirklich wollen, dass sie der Hexe auf dem silbernen Tablett serviert wurden?

Aber dann spürte er ein erlösendes Kratzen in seinem Hals. Ruben hustete und räusperte sich. Dann war er wieder Herr über seine Stimme.

„Wer zum Teufel bist du?", knurrte er das krampfartig zuckende Monster an.

„Guinevere, Hexe aus dem Hause der Thorntons",kam die Antwort von weiter hinten. Und an die Hexe gerichtet fuhr de la Renta fort: „Sei mir gegrüßt, verhasste Schwägerin!"

Guinevere glaubte sich verhört zu haben.

Nicht nur hatte der alte Trottel von Vater sie hinterhältig ausgetrickst und ihr die Pest ihres natürlichen Körpers an den Hals gezaubert. Nein, nun hatte dieser spanische Flohzirkus auch noch die Dreistigkeit, ihr zu verstehen zu geben, dass *auch er* längst über alles Bescheid wusste!

Oh, wie sehr wünschte sie, ihn doch endlich töten zu können!

Aber nein! Sie musste ja erst noch diese schmerzhaft peinliche Kreation von Körpermasse unter Kontrolle bringen! Die Hexe brodelte – innerlich wie äußerlich. Oh, niemand vermochte sich vorzustellen, welch qualvolle Pein dieser Körper ihr verursachte. Und dies war nicht bloß eine Metapher, um ihr rein seelisches Leid zu beschreiben!

„Rafael de la Renta", fauchte sie, einer verwundeten Raubkatze gleich. „Was verschafft mir eigentlich die zweifelhafte Ehre deines Besuches?"

„Ich habe dir jemanden mitgebracht", stieß de la Renta angewidert hervor.

Die Hexe riss ihren Kopf herum und starrte auf Ruben.

„Nicht die beiden", knurrte der Don, und die Hexe richtete ihren schmerzverzerrten Blick wieder auf ihn. „Ich habe dir meinen Freund, den Tod mitgebracht."

Trotz der Höllenqualen, die sie litt, brachte Guinevere annähernd so etwas wie ein Lachen zustande. „Ach, wie rührend!", krächzte sie. „Schade nur, dass ihr beide so … versteinert seid!"

„Deine Sekunden sind gezählt, elende Hexe!", schrie de la Renta.

„So wie deine", hisste sie zurück. „Nur dass deine Uhr ein klein wenig schneller tickt, alter Freund." Von schmerzhaften Krämpfen heimgesucht, wand Guinevere sich erneut. Dennoch war sie voller Zuversicht. Auch wenn diese beschissene Transformation eine vorübergehende Funktionsstörung ihrer Zauberkräfte verursachte, so konnte *sie* sich zumindest bewegen.

Und plötzlich kam der Hexe eine ganz und gar neue Idee in den Sinn – eine, die wahrlich noch süßer klang als der Tod selbst!

„Aber wenn du gestattest, werter Schwager, so lass mich dir die Wartezeit ein wenig verkürzen." Beflügelt von dem Gedanken, machte sie sich sogleich daran, ihren gepeinigten Körper in Bewegung zu setzen. „Denn auch ich habe dir jemanden mitgebracht." Die wenigen Schritte waren eine echte Folter, aber alleine schon der panische Blick in den Augen der Kleinen war es wert.

Qual hin, Schmerz her – das hier würde ohne Frage das Sahnehäubchen ihres Werkes werden.

Ohne zu zögern, griff die Hexe in die volle Lockenpracht.

„Finger weg von ihr!", knurrte Ruben.

Die Hexe beäugte ihn mit undefinierbarer Mimik, lockerte aber nicht ihren Griff. Auch Ruben ließ seinen Blick nicht von dem Monster abschweifen. Unfähig sich zu bewegen hatte er ohnehin so gut wie keine Chance. Dennoch sah er es als seine Pflicht an, die Nichte dieser Ausgeburt der Hölle zumindest verbal zu verteidigen. „Ich hab noch immer keine Ahnung, wer oder was du genau bist, aber ich rate dir dringend deine Griffel von dem Mädchen zu nehmen", brachte er zwischen zusammengepressten Kiefern hervor.

Die Hexe entblößte ihre Zahnruinen in einem katzenartigen Fauchen. „Und was willst du dagegen tun?", hisste sie Ruben an.

Ein bedrohliches Knurren war die einzig adäquate Antwort, die Ruben darauf geben konnte. Also verstärkte die Hexe ihren Griff und zog die Kleine an ihren Haaren aus Rubens beschützenden Armen. Und erst da bemerkte Ruben die nur allzu offensichtliche Veränderung.

Denn die Haare, welche die Hexe gepackt hielt, waren nicht länger blond!

Während sie ihr Opfer unsanft über den Boden in Richtung der anderen Bestie schliff, erhaschte Ruben einen klaren Blick auf die Kleine. Mit angstvoll aufgerissenen Augen starrte sie ihn an – und Ruben erstarrte angesichts dessen, was er sah: Augen, die zwei Smaragden gleich aus einem makellos schönen Gesicht stachen. Sanft und zart, bezaubernd wie betörend, umrandet von einer rubinroten Lockenpracht – das Gesicht, das noch vor wenigen Augenblicken das Antlitz der Hexe zierte!

Ruben fehlten die Worte.

Doch war er nicht der Einzige, der angesichts dieser unerwarteten Wende die Sprache verlor.

Rafael de la Renta beobachtete wortlos, wie die Hexe die junge Frau brutal über den Boden schliff. Als entledigte sie sich eines Müllbeutels, so stieß sie die arme Kleine direkt vor ihn. Ungläubig starrte er auf das zitternde Bündel zu seinen Füßen.

Bereits zum dritten Mal blickte er an diesem Tage nun schon in das so geliebte Gesicht seiner längst verstorbenen Frau – nur dass es auch diesmal ein Trugbild war.

„Was soll das?", herrschte er die Hexe an. „Welch perverse Idee verfolgst du diesmal mit deinen kranken Spielchen?"

„Krank?" Guinevere trat einen Schritt zurück. „Pervers?" Erneut wurde sie von einem heftigen Zucken heimgesucht, doch immer schneller konnte sie sich nun davon erholen. „Wenn schon, dann nenn mich sentimental." Sie ging einen Schritt auf Vivienne zu und griff erneut in die roten Locken.

„Aber nachdem wir alle gerade so nett hier beisammen sind, solltest du unbedingt noch jemanden kennenlernen." Schwungvoll riss sie den Kopf der Nichte nach oben, sodass de la Renta freie Sicht hatte.

„Wenn ich also vorstellen darf: Die junge Dame hier, deren Gesicht dich nicht ohne Grund an deine ach so geliebte Esmeralda erinnert, ist Vivienne, *meine Nichte!*" Guinevere legte ihren Kopf an Viviennes Ohr, sah aber de la Renta in die Augen. „Und das haarige Ding da vor dir, meine Liebe, das ist *dein Vater!*"

Die Bestie heulte lautstark auf.

„Das ist nicht wahr!", flüsterte Don Rafael. „Das kann unmöglich wahr sein!" Der Schock stand ihm ins Gesicht geschrieben. Doch schnell löste aufkeimender Zorn diesen Zustand ab.

Schneller, als die Hexe erwartet hatte. Eisigen Blickes starrte de la Renta sie nun an.

„Das ist eine Lüge!", schrie er. „Nichts als ein weiterer deiner perversen Tricks!" Seine Rage verdoppelte sich von Wort zu Wort.

„Mein Kind ist TOT!", brüllte er vor Wut schäumend.

Aber Guinevere blieb gelassen. „Sagte wer?"

Der Gesichtsausdruck, den der Pelzmantel nun an den Tag legte, befriedigte die Hexe fast noch mehr als die Exekution des Magiers. „Oh ja, du große, böse Bestie, damit hast du wohl nicht gerechnet, was?"

Im nächsten Moment ging de la Renta in die Knie. Sackte in sich zusammen wie ein leerer Beutel. Da wusste Guinevere, dass ihr nicht mehr viel Zeit blieb. Ja, sie musste sich sputen, ehe die drei wieder ihre komplette Körperkontrolle zurückerhielten.

„All die Jahre über lebtest du in dem Bewusstsein, dein Kind bei der Geburt verloren zu haben. Dachtest, ich hätte dir alles genommen, was das Leben lebenswert machte – was natürlich so war. Bis auf die Tatsache, dass dein kleines Mädchen hier alles andere als tot war!" Die Hexe ließ von Vivienne ab und richtete sich zu ihrer vollen Größe auf.

Sie hatte nur noch eines zu sagen, aber das ließ sich von oben herab viel besser mitteilen.

„Doch dein Todestag soll zugleich auch dein Glückstag sein, Bestie, denn ich habe eine weitere Überraschung für dich parat." Guinevere trat vor den knienden de la Renta, gestärkt und kontrolliert. Ja, ihre Macht kehrte wieder zu altem Potenzial zurück.

„Sieh mich gefälligst an, wenn ich mit dir rede!", hisste sie ihn an.

Don Rafael kam ihrem Befehl nach. Die Welt um ihn herum war soeben zusammengebrochen. Er war am Boden, in jeder nur erdenkbaren Weise. Also hob er den Kopf und sah dem Tod ins Auge, mit Tränen in den seinen.

„Oh!", raunte die Hexe. „Spar dir das lieber für das Ende auf. Denn wenn du denkst, jetzt schon den Kummer und die Trauer nicht mehr ertragen zu können, so lass dir gesagt sein, dass deine Frau und deine kleine Tochter längst nicht alles waren, was ich dir an jenem Tage genommen habe!" Sein Blick ließ ihre innere Zufriedenheit anschwellen, war wie Balsam auf ihrer Seele.

„Oh ja, du wandelnde Seuche, du, dein kleines Miststück von Frau gebar dir noch ein zweites Kind!" Von Genugtuung ergriffen, kam die Hexe nun erst so richtig in Fahrt. „Und es war ein Junge – ein kleiner, hilfloser Welpe. Doch wie sollte mir dieses stinkende Knäuel von Kind je dienlich sein? Also tat ich, was getan werden musste: Ich überließ ihn dem Tod."

Dann beugte sie sich ganz dicht vor sein Gesicht. „Willst du wissen, wie?"

Wie ein sichtbares Zeichen seiner Hilflosigkeit liefen dem Don nun die Tränen über seine Wangen. Aber selbst wenn er gewollt hätte, er konnte den Blick nicht von der Hexe abwenden, geschweige denn, dass er auch nur noch einen einzigen Ton herausbrachte.

Ja, genauso wollte die Hexe ihn haben. Angespornt von des Dons Leid fuhr sie triumphierend fort in ihrem Monolog. „Erst wollte ich deinen Welpen gleich vor deinem Haus, in seinem Bettchen aus Moos und Laub verrecken lassen. Erinnerst du dich noch an das herrliche Unwetter? Oh ja, Sturm und Regen hätten den Kleinen gewiss allegemacht. Nur was, wenn ihn einer deiner Gefolgsleute davor noch gefunden hätte? Nein, das musste ich natürlich verhindern. Also karrte ich den Balg auf den höchsten Gipfel deiner ach so geliebten Anden und überließ es dort der Natur, sich seiner zu entledigen."

Die Hexe streckte einen ihrer verrottenden Arme aus, und das Schwert, nun einige Meter hinter ihr, begann zu vibrieren. „Doch kann ich dir zwei Dinge versprechen: Bald schon wirst du mit all deinen Liebsten glücklich vereint sein. Deine Frau und dein Sohn erwarten dich sicher schon – und deine entzückende Tochter hier wird gleich nach dir zu euch stoßen!"

Das Schwert glitt indes langsam nach oben und verharrte in der Luft schwebend.

Ohne den Blick von de la Renta abzuwenden, wackelte die Hexe einladend mit den krallenartigen Fingern in des Schwertes Richtung.

„Auf dass die Familie nun endlich wieder glücklich vereint sei!", raunte Guinevere.

Im selben Augenblick sanken Rubens grotesk die Leere umklammernden Arme herab.

Von einem Augenblick zum nächsten erwachte Rubens Körper zu Leben – wie auch sein Geist urplötzlich glasklar sah. Mit einem Schlag waren all die Puzzleteile in die richtige Position gerutscht. Diesmal ergab in der Tat *alles* einen Sinn.

Und Ruben wusste, was er zu tun hatte.

Blitzschnell schoss er nach vorne und schnappte das Schwert aus der Luft. Am Rande der Klippen vorbei vollzog er eine Drehung um die eigene Achse und hechtete auf die grausam entstellte Gestalt der Hexe zu. Zeitgleich entließ er seine Bestie in die Freiheit.

Halb Mensch, halb Tier, schwang er noch im Laufen das Schwert, brachte es in Position, um seinen ultimativen Albtraum ein für alle Mal zu beenden.

Instinktiv wandte das Monster seiner Träume sich zu ihm um, sah ihn geradewegs auf sich zustürmen. „Du hättest dich besser vergewissert, dass der Welpe auch *wirklich* tot ist!", rief Ruben der nun sichtlich überrumpelten Hexe zu. Doch mehr, als im Bewusstsein ihres einzigen echten Fehlers zu sterben, blieb ihr nicht mehr übrig. Denn diesmal war Ruben derjenige, der die Klinge des Todes in Händen hielt. Anstandslos nahm er der Bestie Kraft zu Hilfe, führte, ohne zu zögern, den todbringenden Hieb aus. Der Hexe Augäpfel sprangen fast aus ihrem Gesicht, so verzerrt war ihr Blick, als das Leben so unerwartet schnell aus ihr wich. Dann endlich rollte der Kopf von ihren Schultern – noch ehe die Klinge ihren Hals überhaupt berührte!

Rubens kraftvoller Hieb ging durch Luft. Das Schwert schlug in den Boden, und er geriet leicht ins Wanken. Irritiert sah er auf Klinge und Hexe. Erstere war absolut sauber, Letztere mit Sicherheit tot. Aber wie …

Da durchbrach abermals ein gequältes Heulen die bizarre Stille.

Ruben fuhr hoch und sah den kopflosen Körper der Hexe in sich zusammenbrechen. Sogleich stieg Rauch auf, und Flammen schossen aus dem leblosen Klumpen Fleisch hervor. Wie kurz zuvor der Magier in gleißendem Licht entschwand, so löste die Hexe sich nun in schwarzem Rauch auf.

Alles, was von ihr übrig blieb, war ein Häufchen Asche.

Der rauchige Nebel lichtete sich zaghaft, und Ruben blickte direkt auf die fremde Bestie, namens de la Renta.

Der Mann kniete noch immer am Boden. Halb Mensch, halb Bestie. Regungslos. Gebrochen. Ruben starrte ihn durch den Schleier aus Rauch hindurch an, selbst noch nicht ganz Tier und längst nicht mehr Mensch. Sein Verstand plötzlich von einem einzigen Gedanken beherrscht: Wenn dieser Mann der Vater der Kleinen war und diese wiederum einen Bruder hatte, der von dieser Hexe zum Sterben ausgesetzt worden war … Konnte Ruben dann allen Ernstes dieser Bruder sein? Konnte dieser Mann dort tatsächlich und wahrhaftig sein Vater sein?

Hatte Ruben am Ende etwa gar noch … seine Familie gefunden?

Wieder zerriss ein markerschütterndes Heulen die Stille. Diesmal jedoch klar und deutlich als Ruf der Bestie zu identifizieren. Doch weder Ruben noch dieser de la Renta waren die Ursache dafür. Instinktiv riss auch er seinen Kopf hoch und blickte direkt in Rubens Augen. Einen Atemzug lang taxierten sie einander. Abschätzend. Abwartend. Zustimmend.

Erstaunlicherweise … erkennend.

Erneut drang das Heulen der Bestie durch die abendliche Stille. Gleichzeitig rissen beide Männer ihren Kopf herum. Gleichzeitig entdeckten sie sie, die Bestie, die sichtlich mit den Qualen der Transformation kämpfte.

Ihre Kleidung barst unter dem Druck sich verändernder Knochen. Die Haut platzte, gab denn Weg frei für glänzendes, rotbraunes Fell. Ungewöhnlich grüne Augen funkelten gleichermaßen gefährlich wie verängstigt. Bereits vollständig transformiert hingegen schienen der Bestie Klauen. Ihre rasiermesserscharfen Krallen waren zur Gänze ausgefahren, von ihren Spitzen tropfte noch immer Blut. Das Blut, das eigentlich auf des Schwertes Klinge kleben sollte.

In ungewöhnlich rasantem Tempo vervollständigte sich nun die restliche Transformation. Dann stand sie vor ihnen, in ihrer vollen Pracht und Größe.

Die einzige Bestie, die die Hexe nicht kommen gesehen hatte: Vivienne.

Die Bestie, mit der niemand gerechnet hatte – am allerwenigsten sie selbst!

Kapitel 21

Vivienne stand auf dem Gipfel des Ben Nevis, Schottlands höchstem Berg, und starrte schweigend ins Nichts. Unter ihr verdeckten dicke Nebelschwaden das Tal, und über ihr leuchtete der Mond in seiner vollen Pracht. Aus der Ferne trug der Wind das unverwechselbare Heulen eines Wolfs an ihr Ohr. Gleich darauf drang die Antwort eines zweiten Wolfs durch die Stille der mondhellen Nacht.

Vivienne schmunzelte wortlos vor sich hin und sog die unwirklich erscheinende Idylle in sich auf. Dieser Ort war einfach zu schön, um ihn schon wieder zu verlassen. Diese absolute Abgeschiedenheit, die Ruhe der Natur – das Universum schien im Einklang mit sich selbst zu sein. In Viviennes Augen war dies die vollkommene Illusion einer perfekten Welt. Und inmitten dieser sagenhaften Umgebung stand sie. Nur Vivienne. Niemand sonst. Zum ersten Mal in ihrem Leben war sie wirklich und wahrhaftig alleine.

Nun, vielleicht nicht alleine im herkömmlichen Sinne.

Na los, Vivienne, wir müssen weiter!

Ach, wie lange hatte sie diese Stimme in ihrem Inneren gehört, ohne auch nur zu ahnen, was es damit auf sich hatte. Und dann, von einer Sekunde zur nächsten hatte sich ihr ganzes Leben verändert. Gott, wie oft hatte Vivienne sich gefragt, warum die Gene ihrer Mutter sie scheinbar übersprungen hatten. Ja, sie hatte sogar der Tante böswilliger Lüge Glauben geschenkt, völlig unmagisch geboren worden zu sein.

Nun, die Ironie dahinter war wohl, dass Vivienne in der Tat nie das Hexenblut ihrer Mutter in sich getragen hatte. Stattdessen erbte sie die weit unberechenbareren Gene ihres Vaters – ein Umstand wider jegliche Regel magischer Natur. Und dennoch war es nicht zum ersten Mal geschehen, war doch die Tante selbst der beste Beweis dafür. Wenngleich dies dann aber lieber in der Kategorie evolutionärer Ausrutscher zu verbuchen war. Nur wusste die Natur sich zu helfen. Ja, wieder war es wohl reinste Ironie, dass ausgerechnet ein Regelbruch das Gleichgewicht wiederherstellte, welches zuvor durch einen anderen gestört wurde.

Und doch war es einfach nur unfassbar. Unglaublich …

… aber nichtsdestotrotz wahr!

„Ja, da hast du wohl recht, meine neue, alte Freundin!", murmelte Vivienne in Gedanken zu ihrem vertrauten und doch so unbekannten Inneren.

He, was soll das? Wir kennen uns schon unser ganzes Leben lang!

„Ja, schon, aber trotzdem ist es neu für mich. Ich meine, du bist nicht nur eine eingebildete Stimme in meinem Kopf, du bist genauso real wie ich. Und …"

Und was?

„Naja, ich muss mich erst noch daran gewöhnen, einmal im Monat Fell zu tragen!"

Also wenn's dir hilft, ich finde, es steht dir ausgezeichnet!

Vivienne lachte lauthals auf in ihren Gedanken. *„Himmel noch eins, bist du etwa die Modepolizei unter den Bestien?"*

Nein, Süße, aber nach zweihundert Jahren eingepfercht in deinem Körper bin ich einfach nur froh endlich rauszudürfen.

„Und genau das macht mir ein bisschen Angst", gestand Vivienne.

Also bitte! Hab ich dich schon jemals schlecht beraten?

„Nein."

Hab ich dich je belogen?

„Nein, hast du nicht."

Also was beunruhigt dich dann bitte an meiner Wenigkeit?

„Es tut einfach höllisch weh."

Oh Süße! Du musst einmal im Monat Qualen leiden, um mich in die Freiheit zu entlassen. Ich dagegen habe zweihundert Jahre gelitten unter dem Zauber deiner verdammten Tante – wer hat wohl das schlimmere Los gezogen?

Die Antwort darauf blieb Vivienne schuldig, brachten die Worte ihrer inneren Freundin doch ganz andere Dinge an die Oberfläche. Mit einem Schlag sah sie sich zurückkatapultiert in die Vergangenheit, obwohl, gar so lange war es nun auch wieder nicht her. Genau genommen waren es erst einige, wenige Tage. Aber Vivienne kam es fast schon wie eine Ewigkeit vor, seit sie der Hexe den Garaus gemacht hatte. Wie in einem Film liefen die Bilder vor ihrem geistigen Auge ab. Immer und immer wiederholte sich besonders die eine Szene, das ‚große Finale', wenn man so wollte: die gebrochene Gestalt, die Viviennes Vater sein sollte, die andere Bestie, die sich als ihr Bruder entpuppte – und mittendrin der unsagbar entsetzte Blick der Hexe, als sie in ihren letzten Sekunden die Erkenntnis wie die Faust ins Gesicht traf.

Der Geruch des Blutes verdeutlichte lediglich, was ohnehin schon klar auf der Hand lag: Der Tod war präsent. Auf Einladung des Magiers war er nach Rosebound Heights gekommen, um einzufordern, was rechtmäßig sein war. Nur, dass genau hier der Irrtum begraben lag, wusste einzig und allein der Magier selbst. Lediglich er kannte die hochmütige Selbstüberschätzung seiner Tochter. Bloß er konnte voraussehen, dass Guinevere davon ausging, selbst die ausführende Hand zu sein. Doch die Rolle des Vollstreckers war ihr nie zugedacht.

Stattdessen tropfte das Blut der Vergeltung von Viviennes … Klauen.

Ob das auch Teil von des Magiers Plan war? Oder ob er es einfach dem Zufall überlassen hatte, wer von seinen drei restlichen Spielern die Hexe vernichtete? Sie würden es wohl nie erfahren.

Fest stand nur eines: Das magische Geschlecht der Thorntons war ein für alle Mal ausgestorben. Alles, was von Tristans mächtigem Erbe übrig blieb, war seine Blutlinie. Aber selbst dieses Vermächtnis war sehr ‚verdünnt', wenn man so wollte. War doch das magische Blut der Hexen und Zauberer durch das der Bestie weitgehend verdrängt worden. Tja, es kann eben nur einen Gewinner geben. Dass im Endeffekt aber das Wolfsblut über die allmächtige Magie gesiegt hatte, konnte niemand voraussehen. Nun, bis auf eine Ausnahme vielleicht: Tristan. Ja, womöglich war es gar kein echter Sieg der Bestie, sondern nur ein geschickt gewobener Zauber des Magiers? Auch dieses Geheimnis würde wohl nie gelüftet werden!

Vivienne seufzte. Zu gerne hätte sie den alten Magier kennengelernt. Immerhin war er ja nicht nur das einstig machtvollste magische Wesen, sondern wohl auch ihr Großvater. Wie gerne hätte sie von ihm erfahren, was die Tante ihr stets verweigert hatte zu erzählen. Obwohl, wenn ihre Mutter gar nicht des Magiers leibliche Tochter war, was konnte er ihr dann auch schon von ihr berichten? Dennoch, der alte Tristan war Mitglied ihrer Familie. Alleine deswegen hätte sie ihn nur zu gerne gekannt. Aber dafür war es nun leider definitiv zu spät. Wieder seufzte Vivienne. Familie – noch so ein Mysterium, das die Ereignisse von vor ein paar Tagen an Land gespült hatten.

Bisher hatte sie nur diese elende Hexe von Tante als Familie bezeichnen können. Und diese Ausgeburt der Hölle hatte es geschickt verstanden, Vivienne glauben zu lassen, dass sie auch tatsächlich alles an lebender Blutsverwandtschaft war. Doch das Schicksal hatte Vivienne zu ihrem Vater geführt. Naja, wohl eher ihn zu ihr. Und es war wohl auch eher magische denn göttliche Fügung, welche die Familie letztlich zusammengeführt hatte. Aber war es im Prinzip nicht auch völlig egal? Wichtig war doch nur, dass Vivienne zu ihrem Vater gefunden hatte. Durch ihn hatte sie nun *wirklich* Familie. Ja, sie hatte ihr eigen Fleisch und Blut wiedergefunden – und noch viel mehr. Denn durch dieses minutiös geplante Drama seitens Tristan hatte Vivienne nun auch einen Bruder. Ihr Zwilling noch dazu. Wer hätte das gedacht?

Nicht einmal Guinevere die Hexe hatte *damit* gerechnet. Tja, wer sich zu weit aus dem Fenster wagte, musste damit rechnen abzustürzen – und Guineveres Fall hatte gewiss lange genug gedauert! Nun aber war sie tot, die verfluchte Hexe. Leider hatte sie auf ihrem Weg ins Verderben eine ziemliche Blutspur hinterlassen. Vivienne mochte sich gar nicht ausmalen, wer alles auf der Opferliste dieser hinterhältigen Höllentochter stand. Allein der Gedanke, dass sie für den Tod von Viviennes Mutter verantwortlich war, trieb ihr die Tränen in die Augen. Wie konnte eine einzige Person nur soviel Schaden anrichten?

Nun, in Anbetracht der Tatsache, dass *diese* eine Person über reichlich Magie verfügte, wohl eine ziemlich unnötige Frage.

Mittlerweile war Vivienne in der Tat froh, selbst keine Magie in sich zu tragen. Diese Macht war ihr nicht nur unheimlich geworden, sondern erschien ihr noch dazu viel zu gefährlich. Ja, Guinevere hätte gut und gerne einen Waffenschein gebraucht, für ihre magischen Kräfte. Und kein Wesen sollte so viel potenzielle Macht in sich tragen dürfen. Denn ganz gleich wie rein und gut man im Herzen sein mochte, die Gefahr des Bösen lauerte überall. Eine Gefahr, die mitnichten unterschätzt werden durfte.

Dann siehst du mich also doch nicht als Gefahr an?

Vivienne lächelte still in sich hinein. *„Na, meine Freundin, darüber unterhalten wir uns lieber ein andermal!"*

Wie auf Kommando drang erneut das Lied der Wölfe an ihr Gehör. Diesmal sangen sie im Duett. Wunderschön und melodiös klang ihr Lied durch die Nacht. Die Harmonie ihrer Stimmen so einzigartig wie die Atmosphäre, welche der Mondschein erschuf. Gebannt blickte Vivienne auf. Einen Augenblick lang sah sie mitten ins Zentrum der nächtlichen Lichtquelle. Ihr war, als könne sie im Weiß des Mondes tatsächlich die Silhouetten der beiden Wölfe sehen. Überwältigt von ihren Gefühlen schloss sie schließlich die Augen. Ja, sie waren in der Tat bei ihr. Nicht im Mond natürlich, aber in ihrem Herzen. Dort, wo sie hingehörten. Dort, wo sie von nun an immer bleiben würden.

Die Wölfe stimmten abermals ihr Lied an. Diesmal stimmte Vivienne in den Gesang mit ein. Dann machte sie sich auf den Weg, um dem Ruf ihrer Familie zu folgen.

„Kommt sie endlich?"

„Ja, mein Junge. Deine Schwester ist unterwegs."

„Wird aber auch schön langsam Zeit. Die Nacht dauert schließlich nicht ewig, und wir haben die Hälfte der Strecke noch vor uns." Was du nicht sagst, Mann — ich friere mir wegen der Kleinen hier schon den Arsch ab! Ruben rutschte, dank seiner frustrierten Bestie, ungewollt ein gedanklicher Lacher raus. Wodurch er prompt einen

strengen Blick seines Vaters erntete. „*Komm schon, Paps, als ob du nie Zwiegespräche führen würdest!*"

„*Nenn mich nicht ‚Paps'*", knurrte dieser nicht sonderlich begeistert.

„*Ach nein? ‚Rafael' soll ich dich auch nicht nennen, und ‚Señor de la Renta' ist mir leider etwas zu spießig. Und über ‚Don Rafael' brauchen wir erst gar nicht zu diskutieren. Also, wie soll ich dich denn bitteschön sonst nennen?*"

„*Vater wäre fürs Erste wohl ausreichend*", konterte de la Renta resigniert.

„*Sorry, Paps, aber diesen ehrenwerten Titel musst du dir leider erst verdienen. Die Tatsache, dass du in der Tat mein Vater bist, täuscht mich nicht darüber hinweg, dass ich dich doch eigentlich gar nicht kenne!*"

„*Ja, schon klar.*" De la Renta seufzte gedanklich. Diese Diskussion hatten sie in den letzten Tagen schon an die tausendmal geführt – ohne Erfolg. Der Junge konnte trotz der familiären Bande einfach kein Vertrauen fassen. Oder besser gesagt: Seine Bestie konnte sich nicht mit der neuen Rangordnung abfinden. Aber war es ihm auch zu verdenken?

De la Renta musste sich leider eingestehen, dass er die Zweifel seines Sprosses durchaus nachvollziehen konnte. Immerhin hatten sie die letzten zweihundert Jahre lang nichts von der gegenseitigen Existenz gewusst. Und dann, plötzlich, von einem Tag auf den anderen sollten sie eine intakte Vater-Sohn-Beziehung haben können? Das war ja wohl wirklich ein bisschen zu viel verlangt! Und doch bohrte sich diese Verweigerung seitens seines Sohnes wie ein Pfeil durch sein Herz. Da hatte er nach all der langen Zeit doch noch das Glück erfahren dürfen, sein tot geglaubtes eigen Fleisch und Blut bei bester Gesundheit zu finden, und dann das. Der Junge sah lediglich einen Fremden in ihm. Was er zugegebenerweise ja auch war, aber nichtsdestotrotz schmerzte dieses Verhalten tief in de la Rentas Innerstem.

Komm schon, alter Freund, gib dem Jungen etwas Zeit! Er wird sich schon noch daran gewöhnen.

Ja, so musste es wohl sein. Doch wie viel Zeit durfte man in solch einem Fall veranschlagen? Ein paar Tage? Einige Monate?

Jahre? Oder doch lieber Jahrhunderte? De la Renta hatte keine Ahnung.

Und wenn der Welpe nicht spurt, haben wir ja immer noch die kleine Knuddel-Fähe! Mann, hättest du jemals gedacht, dass ein Mädchen die Bestie in sich tragen könnte? Ich bin ja so was von stolz ...

De la Renta knurrte sein Innenleben ermahnend an. „*Nein, alter Freund, nicht entweder – oder. Wir werden beide Kinder ins Rudel integrieren. Finde dich lieber damit ab, dass du in Zukunft Konkurrenz haben wirst!*"

Als ob der Jungspund eine Bedrohung für mich wäre!

De la Renta knurrte erneut, doch diesmal zog er damit die Aufmerksamkeit seines Begleiters auf sich.

„*Was ist los?*", kam auch prompt die Erkundigung seitens des alarmierten Sohnes.

„*Mein Freund und ich sind uns nicht ganz eins*", antwortete de la Renta müde. „*Aber das kennst du ja sicher.*"

Gelassen hielt Ruben dem Blick de la Rentas stand und verkniff sich gleichzeitig eine inadäquate Antwort. Auch wenn es ihn auf der Zunge juckte, er war schließlich kein Kleinkind mehr. Und ob er wollte oder nicht, dieser Mann, der sein Vater war, wurde ihm trotz aller Bemühungen von Stunde zu Stunde sympathischer.

Nun, nicht dass Ruben absichtlich feindselig gegen den Mann agierte. Doch sein innerer Freund hatte die eine oder andere Anpassungsschwierigkeit an den Tag gelegt, in Bezug auf die neue geordnete Hierarchie. Denn bisher gab es lediglich Ruben und seine Bestie. Sie waren Einzelgänger unter sich. Ruben hegte aufgrund seiner Bestie kaum zwischenmenschliche Beziehungen. Und die Bestie betrachtete jede andere Bestie, die ihr unter die Nase kam, als potenziellen Feind. Und wenn sie auch durchaus daran gewöhnt war, nach Rubens Pfeife zu tanzen, so war es doch etwas gänzlich anderes, sich nun von einer fremden Bestie Vorschreibungen machen zu lassen – selbst wenn besagte Bestie als Vaterfigur anerkannt wurde. Ja, es war schon eine verdrehte Welt, in der sie alle sich plötzlich wiederfanden.

Umso mehr überraschte es Ruben, dass seine Bestie die gesamte Truppe in seinen schottischen Unterschlupf geführt hatte, nachdem der Vollmond sich zu entwickeln begann. Und erst recht erstaunte es ihn, dass die beiden anderen so bedingungslos mitzogen. Nun ja, was blieb ihnen allen denn auch schon anderes übrig? Mitten im südenglischen Nirgendwo gestrandet, war es wohl reiner Instinkt, sich in vertraute Umgebung zu flüchten beziehungsweise der ortskundigen Bestie zu folgen. Tja, bis dahin war auch noch alles klar, was die Aufteilung der Rollen betraf. Doch kaum in Nordschottland angekommen, begannen Vater und Sohn einander das Leben schwer zu machen – nicht mit Absicht, versteht sich.

Aber es kam, was kommen musste, wenn zwei Generationen aufeinandertreffen: Der Ältere wollte dem Jüngeren stets mit seiner Weisheit zurate stehen, während dieser seine Eigenständigkeit unter Beweis stellen wollte. Ein Unterfangen, das aus menschlicher Sicht schon zu Unstimmigkeiten führen konnte. Die Tatsache, dass hier zwei Bestien um die gegenseitige Anerkennung rangen, machte die Sache also keineswegs einfacher.

Tja, so hatte dann wohl jeder auf seine spezielle Art und Weise mit den neuen Umständen zu kämpfen. Obwohl, einer von ihnen schien mit alledem rein gar keine Probleme zu haben: Vivienne wirkte unbekümmerter denn je.

Obgleich sie wohl am meisten von den Ereignissen betroffen war, schien die Kleine sang- und klanglos ihr Schicksal zu akzeptieren. Ebenso wie die Tatsache, dass sie um einen Vater und einen Bruder reicher war. Für Ruben schlicht phänomenal. Hatte er selbst doch eine halbe Ewigkeit gebraucht, alleine schon um die Tatsache zu akzeptieren, dass er seinen Körper mit der Bestie teilte. Doch womöglich lag hier der entscheidende Denkfehler. Denn Ruben musste den schwersten Teil seines Weges alleine beschreiten. Vivienne hingegen hatte die vollste Unterstützung seitens de la Renta und auch Ruben selbst.

Ja, erstaunlicherweise hatte Rubens Bestie keine Probleme, was die Akzeptanz der ‚neuen‘ Schwester betraf. Nun, eine ‚weibliche‘ Bestie war wohl keine ernst zunehmende Bedrohung für des inneren Freundes Ego! Na, wenn dieser sich da nur mal nicht irrte! Soweit Ruben Viviennes menschliche Qualitäten beurteilen konnte, steckte in dieser Person weit mehr, als man ihr auf den ersten Blick zutrauen mochte.

Angesichts der augenscheinlichen Ironie seiner eigenen Worte entkam Ruben abermals ein gedanklicher Lacher. Diesmal jedoch erntete er die Antwort darauf nicht von de la Renta, sondern dem bis eben nicht bemerkten Neuankömmling. Ehe Ruben sich versah, war er in ein Knäuel aus rotbraunem Fell verstrickt und kugelte mit besagtem über eine Böschung.

„Na, Brüderchen, ist dir das Lachen schon vergangen?"

„Vivienne, was soll der Blödsinn?", schoss Ruben leicht verärgert zurück. Naja, vielleicht war es auch das Ego eines gewissen Freundes, das Ruben zu Ärger animierte. *„Wir sind doch keine kleinen Kinder! Lass den Unfug!"*

„Du bist ein echter Spielverderber!", protestierte Vivienne. *„An irgendwem muss ich mein neues Körpergefühl doch austesten!"*

„Aber sicher nicht an mir!" Ruben konnte sich gerade aus der rotbraunen Felllawine befreien, als diese erneut zu einem Sprung direkt auf ihn ansetzte.

„Ach, komm schon, soll ich vielleicht an Vater experimentieren?"

„Warum nicht?", murrte Ruben genervt. *„Der freut sich gewiss über deine töchterliche Zuwendung!"*

Abrupt ließ Vivienne von Ruben ab. Ihre grünen Augen bohrten sich besorgt in Rubens. *„Warum machst du es dem Mann nur so schwer?"*

In Rubens Blick spiegelte sich Überraschung. *„Warum nicht? Was weiß ich denn schon von ihm?"*

„Dass er dein Vater ist. Unser Vater."

„Und das ist Anlass genug, um ihm bedingungsloses Vertrauen zu schenken?"

„Nein, aber du solltest ihm eine faire Chance geben."

Ruben hielt einen Moment inne und betrachtete seine Schwester. Unfassbar, dass er sie als solche akzeptieren konnte, während er bei de la Renta weiter seine Vorbehalte hatte. Warum nur? War wirklich alles nur dem männlichen Revierdenken zuzuschreiben? Ruben musste wohl einmal ein ernstes Wörtchen mit seiner Bestie reden. Doch an Vivienne gewandt sagte er nur: *„Ich bin doch hier. Lass uns das für den Anfang mal genug der Chancen sein, okay?"*

Vivienne schüttelte den Schmutz aus ihrem Fell und setzte sich sodann in Bewegung. Ruben tat es ihr gleich, und so marschierten sie Seite an Seite die Böschung wieder hinauf, wo de la Renta in aller Ruhe mit dem Rücken zu ihnen saß und auf sie wartete. Ehe sie ihn erreichten, unternahm Vivienne noch einen letzten Versuch, ihrem Bruder ins Gewissen zu reden. Als liebevolle Geste des Respekts rieb sie ihren Kopf sanft an dem von Ruben. *„Sei einfach nur ein wenig nett zu ihm. Er hat sich die Situation schließlich auch nicht ausgesucht!"*

Bevor Ruben etwas erwidern konnte, vollzog Vivienne selbige Geste auch schon bei de la Renta, welcher mit einem beherzten Heulen darauf antwortete. Schon stimmte Vivienne mit ein, und auch Ruben konnte sich nicht dagegen wehren. Die pelzige Gestalt, der er zurzeit innewohnte, ließ ihm nun mal keine andere Wahl, als dem Ruf der Wildnis zu folgen.

Einige Minuten lang besang die kleine Neofamilie den Mond, ehe sie sich gemeinsam auf den Weg machten, an jenen Ort zurückzukehren, an welchem das Schicksal sie zusammengeführt hatte. Obwohl sie im Rudel durch die Nacht streiften, wechselten die drei während der nächsten Stunden kein Wort miteinander. Doch war dies keineswegs ein Akt schlechter Laune. Nein, vielmehr war diese nächtliche Wanderung wohl für jeden von ihnen der ideale Moment, um seinen eigenen Gedanken nachzuhängen. Denn auch wenn sie sich alle Mühe gaben, die Geschehnisse von vor ein paar Tagen auf die Reihe zu bekommen, so richtig verarbeitet hatte noch keiner von ihnen, was an jenem Abend tatsächlich passiert war. Und erst recht nicht die Auswirkungen, welche jene Ereignisse mit sich brachten. Wohl hatten sie sich untereinander ausgetauscht, hatten versucht einander verständlich zu machen, was die anderen nicht wissen konnten. Doch zweihundert Jahre in gerade mal drei Tagen nachzuholen, war einfach ein Ding der Unmöglichkeit.

Auch wenn die neu gefundene Familie sich schon sehr gut mit dieser Situation angefreundet hatte, so würde es doch gewiss noch einige Monde dauern, ehe sie auch als Rudel das nötige Gefühl der Zusammengehörigkeit etabliert hatten. Schließlich hieß es nicht umsonst ‚Gut Ding braucht Weile' – und Zeit war bei einer mit Langlebigkeit gesegneten Rasse gewiss das geringere Problem. Und auch wenn die drei noch nicht so wirklich miteinander umzugehen wussten, so hatten sie zumindest eines gemeinsam: Ein jeder von ihnen blickte voller Hoffnung und Zuversicht in die Zukunft! Um diese Zukunft jedoch beginnen zu können, mussten sie noch einmal in die Vergangenheit zurückkehren.

Keiner von ihnen konnte sagen, warum, doch wussten sie es alle drei. Gleich einem Instinkt manifestierte sich dieses Wissen in ihrem Innersten. Als unterlägen sie einem weiteren magischen Bann, der sie nicht loslassen wollte. Wie die Bestie vom Mond angezogen, so zog es sie nun zurück an jenen Ort. Nur dass diese Anziehungskraft fast noch stärker war, als die des Himmelskörpers. Ja, schon in dem Moment, als sie von dort aufgebrochen waren, wussten sie, dass sie nicht umhinkonnten zurückzukehren. Auch wenn sie nichts lieber getan hätten, als die Insel auf dem schnellsten Wege zu verlassen, so wussten sie, dass es kein ‚Fort' gab ohne ein vorheriges ‚Zurück'.

Um England endgültig verlassen zu können, gab es nur einen einzigen Weg – und der führte über Rosebound Heights.

Kapitel 22

Gerade noch rechtzeitig erreichten die drei Wölfe Tristans Anwesen vor den ersten zaghaften Strahlen der Sonne. Der Mond hatte seinen Zyklus abgeschlossen, und so galt es auch für die Wölfe. Ein jeder von ihnen verschwand in einem anderen Teil des altehrwürdigen Gemäuers, um sich ein wenig zu regenerieren. Kurz darauf versammelten sie sich – wieder in ihrer menschlichen Gestalt – am zuvor vereinbarten Treffpunkt. Die Nacht hatte sich nun endgültig verabschiedet und überließ der aufgehenden Sonne den Vortritt. Und während diese sich nun langsam ihren Weg zum Horizont bahnte, standen de la Renta, Ruben und Vivienne an der Südspitze von Rosebound Heights und sahen sich unschlüssig um.

Der kleine Möchtegerngarten an dieser Stelle zeigte keinerlei Anzeichen von dem Drama, welches sich vor nur wenigen Tagen dort abgespielt hatte. Keinerlei Spur der Verwüstung. Kein blutverschmiertes Schwert, das auf einen Kampf zurückschließen ließ. Selbst die letzten Reste von Tristans und Guineveres Existenz hatten sich scheinbar in Luft aufgelöst. Alles war so wie immer. Die raue Schönheit der Natur war dem Anschein nach ungetrübt geblieben – oder war es gar Magie, die dahintersteckte? Keiner der drei wusste so recht, was sie hier sollten. Und doch wusste ein jeder von ihnen, dass sie genau hier und jetzt an diesem Ort zu sein hatten.

Aber warum nur?

Was gab es hier noch für sie zu erledigen?

Klar war bloß, dass keiner von ihnen sich hier niederlassen wollte. Diese Entscheidung zu fällen hatte nicht lange gedauert. Schon die erste Nacht in den Highlands hatte diese Tatsache als solche ans Licht gebracht. Seit jenen magisch-dramatischen Ereignissen lag ihnen Rosebound Heights wie ein schwerer Stein im

Magen. Schließlich verbanden die drei keine allzu angenehmen Erinnerungen mit dem alten Gemäuer. Zudem stand fest, dass die Familie, nun da sie sich endlich gefunden hatte, gewiss nicht wieder trennen würde. Ergo musste man sich von Rosebound Heights trennen. Das Einzige, was an dieser Sache schmerzlich war, war die Tatsache, dass ein derartiges Meisterwerk alter Baukunst dadurch dem Verfall ausgesetzt wurde. Denn ein Verkauf stand außer Frage – und das nicht nur wegen der offensichtlichen verkaufsmindernden Umstände, wie schlechte Lage, praktisch null Infrastruktur, oder dem mulmigen Gefühl, welches das Anwesen seinem Betrachter vermittelte. Obgleich Letzteres der eigentliche Hauptgrund war, weshalb Ruben das Anwesen niemals mit ruhigem Gewissen veräußern könnte.

Genauer gesagt die Tatsache, dass Rosebound Heights wohl viele Jahrhunderte hindurch die magische Allmacht beheimatet hatte – sowohl im guten wie auch im bösen Sinne. Wie also sollte Ruben je einem normalsterblichen Bürger ein zukünftiges Heim anpreisen, bei dem er nie mit absoluter Gewissheit würde sagen können, dass nicht irgendwo ein Funke Magie zurückgeblieben war? Ja, was, wenn Rosebound Heights selbst magischen Ursprungs war oder das Land, auf welchem es stand? Was, wenn das Anwesen gar die Macht besäße, seine zukünftigen Besitzer in den Tod zu treiben? Nun, diese letzte These schien sogar in Anbetracht aller magischen Umstände zu weit hergeholt. Aber konnte Ruben eine hundertprozentige Garantie dafür abgeben, dass dem *nicht* so war? Die Antwort darauf lautete in jedem Fall nein!

Also würde Rosebound Heights in Zukunft wohl oder übel sich selbst überlassen sein. Und doch standen seine legitimen Erben nun hier an Ort und Stelle und warteten ... Ja, worauf warteten sie denn nun eigentlich?

Die Minuten verstrichen, ohne dass ein Wort gesprochen wurde oder sich jemand bewegte. Stumm und starr standen sie vor dem steinernen Brunnen, wie die trauernden Hinterbliebenen vor dem Grab. War dies etwa der Grund, weshalb sie an den verhängnisvollen Ort zurückgekehrt waren? Hatte ihr Unterbewusstsein sie dazu veranlasst, dem verblichenen Magier die letzte Ehre zu erweisen? Oder wollten sie sich davon überzeugen, dass die fiese Hexe auch wirklich tot war? Wohl eher nicht. Es gab einen ganz anderen Grund, weshalb die drei an diesen verwunschenen Ort zurückkehren mussten. Und es war in der Tat ein Abschied, der ihnen nun bevorstand. Doch nie im Traum hätte einer von ihnen erwartet, was nun im Folgenden geschah. Wenig verwunderlich war bloß die Tatsache, dass auch hierbei die Magie ihre Hand im Spiel hatte.

Während also Don Rafael und Ruben mehr oder minder auf den Brunnen starrten, ohne diesen wirklich wahrzunehmen, widmete Vivienne diesem Objekt ein bisschen mehr Aufmerksamkeit. Genauer gesagt war es nicht der Brunnen, sondern vielmehr der Rosenstrauch, welcher daraus hervorwuchs. Unverändert prangte eine einzige prachtvolle Blüte in seiner Mitte. Unverändert trug diese blutrote Schönheit ein einzelnes, schwarzes Blütenblatt. Und Vivienne stellte sich dieselbe Frage, wie auch schon ein paar Tage zuvor: Was hatte es mit dieser eigenwilligen Rose bloß auf sich?

Just in diesem Moment fiel ihr ein, dass sie den beiden anderen noch gar nichts darüber erzählt hatte. Und da sie im Augenblick scheinbar sowieso nichts Besseres zu tun hatten, war dies vielleicht der rechte Zeitpunkt, um Vater und Bruder über das Geheimnis der Rose aufzuklären. Nun ja, soweit sie selbst halt darüber Bescheid wusste – und das war zugegebenermaßen nicht gerade viel. Aber vielleicht wusste ja einer der beiden mehr darüber? Vielleicht hatte einer von ihnen unbewusst etwas davon aufgeschnappt? Möglicherweise konnte sie ja mit vereinten Kräften das Rätsel um die Rose lösen? Wie auch immer, ein Versuch konnte nichts schaden. Zumindest würden sie dann nicht länger so tatenlos hier herumstehen.

Gerade wollte Vivienne dazu ansetzen, die Geschichte von der Hexe und deren Spiegelbild zum Besten zu geben, als sich vor ihren Augen das schwarze Blütenblatt rot zu färben begann. Ungläubig starrte sie auf die Blüte.

„Das darf doch nicht wahr sein!", rief sie fasziniert aus, ohne ihren Blick von der Rose abzuwenden. „Seht euch das nur an!"

„Was?", kam die Antwort von de la Renta und Ruben wie aus einem Mund.

„Na da, die Rose! Sie färbt sich rot!" Vivienne klang aufgeregt wie ein kleines Kind, doch weder Vater noch Bruder konnten ihren Enthusiasmus so rechtnachvollziehen.

„Die Rose *ist* rot, mein Kind."

„Und sie war es auch schon, als wir hier ankamen."

Vivienne löste ihren Blick von dem Rosenstrauch und bedachte beide Männer mit einem bewusst selbstgefälligen Lächeln. „Nein, meine Lieben, das ist so nicht ganz korrekt." Vater und Sohn sahen einander einen Wimpernschlag lang an, ehe sie ihren skeptischen Blick abermals auf Vivienne richteten.

„Nein, nicht mich ansehen. Dort die Rose, die spielt die Hauptrolle", flötete sie voller Zuversicht und deutete auf die Blüte. Nach wie vor skeptisch wurde ihrer Aufforderung nachgekommen. „Dort, seht ihr das Blütenblatt mit der schwarzen Spitze?", versuchte sie Vater und Bruder das vermeintliche Wunder vor Augen zu führen. „Schnell, es ist gleich vorbei!"

„Himmel noch eins, das kann doch nicht wahr sein!", brach es aus de la Renta hervor, im selben Augenblick, als sich die rote Farbe über die schwarze Spitze der Blüte hinwegzog.

„Na, glaubst du mir jetzt?", triumphierte Vivienne. „Und ich sag euch noch was: Diese Rose hier ist in irgendeiner Form magischer Natur. Ich weiß nur noch nicht, wie und weshalb, aber ich bin mir dessen absolut sicher! Wisst ihr, da gibt es eine interessante Geschichte dazu, weil …"

„Die Rose war das Mittel zum Zweck", unterbrach Don Rafael, als ihm das Offensichtliche wie Schuppen von den Augen fiel.

„Was?", sprachen diesmal die Zwillinge wie aus einem Mund.

„Aber ja, klar, so muss es sein." Doch ein Blick in die fragenden Gesichter seiner Kinder ließ ihn erkennen, dass er wohl inmitten in der Geschichte angefangen hatte. Also zurück zum Anfang. „Schon gut, ihr könnt ja gar nicht wissen, wovon ich rede. Also lasst es mich euch erklären: Dieser Tristan, also euer Großvater, hat mir in seiner Funktion als Makler eine wahrhaft unglaubliche Legende erzählt. Doch sein fantasievolles Märchen wies eindeutige Parallelen zu einer anderen Geschichte auf, welche mir eure Mutter einst anvertraute. Und die hatte diese wiederum von ihrer Mutter erzählt bekommen, also eurer Großmutter und Tristans Frau. Und nun ratet mal, was im Zentrum jeder dieser Erzählungen stand? Genau, es war eine Rose. Besser gesagt ging es um eine rote Rose, die plötzlich schwarze Blätter trägt oder umgekehrt, das hab ich augenblicklich nicht so genau in Erinnerung. Aber fest steht, dass all das kein Zufall sein kann. Ich wage also zu behaupten, dass diese Rose nicht nur tatsächlich existiert, sondern dass wir sie hier allen Ernstes vor uns sehen. Ferner stelle ich die Behauptung auf, dass diese Rose auch als magisches Werkzeug gedient haben musste." Zufrieden mit seinen Schlussfolgerungen, betrachtete er einen Atemzug lang die tiefroten Blätter der Rose. Doch auf eine Antwort seiner Kinder wartete de la Renta vergeblich, denn was sodann geschah, verschlug nicht nur seinen beiden Sprösslingen die Sprache.

Von einer Sekunde zur nächsten wurde es mucksmäuschenstill. Das tosende Brausen der Brandung wurde verschluckt von absoluter Stille. Der Wind glitt schier lautlos um die Klippen. Die stets kreischenden Möwen zogen stumm ihre Kreise über Land und Meer. Es war, als hätte jemand den Schalter umgelegt und die gesamte Natur auf lautlos gestellt. Im Bann der plötzlichen Stille hielten auch die drei Gestalten an der Südspitze von Rosebound Heights instinktiv den Atem an, als ein lautloser Windstoß durch die Zweige des Rosenstrauches glitt. Sanft wogen Blätter wie Blüten hin und her, bis sich ein rotes Blütenblatt aus der Krone löste. Sicher durch die sanfte Hand des Windes getragen, glitt es wie auf unsichtbaren Flügeln in die Lüfte. Kaum hatte es sich ein wenig von dem Strauch entfernt, folgte ein zweites Blütenblatt seinem Beispiel. Dann ein drittes und ein viertes, bis alle Blätter der üppigen Rosenblüte nacheinander durch die Luft tänzelten. Als würden sie einem bestimmten Rhythmus folgen, schwebten sie umher, wie ein Vogelschwarm, der eine vorgegebene Formation fliegt. Auf und ab, hin und her. Und plötzlich nahm die sonderbare Darbietung Form an. Nicht irgendeine, sondern die einzelnen Blätter formierten sich in luftiger Höhe schwebend zu dem Abbild einer Rosenblüte.

So erstaunlich dieses Phänomen auch war, das alleine war natürlich noch nicht Grund genug, um auch nur einem der Anwesenden die Sprache zu verschlagen. Dafür war ein anderes Phänomen verantwortlich, welches nur einen Sekundenbruchteil nach dem ersten passierte.

Denn während der Rose Blätter ihren Tanz vollführten, erstrahlte am Himmel ein wohlig warmes, unnatürlich helles Licht, welches sich über den gesamten Horizont auszubreiten schien. Einzelne, goldengelbe Strahlen drangen, Pfeilen gleich, durch das sanfte Hell hindurch und zielten scheinbar direkt auf die schwebende Rose. Jedes Blatt wurde von einem goldenen Strahl anvisiert, und kaum war es getroffen, zerbarst es in Tausende schillernde Teilchen. Rotem Feenstaub gleich, schwirrten die einzelnen Fragmente der Rosenblätter durch die Luft. Erst ohne ersichtliches Ziel, doch dann fanden sie sich alle zusammen und vollführten einen spiralförmigen Tanz in luftige Höhen. Im weiter, immer höher tanzten die glitzernden Teilchen, bis sie schließlich in dem Zentrum des goldenen Lichtscheins zu verschwinden schienen. Kaum waren sie entschwunden, schoss abermals ein goldener Strahl aus dem hellen Horizont hervor. Doch dieser goldene Funke bahnte sich seinen Weg bis zur Erde hinab. Einer Himmelsleiter gleich, strahlte er von hoch oben herab und hinterließ feinen, golden glitzernden Staub, dort wo er die Erde zu berühren schien. Kaum war die vermeintliche Verbindung aufgebaut, eruptierten die roten Rosenfragmente aus der hellen Lichtquelle hervor und folgten dem Weg des goldenen Strahls. Wie zuvor himmelwärts tänzelten sie nun einer schimmernden Spirale gleich um den Strahl herum gen Boden. Sobald sie diesen berührten, verpufften sie zu rotem Staub, welcher sich einer Nebelschwade gleich über den goldenen Glitzer des Strahls hinwegzog. Von ihrem Kontaktpunkt direkt vor dem steinernen Brunnen aus, bewegte sich die rote Nebelwolke nun geschmeidig langsam auf die drei Personen zu. Sie wand sich an ihnen vorbei, zwischen ihnen hindurch und fand schließlich ihren Weg zurück vor den Brunnen.

Fasziniert, irritiert und alarmiert zugleich, fuhren Don Rafael, Ruben und Vivienne um die eigene Achse herum, als sich die rote Wolke um sie herumschlängelte. Gebannt verfolgten sie deren Weg zurück zum Ausgangsort und erstarrten in Erstaunen, als sich in dem Nebel die Silhouette einer Person abzuzeichnen begann. Erst blieb sie ebenso durchsichtig wie die Staubwolke, der sie entstieg. Doch dann stabilisierte sich die eigentümliche Erscheinung und nahm nach und nach Gestalt an. Unbeschuhten Füßen folgte ein knöchellanges, altertümliches Kleid. Die rote Schnürung an dessen Vorderseite stand in krassem Kontrast zum Grün des Kleides. Ein Kontrast, welcher sich auch im Gesicht der Frau widerspiegelte: Rubinrote Locken umrahmten sanfte, jugendliche Züge, welche von strahlenden, smaragdgrünen Augen dominiert wurden, in welchen sich die Weisheit vieler Jahrhunderte widerspiegelte.

Nun regelrecht geschockt von der Erscheinung, ging de la Renta in die Knie. Ungläubig starrte er auf dieses Wesen und brachte in seiner augenscheinlichen Verwunderung nur ein einziges Wort heraus: „Esmeralda?"

Während das geisterhafte Wesen langsam auf die Gruppe zuschritt, begannen sich unweigerlich Tränen in Viviennes Augen zu formen. Überwältigt von dem, was sie zu sehen glaubte, konnte auch sie kaum die richtigen Worte finden. „Mutter?", stammelte sie. „Mein Gott, bist du es wirklich?"

Der Einzige, der dem Anschein nach Herr der Lage blieb, war Ruben. Zwar irritierte es ihn ein klein wenig, Vivienne quasi in doppelter Ausgabe vor sich zu sehen, doch war er auch der Einzige, der die wahre Identität jenes Geisterwesens erahnte. „Lady Rubia, nehme ich an?", stellte er freundlich, aber sachlich fest, „oder soll ich lieber ‚Großmutter' sagen?"

Während Don Rafael und Vivienne überrasche Blicke wechselten und sich gleichzeitig von ihrem wohl überflüssigen Gefühlsausbruch erholten, kam die Frau vor Ruben zu stehen. Sie lächelte ihn milde an und streckte eine Hand nach ihm aus.

Sanft strich sie mit dem Handrücken über seine Wange, doch mehr als einen federleichten Luftzug konnte Ruben nicht spüren.

Die Frau wandte sich wieder von ihm ab und betrachtete nun eingehend de la Renta und Vivienne. „Familie", sprach sie sodann mit wohlklingender Stimme, „es ist so schön, euch kennenlernen zu dürfen. Wenngleich …" Sie hielt kurz inne, als würde sie nach den richtigen Worten suchen. „… nun, dies ist kein Höflichkeitsbesuch." Obwohl Mimik und Gestik gleichbleibend milde und wohlgestimmt blieben, so konnte man ihrem Unterton nun auch anmerken, dass sie aus ernstem Anlass hier war.

„Doch eins nach dem anderen", fuhr sie fort sich zu erklären. „Ich bin in der Tat Rubia, aus dem Hause der Thorntons, und ja, ich bin auch wahrhaftig schon lange tot. Was ihr hier vor euch seht, ist lediglich eine magische Reflexion meiner selbst. Und nein, ich kann für euch keinen Kontakt zu Esmeralda oder Tristan herstellen. Und wiederum ja, auch mein Besuch bleibt ein einmaliges Ereignis." Als wüsste sie genau, wie die Fragen der anderen lauteten, nahm Rubia deren Antworten schon vorweg. „Und sosehr es mich auch freut, zu sehen, dass es euch gut geht und ihr den Kampf gegen die Magie für euch entschieden habt, so muss ich euch sagen, dass ich hier bin, um meines geliebten Gatten Werk zu Ende zu bringen."

Die Fragezeichen in den Gesichtern der drei Angesprochenen zeichneten sich nun fast schon deutlich erkennbar darin ab. Aber Lady Rubia gab ihnen keine Gelegenheit, sich zu Wort zu melden.

„Oh nein, meine Lieben, ihr sollt mich nicht fürchten", fuhr sie beruhigend, aber bestimmt fort. „Doch mein lieber Tristan hatte schon immer eine Schwäche dafür, seine noch so perfekten Pläne nicht bis zum Äußersten fertig zu denken. Er konnte einfach nicht über den Tellerrand hinwegsehen. Deshalb war es stets meine Pflicht, als wohlwollende Gattin dafür Sorge zu tragen, dass auch nicht das kleinste Detail übersehen wurde."

Erneut legte Rubia eine kleine Pause ein, um die Gesichter ihrer Zuhörer zu studieren. Sich nun deren ungeteilter Aufmerksamkeit sicher, begann sie sodann ihre Version der Geschichte zu erzählen.

„Keine Bange, ich will euch hier nicht mit bereits bekannten Details langweilen. Aber ich will euch berichten, was zu wissen ihr nicht in der Lage seid. Beginnen wir doch mit dem Tag, an dem ich Tristan eine Tochter gebar. Wir wussten augenblicklich um die potenzielle Gefahr unseres Kindes Bescheid, also schützten wir uns mit Hilfe der Magie. Ein Zauber wie dieser kann nur an ein reales Objekt gebunden werden. Demnach erschufen wir diesen Brunnen, mit einer Rose in seiner Mitte." Lady Rubia deutete mit einer eleganten Handbewegung in Richtung des Brunnens, und drei Augenpaare folgten ihr gespannt.

> *„Gepflanzt in Liebe, beschützt durch Magie,*
> *das Kleid der Rose trägt strahlendes Rot.*
> *Doch fordert das Schicksal seine Macht,*
> *sie nicht länger von der Liebe bewacht.*
> *Was die Magie nicht kann vollenden,*
> *nur noch der Tod vermag zu beenden."*

Während Rubia sprach, wuchs plötzlich eine neue Blüte aus dem Rosenstrauch hervor. Ihre Blätter waren von tiefem Rot, und sie erstrahlte fast noch schöner als ihre Vorgängerin. Rubia ging langsam auf den Brunnen zu und blieb dicht davor stehen. Sanft zeichneten ihre Finger die Konturen der Blüte nach, ehe sie ihren Blick wieder auf ihr Publikum richtete.

„Nun, es kam, was kommen musste: Weder Tristan noch ich waren bereit unser Kind tatsächlich dem Tode zu opfern. Also veränderten wir in unserer Verzweiflung den Zauber. Nur getrennt, so wussten wir, würde zumindest einer von uns lange genug unter den Lebenden weilen, um die magische Allmacht vor unserer Tochter zu schützen. Auch war uns von Anfang an klar, dass dies nicht ich sein würde. Also bannte Tristan den Zauber an sein eigenes Dasein. Denn was kaum einer weiß, mit dem zunehmenden Verlust des menschlichen Glaubens an die Magie und deren Kraft, unterliegt auch der Magier selbst einem Leben mit Ablaufdatum. Ja, ist die Magie eine aktiv genutzte Kraft, bleibt der Magier jung und stark. Doch gerät sie in Vergessenheit, so beginnt auch er zu altern, bis er schließlich irgendwann einmal ganz aufhört zu existieren. Nun, Tristan bannte den Fluch an sein Leben, wusste er doch, dass er trotz allem noch einige Hundert Jahre vor sich hatte."

Rubia begann indes langsam um den Brunnen herumzuschlendern, was in der Tat ein magischer Anblick war. Denn ein tatsächliches ‚hinter dem Brunnen' gab es nicht, bildete dieser selbst doch die vertikale Verlängerung der Südspitze. Sie schwebte also vielmehr über den Klippen, ein jeder ihrer Schritte getragen von einer kleinen roten Wolke. Und während sie dieses magische Schauspiel vollführte, verlieh sie ihrer Erinnerung abermals eine Stimme:

> *„Gepflanzt in Liebe, die Blätter einst rot,*
> *die Rose sich färbt in Schande und Not.*
> *Ob' von der Liebe Magie bewacht,*
> *sie fällt anheim der eigenen Macht.*
> *Der Heimat endlose Weiten,*
> *sie verwiesen auf ewige Zeiten –*
> *mit ihr verbannt in endloser Nacht,*
> *die Lanze allmagischer Macht.*
> *Gebunden an die Blüte der Liebe,*
> *bis diese lässt sprießen erneut ihre Triebe –*
> *bis der Tod durchbricht ihre Mauer,*
> *der Rose Kleid bleibt schwarz in Trauer.*
> *Die stolze Rose erst wieder trägt Rot,*
> *wenn Schande und Not verbindet der Tod."*

Und wieder wurden Rubias Worte von Taten begleitet. Während sie sprach, nahm die Rose eine schwarze Färbung an. Doch kaum dunkel gewandet, begann sie sich wieder rot zu färben – bis auf ein einziges Blatt. Bizarr stach es aus der sonst tiefroten Blütenkrone hervor, als beharrte es darauf, seine eigene Geschichte zu erzählen. Aber das übernahm dann lieber Lady Rubia.

„Wieder kam, was zu verhindern wir nicht imstande waren. Nicht nur wurde unsere Tochter noch dunkler, als wir für möglich gehalten hätten. Nein, auch Tristans Leben neigte sich schneller als erwartet seinem Ende zu. Während Guinevere immer stärker wurde, so erging es Tristan genau umgekehrt. Aber an dieser Stelle sollte ihm meine Weitsicht zu Hilfe kommen. Denn auch wenn ich damals mein eigen Fleisch und Blut nicht töten konnte, so ahnte ich doch, dass dies zugleich der größte Fehler meines Lebens sein würde. Ebenso erahnte ich, dass Tristan sich in seinem Tun zu sicher wiegte. Er hatte in seiner Naivität stets an die Menschheit geglaubt, sich immer an den Strohhalm geklammert, dass die Magie doch noch eine Zukunft hatte. Er hatte wirklich geglaubt, seine Tochter überleben zu können. Aber der Tod klopfte zuerst an seine Tür – der Zeitpunkt, an dem mein eigener, vorsichtig eingewobener Zauber seine Wirkung entfaltete."

Während sie sprach, entfernte Rubia sich nun langsam wieder von dem Brunnen. Bedächtigen Schrittes ging sie auf ihre drei Zuhörer zu. Wie ein zarter Luftzug glitt sie hinter ihnen vorbei und fasste dabei erneut ihre Erinnerung in Worte:

> *„Der stolzen Rose Blätter einst rot,*
> *gepflanzt in Liebe, doch nun trägst du tot.*
> *Lass Schande und Not erkennen,*
> *hilf, Richtig von Falsch zu trennen.*
> *Wenn Schwarz zur Buße bereit,*
> *von der Trauer Kleid du wirst befreit.*
> *Statt stolz du nun voll Zuversicht und Mut,*
> *da du wieder erstrahlst in leuchtendem Blut."*

Rubia war bereits wieder am Brunnen, neben der Rose zu Halt gekommen. Und wieder war die Blüte scheinbar ihren Worten gefolgt. Das einzelne schwarze Blütenblatt probte nicht länger den Aufstand, sondern hatte sich der tiefroten Färbung unterworfen. Plötzlich aber bebte der ganze Rosenstrauch. Als ob etwas aus den Tiefen unterhalb nach oben wollte, vibrierte die Erde rund um die Pflanze. Aber nicht von unten kam die vermeintliche Bedrohung, sondern von oben. Abermals schickte das Licht am Horizont einen goldenen Strahl gen Boden. Diesmal jedoch hinterließ der Strahl lediglich etwas, während er selbst sich wieder in das Licht zurückzuziehen schien. Was von ihm übrig blieb, erwies sich als funkelnder Stahl in Form eines Schwertes. Aber nicht irgendeine Klinge steckte nun im Boden vor dem Brunnen. Vielmehr war es jenes magische Zeremonienschwert, durch welches Don Rafael, Vivienne und Ruben noch vor wenigen Tagen bedroht wurden.

Instinktiv wichen die drei einen Schritt zurück, als sie die magische Waffe identifizierten. Auch wenn sie wussten, dass das Schwert einst zum Schutz vor der Magie erschaffen wurde, so war die Erinnerung an den eindeutigen Missbrauch seitens der Hexe Guinevere noch zu klar in ihren Köpfen. Doch schon fuhr Lady Rubia in gleichbleibend ruhiger Manier mit ihrer Erzählung fort.

„Tristans verblendete Ansicht der Dinge konnte also durch meine vorsorgliche Einmischung wieder in die rechten Bahnen gelenkt werden. Er tat, was getan werden musste …“, sprach sie und schritt dabei behutsam an dem Schwert vorbei. Einer zufälligen Bewegung gleich, strich ihre Hand die Klinge entlang, ohne diese tatsächlich zu berühren. Während Rubia wieder hinter dem Brunnen verschwand, begann das Schwert davor plötzlich zu erstrahlen. Einem Glorienschein gleich, wurde es umgeben von goldenem Licht. Sonst aber verharrte es ruhig an Ort und Stelle.

„… und es war keine Sekunde zu früh. Wir hatten die Kräfte unserer Tochter eindeutig unterschätzt – oder unsere eigenen überschätzt. Ja, das vermeintlich Richtige zu tun mag zwar nobel erscheinen. Aber tut man es aus den falschen Beweggründen, dann sollte man nicht überrascht sein, wenn es sich am Ende doch schlichtweg als falsch erweist. Gut, dass Tristan gerade noch rechtzeitig erkannte, dass die schmerzliche Variante oft die richtigere ist. Denn wäre er tatsächlich gestorben, ehe unsere Tochter vernichtet war, dann hätte es eine böse Wende genommen mit dieser Welt – aber *das* brauche ich euch, glaube ich, nicht zu erörtern …“

Lady Rubia war nicht wieder hinter dem Brunnen hervorgekommen, sondern stand nun dahinter. Besser gesagt, sie schwebte wieder einmal über den Klippen, ihre Füße gebettet auf je einem roten Wölkchen. Das Zeremonienschwert strahlte weiter vor sich hin, und Rubia verharrte mit Blick auf ihr Publikum über der tosenden Brandung des Atlantischen Ozeans.

„... Doch will ich euch nicht weiter mit derlei Sentimentalitäten langweilen. Auch läuft meine Besuchszeit hier auf Erden schön langsam ab, also lasst mich zu Ende bringen, weshalb ich gekommen bin. Wie eingangs schon erwähnt, war Tristan kein Mann, der über den Rand des Tellers zu blicken vermochte. Zwar hatte er eingesehen, dass die endgültige Vernichtung unserer Tochter nicht länger zur Debatte stand. Auch hatte er erkannt, dass einzig und allein die Familie, also ihr, meine Lieben, dieses ‚Wunder‘ vollbringen konnte. Und ich muss gestehen, sein Schachzug, mit der Vernichtung der Lanze die magische Mauer zum Einsturz zu bringen, war das Selbstloseste, was er je tun konnte. Und doch hatte er wieder einmal eine Winzigkeit unbedacht belassen ...“

Lady Rubia wandte sich nun von ihren Zuhörern ab und sah auf die endlosen Weiten des Ozeans hinaus. „... das Schwert, geschaffen durch eures Urgroßvaters magische Hand. Vor ewigen Zeiten schon mal verbannt, in ein Grab aus Stein, fand es seinen Weg zurück in menschliche Hand. Fand nun, Jahrhunderte später, sogar seinen Weg zurück zu seinem magischen Ursprung. Aber wie ihr selbst sehen konntet, ist es in Händen der Magie eine noch weit gefährlichere Waffe denn in menschlicher Hand. Und doch hat mein geliebter Gatte nicht bedacht, dass mit dem Fortbestand des Schwertes irgendwann in ferner Zukunft wieder alles von vorne beginnen könnte ...“

In geschmeidiger Bewegung hob Rubia unerwartet ihre Arme vom Körper ab. Ihre linke Hand wanderte in eleganter Drehung auf Höhe der Schultern und verweilte dort, Handfläche nach oben. In selbiger, rotierender Bewegung befreite sich zeitgleich das Schwert aus seiner irdenen Gefangenschaft. Gefolgt von dem goldenen Lichtschein, schwebte es wie von unsichtbarer Hand geführt auf Rubias Linke zu und verharrte sodann über selbiger.

„... denn nur, weil das allmagische Geschlecht der Thorntons ausgestorben ist, heißt das noch lange nicht, dass es auch der Magie selbst so ergangen ist. Solange dieses Werkzeug magischer Natur auf Erden existiert, kann schon der kleinste Funke magischer Kraft seine Fähigkeiten entfachen – und wie wir schon vor langer, langer Zeit gesehen haben, kann diese Magie auch in einem Menschen stecken …"

Rubias rechte Hand wanderte indes in geschmeidiger Drehung weiter über ihren Kopf hinaus. Sogleich lösten sich die Blütenblätter der Rose eines nach dem anderen ab und folgten dem Beispiel ihrer Hand. Kaum tanzten sie in luftiger Höhe, befehligte Rubia die Blütenblätter mit einer fließenden Handbewegung wieder vom Himmel herab. So wie ihre Hand wieder in drehender Spirale nach unten wanderte, so folgten die Blätter ihrer Bewegung. Einem roten Kometenschweif gleich, tänzelten sie direkt auf Rubias Rechte zu. Diese verharrte nun auf gleicher Höhe wie ihre Linke, Handfläche nach unten zeigend. Die Blätter schwebten scheinbar Schutz suchend unter die Handfläche und formten sich prompt wieder zu einer Blüte.

„… Doch das zu verhindern, ist nicht minder nötig, als die Welt von Guinevere zu befreien es war. Diese eine Aufgabe ist es also, weshalb ich mir das Vorrecht herausgenommen habe, selbst lange nach meinem Tode noch einmal in die Welt der Lebenden zurückzukehren. So schmerzlich es mir auch erscheint, das magische Erbe der Thorntons darf nicht länger am Leben erhalten werden …"

Mit diesen Worten wanderte Lady Rubias rechte Hand langsam in Richtung ihrer linken. Darunter folgte das schwebende Abbild der Rose ihrer Bewegung …

„Geliebte Rose, so treu und loyal,
bereite ein Ende der magischen Qual."

… auf Brusthöhe verweilte ihre Hand einen Augenblick, ließ die Rose ein paar Kreise durch die Luft ziehen …

„Das Schwert, geschmiedet zum Schutz,
dieser Welt nicht länger trägt Nutz' –"

… abrupt hielt sie mitten in der Bewegung inne, nur um sogleich einen angedeuteten Schubs auszuführen. Folgsam gehorchte die Rose auch dieses Mal, flog einem Ball gleich nun direkt auf das Schwert hinzu …

„nimm zurück was lieb und teuer,
lass es brennen, im ewigen Feuer."

In dem Moment, da das Schwert von der Rose getroffen wurde, schoss es auseinander, wie loderndes Feuer, in das ein Scheit Holz geworfen wurde. Goldene Funken, Strahlen und Staubwölkchen stoben davon in alle Himmelsrichtungen, nur um sich Sekunden später vollkommen in Luft aufzulösen. Bis nichts, aber auch rein gar nichts mehr von dem Schwert übrig geblieben war. Die Rose jedoch folgte weiter dem Gebieten ihrer Herrin.

In fließender Bewegung lenkte Rubia die Blüte nun mit beiden Händen zurück zu sich, wieder in die Mitte vor ihren Körper. Sodann legte sie ihre Hände um die schwebende Rosenblüte, ohne diese jedoch zu berühren. Zeitgleich vollführte sie eine Drehung um die halbe Achse, sodass sie nun wieder auf ihre Zuschauer blicken konnte.

„Geliebte Rose, stets treu und loyal,
nicht länger darf sein das okkulte Portal."

Während sie die alles verändernden Worte formulierte, hob Lady Rubia ihre Hände langsam hoch, bis die Rosenblüte vor ihrem Gesicht schwebte. Dann stieß sie erneut beide Hände kräftig von sich ab und schickte die Blüte abermals auf Reisen …

„So folge dem Schwert zurück an den Ort,
an dem ihr erschaffen, durch magisches Wort –"

… die Rose schoss mit voller Wucht auf das Herrenhaus zu. In dem Moment, in dem sie auf die Buntglasfront des Gebäudes traf, verpuffte sie zu einer rötlichen Wolke, welche sich rasant ausbreitete …

„entschwinde in blutroter Glut,
nimm hinfort das magische Gut."

… Einer Bombe gleich explodierte nun die Magie, fegte über das Anwesen wie eine rot gefärbte Druckwelle – und schluckte dabei Stück für Stück die Beweise für dessen Existenz. Wie ein Schwarm gefräßiger Heuschrecken fiel sie über das Areal her, bahnte sich ihren Weg der Vernichtung über die Rosenhecke hinaus, bis zur Abzweigung von der Landstraße, ehe sie abrupt haltmachte. Einen Atemzug lang hielt sie inne, ehe sie den Retourgang einlegte. So wie sie zuvor an Ausmaß zugelegt hatte, verkleinerte sich die rote Wolke nun. Als würde sie sich in sich selbst aufsaugen, bis sie wieder zu ihrer ursprünglichen Form der Rose zurückgeschrumpft war. So tänzelte sie einem Schmetterling gleich durch die Luft, schwebte über den Ort, welcher einst die magische Allmacht beheimatet hatte. Nun aber zeigte sich nichts als endloses Grün, so weit das Auge reichte. Nichts, aber auch rein gar nichts deutete darauf hin, dass hier jemals ein Gebäude gestanden hatte. Rosebound Heights war verschwunden – alles, was blieb, war eine Erinnerung.

Während de la Renta, Vivienne und Ruben sich langsam dessen bewusst wurden, lenkte die Rose erneut alle Blicke auf sich. Geschmeidig tänzelte sie durch die Luft, direkt auf die drei hinzu. Sanft glitt sie an ihnen vorbei, zwischen ihnen hindurch, um sie herum. Mal als geformte Blüte, mal lösten sich die einzelnen Blütenblätter, um einen roten Streif zu bilden. Einige Sekunden lang vollführte die Rose ihren Tanz, ehe sie sich von ihrem Publikum abwandte. Gebannten Blickes folgten die drei ihrem Weg, welcher die Rose zurück zu ihrer Herrin führte.

Lady Rubia schwebte nicht länger auf ihren roten Wölkchen, sondern hatte wieder vor dem Brunnen Fuß gefasst. Wehmütigen Blickes verfolgte auch sie den Weg der Rose. Fast schon zaghaft streckte sie eine Hand aus, und prompt setzte die Blüte sich darauf ab. Sanft strich Rubia mit der anderen Hand die Konturen der Blüte nach, ehe sie selbige behutsam anhauchte. Sofort glitt die Rose aus ihrer Handfläche, schwebte erst himmelwärts, dann wieder gen Boden.

Rubia richtete ihren Blick ein letztes Mal auf ihre Familie. Während die Rose langsam von unten her um ihren Körper zu tanzen begann, zauberte sich ein zufriedenes Lächeln auf ihre Lippen.

„Adieu, meine Lieben", sprach sie, während ihr Körper sich dem Weg der Rose folgend in roten Nebel aufzulösen begann. „Wenn auch eure Vergangenheit unter unseren Fehlern gelitten hat, so erfüllt es mich mit Zuversicht und Freude, dass wir eurer Zukunft nicht länger im Wege stehen." Stück für Stück verschwand Lady Rubia nun in dem roten Nebel, bis nichts mehr von ihr übrig blieb als ein rotes Wölkchen. Wie im Rückwärtslauf glitt sie nun wieder hinauf in den goldenen Lichtschein. Dem Wölkchen entwand sich ein schimmernder Strahl, welcher bis nach ganz oben reichte. Langsam drängte die Nebelwolke den Strahl zurück in den Lichtschein, bis beide darin verschwunden waren. Augenblicklich zog auch das helle Licht sich zurück, bis der Himmel sich wieder in seiner natürlichen Färbung zeigte.

Don Rafael, Vivienne und auch Ruben starrten fasziniert wie ungläubig in den Himmel hinauf. Ein jeder von ihnen beherrscht von denselben Gedanken:

Hatten sie das gerade wirklich erlebt?

War das so etwas wie eine Fata Morgana?

Oder war es in der Tat real?

In dem Moment begann es Rosenblätter vom Himmel herabzuregnen. Zu Hunderten strömten sie herab, allesamt auf den Brunnen zu. Eines nach dem anderen zielten sie auf den Rosenstrauch zu und schienen regelrecht in selbigem zu verschwinden. Als scheinbar die letzten von ihnen auf den Strauch zuflatterten, begannen sie, sich an ihm anzusetzen. Eines nach dem anderen, bis sich aus ihnen eine wunderschöne Rosenblüte geformt hatte. Doch ein einzelnes Blütenblatt schwebte nach wie vor herrenlos durch die Lüfte – allerdings nicht, ohne ein Ziel zu haben.

Das letzte rote Blättchen bahnte sich seinen Weg an den oberen Rand des steinernen Brunnens. In geschmeidiger Eleganz glitt es dessen Rand entlang, wie eine Feder über Papier. Sobald sein geheimnisvolles Werk vollendet war, tänzelte das rote Blättchen in einer Aufwärtsspirale um den Brunnen herum. Zugleich wandelten sich Erde wie Strauch unterhalb zu Stein. Das rote Blättchen erreichte sein Ziel in der Krone der Rose, und kaum war es dort angelangt, erstarrte auch diese zu Stein. Dort aber, wo das letzte Blättchen um den Brunnenrand getanzt war, wurde auf einmal eine Inschrift erkennbar.

Von Neugierde gepackt, traten de la Renta und seine beiden Kinder näher an den Brunnen, um zu lesen, was dort geschrieben stand:

Liebe und Tod, eint Zuversicht und Mut –
magische Rose, sei stets auf der Hut.

Die drei sahen einander an und wieder zurück auf das steinerne Gebilde vor ihnen. Instinktiv entwich ihnen allen im selben Moment ein Seufzer, wenn wohl sie nicht alle drei denselben ausschlaggebenden Gedanken dafür hatten. Nachdem sie aber einer nach dem anderen schweigend dem steinernen Rosenbrunnen den Rücken gekehrt hatten, durchzuckte definitiv ein und derselbe Gedanke ihre Gehirne: Hier und jetzt fand die ganze Angelegenheit ihr endgültiges Ende. Rosebound Heights war von dieser Welt verschwunden, ebenso seine einstigen Bewohner. Das Fleckchen Erde, auf dem es einst stand, wurde nun in der Tat seinem von Mensch gegebenen Namen gerecht: Land's End.

So blieb Don Rafael, Vivienne und Ruben nur noch eines zu tun: Es war an der Zeit, die Vergangenheit hinter sich zu lassen und den Blick auf die Zukunft zu richten.

Denn jedem Ende folgt unweigerlich ein Anfang.

Die Autorin

C. S. Rinke wurde 1974 in Wien geboren und
lebt dort auch heute noch. In den letzten Jahren
entwickelte sich die Diplomkrankenschwester
von einer begeisterten Leserin zur engagierten
Hobby-Autorin. Nach ihrer Trilogie „Erzählungen
eines Vampirs" entführt sie nun mit ihrem Roman
„Magisches Vermächtnis" ins Reich der Magie.

Der Verlag

*Wer aufhört
besser zu werden,
hat aufgehört
gut zu sein!*

Basierend auf diesem Motto ist es dem novum Verlag
ein Anliegen neue Manuskripte aufzuspüren, zu ver-
öffentlichen und deren Autoren langfristig zu fördern.
Mittlerweile gilt der 1997 gegründete und mehrfach
prämierte Verlag als Spezialist für Neuautoren in
Deutschland, Österreich und der Schweiz.

**Für jedes neue Manuskript wird innerhalb
weniger Wochen eine kostenfreie, unverbind-
liche Lektorats-Prüfung erstellt.**

Weitere Informationen zum Verlag und
seinen Büchern finden Sie im Internet unter:

www.novumverlag.com

C. S. Rinke

Erzählungen eines Vampirs

... wie alles begann

ISBN 978-3-99038-129-8
244 Seiten

Betty, Lilly und Ella verbindet eine unzertrennliche Freundschaft und der gleiche Lieblingsautor: Nicolas Arantes, Herausgeber unzähliger Vampirromane. Als sie zu einem Vampir-Dinner mit dem Autor nach Rumänien eingeladen werden, treffen sie auf die Brüder von Aran, die zu den einflussreichsten Vampir-dynastien zählen.

C. S. Rinke

Erzählungen eines Vampirs

Die Macht der Liebe

ISBN 978-3-99038-635-4
240 Seiten

Eine Schwangerschaft und eine unwissende Freundin scheint die Hochzeit zwischen dem Vampir Dario und der menschlichen Betty zu gefährden. Als sich dann auch noch Rebellen in die Hochzeitsfeier einschleusen, nimmt das Desaster seinen Lauf.

C. S. Rinke

Erzählungen eines Vampirs

Zukunftsvisionen

ISBN 978-3-99048-133-2
254 Seiten

Die Geschichte rund um die Vampire von Aran und ihre mehr
oder weniger menschlichen Gefährtinnen geht in die finale
Runde:
Auf Schloss Primrose ist der „kalte Krieg" ausgebrochen. Lilly
ist wegen dem herzhaften Biss in Adrians Hals zur Vampirin
mutiert und keiner weiß, wie das passieren konnte.